ERUPÇÃO

MICHAEL
CRICHTON
JAMES
PATTERSON

ERUPÇÃO

TRADUÇÃO
ALEXANDRE BOIDE

HarperCollins

RIO DE JANEIRO, 2025

Publicado mediante acordo com Little, Brown and Company, Nova York, NY, EUA.

Título original: *Eruption*

COPIDESQUE Isadora Prospero
REVISÃO Laila Guilherme e Daniela Vilarinho
CAPA adaptada do projeto original de Gregg Kulick
IMAGEM DE CAPA CoreyFord
ADAPTAÇÃO DE CAPA Osmane Garcia Filho
DIAGRAMAÇÃO Juliana Ida

Dados Internacionais de Catalogação na Publicação (CIP)
(Câmara Brasileira do Livro, SP, Brasil)

Crichton, Michael, 1942-2008
Erupção / Michael Crichton, James Patterson; tradução Alexandre Boide. – 1. ed. – Rio de Janeiro: HarperCollins Brasil, 2025.

Título original: *Eruption*
ISBN 978-65-5511-636-6

1. Ficção norte-americana I. Patterson, James. II. Título.

24-231742 CDD-813

Índices para catálogo sistemático:
1. Ficção: Literatura norte-americana 813
Eliane de Freitas Leite – Bibliotecária – CRB 8/8415

HarperCollins Brasil é uma marca licenciada à Casa dos Livros Editora LTDA.

Rua da Quitanda, 86, sala 601A – Centro
Rio de Janeiro/RJ – CEP 20091-005
Tel.: (21) 3175-1030
www.harpercollins.com.br

PRÓLOGO

Esta parte inicial da história mais ampla sobre a erupção vulcânica do Mauna Loa se tornou informação confidencial dias depois do ocorrido, em 2016, no Jardim Botânico de Hilo, e permaneceu em sigilo até muito recentemente.

I

Hilo, Havaí
28 de março de 2016

RACHEL SHERRILL, PRESTES A completar trinta anos, com mestrado em biologia da conservação por Stanford, uma estrela em ascensão em seu campo de estudos, ainda se via como a aluna mais inteligente da classe. *De praticamente qualquer classe.*

Mas naquele dia, no Jardim Botânico de Hilo, ela estava tentando ser a professora substituta para uma turma inquieta e impressionada de alunos do quinto ano vindos do continente.

— Vamos ser realistas, Rachel — tinha dito o gerente-geral do jardim botânico, Theo Nakamura, mais cedo naquela manhã. —, guiar esses pequenos turistas é uma boa forma de você usar sua imaturidade de maneira produtiva.

— Está dizendo que eu me comporto como uma criança de dez anos?

— Nos seus melhores dias — respondeu ele.

Theo era o acadêmico destemido que a contratara quando o parque foi aberto, no ano anterior. Por mais jovem que Rachel fosse — e parecesse —, ela era muito boa em sua função de botânica-chefe do parque. Era um emprego cobiçado, que ela adorava.

E, sendo bem sincera, uma de suas atividades favoritas era guiar passeios com crianças.

Aquela caminhada matinal levava alguns estudantes privilegiados e endinheirados do colégio Convent & Stuart Hall, vindos de São Francisco. Rachel estava tentando entreter as crianças e educá-las a respeito do mundo natural que as cercava.

Porém, por mais que tentasse explicar o que estavam vendo — orquidários, bambuzais enormes, coqueiros, jaqueiras, plantas comestíveis como fruta-pão, noz-de-kukui e ananás-de-cerca, com um pano de fundo de cachoeiras de trinta metros e hibiscos por toda parte —, Rachel tinha que competir pela atenção das crianças com dois dos vulcões mais próximos na Grande Ilha: o Mauna Loa, o maior vulcão ativo do mundo, e o Mauna Kea, que não entrava em erupção havia mais de duzentos anos.

Aqueles estudantes da cidade grande claramente consideravam as montanhas gêmeas o ponto alto da excursão, a vista mais impressionante que tiveram daquela terra de maravilhas de cartão-postal chamada Havaí. Qual criança não daria qualquer coisa para ver o Mauna Loa entrar em erupção e lançar uma torrente de lava aquecida a mais de mil graus?

Rachel estava explicando que o solo vulcânico do Havaí era um dos motivos para a existência de tantas belezas naturais na ilha, um exemplo dos benefícios causados por erupções passadas, ajudando o arquipélago a produzir os grãos de um dos cafés mais deliciosos do mundo.

— Mas os vulcões não vão explodir hoje, né? — perguntou uma menina, com seus grandes olhos castanhos cravados nas montanhas gêmeas.

— Se eles sequer *pensarem* nisso — disse Rachel —, vamos construir um teto em cima deles, como a dos estádios de futebol americano. Quero ver se eles vão gostar *disso* da próxima vez que tentarem jogar coisas para o alto.

Nenhuma reação. Grilos. Mais exatamente, aqueles grilinhos inofensivos que vivem no mato alto. Rachel sorriu. Às vezes ela não conseguia se segurar mesmo.

— Que tipo de café vem daqui? — perguntou outra aluna, que parecia ser do tipo que só tirava 10.

— O do Starbucks — respondeu Rachel.

Dessa vez eles deram risada. *Pelo menos uma,* pensou Rachel. *Não se esqueçam da gorjeta para a equipe da casa.*

— Por que essa árvore está ficando preta, srta. Sherrill? — perguntou bem alto um menino inquisitivo com óculos de aro fino escorregando sobre o nariz.

Christopher tinha se separado do grupo e estava diante de um pequeno bosque de figueiras-de-bengala a uns trinta metros dali.

No instante seguinte, todos ouviram o estrondo repentino do que parecia ser uma trovoada distante. Assim como faziam todos os recém-chegados ao Havaí, Rachel se perguntou: é *uma tempestade chegando ou o início de uma erupção?*

Enquanto a maioria das crianças olhava para o céu, Rachel correu até o garotinho estudioso de óculos que estava observando as árvores com uma expressão preocupada.

— Ora, Christopher — disse Rachel quando o alcançou. — Você sabe que eu prometi responder a todas as suas perguntas...

O restante do que pretendia dizer ficou preso na garganta. Ela viu para onde Christopher estava olhando, mas não conseguia acreditar nos próprios olhos.

A questão não era só as figueiras-de-bengala mais próximas dela ficarem pretas. Rachel viu aquele negrume pustulento se espalhar como um vazamento de petróleo, uma mancha horrorosa que estava *subindo* pelas árvores. Era uma espécie de fluxo invertido de lava de um dos vulcões, desafiando a gravidade e tudo o que Rachel Sherrill sabia sobre plantas e fitopatologia.

Talvez ela não fosse a aluna mais inteligente da classe, no fim das contas.

II

— MAS QUE MERDA É... — começou Rachel, mas se interrompeu ao se dar conta de que havia um garotinho de dez anos ao seu lado.

Ela se abaixou bem perto do solo e viu manchas escuras suspeitas que avançavam na direção das árvores, como as pegadas de algum animal mitológico de patas redondas. Rachel se ajoelhou e sentiu o chão com a ponta dos dedos. A grama não estava úmida. Na verdade, as folhas pareciam as cerdas de uma escova de aço.

Aquele negrume não estava ali ontem.

Rachel encostou em outra árvore infectada. A casca do tronco se desmanchou e virou pó. Ela afastou a mão às pressas e olhou para o que parecia ser uma mancha de tinta preta nos dedos.

— Essas árvores devem ter ficado doentes — falou ela. Era o máximo que poderia dizer ao pequeno Christopher. Rachel arriscou outra piadinha. — Acho que vou dispensar todas elas da aula hoje.

O menino não achou graça.

Apesar de tecnicamente ainda ser manhã, Rachel anunciou que estava na hora do almoço.

— Mas está cedo demais pra almoçar — disse a menina de grandes olhos castanhos.

— Não no fuso horário de São Francisco — rebateu Rachel.

Enquanto conduzia as crianças de volta para o prédio principal, sua mente estava a mil, tentando encontrar possíveis explicações para o que tinha acabado de testemunhar. Mas nada fazia sentido. Rachel nunca havia visto nada como aquilo, nem sequer lido a respeito. Não eram os insetos parasitas que devoravam as figueiras-de-bengala se não fossem combatidos. Também não era um efeito do Roundup, o herbicida que a equipe de manutenção usava até mais do que precisava ao longo dos doze hectares do parque, que se estendiam até a Baía de Hilo. Rachel sempre considerou os herbicidas um mal necessário — como os primeiros encontros.

Era outra coisa. Alguma coisa obscura, talvez até perigosa, um mistério a ser resolvido.

Quando as crianças chegaram ao refeitório, Rachel correu para sua sala. Depois de falar com o chefe, fez um telefonema para Ted Murray, um ex-namorado da época de Stanford que a recomendara para aquele emprego e a convencera a aceitá-lo. Ele trabalhava para o Corpo de Engenheiros do Exército na Reserva Militar.

— Pode ter alguma coisa acontecendo aqui — disse Rachel.

— Alguma *coisa*? — rebateu Murray. — Minha nossa, esses cientistas com seu vocabulário rebuscado.

Ela explicou o que tinha visto, ciente de que estava falando depressa demais, atropelando as palavras, que saíam num jorro de sua boca.

— Certo — respondeu Murray. — Vou mandar um pessoal aí o quanto antes. E não precisa entrar em pânico. Com certeza existe uma boa explicação para essa... *coisa*.

— Ted, você sabe que eu não me assusto por qualquer bobagem.

— Nem me fale — retrucou Murray. — Sei por experiência própria que na maioria das vezes quem está fazendo alguma coisa assustadora é você.

Ela desligou, admitindo que estava assustada, sim, e pelo pior dos seus medos: não saber. Enquanto as crianças continuavam seu ruidoso almoço, ela calçou os tênis de corrida que deixava embaixo da mesa e voltou para junto das figueiras-de-bengala.

Havia ainda mais árvores enegrecidas quando chegou lá, e a mancha estava se espalhando para raízes aéreas que se estendiam como dedos retorcidos e cinzentos.

Rachel Sherrill experimentou tocar com cautela uma das árvores. Estava quente como um fogão. Ela olhou para as pontas dos dedos para ver se não tinha se queimado.

Ted Murray tinha dito que mandaria sua equipe para investigar o que estava acontecendo assim que conseguisse reunir as pessoas certas para isso. Rachel correu de volta para o refeitório e reuniu seu grupo de alunos do quinto ano vindo de São Francisco. Não havia motivo para pânico. Pelo menos, não ainda.

A última parada era numa floresta tropical em miniatura bem distante das figueiras-de-bengala. A excursão parecia interminável para ela, mas, quando enfim acabou, Rachel disse:

— Espero que voltem em breve.

Uma menina magrinha perguntou:

— Você vai chamar um médico para as árvores doentes?

— Vou fazer isso agora mesmo — respondeu Rachel.

Ela se virou e mais uma vez foi correndo até as figueiras-de-bengala. Era como se o dia estivesse explodindo ao seu redor, tal qual um dos vulcões a distância.

III

UMA VOZ ESTALOU NOS alto-falantes — a de Theo Nakamura, o chefe de Rachel Sherrill, dizendo aos visitantes para evacuar o jardim botânico imediatamente.

— Não é uma simulação — anunciou Theo. — É para a segurança de todos os presentes. Isso inclui todos os funcionários. Por favor, abandonem o parque imediatamente.

Em questão de segundos, os visitantes começaram a passar por Rachel em massa. O parque estava mais cheio do que ela imaginava. Mães corriam empurrando carrinhos de bebê. Crianças corriam na frente dos pais. Um adolescente de bicicleta desviou para não atropelar um menino pequeno, caiu, se levantou xingando, montou de novo e seguiu pedalando. De repente, havia fumaça por toda parte.

— Pode ser um vulcão! — Rachel ouviu uma jovem gritar.

Ela viu dois jipes do exército diante das figueiras-de-bengala, a distância. Outro veículo militar passou rugindo por ela, com Ted Murray ao volante. Rachel gritou seu nome, mas Murray, que provavelmente não estava conseguindo escutar nada em meio ao caos, não se virou para olhar.

O jipe de Murray parou e os soldados desceram. Murray os instruiu a bloquear o perímetro da entrada do bosque de figueiras--de-bengala e conduzir os visitantes para fora do parque.

Rachel correu naquela direção. Mais um jipe parou diante dela e um soldado saltou.

— Está indo na direção errada — disse o militar.

— Não... você não entendeu — gaguejou ela. — Essas... as árvores são minhas.

— Eu não quero ter que repetir, senhora.

Rachel Sherrill ouviu o som de um motor de helicóptero; quando olhou para cima, viu um aparecer do meio das nuvens atrás das montanhas gêmeas. Observou enquanto a aeronave pousava e as portas eram abertas. Homens vestidos com trajes de proteção nível A, com tanques listrados nas costas, se aproximaram carregando extintores com o rótulo COLD FIRE. Apontando-os como armas, correram na direção das árvores.

Suas árvores.

Rachel saiu em disparada na direção deles e do fogo.

Nesse exato momento, ouviu mais um estrondo no céu e dessa vez sabia que não era por causa de uma tempestade a caminho.

Por favor, hoje não, pensou.

IV

NO DIA SEGUINTE, O jornal de Hilo, o *Hawaii Tribune-Herald*, não mencionou a evacuação do jardim botânico. Nem o *Honolulu Star--Advertiser*. Nem qualquer outro dos jornais da ilha. Não houve menção no *New York Times*.

Nenhuma emissora de notícias informou o ocorrido no parque no dia anterior. Também não houve discussão nas estações de rádio, sempre preocupadas com qualquer coisa que pudesse atrapalhar o turismo no Havaí no primeiro bimestre do ano.

Houve algumas menções na mídia, mas não muitas — nada que viralizasse, talvez porque o número de visitantes no Jardim Botânico de Hilo não fosse muito grande naquela segunda-feira em particular. Algumas postagens do Twitter relataram um pequeno incêndio provocado por herbicidas que foi contido após a rápida chegada das equipes de socorro, embora algumas pessoas tivessem mencionado ter visto um helicóptero pousar no local.

Nada disso era surpreendente. Afinal, era Hilo, no sempre tranquilo Havaí — apesar de todos ali viverem na sombra dos vulcões, uma ameaça constante em suas vidas, e ninguém passar muito tempo sem dar pelo menos uma espiada no Mauna Loa e no Mauna Kea.

O parque ficou fechado por dois dias.

Quando reabriu, foi como se nada tivesse acontecido.

ERUPÇÃO

1

Praia de Honoli'i, Hilo, Havaí
Quinta-feira, 24 de abril de 2025
Tempo até a erupção: 116 horas, 12 minutos, 13 segundos

— DENNIS! — DA AREIA DA praia, John MacGregor teve que gritar para que o surfista perto dele o ouvisse por cima do barulho das ondas. — Que tal parar de dar uma de *kūkae* pra cima de mim, se não for muito trabalho?

As crianças que John MacGregor estava ensinando a surfar já tinham ouvido aquilo antes da boca dele e todas sabiam que não era um elogio. *Kūkae* era a palavra havaiana para "sem noção", e, quando John MacGregor a dizia, isso significava que alguém no mar estava agindo como se nunca tivesse subido numa prancha ou que estava prestes a acabar debaixo de uma.

Mac tinha 36 anos e era um grande surfista, ou pelo menos tinha sido quando era mais jovem, antes que os joelhos começassem a ranger e estalar como dobradiças velhas toda vez que se agachava sobre a prancha. Agora sua paixão pelo esporte era canalizada para aqueles adolescentes de catorze, quinze e dezesseis anos de Hilo, metade dos quais já tinha até desistido dos estudos.

Eles iam àquela praia a pouco mais de três quilômetros do centro de Hilo quatro tardes por semana, e por algumas horas faziam parte do que os nativos da ilha chamavam de Havaí de cartão-postal, o que aparecia nos programas de TV, nos filmes e no material publicitário da Câmara do Comércio.

— O que foi que eu fiz de errado, velho Mac? — perguntou Dennis, um garoto de catorze anos, quando saiu da água.

— Bom, pra começar, essa onda nem era sua, era do Mele — disse Mac.

Os dois estavam na extremidade da praia com corais expostos. Honoli'i era conhecida pelos moradores locais como um bom lugar para surfar, principalmente porque as correntezas fortes mantinham os banhistas a distância, e os pupilos de Mac podiam ficar com o mar só para eles.

O último a sair da água foi Lono.

Lono Akani, que havia crescido sem pai e cuja mãe trabalhava como arrumadeira no hotel Hilo Hawaiian, tinha dezesseis anos e era o favorito de Mac. Possuía o talento natural para o esporte que Mac gostaria de ter tido na idade dele.

Mac observou Lono ficar de pé sobre uma das pranchas Thurso Surf que havia comprado para cada um deles. Mesmo a distância, Mac via o sorriso no rosto do garoto. Em algum momento ele ia acabar aprendendo a ter medo do mar. Se não aprendesse naturalmente, o mar se encarregaria de ensinar suas lições a ele. Mas não seria naquele dia, enquanto ele surfava impecavelmente a curvatura interna da onda.

Lono veio remando para a praia, segurou a prancha debaixo do braço e foi até o local onde Mac os esperava.

— Obrigado — disse.

— Pelo quê?

— Por me lembrar de sempre ficar de olho nas séries de ondas — explicou o garoto. — Foi por isso que fui paciente, *ya*, como você sempre diz, e fiquei esperando pela onda que eu queria.

Mac deu um tapinha no ombro do garoto.

— *Keiki maika'i.*

Bom garoto.

Foi então que eles ouviram o estrondo no céu, fazendo a praia tremer sob seus pés e os dois cambalearem.

O garoto não sabia se olhava para cima ou para baixo. Mas John MacGregor sabia o que tinha acontecido — sabia identificar um tremor vulcânico, muitas vezes associado a liberações gasosas, quando sentia um. Olhou para o céu da Grande Ilha. Todos estavam fazendo o mesmo. Mac se lembrou de uma coisa que um dos seus professores na faculdade tinha dito sobre os vulcões e "a beleza do perigo".

Quando a terra parou de se mexer, sentiu o celular vibrar no bolso. Ele atendeu e ouviu a voz de Jenny Kimura:

— Mac, graças a Deus você atendeu.

Jenny sabia que, quando estava treinando seus surfistas, ele não queria ser incomodado com detalhes insignificantes de trabalho. A coletiva de imprensa só começaria em uma hora, então se ela estava ligando não deveria ser por qualquer bobagem.

— Jenny, o que aconteceu?

— Uma desgaseificação — respondeu ela.

Não, realmente não era qualquer bobagem.

— *Hōʻoʻopaʻoʻopa* — falou ele, praguejando como um de seus pupilos.

2

MAC ESTAVA SEMPRE DE olho nas montanhas gêmeas. Eram como um ímã para as pessoas que viviam na ilha.

— Onde? — perguntou para Jenny, sentindo um aperto no peito.

— No cume.

— Já estou indo. — Depois de desligar, se virou para os surfistas: — Desculpa aí, pessoal, preciso vazar.

Dennis riu alto.

— Vazar? — repetiu. — Por favor, nunca mais fala isso, velho Mac.

— Tá bom — disse Mac —, eu preciso arrastar a minha carcaça de volta para o trabalho... que tal?

— Aí sim! — gritou Dennis de volta para ele, com um sorriso. — Vai lá suar a camisa, bróder.

Todos ali recorriam à gíria em um momento ou outro; era parte da pose adolescente.

Mac foi voltando para sua picape, e Lono o alcançou, ainda com a prancha debaixo do braço e os cabelos molhados puxados para trás. Seu olhar era bem sério, preocupado.

— Não foi o Kīlauea, né? — perguntou o garoto, se referindo ao menor vulcão da ilha, mantendo um tom de voz baixo.

— Não — respondeu MacGregor. — Como é que você sabe, Lono?

— O Kīlauea treme... Mas os tremores são leves e rápidos, *ya*? Como uma série de ondas, vem um depois do outro e depois passa. Esse foi grande, né?

MacGregor confirmou com a cabeça.

— Pois é, garoto. Esse que a gente ouviu veio do grandão.

Lono chegou mais perto e abaixou a voz, apesar de não haver ninguém por perto para ouvir:

— Vai ter uma erupção, Mac?

MacGregor estendeu a mão para abrir a porta da picape, que tinha um círculo com as letras HVO no centro e a inscrição OBSERVATÓRIO VULCÂNICO DO HAVAÍ ao redor. Mas se interrompeu. Lono o encarava com um olhar ainda mais preocupado do que antes, um garoto tentando não parecer assustado, mas incapaz de manter a pose.

— Se tiver, me fala — pediu Lono.

Mac não queria dizer nada que o deixasse ainda mais assustado, mas também não queria mentir.

— Vem comigo à coletiva de imprensa — convidou ele, forçando um sorriso. — Assim quem sabe você não aprende alguma coisa.

— Estou sempre aprendendo com você, velho Mac — disse o garoto.

Entre todos os adolescentes, Lono era o único que Mac vinha incentivando com insistência a fazer um estágio no observatório, reconhecendo a grande inteligência do garoto apesar das notas medianas na escola. Ele estava sempre buscando a aprovação de Mac, algo que nunca teve do pai, que o abandonou. Era por isso que tinha lido sobre vulcões e sabia tanto a respeito deles.

Mas Lono olhou para os outros e sacudiu a cabeça.

— Não, depois você me conta. Amanhã você vem?

— Ainda não sei.

— Deve ser grave, então, né? — perguntou Lono. — Estou vendo que você está preocupado, se não quer nem falar do assunto.

— Quem mora aqui está sempre preocupado com uma grande erupção — comentou Mac —, não importa se trabalha com isso.

MacGregor entrou na picape, ligou o motor e saiu dirigindo na direção da montanha, pensando em todas as coisas que não falara para Lono Akani, principalmente o quanto estava preocupado — e por um bom motivo. O Mauna Loa estava prestes a entrar em sua erupção mais violenta em um século, e John MacGregor, o geólogo que chefiava o Observatório Vulcânico do Havaí, sabia que estava prestes a anunciar isso para a imprensa. Ele sabia que esse dia chegaria, mais cedo ou mais tarde. E de fato tinha chegado.

Mac pisou no acelerador.

3

Festival do Monarca Feliz, Hilo, Havaí

SOB O TETO COM vigas do Estádio Edith Kanaka'ole, os tambores taitianos ressoavam tão alto que a plateia de três mil pessoas sentia os assentos vibrarem. O locutor gritou a tradicional saudação:

— *Hookipa i nā malihini, hanohano wāhine e kāne,* senhoras e senhores, por favor, uma salva de palmas para nossas primeiras *hālaus.* De Wailuku... Tawaaa Nuuuuui!

Houve um aplauso ruidoso quando o primeiro grupo de mulheres entrou dançando no palco. Era o evento de Hula Kahiko do Festival do Monarca Feliz, a mais importante competição de *hula* das ilhas havaianas, em uma celebração que durava uma semana e era vital para a economia de Hilo.

Como de costume, Henry "Tako" Takayama, o parrudo chefe da Defesa Civil em Hilo, estava assistindo ao evento em seu posto atrás da plateia, com sua camisa *aloha* de sempre e um sorriso fácil, distribuindo cumprimentos e recebendo gente de toda a

Grande Ilha para a apresentação anual das danças tradicionais das escolas de *hula* do Havaí. Apesar de não ocupar um cargo eletivo, tinha ares de político em campanha, alguém que estava sempre se candidatando a alguma coisa.

Essa atitude positiva fora útil ao longo de seus trinta anos como chefe da Defesa Civil. Durante esse período, tinha ajudado a comunidade a atravessar diversas crises, entre elas um tsunami que aniquilara uma tropa de escoteiros acampada numa praia, os destruidores furacões de 2014 e 2018, os fluxos de lava do Mauna Loa e do Kīlauea que invadiram ruas e destruíram casas, e a erupção do Kīlauea em 2021, que criara um lago de lava no cume da cratera.

O que pouca gente via, porém, era a personalidade combativa que havia por trás do sorriso. Tako era um funcionário público ambicioso e implacável, com garras afiadas e uma disposição feroz para proteger o cargo que ocupava. Qualquer um que quisesse fazer alguma coisa no leste do Havaí, fosse político ou não, precisava lidar com ele. Era impossível ignorá-lo.

No estádio, enquanto batia papo com a senadora estadual Ellen Kulani, Tako sentiu o terremoto imediatamente. Ellen também. Ela o encarou e começou a dizer algo, mas foi interrompida por ele com um sorriso e um gesto tranquilizador.

— Não é nada de mais — ele disse.

Mas os tremores persistiram e um burburinho se espalhou entre os presentes. Na plateia havia muita gente de outras ilhas, que não estava acostumada aos terremotos de Hilo, muito menos três em seguida, como tinha acontecido. Os tambores pararam. As dançarinas abaixaram os braços.

Tako Takayama já esperava por terremotos durante todo o festival. Uma semana antes, tinha almoçado com MacGregor, o *haole* do observatório vulcânico. MacGregor o levara ao Ohana Grill, um lugar bacana, e dissera que uma grande erupção do Mauna Loa estava próxima, a primeira desde 2022.

— A maior desde 1984 — avisou MacGregor. — Talvez a maior em cem anos.

— Ok, você conseguiu chamar minha atenção.

— O HVO está sempre monitorando as imagens sísmicas — contou MacGregor. — A mais recente mostra um aumento de atividade, com um grande volume de lava movendo-se na direção do vulcão.

Nesse momento, ficara claro que o papel de Tako era convocar uma coletiva de imprensa, marcada para aquela tarde. E ele fez isso, mas não sem alguma relutância. O chefe da Defesa Civil era da opinião de que uma erupção na face norte do vulcão não faria diferença nenhuma para ninguém na cidade. O pôr do sol ficaria mais bonito por um tempo, a vida boa continuaria e tudo ficaria tranquilo de novo no mundinho de Tako.

Mas também era um homem prudente, que nunca descartava nenhuma possibilidade, muito menos aquelas que poderiam afetá-lo. Ele não queria que a erupção fosse uma surpresa, nem que a população sentisse que tinha sido pega desprevenida.

No fim, como era uma pessoa prática, Tako Takayama deu um jeito de reverter a situação a seu favor e fez alguns telefonemas.

Mas então se viu no meio daquele momento constrangedor no estádio — tambores em silêncio, dança interrompida, plateia inquieta. Tako fez um gesto de cabeça para Billy Malaki, o mestre de cerimônias, posicionado na lateral do palco; o chefe da Defesa Civil já o tinha instruído sobre o que fazer.

Billy pegou o microfone e falou em meio a uma gargalhada:

— *Heya,* até a Madame Pele está dando suas bênçãos ao festival, dançando sua *hula*! Ela tem ritmo, *ya*!

A plateia deu risada e irrompeu em aplausos. A menção à deusa havaiana dos vulcões tinha sido certeira. Os tremores pararam, e Tako relaxou e se voltou para Ellen Kulani com um sorriso.

— Então, onde estávamos mesmo? — perguntou.

Estava agindo como se ele fosse o responsável pela cessação dos tremores, como se até a natureza prestasse contas a Henry Takayama.

4

Observatório Vulcânico do Havaí (HVO)
Tempo até a erupção: 114 horas

NO BANHEIRO MASCULINO, JOHN MacGregor se debruçou sobre uma pia, abotoou o colarinho da camisa social azul, deu o nó na gravata preta de tricô e passou os dedos pelos cabelos. Em seguida, deu alguns passos para trás e se olhou no espelho. Um rosto desanimado o encarou de volta. Tentou um sorriso, mas pareceu falso como se tivesse sido pintado no rosto. MacGregor suspirou. Ele detestava as coletivas de imprensa ainda mais do que as reuniões de orçamento.

Quando saiu, encontrou Jenny Kimura à sua espera.

— Está tudo pronto, Mac.

— Todo mundo já está aí?

— O pessoal de Honolulu acabou de chegar.

Aos trinta e dois anos, Jenny era a cientista-chefe do laboratório. Era natural de Honolulu, PhD em ciências terrestres e planetárias em Yale, articulada e muito bonita. *Muito* linda, na opinião de MacGregor. Em geral, era ela que falava com a imprensa, mas dessa vez se recusara terminantemente.

— Esse trabalho é mais a sua cara. — Foi a justificativa.

— Eu pago você para ficar com a sua cara.

— Você não tem dinheiro suficiente para isso — garantiu ela.

MacGregor mexia no nó da gravata.

— O que acha? — perguntou a ela.

— Acho que você está a caminho da cadeira elétrica — respondeu Jenny.

— Tão ruim assim?

— Pior.

— Essa gravata está me fazendo parecer um palerma? Acho melhor tirar.

— Está tudo certo — disse ela. — Você só precisa sorrir.

— Para isso *você* vai ter que me pagar — rebateu ele.

Ela sorriu, segurou de leve seu cotovelo e o conduziu para os vestiários. Os dois passaram por fileiras de armários e diversos macacões verdes resistentes ao calor, pendurados em ganchos na parede, cada um com um nome em cima.

— Esses sapatos machucam — comentou Mac.

Estava usando os sapatos sociais de couro marrom muito bem engraxados que tinha colocado na picape naquela manhã. As solas guinchavam enquanto ele andava, fazendo um barulho de loja de calçados.

— Você é *akamai* demais para um *kama'āina* — retrucou ela, sem tropeçar nas palavras, embora não fosse nativa. — Coloquei um mapa enorme num cavalete para você usar — continuou Jenny, voltando ao assunto. — As zonas de rifte estão assinaladas. Os mapas são simplificados para ficar mais fáceis de ler na TV.

— Certo.

— Você vai querer usar os dados sísmicos?

— Já estão disponíveis?

— Não, mas eu posso providenciar em dois tempos. Dos três últimos meses ou do último ano inteiro?

— Os do último ano vão deixar tudo mais claro.

— Certo. E as imagens de satélite?

— Vou querer só as do MODIS.

— Estão no quadro de cartazes.

Eles saíram do vestiário, atravessaram um salão e entraram num corredor. Pelas janelas, Mac viu os demais prédios do Observatório Vulcânico do Havaí, todos interligados por passarelas metálicas. O HVO tinha sido construído na beirada da caldeira vulcânica do Kīlauea e, apesar de não jorrar mais lava por ali, sempre havia muitos turistas transitando na área, apontando para as fumarolas.

No estacionamento, havia uma frota inteira de caminhões de emissoras de TV, a maioria com antenas parabólicas montadas no teto. MacGregor suspirou. E não foi de alegria.

— Vai dar tudo certo — tranquilizou-o Jenny. — Só não esquece de sorrir. Você tem um sorriso muito simpático.

— Quem disse?

— Eu, bonitão.

— Está dando em cima de mim?

Ela sorriu.

— Se é nisso que você quer acreditar, tudo bem.

Eles entraram na sala de análise de dados, onde os membros da equipe de TI trabalhavam debruçados sobre os teclados. Mac deu uma espiada nos monitores pendurados no teto, mostrando imagens de várias partes do vulcão. E, de fato, havia vapor saindo da cratera no cume do Mauna Loa, uma prova de que ele estava certo e não sendo alarmista — a erupção era questão de dias. Ele sentiu como se uma bomba-relógio tivesse sido acionada, começando sua contagem regressiva.

Enquanto atravessavam a sala, um coro de vozes lhe desejava boa sorte. A voz de Rick Ozaki se destacou sobre a dos demais:

— Belos sapatos, *ya*!

Nesse momento, Mac conseguiu abrir um sorriso sincero; levou a mão às costas e mostrou o dedo do meio para o amigo.

Os dois atravessaram a porta e saíram para o corredor principal. Na sala mais adiante, ele viu a plataforma elevada e o mapa no cavalete. Já podia ouvir os murmúrios dos jornalistas à espera.

— Quantos vieram? — perguntou Mac, pouco antes de entrarem.

— Todo mundo que esperávamos — respondeu Jenny. — Agora entre lá e mostre sua melhor versão.

— Eu *não tenho* uma melhor versão — disse ele.

Tako Takayama tinha lhe contado que, na erupção do Mauna Loa em dezembro de 1935, George Patton, na época tenente-coronel da Força Aérea dos Estados Unidos, participou dos esforços de contenção e desvio do fluxo de lava. Nesse momento, Mac se sentiu como se estivesse diante de um desafio semelhante.

Pois é, ele pensou consigo mesmo, *mas em vez de um herói de guerra, sou eu que vou encarar essa.*

5

JOHN MACGREGOR SABIA QUEM era e quais eram seus pontos fortes. Falar em público não era um deles. Ele limpou a garganta e nervosamente bateu com os dedos no microfone.

— Boa tarde. Eu sou John MacGregor, cientista responsável pelo Observatório Vulcânico do Havaí. Obrigado a todos pela presença.

Ele se virou para o mapa.

— Como vocês sabem, o observatório monitora seis vulcões: o vulcão submarino Kamaʻehuakanaloa, antigo Lōʻihi; o Haleakalā, em Maui; e quatro na Grande Ilha, incluindo dois ativos, o Kīlauea, um vulcão relativamente pequeno que está ativo há quarenta anos, e o Mauna Loa, o maior do mundo, que entrou em erupção em 2022, mas não tem uma grande erupção desde 1984.

No mapa, o Kīlauea era uma pequena cratera ao lado das instalações do laboratório. O Mauna Loa parecia um domo gigante; suas encostas ocupavam metade da ilha.

Mac respirou fundo e soltou o ar com força. O microfone captou o som.

— Hoje — continuou MacGregor —, eu vim anunciar a erupção iminente do Mauna Loa.

As luzes estroboscópicas dos fotógrafos ofuscavam como relâmpagos. MacGregor piscou para afastar as manchas da visão e limpou a garganta de novo para continuar. Ele provavelmente tinha só imaginado que as luzes das câmeras de TV estavam mais fortes.

— Estimamos que vai ser uma erupção considerável — ele disse — e que aconteça nas próximas duas semanas, talvez até antes.

Ergueu a mão para silenciar o volume do ruído da plateia, que aumentou de repente, e se virou para Jenny, que tinha colocado os dados sísmicos num cavalete à sua esquerda. A imagem, que reunia os epicentros de todos os terremotos na ilha no ano anterior, mostrava pontos escuros ao redor do cume.

— De acordo com os dados que coletamos e analisamos, essa erupção muito provavelmente vai acontecer na caldeira do cume — continuou MacGregor —, o que significa que a cidade de Hilo não deve ser afetada. Estou aberto às suas perguntas.

Várias mãos se levantaram. Mac não sabia muito sobre coletivas de imprensa, mas conhecia as regras básicas, e uma delas ditava que o noticiário local sempre tinha prioridade.

Ele apontou para Marsha Keilani, a repórter da KHON de Hilo.

— Mac, você mencionou uma "erupção considerável". De que tamanho exatamente estamos falando? — Ela sorriu. — Estou perguntando em nome de alguns colegas.

— Nós estimamos que terá no mínimo a mesma magnitude da erupção de 1984, que produziu meio bilhão de metros cúbicos de lava e encobriu 40 km^2 em três semanas — explicou ele. — Na verdade, essa erupção pode ser muito maior, talvez comparável à de 1950. Ainda não sabemos.

— Mas vocês obviamente têm uma boa noção de quando vai ser, ou nós não estaríamos aqui — rebateu ela. — Estamos falando *mesmo* de duas semanas? Ou menos que isso?

— Pode ser menos. Estamos monitorando todos os dados de perto, mas não é possível prever o momento exato de uma erupção. — Ele encolheu os ombros. — Não podemos afirmar com certeza.

Keo Hokulani, do *Honolulu Star-Advertiser*, foi o próximo.

— Dr. MacGregor, você não está se esquivando um pouco das perguntas? Vocês têm equipamentos sofisticadíssimos aqui. Na verdade, sabem muito bem a magnitude e o momento em que vai acontecer, não?

Keo falava com conhecimento de causa, pois havia feito um passeio guiado pelo HVO alguns meses antes. Tinha visto os modelos computacionais e as projeções mais recentes. Era um repórter bem-informado.

— Como você sabe, Keo, o Mauna Loa é um dos vulcões mais estudados do mundo. Temos tiltímetros e sismômetros por toda a sua extensão, drones fazendo sobrevoos com câmeras térmicas, dados de satélite em 36 frequências, radares e sensores de luzes visíveis e infravermelhas. — Ele deu de ombros e sorriu. — Considerando tudo isso, sim, estou me esquivando um pouco. — Todos deram risada. — Os vulcões são um pouco... ou na verdade muito... parecidos com animais selvagens. É difícil e perigoso tentar prever como vão se comportar.

Wendy Watanabe, de uma das emissoras de TV de Honolulu, levantou a mão.

— Na erupção de 1984 — ela começou —, a lava chegou bem perto de Hilo, e as pessoas se sentiram em perigo. O que você está dizendo é que desta vez Hilo está fora de risco?

— Isso mesmo — confirmou MacGregor. — Em 1984 a lava chegou a pouco mais de seis quilômetros de Hilo, mas os maiores fluxos estavam a leste. Como eu disse, desta vez acreditamos que a maior parte da lava vá fluir na direção contrária de Hilo. — Ele se virou e apontou para o mapa, se sentindo como um meteorologista de noticiário local. — Isso significa que vai fluir pela encosta norte, na direção do centro da ilha, para essa depressão entre o Mauna Loa e o Mauna Kea. É uma área bastante extensa e felizmente desabitada. A Reserva Científica do Mauna Kea conta com vários observatórios a mais de 3.500 metros de altitude, e o exército tem um grande campo de treinamento por lá, a 1.800 metros de altitude, mas, fora isso, mais nada. Então eu gostaria de reforçar: essa erupção não vai representar uma ameaça à população de Hilo.

Wendy Watanabe levantou a mão outra vez.

— Em que momento o HVO vai elevar o nível de alerta de erupção?

— Enquanto o Mauna Loa estiver em atividade elevada, o nível de alerta vai continuar sendo amarelo — explicou MacGregor. — Vamos nos concentrar mais na zona de rifte nordeste.

Um repórter que ele não reconheceu perguntou:

— O Mauna Kea vai entrar em erupção também?

— Não. O Mauna Kea está inativo. Não entra em erupção há uns quatro mil anos. Como vocês sabem, a Grande Ilha tem quatro vulcões, mas apenas três estão ativos.

Ao seu lado, Jenny Kimura soltou um discreto suspiro de alívio e sorriu. Tudo saía como o esperado. Os repórteres não estavam sendo sensacionalistas, e Mac parecia confortável e seguro de si e das informações que passava. Falava sem esforço, mencionando só de passagem as questões que não queria ver na imprensa. Jenny considerou que ele lidou particularmente bem com as perguntas sobre a dimensão da erupção.

Mac conseguiu se concentrar apenas no assunto principal, sem perder o foco, como às vezes fazia. Jenny conhecia as tendências de seu chefe. Antes de ir para o Havaí, John MacGregor era membro da equipe de consultoria do Serviço Geológico dos Estados Unidos, que mandava equipes para qualquer lugar do planeta onde houvesse uma erupção iminente. Desde os tempos de estudante, ele esteve presente nas mais famosas. MacGregor esteve no Eyjafjallajökull e no Monte Merapi em 2010, no Puyehue-Cordón Caulle em 2011, no Anak Krakatau em 2018 e no Hunga Tonga-Hunga Ha'apai em 2022. Tinha visto muitas desgraças. Tudo porque, nas palavras dele, "as pessoas esperaram demais, só agindo quando já era tarde".

A experiência de MacGregor lhe valera uma postura de transparência, estoicismo e urgência, além de uma inclinação para sempre se planejar para o pior caso possível. Era um cientista cauteloso, mas ágil, e um administrador proativo que tendia a agir primeiro e se preocupar com as consequências depois. Era bastante seguro de si.

Mac era extremamente respeitado no HVO, mas às vezes sobrava para Jenny recolher os cacos depois de algumas de suas decisões impulsivas. Ela nem se lembrava de quantas vezes tinha dito as palavras "Hã... então..." depois de ouvir uma de suas ideias surgidas no calor do momento.

Mas ninguém negava que ele era generoso e se preocupava com as pessoas. Tinha sido um garoto problema e por isso se tornara o instrutor de surfe de alguns adolescentes problemáticos locais. Enquanto treinava os meninos, tentava motivar alguns a se esforçar mais na escola e outros a não abandonar os estudos; conseguiu até levar alguns para estagiar no HVO. Ele sempre acompanhava a trajetória dos garotos depois que saíam do observatório para a universidade.

Além disso, sua experiência era inigualável. Os demais membros da equipe do HVO tinham visto essas erupções famosas apenas através de vídeos. MacGregor esteve lá. Ele sabia como era.

E também sabia que não era aconselhável explicar em detalhes que o observatório estava monitorando a maior erupção em um século — isso causaria pânico, não importava de que lado aconteceria a explosão.

Havia mais uma coisa que Mac e Jenny sabiam, mas a mídia, não.

John MacGregor estava mentindo descaradamente.

Ele sabia muito bem quando a erupção viria e não era questão de duas semanas, nem ao menos uma.

Era em cinco dias.

E já estavam em contagem regressiva.

6

A COLETIVA DE IMPRENSA estava acabando.

MacGregor foi ficando mais relaxado à medida que o tempo passava, ciente de que estava dando até mais informações do que o necessário. Explicou que as ilhas havaianas se localizavam sobre um polo quente e eram constituídas de pluma mantélica — um buraco no assoalho oceânico pelo qual o magma fluía intermitentemente. O magma resfriava à medida que subia, criando um domo de lava que aos poucos foi crescendo até irromper na superfície oceânica na forma de uma ilha. Enquanto cada ilha se formava, a Placa do Pacífico se movia para o norte e para o oeste, deixando para trás o polo quente, onde uma nova ilha começava a se formar.

Esse polo quente havia formado uma cadeia de ilhas que se estendia pelo Pacífico. As ilhas havaianas eram só a extremidade dessa cadeia. Quando a atividade vulcânica cessou, as ilhas foram se erodindo pouco a pouco, diminuindo de tamanho. Entre as ilhas havaianas, Ni'ihau e Kaua'i eram as menores e mais antigas, seguidas por O'ahu, Maui e Havaí, a Grande Ilha.

John MacGregor estava em sua zona de conforto. As pessoas diante dele podiam não se sentir muito seguras depois dos tremores, mas ele estava.

— Em termos geológicos — explicou MacGregor —, a ilha do Havaí é nova em folha, uma das poucas massas terrestres a surgir depois da própria humanidade. Três milhões de anos atrás, quando os pequenos primatas começaram a andar sobre duas pernas nas planícies africanas, a Grande Ilha não existia. Foi só um milhão de anos atrás, quando os *Homo habilis*, descendentes dos primeiros primatas humanoides, começaram a viver em abrigos rústicos e usar ferramentas de pedras que os mares havaianos começaram a fervilhar, revelando a presença de vulcões submarinos. Desde então, cinco vulcões diferentes despejaram lava suficiente no mar para criar uma ilha acima da superfície do oceano.

Ele fez uma pausa, olhando para a plateia. Muitas daquelas informações eram complexas, Mac sabia, mas ele continuava a reter a atenção de todos, ainda que provavelmente não por muito tempo.

— O padrão eruptivo dos cinco vulcões da ilha do Havaí é o mesmo de todo o restante da cadeia de ilhas.

Dos cinco vulcões, o Kohala, que ficava mais ao norte, estava extinto e em sua maior parte erodido. Não entrava em erupção fazia 460 mil anos. Em seguida vinha o Mauna Kea, com 4.500 anos sem erupções. O terceiro era o Hualālai, sem erupções há duzentos anos, ou seja, desde quando Thomas Jefferson ainda era o presidente dos Estados Unidos. (Mac preferiu não mencionar que o Hualālai era o quarto vulcão mais perigoso do país. Os turistas que estavam em Kona não precisavam saber disso.) E então vinham os dois vulcões ativos, Mauna Loa e Kīlauea.

E por fim, explicou, no oceano, a mais ou menos cinquenta quilômetros ao sul, o vulcão Kamaʻehuakanaloa, antes chamado de

Lō'ihi, estava formando uma ilha a menos de um quilômetro e meio da superfície.

— A prova de vocês vai ser no final da próxima semana — ele falou com um sorriso. — Mais alguma coisa?

Mac queria sair dali, mas tinha sido instruído a só fazer isso quando não houvesse mais mãos levantadas.

— Quais são as chances de uma erupção violenta? — perguntou outro repórter que ele não conhecia, um homem mais velho.

— Muito pequenas. A última erupção explosiva foi em tempos pré-históricos.

— Qual é o risco de avalanches em Hilo?

— Nenhum.

— A lava já não atingiu Hilo no passado?

— Sim, mas há milhares de anos. A cidade é construída sobre antigos depósitos de lava.

— Se a lava fluir para Hilo, o que pode ser feito para deter o fluxo? — Quis saber o repórter mais velho, concentrado em Mac.

— Nós não achamos que isso vá acontecer. Nossa estimativa é que a lava flua para o norte, na direção do Mauna Kea.

— Sim, já entendi. Mas o fluxo de lava pode ser detido?

MacGregor hesitou. Ele queria sair logo dali, antes de deixar a imprensa alarmada, mas era uma pergunta justificável, que merecia uma resposta honesta.

— Ninguém conseguiu fazer isso até hoje — explicou ele. — Em outros tempos, as autoridades havaianas já tentaram fazer bombardeios para desviar o fluxo, abrir diques para desviar o fluxo, jogar água do mar para resfriar a lava e desviar o fluxo. Nenhuma dessas táticas funcionou.

Ele olhou para Jenny, que veio quase correndo para o seu lado e perguntou:

— Alguma pergunta específica sobre a erupção iminente? — Ela passou os olhos pela plateia. — Não? Então nós agradecemos ao dr. MacGregor e a vocês por terem vindo. Caso tenham outras perguntas, nossas linhas estão abertas. Os números estão no release de imprensa.

Ela ergueu a mão quando os repórteres começaram a se movimentar para sair.

— Eu tenho alguns anúncios importantes para o pessoal das emissoras de TV. Quando a erupção começar, vocês vão querer imagens de cobertura e de sobrevoos. Já vou deixar explicado como isso vai funcionar. Se a erupção for grande, os sobrevoos serão proibidos, porque a cinza vulcânica interfere no funcionamento das turbinas dos aviões. Mas vamos fazer três voos de helicóptero por dia, e vocês vão receber as imagens. Filmar do chão é permitido, desde que façam isso dos locais seguros predeterminados para isso. Se quiserem filmar de outro local, precisam levar um geólogo nosso com vocês. Não vão sozinhos. E não pensem que é só ir ao mesmo lugar do dia anterior, porque as condições mudam de hora em hora. Por favor, levem essas regras muito a sério, porque em todas as erupções anteriores vimos pessoas da imprensa morrendo, o que queremos evitar desta vez.

MacGregor ficou observando enquanto jornalistas, fotógrafos e cinegrafistas se moviam para a beira do palco e se aglomeravam diante de Jenny. Ele conseguiu se retirar discretamente.

Ele tirou a gravata enquanto saía.

7

NA VOLTA À SALA de análise de dados, MacGregor foi recebido por um silêncio total; era quase como se todos estivessem fazendo um esforço conjunto para ignorá-lo.

Kenny Wong, o programador-chefe, estava ocupado digitando e não desviou os olhos do monitor. Rick Ozaki, o sismólogo, estava ocupado ampliando dados em sua tela. Pia Wilson, a responsável pela avaliação dos níveis de alerta, trabalhava em um dos aparelhos de monitoramento. MacGregor ficou imóvel por um momento, à espera. Não achava que fosse receber aplausos de pé, mas também não imaginava ouvir apenas o batucar das teclas.

Ele foi até Kenny Wong, sentou, empurrou para o lado um pacote de batatas chips e uma Coca diet, apoiou os braços na mesa e disse:

— E então?

— Nada.

Kenny sacudiu a cabeça e continuou digitando.

— Alguma coisa tem que ter.

— Tem nada.

— Kenny...

Kenny o encarou com firmeza.

— Certo, Mac, tem uma coisa: por que você não contou pra eles?

— O quê?

— Que vai ser a maior erupção do século, ora.

— Qual é, cara, a gente já conversou sobre isso — disse MacGregor. — Eram jornalistas, e nós dois sabemos a histeria que isso ia causar. Quem entraria em erupção seriam eles. E não quero me arriscar a fazer uma previsão como essa e depois descobrir que estava errada.

— Mas você sabe que não está errada — rebateu Kenny. Ele estava magoado e irritado, e precisou se esforçar para segurar a língua com o chefe. — Não tem *como* estar errada. Os modelos computacionais apontam para a mesma coisa há 37 semanas seguidas. Qual é a *sua*, Mac. Trinta e sete semanas, pô. Isso é mais que uma temporada de beisebol.

— Kenny — começou MacGregor —, em 2004, o diretor do HVO previu uma erupção do Mauna Loa que nunca aconteceu. Você não acha que os programadores juraram para ele que a previsão não tinha como estar errada?

— Sei lá — retrucou Kenny. — Eu nem era nascido ainda.

— Claro que era — corrigiu Mac. — E vê se para de ser dramático, por favor.

O principal programador do observatório tinha 23 anos. Brilhante, muitas vezes infantil e dado a ataques de raiva, principalmente quando passava a noite acordado. O que acontecia quase o tempo todo.

Do outro lado da tela, Rick o chamou:

— Mac, acho que você vai querer ver isso.

O sismólogo — trinta anos, barbudo, corpulento, usando uma calça jeans e uma camiseta preta da Hirano Store — era cauteloso e meticuloso, o oposto do esquentadinho Kenny Wong. Rick ajeitou os óculos no nariz quando MacGregor se aproximou.

— O que você está vendo aí?

— É um resumo da atividade sísmica do último mês, filtrado para eliminar o ruído de artefato.

A tela mostrava um padrão denso de tracejados, os dados transmitidos pelos sismômetros posicionados ao redor da ilha.

— E daí? — MacGregor deu de ombros. — São surtos de tremores bem típicos, Rick. Alta frequência, baixa amplitude, longa duração. Acontece o tempo todo. O que eu estou deixando de ver aqui?

— Bom, eu estou analisando isso aqui mais a fundo — explicou Rick, digitando enquanto falava. — Os hipocentros estão concentrados ao redor da caldeira e na encosta norte. Isso se encaixa perfeitamente com o que dizem os dados. Tipo, *cem por cento*. Então acho que é uma boa ocasião para falar sobre...

Eles foram interrompidos por um som estrondoso e pulsante que aumentou rapidamente, sacudindo o piso e as janelas do laboratório. Um helicóptero apareceu do outro lado do vidro, num sobrevoo preocupantemente próximo e baixo, passando depressa pelo observatório e tomando a direção da caldeira vulcânica.

— Nossa! — gritou Kenny Wong, correndo até a janela para ver melhor. — Quem é esse imbecil?

— Anotem o número na cauda — esbravejou MacGregor — e liguem para Hilo agora mesmo. Esse idiota, quem quer que seja, vai acabar machucando alguém. Droga!

Ele foi até a janela e viu o helicóptero voando baixo a caminho do terreno plano e fumegante da cratera. O piloto parecia estar voando a apenas cinco ou seis metros do chão.

Ao lado de Mac, Kenny Wong observava a aeronave com seu binóculo.

— É da Paradise Helicopters — falou, parecendo intrigado.

A Paradise Helicopters era uma empresa séria de táxi aéreo com sede em Hilo. Seus pilotos levavam turistas em passeios sobre os campos vulcânicos da costa até Kohala, para ver as cachoeiras.

MacGregor sacudiu a cabeça.

— Eles sabem que a altitude mínima de voo no perímetro do parque é de 1.500 pés. Que *raios* está acontecendo aqui?

O helicóptero deu a volta e circulou lentamente a borda da cratera, quase encostando nas colunas verticais de fumaça.

Pia cobriu o bocal do telefone com a mão.

— Estou falando com a Paradise Helicopters. Eles não estão fazendo passeios hoje. Esse helicóptero foi alugado para o Jake.

— E alguma notícia mais animadora, ninguém tem? — perguntou Mac.

— Com o Jake no comando, não existem boas notícias — respondeu Kenny.

Jake Rogers era um ex-piloto militar conhecido por não respeitar regras e regulamentos. Depois de duas advertências da Administração Federal de Aviação em um ano, tinha sido demitido da agência de turismo onde trabalhava e ultimamente passava a maior parte do tempo num bar vagabundo em Hilo.

— Ao que parece, Jake está com um cinegrafista da CBS, um *freelancer* de Hilo — disse Pia. — O cara está tentando conseguir imagens exclusivas da nova erupção.

— Bom, não tem erupção nenhuma *ali* — disse MacGregor, olhando para a caldeira.

A caldeira do Kīlauea — que a maioria das pessoas chamava de cratera — era uma atração turística no Havaí desde o século XIX. Mark Twain, entre outras pessoas famosas, tinha visto de perto aquele imenso fosso de fumaça. Em tempos recentes, havia vapor, enxofre e algumas outras evidências de atividade vulcânica, mas uma erupção real não acontecia ali fazia vinte anos. Todos os despejos de lava do Kīlauea nas últimas décadas aconteceram nos flancos do vulcão, a vários quilômetros ao sul.

O helicóptero se elevou da caldeira, assustando os turistas que observavam do gradil, rugiu acima do observatório e fez um amplo sobrevoo circular. Em seguida, seguiu ruidosamente para o leste.

— E agora? — perguntou Rick para o restante da sala.

— Parece que ele está indo para a zona de rifte — disse Kenny. — Qual é a chance de sair alguma coisa boa disso?

— Nenhuma — respondeu MacGregor, ainda olhando pela janela.

Jenny Kimura entrou.

— Quem é esse cara? Já ligaram para Hilo?

MacGregor se virou para ela.

— A imprensa ainda está aqui?

— Não, já foi todo mundo embora faz alguns minutos.

— Eu não deixei bem claro que a erupção ainda não começou?

— Para mim ficou bem claro.

— Mac, esse cara é um *freelancer* — disse Rick. — Não estava na coletiva. Está tentando se adiantar a todo mundo. Sabe como é: não se preocupe em estar certo, só em ser o primeiro.

— Ei, Mac! Você não vai acreditar nisso.

De seu painel de vídeo, Pia Wilson mandou para todos os monitores remotos as imagens do flanco leste do Kīlauea.

— O piloto acabou de descer para o lago leste, no cume do Kīlauea.

— Ele o *quê*?

Pia deu de ombros.

— Veja você mesmo.

MacGregor sentou diante dos monitores. A pouco mais de seis quilômetros dali, o cone preto de cinzas do Pu'u'ō'ō — um nome havaiano que significava "Morro do Aguilhão" — se erguia a noventa metros de altura no flanco leste. Esse cone era um centro de atividade vulcânica desde que entrara em erupção, em 1983, cuspindo uma fonte de lava que chegava a seiscentos metros. A erupção continuou por todo o ano, produzindo uma quantidade gigantesca de lava, que fluiu por quase treze quilômetros até afundar no oceano. No caminho, soterrou toda a cidade de Kalapana, destruiu duzentas casas e criou um grande acúmulo de lava numa baía em Kaimūī, onde deslizou fumegando para o mar. A atividade no Puʻuʻōʻō continuou por 35 anos — uma das erupções vulcânicas contínuas mais longas já registradas —, só terminando quando a cratera entrou em colapso, em 2018.

Helicópteros de turismo vasculharam a área em busca de novos lugares para tirar fotos, e os pilotos descobriram um lago a leste da cratera colapsada. A lava quente borbulhava e formava ondulações incandescentes que se quebravam contra a beirada de um cone menor. Às vezes, uma fonte de lava subia até quinze metros no ar sobre a superfície iridescente. Mas a cratera onde ficava o lago leste tinha pouco menos de cem metros de diâmetro — uma abertura estreita demais para descer voando.

Os helicópteros nunca entravam lá.

Pelo menos até agora.

— Mas que inferno! — praguejou Jenny.

— *Inferno* é a palavra certa — disse Mac.

8

MACGREGOR CONTINUOU COM OS olhos colados na tela.

— De onde vem essa imagem?

— Da câmera da beirada, apontada para baixo.

Mac viu o helicóptero pairando acima do lago de lava. Era possível ver o cinegrafista através de uma porta aberta do lado esquerdo, com a câmera no ombro. O imbecil estava se inclinando para fora, filmando a lava.

Era como uma cena de filme de ação, com efeitos especiais e tudo, pensou Mac. Só que ali era tudo real.

— Eles estão loucos — disse Mac. — Com tantas fontes termais ao redor...

— Se brotar uma fonte aí, eles vão virar *pūpūs* fritos.

— Precisamos tirar esses dois daí — disse MacGregor. — Quem está no rádio?

Do outro lado da sala, Jenny cobriu o bocal do telefone e disse:

— Hilo está em contato com a aeronave. Eles disseram que já estão saindo.

— Ah, é? Então por que não estão se movendo?

— Foi o que eles disseram, Mac. Não posso fazer nada.

— Sabemos como está o nível de gases lá embaixo? — perguntou MacGregor.

Perto do lago de lava havia altas concentrações de dióxido de enxofre e monóxido de carbono. MacGregor apertou os olhos para enxergar melhor o monitor.

— Dá pra ver se o piloto está com um tanque de oxigênio? Porque o cinegrafista claramente não está. Esses dois idiotas vão desmaiar se ficarem mais tempo aí.

— Ou o motor pode apagar— disse Kenny, sacudindo a cabeça. — Motores de helicóptero precisam de ar, e não tem muito ar lá dentro.

— Eles estão saindo, Mac — avisou Jenny.

O helicóptero começou a subir. Eles viram o cinegrafista se virar e sacudir o punho cerrado para Jake Rogers. Claramente, não queria ir embora.

Isso significava que o passageiro de Rogers era ainda mais imprudente que ele.

— Vai logo — disse MacGregor para a tela, como se Jake Rogers pudesse ouvi-lo. — Você já abusou da sorte, Jake. *Sai logo daí.*

O helicóptero se ergueu mais depressa. O cinegrafista bateu a porta, irritado. A aeronave começou a fazer uma curva ao chegar à beirada da cratera.

— Agora vamos ver se eles conseguem passar pelas fontes termais — comentou MacGregor.

De repente, houve um clarão, e o helicóptero oscilou e pareceu tombar para o lado. A aeronave girou lateralmente pelo interior da abertura e se chocou na parede oposta, levantando uma nuvem de cinzas que obscureceu a vista da aeronave.

Em silêncio, todos ficaram observando enquanto a poeira baixava. Viram o helicóptero de lado, a mais ou menos sessenta metros abaixo da abertura, precariamente equilibrado numa saliência profunda abaixo da parede da cratera, uma inclinação rochosa que mais adiante descia na direção do lago de lava.

— Alguém pega o rádio para ver se esses imbecis ainda estão vivos — disse Mac.

Todo mundo na sala continuou olhando para os monitores.

Nada aconteceu num primeiro momento; era como se o tempo tivesse parado junto com o helicóptero. Então, diante do olhar de todos, algumas pedras menores sob a aeronave começaram a rolar para baixo, caindo no lago de lava e desaparecendo sob a superfície derretida.

— A coisa só piora — disse MacGregor, com uma voz que não era mais que um sussurro.

Mais pedras foram rolando pela parede da cratera, seguidas por outras — essas maiores —, até a coisa se transformar num deslizamento. O helicóptero se moveu e começou a escorregar junto com as rochas para a lava quente.

Horrorizados, eles viram a aeronave continuar a deslizar. A poeira e o vapor dificultaram a visão por um momento, mas, quando se dissiparam, foi possível ver o helicóptero caído de lado, com as pás da hélice envergadas contra a rocha e os esquis voltados para fora, a cerca de quinze metros acima da lava.

— São pedras soltas — disse Kenny. — Não sei quanto tempo vão aguentar.

MacGregor assentiu com a cabeça. A maior parte da cratera era composta de dejetos do vulcão, pedras porosas e redondas como seixos, frágeis e traiçoeiras sob os pés, prestes a colapsar a qualquer momento. Mais cedo ou mais tarde, o helicóptero percorreria o restante da descida para o lago de lava. Provavelmente em questão de minutos, no máximo em questão de horas.

Do outro lado da sala, Jenny chamou:

— Mac? Hilo ainda está em contato com eles. Os dois estão vivos. O cinegrafista está ferido, mas eles sobreviveram.

MacGregor sacudiu a cabeça.

— E o que exatamente nós podemos fazer com essa informação?

Ninguém se manifestou, mas estavam todos olhando para ele. MacGregor sentiu como se estivesse de novo na coletiva de imprensa, prestes a assumir o microfone.

— A culpa é deles mesmos, pô — disse Kenny.

— Isso não é exatamente uma novidade — comentou MacGregor, se abaixando para desamarrar os sapatos.

— Não mesmo — disse Jenny, do outro lado da sala.

— Quanto tempo de luz do dia ainda temos? — perguntou MacGregor para ela.

— Uma hora e meia, no máximo.

— Não é tempo suficiente.

— Mac, podemos chamar outro helicóptero, para jogar uma corda e puxá-los para fora.

— Seria suicídio mais alguém entrar lá, Mac — avisou Pia.

— Liguem para Bill e digam para ir ligando o motor — instruiu Mac. — Liguem para Hilo e peçam para eles fecharem o espaço aéreo nessa área para qualquer outra aeronave. Depois liguem para Kona e peçam a mesma coisa. Enquanto isso, eu preciso de uma mochila e um colete tático e de alguém para servir de escora. Vocês decidem quem. Vou sair em cinco minutos, assim que calçar as botas.

— Espera aí — disse Pia, incrédula. — Vai sair pra fazer o que exatamente?

— Tirar esses imbecis de lá — respondeu MacGregor.

9

Cume do Kīlauea, Havaí

O HELICÓPTERO VERMELHO DECOLOU do heliponto do HVO e seguiu para o sul. Mais adiante, a seis quilômetros e meio dali, estava o cone preto do Puʻuʻōʻō, com uma nuvem espessa de vapor subindo pelo ar.

Ele verificou mais uma vez seu equipamento no assento dianteiro, para se certificar de que tinha tudo que seria necessário. Jenny Kimura e Tim Kapaana iam no banco traseiro. Tim era o mais parrudo entre os técnicos de campo, um ex-jogador semiprofissional de futebol americano.

Pelo *headset*, Jenny disse:

— Mac? Hilo está dizendo que eles podem acionar um helicóptero Dolphin de resgate da Estação da Guarda Costeira de Maui, que chegaria aqui em meia hora. Eles podem se encarregar do salvamento. Você não precisa fazer isso.

MacGregor se virou para Bill Kamoku, o piloto, um homem sempre cuidadoso e meticuloso.

— Bill?

O piloto sacudiu a cabeça.

— Vai dar uma hora, no mínimo, até eles chegarem aqui.

— A essa altura já será noite — comentou Mac.

— Certo.

— E não dá pra resgatar ninguém no escuro.

— Pô, acho que não daria pra eles fazerem esse resgate nem à luz do dia, Mac — acrescentou Bill. — A vibração das hélices de um helicóptero do tamanho de um Dolphin em cima daquela cratera estreita ia causar mais deslizamentos, e aí já era.

— Mas, Mac... — insistiu Jenny.

Ele se virou para ela.

— Vamos ser sinceros aqui. Se esperarmos mais, eles morrem.

Ele olhou para fora. Estavam sobre a zona de rifte, seguindo uma linha de fraturas fumegantes na rocha e pequenos cones de cinzas nos campos de lava. A cratera colapsada do Puʻuʻōʻō ficava a pouco mais de um quilômetro e meio, e logo em seguida já se chegava ao lago de lava.

— Onde você quer ser deixado?

— O lado sul é o melhor.

Eles não podiam aterrissar perto da borda da cratera, pois era um solo com muitas rachaduras e totalmente instável. Mac e Bill sabiam disso.

— Por que você acha que Jake desceu lá? — perguntou Mac.

Bill se virou, com os olhos escondidos pela viseira do capacete.

— Grana. Acho que ele estava precisando do dinheiro, Mac. E tem outro motivo também.

— Que é?

— Ele é o Jake.

O helicóptero desceu a cerca de vinte metros da borda da cratera. Imediatamente, o para-brisa ficou embaçado por causa do vapor que subia das fissuras mais próximas. MacGregor abriu a porta e sentiu um ar úmido e escaldante no rosto.

— Não dá pra ficar aqui, Mac — avisou Bill. — Preciso descer a encosta.

— Vai lá — respondeu Mac, tirando o *headset* e saltando para a lava cinza enegrecida sem hesitação, abaixando a cabeça sob as hélices que giravam sem parar.

Jenny Kimura podia ouvir os estalos da lava enquanto sua superfície se solidificava, e o rumor da nova lava rachando a rocha recém-formada. Viu duas fissuras vulcânicas na parte externa da parede da cratera, uma ao oeste e outra ao norte. O helicóptero caído estava do lado oposto, numa saliência da rocha acima do lago, mas agora sua posição era ainda mais precária. A lava poderia se mover a qualquer momento, o que significava que a aeronave poderia cair lá dentro em questão de segundos.

Mac já tinha fechado o zíper do macacão verde. Ele apertou bem as cintas do equipamento de descida ao redor da cintura e das pernas. Poderia afrouxar quando estivesse lá embaixo e prender outra pessoa também.

MacGregor entregou a ponta da corda para Tim.

— Por favor, me deixa fazer isso — pediu Tim.

— Não. — MacGregor pendurou uma máscara antigás no pescoço e pôs outras duas na mochila. — Você consegue me segurar daqui. Eu não conseguiria segurar você.

Ele ajustou o *headset* do equipamento de rádio nas orelhas e baixou o microfone para a frente do rosto. Jenny fez o mesmo e prendeu o transmissor no cinto. Ela ouviu MacGregor dizer:

— Lá vamos nós.

Tim deu alguns passos para longe da beirada e se preparou. A corda imediatamente se retesou em suas mãos, enquanto MacGregor descia pela lateral da parede.

Jenny estava nauseada de preocupação, apesar de tentar não demonstrar. Tinha havido pelo menos duas fatalidades dentro da cratera do Pu'u'ō'ō. A primeira em 2012, quando um montanhista americano irresponsável entrou lá sem autorização, passou mal com os vapores e caiu no lago de lava. A segunda foi em 2018, quando um vulcanologista alemão cabeça-dura insistiu em descer de rapel para coletar amostras de gás, mesmo sabendo que a cratera estava colapsando; ele foi pego numa fonte de lava repentina e... adeus. Desde então, ninguém tinha sido louco o suficiente para entrar na cratera do lago leste.

Jenny ajustou o *headset*. Pelos fones, ouviu entre chiados as vozes do posto de controle de Hilo, depois o som de tosses vindo do helicóptero mais abaixo.

Ela observou a descida lenta e cautelosa de Mac para dentro da cratera.

10

O LAGO DE LAVA era quase redondo e tinha a crosta preta interrompida por faixas de um vermelho vivo e incandescente. O vapor subia por pelo menos uma dúzia de fissuras nas rochas. As paredes eram íngremes, e os apoios para os pés, nada seguros; Mac perdia o equilíbrio e escorregava o tempo todo enquanto descia.

De repente, sua perna estendida atingiu uma superfície sólida, como um jogador de beisebol deslizando na terra para chegar à segunda base.

Apesar de ainda não ter descido para muito longe da beirada, já sentia o calor escaldante do lago. O ar bruxuleava instavelmente em meio à convecção das correntes ascendentes. Somando a isso, odores sulfúricos saíam da cratera e ele começou a se sentir nauseado.

Estava suando por baixo do macacão resistente ao calor. Uma fina camada de isolamento feita de espuma Mylar posicionada entre as camadas de tecido corta-vento Gore-Tex impedia sua pele de transpirar porque, se a temperatura subisse de forma repentina, o suor se transformaria em vapor e escaldaria seu corpo, o que era morte quase certa. Vários cientistas já tinham morrido daquele jeito, sendo o caso mais recente o de seu amigo Jim Robbins no vulcão Anak Krakatau, na Indonésia.

Mac voltou a perder o equilíbrio e deslizou vários metros na poeira quente antes de apoiar os pés de novo a duras penas.

Pelo rádio, Jenny perguntou:

— Está tudo bem?

— Tranquilo.

Ele sabia, porque tinha a obrigação de saber, que 67 cientistas ao redor do mundo tinham morrido trabalhando no raio de mais ou menos um quilômetro de cumes vulcânicos. Três deles, além de quarenta pessoas que não eram especialistas na área, haviam sido queimados num piscar de olhos no vulcão Unzen, no Japão, em 1991. Foi o pior acidente da história recente nesse ramo de estudos. Mas houve outros. Seis cientistas morreram no Cotopaxi, no Equador, numa explosão súbita ocorrida enquanto faziam medições.

MacGregor afastou esses pensamentos da cabeça e continuou descendo pelo paredão íngreme. O helicóptero estava à sua direita, a cerca de cem metros de distância. Ele se aproximava pelo flanco para que sua descida não causasse mais um deslizamento.

Ele ouviu um gemido no rádio e então uma transmissão chiada do piloto, com palavras entrecortadas.

— Mac.

Era Jenny de novo.

— Sim?

— Ouviu isso?

— Não.

— É o piloto. — Ela fez uma pausa. — Ele está preocupado que o helicóptero pode estar começando a vazar combustível.

— Então preciso acelerar o passo.

— Você sabe que isso não é seguro!

— Imaginei que você fosse dizer algo assim.

O helicóptero estava a menos de cinquenta metros acima do lago de lava. Abaixo da crosta, a lava incandescente devia estar a quase mil graus celsius, no mínimo. A única boa notícia era que, se o combustível tivesse mesmo vazado, já teria explodido a essa altura.

— Mas o Dolphin está vindo de Wailuku — insistiu Jenny. — Tem certeza de que não quer reavaliar seus planos?

— Tenho.

"Às vezes errado, mas nunca em dúvida", era o que diziam sobre Mac no HVO.

Em meio às plumas de vapor, Mac viu arranhões e amassados profundos no helicóptero. O motor de cauda tinha sido arrancado.

— Mac, estou passando você para o piloto.

— Certo.

Houve mais estalos. Pelo fone, Mac ouviu mais gemidos.

— Ei, Jake. Como está a situação? — perguntou ele.

Jake tossiu.

— Quer saber mesmo, bróder? Já estive melhor.

— Na moral agora, *ya*? — disse Mac, pedindo para ele não se agitar demais.

Mac ouviu algo entre uma tossida e uma risada pelo rádio.

— Como se eu tivesse muita escolha — respondeu Jake Rogers. — Tamo junto, certo?

11

JAKE ROGERS, DEITADO DE lado e sentindo uma dor absurda, olhava diretamente para o lago de lava e ouvia o sibilar do gás escapando das rachaduras incandescentes. Espirros de lava que pareciam uma massa de panqueca incandescente eram lançados na lateral da cratera.

Ele não achava que sua perna estivesse quebrada. O cinegrafista — Glenn alguma coisa — estava muito pior, gemendo do banco de trás que seu ombro estava deslocado. Ele se contorcia de dor, o que balançava o helicóptero.

Jake praguejou e falou mais uma vez para ele parar com aquilo ou acabaria matando os dois, mas o sujeito continuava gemendo e se contorcendo feito criança.

Pelo rádio, MacGregor perguntou:

— Como está o cinegrafista?

— Mal, Mac. — Silêncio. — Ombro estourado. E se comportando daquele jeito.

Lá de trás, o cinegrafista perguntou:

— Com quem você tá falando?

— Tem um cara descendo até aqui.

— Que bom! — gritou o cinegrafista.

Ele se ajeitou melhor no banco traseiro para olhar pela janela, e o súbito deslocamento de peso fez o helicóptero começar a se mover de novo. Jake bateu a cabeça no para-brisa de acrílico.

O cinegrafista começou a gritar.

Agora a apenas vinte metros, MacGregor observou sem poder fazer nada o helicóptero voltar a escorregar ruidosamente. Ouviu gritos lá de dentro que deviam ser do cinegrafista, porque Jake Rogers estava xingando o cara e o mandando calar a boca.

O helicóptero desceu mais cinco ou seis metros na direção da lava e, por um milagre, parou de novo. Os amortecedores ainda estavam virados para fora. Os motores retorcidos estavam afundados na parede granulosa. A porta do passageiro permanecia virada para cima.

— Mac? — chamou Jake. — Ainda está aí?

Com cautela, MacGregor se locomovia pela encosta.

— Sim, estou. Para sua sorte, não tenho nenhum outro compromisso hoje.

— Esse cara aqui só dá trabalho, Mac.

— Olha só quem fala. — Mac ouviu os gemidos de dor do cinegrafista. — Você consegue se mexer, Jack?

Ele estava perto o bastante da aeronave para conseguir ver Rogers.

— Acho que consigo.

MacGregor balançou uma máscara antigás Spark, oferecendo-a para Jake. Rogers fez que não com a cabeça.

— Preciso que você destranque a porta do passageiro para mim — disse MacGregor. — Não é para abrir, só para destrancar mesmo.

Jake se ajeitou e tentou alcançar a maçaneta. Mac ouviu um estalo metálico. Depois outro. O piloto fez uma careta de esforço, sem conseguir fazer o que queria.

— Essa *porcaria* está emperrada!

— Acho que você sabe qual é a outra opção — disse Mac.

12

LÁ DO ALTO, DA beirada da cratera, Jenny observava tudo pelo binóculo. Ela viu Mac dar uma guinada súbita e começar a se deslocar para a frente do helicóptero.

— Mac, *o que* você está fazendo? — perguntou ela.

— Tentando pegar a caixa de ferramentas.

— Isso é loucura!

— Mas eu preciso.

Jenny se virou para Tim.

— Onde fica a caixa de ferramentas dessas coisas?

— A bombordo. — Ele sacudiu a cabeça. — Ou, nesse caso, no lado da lava.

— Eu sabia! — disse Jenny. — Mac vai entrar *embaixo* do maldito helicóptero!

Mac deslizou para baixo do helicóptero, a apenas uns quarenta metros acima do lago de lava. Conseguia ver inclusive o vermelho refletido no metal acima de sua cabeça. Puxou a pequena alça no painel da fuselagem com todo o cuidado, para não sacudir ainda mais a aeronave, e abriu.

A caixa de metal estava presa firmemente lá dentro.

Ele soltou as presilhas das alças de lona e puxou a caixa em sua direção, mas ela havia se movimentado um pouco no acidente e estava presa lá dentro. Mac tentou liberá-la sem desestabilizar a aeronave.

— *Vamos...* — falou ele, puxando com mais força.

O tempo era um fator crucial, mas ele precisava daquela caixa.

— *Sai daí logo, sua...*

A caixa se soltou.

Jenny se virou para Tim, cobriu o microfone e perguntou:

— Há quanto tempo ele está lá embaixo?

— Dezoito minutos.

— Ele não está de máscara. Isso pode ajudar o áudio da comunicação, mas ele vai sentir os efeitos logo, logo. Nós dois sabemos disso.

Ela estava se referindo ao dióxido de enxofre, um gás concentrado perto do lago. Combinado com a camada de água na superfície dos pulmões, formava ácido sulfúrico. Era um grande perigo para todos que trabalhavam perto de vulcões.

— Mac? — chamou ela. — Você já pôs a máscara?

Ele não respondeu.

— Mac. *Fala comigo.*

— Estou meio ocupado no momento — respondeu ele, por fim.

Ela olhou pelo binóculo e viu que Mac estava se movendo de novo. Tinha ido para a parte de cima e estava prestes a se debruçar sobre o para-brisa. Ela não conseguia enxergar seu rosto, mas viu as tiras presas na parte de trás da cabeça, sinal de que estava de máscara.

Jenny o viu se ajoelhar e se arrastar desajeitadamente em direção ao para-brisa.

Agachado, ele abriu a caixa de ferramentas, pegou o que parecia ser uma pequena alavanca de aço forjado e começou a forçar a porta. Conseguiu afastar a borda metálica uns quinze centímetros de cada lado da fechadura.

Jake o olhava através do acrílico transparente e, apesar de ser um cara durão, não conseguia esconder a dor. O para-brisa estava começando a ficar embaçado à medida que o ácido sulfúrico e o ar se acumulavam no acrílico.

Mac pegou um pé de cabra curto e começou a tentar abrir a porta à força. Viu quando Jake começou a forçar a janela por dentro e ouviu os gemidos do cinegrafista. MacGregor forçou mais a ferramenta, usando toda a alavancagem que podia, até que, com um estalo metálico, a porta se escancarou e bateu com força na fuselagem lateral. Mac prendeu a respiração, rezando para que a aeronave não voltasse a escorregar.

Ela continuou parada.

Jake Rogers enfiou a cabeça para fora pela porta aberta.

— Eu te devo uma, bróder.

— Pois é, bróder, nem me fale.

MacGregor estendeu a mão, e o piloto segurou-a para subir no para-brisa. Quando ele saiu, Mac viu que a perna esquerda da calça dele estava empapada de sangue, que manchou toda a superfície curva do acrílico.

— Consegue andar? — perguntou MacGregor.

— Até lá em cima? — Jake apontou para a beirada da cratera. — Pode apostar.

Mac soltou uma das cordas e entregou a ele. Jake a prendeu no seu cinturão. MacGregor se inclinou sobre a porta e olhou para dentro da aeronave.

No banco traseiro, o cinegrafista estava todo encolhido no lado mais distante do helicóptero. Ainda choramingando. Um *haole* magrelo, de vinte e tantos anos, pálido como cera.

— Ele tem nome? — perguntou Mac para Jake.

— Glenn.

Jake já estava começando a escalar a encosta.

— Glenn — chamou MacGregor. — Olha pra mim.

O cinegrafista levantou a cabeça e o encarou com um olhar vazio.

— Eu preciso que você se levante daí e segure a minha mão — disse MacGregor.

O cinegrafista fez menção de se levantar, mas, nesse momento, a lava lá embaixo começou a borbulhar, e uma pequena fonte se projetou para cima com um sibilado. Glenn se jogou de novo para onde estava e voltou a chorar.

Pelo rádio, Mac ouviu Jenny dizer:

— Mac? Você já está aí embaixo há vinte e seis minutos. Sabe melhor que ninguém o que isso significa. Glenn e Jake já estão com restrições na função pulmonar. Você precisa sair daí antes de ser afetado também.

— Pode deixar — disse MacGregor, olhando para o lago através do para-brisa.

Tudo o que havia aprendido sobre vulcões em todos os lugares por onde passou lhe dizia que sua situação não era nada confortável.

— *A gente vai morrer aqui embaixo!* — gritou Glenn, com as lágrimas escorrendo pelo rosto.

— Aguenta firme aí! — rugiu Mac, e desceu para dentro do helicóptero.

13

JENNY KIMURA ESTREMECEU ENQUANTO observava Mac pelo binóculo, tentando com a força do pensamento fazê-lo sair do helicóptero e voltar a um lugar seguro. A conexão que sempre sentiu entre os dois — apesar de nunca terem falado a respeito — estava mais forte do que nunca.

— O que ele está fazendo agora? — perguntou Tim, segurando as cordas.

— Ele está lá dentro.

— Ele o *quê*?

— Ele entrou no maldito helicóptero — disse ela, sacudindo a cabeça.

— *Por quê?*

— Você sabe por quê — respondeu Jenny. — Ele *não* consegue se conter.

— Sempre um aventureiro, até o fim — comentou Tim.

— Se não se incomoda, não vamos falar sobre o fim ainda — pediu ela.

O helicóptero girava lentamente em seu próprio eixo. Mac se agarrou ao assento, tentando manter o equilíbrio, observando sem poder fazer nada enquanto o mundo lá fora girava, com o para-brisa de acrílico mais próximo que nunca da superfície incandescente.

Então a aeronave parou de se mover, o acrílico começou a formar bolhas e derreter, e a fumaça tomou conta do interior do helicóptero.

MacGregor estendeu a mão com a máscara antigás.

— Põe isso aqui — disse ele.

— *Não consigo!* — respondeu o cinegrafista. — Acho que vou vomitar!

Não adiantava tentar argumentar com ele; MacGregor precisava tirá-lo logo dali, com ou sem máscara. Em poucos minutos, o helicóptero explodiria.

— Segura a minha mão logo! — ordenou Mac para o cinegrafista. — *Agora.*

Na sala de análise de dados do HVO, Rick Ozaki olhou para o monitor e disse:

— Ele está correndo mais riscos agora que Linda foi embora com os meninos.

— Ah, qual é — retrucou Pia —, ele sempre correu riscos. Isso está no código genético do cara.

— Ouvi dizer que foi por isso que Linda desistiu de vez.

— Não, foi por causa do escritório de advocacia.

— Sério mesmo? — interrompeu Rick. — Vocês vão querer falar sobre o casamento do Mac justo *agora*?

— Desculpa.

— O cara é um chato — acrescentou Rick. — Mas é o nosso chato.

De repente, os alarmes dispararam. Uma luz vermelha de alerta piscava sem parar na parte inferior da tela de Pia: CONTAMINAÇÃO DE DADOS. Rick desviou os olhos do monitor e perguntou:

— Que raios está acontecendo agora?

Do outro lado da sala, Kenny Wong observava o seu monitor.

— Acho que são os pontos de coleta e análise de gases na cratera — disse ele.

— E o que está acontecendo? — perguntou Pia.

— Estão detectando uma coisa diferente dentro da cratera — explicou Kenny. — Monóxidos, dióxidos, sulfetos, o de sempre, e também...

— O quê?

— Parece ser um novo complexo... alto teor de carbono, muito etileno, grupos metil em alta concentração.

Pia Wilson atravessou a sala e olhou por cima do ombro dele.

— Que *droga!* — praguejou ela.

— Você sabe o que é isso?

— Sei — disse Pia. — Combustível de aviação.

Dentro do helicóptero, Glenn finalmente conseguiu estender o braço não ferido. MacGregor segurou sua mão e o puxou lentamente para si.

— Só tenta manter o equilíbrio, pra não balançar essa coisa — avisou Mac.

O cinegrafista pisou entre os assentos, tossindo por causa da fumaça e se movendo como se estivesse atordoado.

Estavam a poucos metros do lago de lava. Pequenas faíscas começavam a se inflamar. MacGregor saiu, puxando Glenn atrás de si.

Ele tentou ignorar o cheiro de combustível.

Quase sem tempo.

Glenn o seguiu para fora.

— Você consegue — disse Mac, segunrando-o firme enquanto seus pés escorregavam.

— Eu tenho medo de altura — falou Glenn, mantendo os olhos fixos na beirada da cratera, e não na lava.

Deveria ter pensado nisso antes, seu burro, Mac teve vontade de dizer.

MacGregor olhou para cima e viu Jake já a uns dez metros acima, chegando até Tim. Lá embaixo, o odor pungente do combustível de aviação estava mais forte do que nunca.

Mac tentou usar um tom de voz tranquilo com Glenn e distraí-lo do que acontecia ao redor.

— Estamos quase lá.

— Nós precisamos parar — disse o cinegrafista.

— Não! — retrucou MacGregor.

Eles continuaram subindo. O cara olhou ao redor e falou:

— Ei, que cheiro é esse?

Tarde demais para mentir, mas já estamos bem perto da abertura.

— Combustível — informou John MacGregor.

Seu rádio chiou, e ele ouviu a voz de Jenny dizer:

— Mac, o laboratório avisou que a concentração de combustível está subindo.

Mac olhou para baixo e viu que o para-brisa curvado de acrílico da aeronave tinha começado a queimar; as chamas subiam para a fuselagem.

O rádio chiou mais uma vez.

— Mac, você está ficando sem tempo...

Mas, nesse exato momento, Tim já estava agarrando Glenn com seus braços fortes e o puxando sobre a beirada. Em seguida fez o mesmo com Mac, que olhou para trás e viu o helicóptero envolto em chamas. Glenn tentou voltar para espiar a cratera, mas Tim o empurrou com força na direção da aeronave do observatório.

— Já estamos em segurança — falou o cinegrafista. — Por que a pressa, pô?

O helicóptero lá embaixo explodiu.

Houve um estrondo ruidoso, e a força da detonação quase os mandou para o chão. Uma bola de fogo alaranjada subiu para além da beirada da cratera. Um instante depois, uma chuva de fragmentos metálicos quentes e afiados começou a cair pela encosta enquanto eles corriam para o helicóptero do HVO.

— É esse o motivo da pressa, imbecil! — gritou Mac para Glenn, o cinegrafista.

14

Observatório Vulcânico do Havaí (HVO)

AS PORTAS DA AMBULÂNCIA se fecharam. MacGregor ficou observando enquanto o veículo saía do estacionamento e contornava a caldeira, suas luzes piscando na escuridão cada vez mais profunda. Ele se virou para Jenny.

— Isso vai dar problema com a imprensa.

Ela sacudiu a cabeça.

— Duvido. Acho que Jake e esse cinegrafista não vão querer tornar isso público. — Ela estendeu a mão para tocar o rosto dele, sem conseguir se segurar. — Pensei que fosse perder você.

— Você sabe que não ia.

— Hoje eu não sabia, não — disse ela.

Por um momento, Mac pensou que Jenny fosse chorar. Sentiu uma necessidade repentina de abraçá-la, mas se conteve, porque não sabia quem poderia estar olhando.

Eles voltaram para o prédio principal do laboratório. Era uma noite de céu aberto, e a sombra do Mauna Loa pairava sobre eles, o contorno de sua encosta visível apenas como uma silhueta contra o azul-escuro do céu.

— Rick e Kenny querem conversar sobre uma coisa — avisou Jenny.

MacGregor olhou o relógio.

— Isso não pode esperar até amanhã?

— Eles disseram que não.

Quando Mac e Jenny entraram na sala de análise de dados, Rick Ozaki não se constrangeu em abraçá-lo. Mac estava sorrindo quando se afastou.

— Mais um pouco e a gente ia ter que escolher o lugar da lua de mel — comentou ele.

Rick retribuiu o sorriso.

— Ah, vá para o inferno.

— E eu aqui pensando que estava rolando um clima.

— Então, escuta só — disse Rick. — Vou ser sucinto...

MacGregor sentou ao lado dele e olhou para a tela. O monitor mostrava a imagem gerada por computador de um corte lateral do Kīlauea e do Mauna Loa que girava lentamente em três dimensões. Sob os vulcões, tubos e reservatórios de magma estavam assinalados num cinza-claro, uma visão possível graças a centenas de sensores muito bem posicionados.

— Então — começou Rick —, a partir dos dados de atividade sísmica e deformação do solo, obtivemos nosso modelo da estrutura interna do Mauna Loa até mais ou menos quarenta quilômetros abaixo da superfície. Como você sabe, estamos refinando esse modelo faz dez anos.

Rick deu um zoom, ampliando a imagem. Abaixo do Mauna Loa, as estruturas cinzentas relacionadas ao magma eram mais ou menos como uma árvore: um tronco central bojudo subindo, dividindo-se em galhos grossos e, mais perto do topo, em uma série de reservatórios de magma horizontais que lembravam folhas.

— Essa é a localização do sistema de transporte de magma dentro do vulcão — explicou Rick. — Nós já tínhamos isso há dez anos. A diferença é que agora é tudo cem por cento preciso. Aqui está a série de dados dos últimos seis meses, e, como você pode ver, os epicentros dos tremores estão alinhados com os tubos de magma.

Quadrados pretos representando os centros de abalos sísmicos permeavam as colunas de magma.

— Certo?

— Certo — disse MacGregor. — Mas eu acho...

— Primeiro me deixe falar o que *eu* acho — interrompeu Rick. — Aqui estão os dados de inflação da rede GPS.

— Sim, sim.

MacGregor suspirou. Estava olhando para a barriga volumosa de Rick. Houve um tempo em que para ser um vulcanologista era preciso estar em forma. Para membros da equipe de campo, como Tim Kapaana, subir e descer encostas para fazer observações, cuidar da manutenção das estações de monitoramento, retirar colegas de locais perigosos eram atividades empolgantes. MacGregor só ouvia reclamações sempre que levava os analistas de sistemas e dados para o campo. Era quente demais, andar nos campos de lava era difícil, a lava perfurava as botas e derretia as solas. Para o bem ou para o mal, a nova geração de cientistas era viciada em computadores, assim como a garotada em seus celulares. Contentavam-se em ficar no laboratório trabalhando com números em monitores. MacGregor achava que isso produzia uma espécie de arrogância que os levava a aceitar apenas o que as máquinas diziam. Ele via isso na postura de Rick Ozaki.

— Kenny, eu e o resto do pessoal andamos conversando, Mac — disse Rick.

— Não me diga.

Rick ignorou o comentário e continuou:

— Olha só, tudo funciona melhor hoje em dia. Quando o velho Thomas Jaggar criou o observatório, em 1912, previa erupções em termos de meses. Os cientistas que vieram depois trabalhavam com uma margem de acerto de dias. Nós podemos prever até a hora.

— Eu sei disso.

— E eu sei que você sabe — respondeu Rick. — Além de um entendimento melhor em termos de tempo, temos também uma noção muito mais precisa sobre exatamente onde uma erupção vai acontecer. Antes da erupção de 1984, eles sabiam que aconteceria dentro de um determinado raio de quilômetros quadrados, e todo mundo foi para o campo observar a lava. A erupção de 2022 foi pequena, mas serviu como aprendizado. Kenny e eu acreditamos que podemos prever os lugares onde a lava vai aparecer com uma margem de erro de dez metros.

MacGregor assentiu com a cabeça.

— Vá em frente.

— Nós andamos pensando, Mac. Temos as previsões, podemos falar quando e onde a lava vai surgir, então talvez seja a hora de dar o próximo passo.

— Que seria?

Rick fez uma pausa antes de dizer:

— Intervir.

— Intervir?

— Sim. Intervir na erupção. Controlá-la.

MacGregor franziu a testa.

— Escuta só, Rick, você sabe que eu respeito a sua opinião...

— E você sabe o quanto nós respeitamos a sua, apesar de todas as provocações que fazemos — disse Kenny, se aproximando. — Mas achamos que dá pra posicionar cargas explosivas em locais específicos na zona de rifte e criar fissuras no vulcão.

— Ah, é mesmo?

— Sim.

MacGregor soltou uma risada.

— Estou falando sério, Mac.

— *Criar fissuras no vulcão?*

— Por que não?

MacGregor não respondeu. Simplesmente se levantou e subiu para o ponto de observação, localizado logo acima do laboratório. Rick e Kenny o seguiram.

— É sério, Mac — insistiu Rick. — Por que não, pô?

MacGregor olhou para a vasta extensão do Mauna Loa, uma silhueta escura contra o céu noturno que preenchia todo o horizonte.

— Por *isso* — falou, apontando.

— Sim, claro, ele é grande — começou Kenny —, mas...

— Grande? — interrompeu MacGregor. — O que podemos ver desse monstro aqui de cima é grande. Se medir desde a base, no assoalho oceânico, esse vulcão tem quase dez mil metros de altura, uns cinco mil debaixo d'água e mais de quatro mil acima. É, de longe, o maior fenômeno geográfico do planeta. E produz um volume absurdo de lava, mais de 750 milhões de metros cúbicos só nos últimos trinta anos. A erupção de 1984 não foi muito grande, mas produziu lava suficiente para soterrar Manhattan debaixo de quase dez metros de lava. Mas para o Mauna Loa, foi pouco mais que um arroto. E tem também a velocidade. Em 2022, a produção de lava ficou entre quarenta e oitenta metros cúbicos por segundo. É lava suficiente para encher um apartamento em Manhattan a cada segundo. E vocês vêm me dizer para *criar fissuras* nessa coisa? Acho que estão passando tempo demais na frente do computador. Essa montanha não é uma imagem de satélite colorida artificialmente que vocês podem manipular com dois cliques. É uma força gigantesca da natureza.

Na escuridão, Kenny e Rick tentaram manter a paciência enquanto Mac os repreendia como se fossem crianças que não soubessem do que estavam falando.

— Nós entendemos, Mac — disse Kenny. — Já somos crescidinhos.

— Entendem *mesmo*? Quando foi a última vez que estiveram lá? — questionou MacGregor. — São quatro ou cinco horas andando só pra dar uma volta em torno da caldeira. É uma montanha gigantesca, pessoal.

— Na verdade, nós passamos um bom tempo lá em cima ultimamente — disse Rick. — E achamos que...

— Nossa maior preocupação — interrompeu Kenny — não é o Mauna Loa, Mac. É *aquilo*. — Ele apontou para o outro lado, para o mar e as luzes brilhantes de Hilo. — A lava deixou a cidade em perigo quatro vezes no último século. O próprio Jaggar tentou criar desvios, barragens e usar bombas para impedi-la. E nada funcionou.

— Não mesmo — concordou MacGregor. — Mas a lava também não chegou a Hilo.

— Em 1984 os fluxos chegaram a meros seis quilômetros de distância — rebateu Kenny. — Nós sabemos que, mais cedo ou mais tarde, vão acabar chegando lá. Hilo tem quase cinquenta mil habitantes hoje, e esse número cresce a cada ano. Então, Mac, a questão é a seguinte: da próxima vez que uma erupção ameaçar a cidade, o que nós vamos fazer para impedir? De que adianta tanto conhecimento se não conseguimos nem proteger a cidade mais próxima?

— É isso — reiterou Rick. — Vamos encarar os fatos: vai chegar o dia em que vão exigir de nós o controle do fluxo de lava, e a única maneira de fazer isso na prática é criando fissuras. Direcionando o fluxo de magma dos reservatórios profundos para a superfície — ele fez uma pausa para criar um efeito dramático —, para os lugares que *nós* escolhermos.

MacGregor suspirou e balançou a cabeça.

— Pessoal...

— Achamos que a ideia precisa ser pelo menos levada em consideração — insistiu Rick. — E o lugar perfeito para fazer experimentos é na depressão entre os dois cumes, onde não importa se vai ou não dar certo. Não tem nada por lá a não ser aquela base do exército, e eles não estão nem aí. Vivem fazendo explosões lá em cima.

— E o que vocês pretendem explodir para criar fissuras no vulcão? — questionou MacGregor.

— Não muita coisa. Achamos que uma série de explosões relativamente pequenas pode levar as zonas de rifte pre-existentes a criar uma fissura que...

— Zonas de rifte pre-existentes? Não. Sinto muito, dá pra ver que vocês pensaram muito nisso, mas é um absurdo total.

— Talvez não, Mac. Inclusive, o Departamento de Defesa fez um estudo de viabilidade dessa ideia nos anos 1970 e concluiu que poderia ser possível no futuro — contou Kenny. — Foi um estudo da Agência de Projetos de Pesquisa Avançada de Defesa, conduzido pelo Corpo de Engenheiros do Exército. Nós encontramos uma cópia do relatório nos arquivos. Se quiser, você pode dar uma olhada e...

MacGregor sacudiu a cabeça.

— Não estou muito interessado, não.

— Mesmo assim, aqui está, Mac.

Kenny colocou uma pasta azul em suas mãos. Impressa com letras grandes estava a palavra VULCANO; logo abaixo, em caracteres menores, o nome e a sigla da agência em inglês, DARPA. MacGregor deu uma folheada. O papel já estava ficando amarelado. Ele viu os gráficos em preto e branco, as páginas datilografadas. Tudo com a cara dos anos 1970.

Mac sacudiu a cabeça.

— Vocês estão se recusando a escutar.

— Você também — rebateu Kenny. — Pelo menos se dê ao trabalho de ler o relatório.

— Certo. Depois que eu descansar um pouco.

Ele fechou a pasta. Os dois o encaravam como se estivessem lhe oferecendo uma oportunidade única na vida. MacGregor se sentia, como acontecia muitas vezes ao lidar com cientistas mais jovens, como um pai falando com filhos pequenos.

— Certo, olhem só — falou ele. — Vamos fazer o seguinte: tirem as próximas 24 horas para fazer seu próprio estudo de viabilidade.

— Sério mesmo? — perguntou Rick.

— Muito sério, inclusive.

— Ótimo! — exclamou Kenny.

— Vocês vão até o vulcão, percorrer as zonas de rifte e traçar uma rota no meio daquelas rachaduras gigantes que se estendem até abaixo do assoalho oceânico para mandar magma para a superfície. Então podem decidir exatamente onde colocar os explosivos. Depois façam um mapa detalhado, elaborem um plano e podemos conversar.

— Vai estar tudo pronto amanhã mesmo! — garantiu Rick.

— Muito bem — respondeu MacGregor.

Ele sabia exatamente como terminaria aquele experimento. Quando fossem andar sobre a lava, eles veriam a magnitude do projeto que estavam propondo. Ora, só para percorrer a zona de rifte noroeste era necessário um dia inteiro de caminhada.

— E agora, se me permitem, eu vou pra casa preparar uma bebidinha — anunciou ele.

Mac olhou para as palmas das mãos. Ainda estavam vermelhas e quentes, como se o fogo o tivesse seguido até ali.

— Tem certeza de que você está bem, Mac? — perguntou Kenny, enquanto MacGregor seguia para a sala de análise de dados.

— Estou, sim — respondeu John MacGregor. — Mas não vou mentir pra vocês. Já tive emoções mais que suficientes para um dia.

15

Borda da cratera do Kīlauea, Havaí
Tempo até a erupção: 110 horas

MACGREGOR PAROU NA VAGA coberta em sua casa na Crater Rim Drive, atrás do centro de recepção de turistas na Volcano House. Havia seis casas do Serviço Nacional de Parques naquela rua, todas alugadas para funcionários do HVO. Quando desceu do carro, ouviu os gritos dos filhos de Rick Ozaki brincando no gramado em frente à casa toda iluminada mais adiante.

A sua casa estava escura e silenciosa. Ele entrou, acendeu as luzes e foi para a cozinha. Brenda, a empregada, tinha deixado uma tigela de *saimin* — uma sopa havaiana de macarrão — para o jantar. Mac ligou a TV. Fazia quase um ano que Linda tinha voltado para o continente, e ele vivia prometendo a si mesmo que se mudaria da casa onde morara com a família. Não que fosse muito grande, mas ainda guardava muitas memórias. Ele olhou para o quarto dos gêmeos, que continuava igualzinho. Por um tempo, chegou a pensar que a mulher e os filhos voltariam, mas isso não aconteceu. Eles estavam com oito anos agora. Segundo ano na escola. Charlie e Max.

Deviam estar lá fora, fazendo barulho como os filhos de Rick.

Um dia chegara mais cedo em casa à tarde e encontrara os gêmeos sentados na sala de estar com suas melhores roupas, e Linda fazendo as malas no quarto. Ela disse que sentia muito, mas que não aguentava mais: as chuvas constantes, o isolamento na montanha, a distância dos amigos e da família. Também falou que MacGregor tinha seu trabalho e podia viajar o mundo inteiro atrás de vulcões nos lugares mais exóticos, mas ela era advogada e não podia exercer sua profissão no Havaí, não podia fazer nada por lá e estava enlouquecendo sendo apenas mãe e dona de casa, por isso havia comprado passagens para o voo das cinco para Honolulu.

Explicou também que os meninos ainda não sabiam — eles pensavam que estavam fazendo uma viagem para visitar a avó.

— Você estava indo embora sem nem me contar? — questionou ele, incrédulo.

— Eu ia ligar pra você no trabalho.

— E depois o quê, me mandar um cartão de Natal?

— Por favor, não vamos deixar isso mais difícil do que já é.

— Claro que não — rebateu ele. — Eu não iria querer complicar as coisas pra *você*.

Eles estavam a poucos passos um do outro, mas a distância que ela estava prestes a colocar entre os dois já era palpável.

— Então nem me despedir dos meninos eu iria poder?

— Eu não queria complicar as coisas pra *eles*.

De alguma forma, ele conseguiu se segurar e não perdeu a cabeça. Não adiantava discutir com ela, nem tentar fazê-la mudar de ideia. Os dois sabiam que era só uma questão de tempo e não havia como evitar. Apesar de ter aberto mão da consultoria para o Serviço Geológico dos Estados Unidos quando se casou, eles ainda precisavam se mudar a cada poucos anos. Dois em Vancouver, depois mais cinco no Havaí, de onde ele iria embora no ano seguinte. Mas Linda queria exercer a advocacia, e para isso precisava se mudar para uma cidade onde pudesse se estabelecer no longo prazo e conquistar uma clientela.

No início do casamento, nada disso parecia importante. Ela se dizia disposta a trabalhar *pro bono*, afirmando que viver viajando não era um problema. Mas obviamente era. De sua parte, MacGregor parecia inclinado a assumir um cargo numa universidade e virar acadêmico. Mas obviamente não estava. Ele era um vulcanologista de campo por treinamento e temperamento. Isso significava estar no lugar da ação. Ele só se sentia bem quando estava em campo. Ficava inquieto se passava muito tempo fechado numa sala. Esse era um dos motivos por que o pessoal da análise de dados o chamava de aventureiro.

Houve um tempo, logo depois que os gêmeos nasceram, em que eles poderiam ter colocado tudo em pratos limpos e feito cada um as devidas concessões. No entanto, esperaram demais, e com isso foram se afastando cada vez mais um do outro.

Naquele dia, ele a viu arrumar as coisas por um tempo, depois foi dar um abraço nos meninos e...

A porta de tela bateu com força atrás dele, arrancando-o de seus pensamentos.

— Está tentando se torturar? Vai fazer o que agora, assistir aos vídeos de família?

Era Jenny. Ela o pegou parado na porta do quarto dos meninos e piscando para segurar as lágrimas quando se virou.

— Pensei que você fosse se mudar — comentou ela.

— Eu vou.

— Quando, no dia trinta de fevereiro? — Ela tomou o rumo da cozinha. — Trouxe a lista de pessoal adicional que vamos precisar, caso você queira discutir isso hoje. Na última grande erupção, foram quarenta guardas florestais extras. E mais policiais em Hilo e Kona, para o controle de tráfego. E precisamos montar uma enfermaria 24 horas com médicos, socorristas, uma ambulância de plantão... É muita coisa pra organizar.

Ele sorriu, apesar de tudo. Aquela era Jenny sendo Jenny.

Mac a seguiu até a cozinha.

— Quer *saimin*? — ofereceu, colocando a tigela no micro-ondas.

Ela torceu o nariz. Apesar de ter nascido em Honolulu, não gostava da culinária local.

— Tem iogurte?

— Acho que sim. — Ele abriu a geladeira. — Pode ser de morango?

Ela o encarou com uma expressão desconfiada.

— Não me leve a mal, mas há quanto tempo isso está aí?

— Não muito. — Mac abriu um sorriso. — E tem como não levar a mal uma pergunta dessas?

Ele tirou o pote da geladeira e procurou uma colher na gaveta.

— O que é isso? — perguntou Jenny, apontando para a pasta azul sobre a mesa da cozinha.

— Um estudo antigo do Departamento de Defesa que Rick e Kenny desencavaram e querem que eu leia.

— Vulcano — leu Jenny em voz alta enquanto sentava. — O deus romano do fogo.

O micro-ondas apitou, e ele pegou a tigela fumegante. Depois sentou à mesa e, com um par de hashis, pegou os pedaços de apresuntado que boiavam no caldo e os separou num prato. O segredinho desagradável do *saimin* era ser feito com esse tipo de embutido, e, apesar de MacGregor ter dito diversas vezes para a empregada que não gostava, ela continuava usando.

Jenny deu uma folheada rápida na pasta. Então fez uma pausa e franziu a testa, virando a página mais devagar.

— O que foi? — perguntou MacGregor.

— Mac, você leu isso?

— Não.

— O que é deflexão por fissuramento?

Ele sacudiu a cabeça.

— Nunca ouvi falar.

— Bom, esse relatório inteiro é de deflexão por fissuramento. — Ela voltou para a primeira página. — Olha aqui… Projeto Vulcano e mecanismos de deflexão por fissuramento.

MacGregor se levantou e leu por cima do ombro dela.

PROJETO VULCANO (DEFLEXÃO POR FISSURAMENTO)
CONTEXTO DO PROJETO

Em resposta à ameaça de uma erupção potencialmente desastrosa do Mauna Loa depois da erupção de 1975, as autoridades locais solicitaram que as Forças Armadas preparassem planos de contingência para o desvio de lava. Quatro métodos foram pesquisados: diques, aplicação de água do mar, bombardeio e deflexão por fissuramento.

Os diques fracassaram invariavelmente no passado. Mesmo quando eram altos e fortes, i.e., de 8 a 12 metros (25 a 40 pés), foram atravessados.

O resfriamento com água do mar foi bem-sucedido apenas na Islândia, onde a lava fluía perto do mar, o que tornou o bombeamento possível. No Havaí, bombear água para o alto de uma montanha de quatro mil metros é inviável.

Bombardeios foram realizados em 1935 e 1942, com resultados questionáveis. Em 1935, a lava já estava parando por conta própria, e a maioria dos observadores concluiu que a ação foi inócua. Em 1942, o bombardeio claramente não foi capaz de deter a lava.

— Isso nós já sabemos — disse MacGregor.

— Sim, mas você sabia que o exército fez testes com bombardeio nos anos 1970?

Ela virou a página e continuou lendo.

Para obter informações detalhadas sobre os efeitos de bombardeios diretos, em 1976 o Exército dos Estados Unidos conduziu testes na encosta norte usando bombas MK-84 de 900 quilogramas (2.000 libras). Esse procedimento produziu crateras de 10 metros de diâmetro e 1,8 metro de profundidade, consideradas rasas demais para desviar fluxos de lava. As tentativas de abrir chaminés de lava falharam. Os testes de 1976 sugerem que bombardeios aéreos nunca serão bem-sucedidos.

A deflexão por fissuramento se mantém como o único método possível de controle de fluxos de lava. Os procedimentos para executá-la são limitados pelo desconhecimento da geografia da superfície e dos fluxos de magma antes da erupção. Entretanto, essas informações podem estar disponíveis no futuro. Este relatório aponta três possíveis métodos de deflexão por fissuramento que podem ser empregados no futuro.

— Ao que parece — disse Jenny —, eles estão falando em posicionar explosivos ao redor de uma potencial fissura vulcânica para controlar seu comportamento.

Havia outras versões dessa mesma ideia, que não era totalmente nova. Um plano de bombardeamento chegou a ser esboçado antes da erupção, mas nunca colocado em prática. Como a lava parecia impossível de deter depois que começava a fluir, houve muita discussão sobre modificar as fissuras vulcânicas — as aberturas através das quais a lava aparecia nas encostas. Alguns cientistas acreditavam que era possível bombardear as fissuras e desviar a lava logo no ponto de escape.

Mas aquilo era diferente, mais parecido com a técnica usada em 1992 durante a erupção do monte Etna, na Itália, quando engenheiros detonaram oito toneladas de explosivos para alargar um canal de lava e salvar o vilarejo que estava em seu caminho. Aquele relatório sugeria que uma fissura vulcânica podia ser aberta de forma deliberada, tornando possível direcionar e controlar a erupção...

MacGregor folheou mais um pouco o relatório e viu páginas e mais páginas de cálculos complexos — efeitos na zona de explosão, propagação de ondas de choque no basalto, taxas de expansão de condutos de lava para o alvo.

Ele balançou a cabeça com uma admiração genuína.

— Eles realmente foram fundo.

— Olha só isso — disse Jenny.

Ela se voltou para uma série de mapas detalhados da caldeira e das zonas de rifte onde tinham sido assinalados locais para a colocação de explosivos. Havia também fotografias das zonas de rifte sugeridas.

Os olhos de MacGregor pararam em um parágrafo.

A tecnologia atual de escavação de túneis (TK-17, TK-19 etc.) permite a perfuração de cavidades tubulares estreitas (menos de meio metro de diâmetro) a uma profundidade de até quatro quilômetros abaixo da superfície, e até mais fundo se não ocorrerem efeitos termais significativos. Em uma emergência, essas cavidades podem ser perfuradas em um período de 30 a 50 horas. O efeito da explosão em cavidades estreitas já foi estudado previamente (cf. Projeto Estrela Profunda, Projeto Cão de Lareira). Além disso, o sucesso recente da detonação de *timing* preciso (DTP) sugere que o fenômeno de choque ressonante (FCR) amplificará em grande medida o efeito de qualquer explosão dentro de uma cavidade tubular.

— Então era disso que os caras estavam falando — comentou MacGregor, franzindo a testa. — Mas eu não entendo. Quer dizer, deu pra sacar que alguém gastou muito dinheiro conduzindo esse estudo. Só não sei por quê.

Jenny encolheu os ombros.

— A DARPA fazia muita pesquisa de ponta. Foram eles que começaram a desenvolver a internet lá nos anos 1970, lembra?

— Ah, sim, às custas do contribuinte.

— As autoridades locais devem ter encomendado o estudo — argumentou Jenny.

— Verdade — concordou MacGregor —, mas na época Hilo era uma cidade de quê? Uns 35 mil habitantes? Isso não justifica um estudo de milhões de dólares. Pra mim, ainda não faz sentido.

— Pode ter sido um acordo político — especulou Jenny. — Tantos estudos no Havaí, outros tantos na Califórnia e em Oregon. Uma coisa assim.

— Talvez.

— O HVO não recebe uma verba pra isso?

— Não sei. Teria que verificar. — Ele batucou com os dedos na mesa. — Tem alguma coisa que nós não sabemos.

Ainda com a testa franzida, ele foi para a última página, a de conclusão.

PROBABILIDADES DE SUCESSO

É difícil estipular uma estimativa de sucesso para o Projeto Vulcano, considerando o grau de incerteza que ronda as principais variáveis, que não podem ser medidas na ausência de uma erupção. Uma série de simulações usando o programa STATSYL de análise estatística sugere uma chance de sucesso que varia de 7% a 11%.

Entretanto, com base em duzentos anos de erupções, a probabilidade de que a lava chegue a um local é uma função da distância do ponto de erupção e é de, em média, 9,3%. Isso sugere que a estimativa de sucesso do Vulcano não é muito maior que isso — o que o torna totalmente ineficaz. Na ausência de avanços tecnológicos posteriores, recomendamos que as tentativas de deflexão por fissuramento sejam abandonadas.

> Nossa conclusão é a de que o único método para proteger a população de fluxos de lava na prática é a evacuação antes de seu avanço.

MacGregor deu risada.

— Que foi? — perguntou Jenny.

— Nossos rapazes não contaram essa parte do final.

— Do que você está falando?

— Eles não disseram que a conclusão do relatório era de que não daria certo.

— Mas eles acham que pode dar?

— Parece que estão tentando se convencer disso — falou ele. — E me convencer junto.

— Conseguiram?

Ele sorriu.

— Eles já conseguiram me convencer de alguma coisa?

— Sempre existe uma primeira vez — disse Jenny.

Ela deu um beijo rápido no rosto dele e foi embora.

Mac passou mais ou menos uma hora pesquisando sobre diques e resfriamento com água do mar, tentando encontrar a melhor resposta para a questão colocada por Rick e Kenny. Surpreendentemente, o argumento mais bem embasado veio de J. P. Brett, o bilionário da tecnologia, em um longo artigo publicado no *Los Angeles Times*. Brett, como Mac sabia, era obcecado por vulcões, da mesma forma como outros tipos como ele eram entusiastas fanáticos de viagens espaciais. Os foguetes eram os símbolos fálicos dos ricaços.

Mas Brett sabia do que estava falando. Um dos eventos a que fez referência foi a erupção de 1973 do Eldfell, no arquipélago de Vestmannaeyjar, na Islândia. Seu texto se concentrava no bombeamento da água do mar para resfriar a lava e em um dique de 25 metros de altura construído na extremidade da língua de lava. Alguns cientistas acreditavam que a água do mar bombeada tornaria o avanço da lava significativamente mais lento e impediria que o fluxo chegasse à cidade, mas apenas se bombas de altíssima potência fossem usadas, e somente se o equipamento chegasse dentro de uma semana. O maquinário foi entregue, mas só duas semanas depois. Quanto ao dique, embora o fluxo de lava tivesse se movido de forma mais vagarosa de início, quando chegou à barreira já tinha mais que o dobro de sua altura e a superou com facilidade. Depois do acontecido, os cientistas concluíram que, mesmo se o equipamento para o bombeamento tivesse chegado mais cedo, não teria sido capaz de deter o poderoso fluxo de lava, nem de salvar a cidade.

Brett discordava disso. Veementemente. Ele observou que, meio século depois, amigos seus dominavam a tecnologia de construção de foguetes espaciais, por isso estava certo de que uma de suas empresas conseguiria produzir equipamentos de bombeamento com a complexidade e a potência necessárias, além de construir um dique capaz de resistir até a um ataque nuclear.

Sentado em silêncio na sala de estar, Mac leu e releu o artigo, depois o imprimiu. Só então pensou em preparar seu drinque.

— Ora, veja só — disse ele, erguendo sua taça em um brinde aos rapazes. — Talvez eles me convençam a tentar fazer isso.

Mas não seria uma tarefa fácil para eles, de jeito nenhum.

16

MAIS TARDE NAQUELA NOITE, MacGregor estava trocando de canais na TV, em busca do noticiário local. Quando chegou a KHON, ouviu o anúncio:

— Daqui a pouco: as atualizações sobre a erupção iminente do Mauna Loa. Agora o noticiário esportivo do dia…

O telefone de MacGregor tocou. Ou melhor, telefones — o fixo e o celular, ao mesmo tempo. Ele olhou o relógio e atendeu. O HVO tinha um alerta telefônico automatizado que era acionado sempre que havia alguma alteração significativa nas medições de campo. Ele meio que esperava ouvir uma voz computadorizada o mandando voltar ao trabalho, mas em vez disso uma voz masculina disse:

— Dr. John MacGregor?

— Sim, é ele.

— Aqui é o tenente Leonard Graig. Sou da equipe médica do Hospital Kalani para Veteranos de Guerra, em Honolulu.

— Pois não?

A primeira coisa que lhe passou pela cabeça foi que poderia ser para falar sobre Jake Rogers ou do cinegrafista que ele tirara da cratera. Ou sobre ambos. Será que estariam em estado tão grave que precisaram ser levados para Honolulu?

— É sobre o acidente de helicóptero?

— Não, senhor. Estou ligando para falar sobre o general Bennett.

— Quem?

— O general Arthur Bennett. O senhor o conhece?

MacGregor franziu a testa.

— Não, acho que não.

— Ele está na reserva. Talvez o senhor o tenha conhecido em algum momento. O general Bennett comandava todas as instalações do exército no Pacífico de 1981 a 2012.

— Eu não teria como conhecê-lo, só cheguei aqui em 2018 — respondeu MacGregor.

— Que estranho, porque ele parece conhecer o senhor.

— Ele disse que me conhece?

— Infelizmente, o general sofreu um AVC que o deixou com um dos lados do corpo paralisado e incapaz de falar. Mas as funções cognitivas estão intactas. É por isso que pensamos que o senhor poderia conhecê-lo. Pelo menos de nome.

Mac afastou o celular da orelha e ficou olhando para a tela por um momento. Ele se perguntou se o tenente Craig por acaso não teria feito aquela ligação por engano.

— Desculpa, mas você ligou para a pessoa certa? — perguntou MacGregor. — Eu sou um geólogo do...

— Observatório Vulcânico do Havaí. Sim, senhor. Sabemos quem o senhor é. O senhor por acaso conhece o coronel Briggs?

— Não, também não o conheço — respondeu MacGregor. — Qual seria o assunto?

Ele olhou para a televisão, que mostrava imagens da competição de *hula* do Festival do Monarca Feliz, em Hilo.

Houve uma batida na porta da frente. MacGregor olhou para o relógio e falou:

— Pode esperar um segundinho? Tem alguém batendo na minha porta.

— É o carro que nós mandamos para buscar o senhor.

— O *carro* que mandaram pra me buscar?

Que merda é essa?

— O coronel Briggs providenciou uma aeronave de transporte para o senhor partindo de Lyman. O carro vai levá-lo para lá. O coronel Briggs vai se encontrar com o senhor em uma hora.

— Onde ele vai se encontrar comigo?

— Em Honolulu, senhor. Agradeço de antemão pela cooperação.

Na casa vazia, sua voz soou alta demais quando ele respondeu:

— Sim, *senhor.*

17

Hospital Kalani para Veteranos de Guerra, Honolulu, Havaí
Tempo até a erupção: 108 horas

A CHUVA CAÍA SOBRE o teto do sedã azul que atravessava o portão entre os muros de pedra e subia o longo caminho da entrada. Em meio ao movimento dos limpadores do para-brisa, MacGregor viu a luz do prédio principal mais à frente. Três homens fardados estavam à espera quando o carro parou sob a marquise. Eles abriram a porta para MacGregor, e o oficial mais graduado estendeu a mão.

Pela segunda vez naquele dia, John MacGregor se sentiu rumando para o desconhecido. Apesar da linha de trabalho em que atuava, ele detestava surpresas. *É, o buraco é mais embaixo,* pensou.

— Dr. MacGregor? Sou o major Jepson. Venha comigo, por favor.

Jepson era um homem baixo e magro com um bigode bem aparado que devia estar rigorosamente dentro dos padrões militares. Caminhava pelo corredor com passos largos, olhando o relógio.

Quando chegaram a um quarto no fim do corredor, Jepson abriu a porta.

— General Bennett? — chamou ele num tom de quem estava dando a melhor notícia do dia. — Trouxe uma pessoa especial para ver o senhor — complementou, fazendo um sinal para MacGregor entrar.

O general Arthur Bennett parecia frágil como uma folha seca; extremamente pálido, deitado sobre travesseiros enormes na cama, com um acesso intravenoso no braço. De cabeça baixa, olhava para o chão; um dos lados de seu rosto estava imóvel, com a boca aberta. O quarto cheirava a desinfetante. A TV estava ligada, mas no mudo.

— General, eu trouxe aqui o dr. MacGregor.

Parece que ele está falando para um menino de cinco anos que trouxe o Papai Noel, pensou Mac.

O velho levantou os olhos lentamente, como se isso estivesse consumindo todas as suas forças.

— Como vai o senhor? — perguntou Mac.

De forma quase imperceptível, Bennett sacudiu a cabeça. Seu olhar se voltou para o chão outra vez.

— O senhor o reconhece? — Quis saber Jepson.

— Não — respondeu Mac, todo tenso.

Estava molhado de chuva e cansado por causa do voo e de precisar conter sua irritação por ter sido levado a um quarto para ver alguém que mal parecia entender o que acontecia ao seu redor.

Talvez Jepson tivesse notado sua contrariedade, porque não insistiu.

— Enfim, o coronel Briggs já está a caminho. Vamos ver como o general Bennett reage a isso.

— Ao quê?

— Ao noticiário das onze. — Jepson foi até a televisão e aumentou o volume. — Vamos ver se acontece de novo.

Uma música começou a tocar e uma voz empolgada anunciou que aquele era o canal *Eyewitness News,* todas as notícias o tempo todo.

MacGregor viu três âncoras sentados a uma mesa curvada com o contorno dos prédios de Honolulu como cenário de fundo.

O general Bennett permaneceu imóvel, com a cabeça abaixada. Mac pensou que ele tivesse dormido. Talvez para sempre.

— Manchetes de hoje: governador diz que não haverá corte de impostos este ano. Mais uma mulher vítima de assassinato em Waikiki. Trabalhadores de restaurantes desistem de greve. E, na Grande Ilha, informações sobre a iminente erupção do vulcão Mauna Loa.

Por fim, o general Bennett se mexeu. Sua mão direita se moveu inquietamente na direção do soro intravenoso.

— Aí está — disse o major Jepson.

Aí está o quê?, pensou Mac. *Uma prova de vida?*

Mac viu sua própria imagem aparecer atrás dos âncoras. Um deles disse que o dr. John MacGregor, vulcanologista-chefe no observatório do Kīlauea, tinha convocado uma coletiva de imprensa para confirmar a erupção iminente do vulcão. Enquanto ele continuava a falar, o general foi ficando mais agitado. Seu braço se movia em espasmos erráticos sobre o lençol engomado.

— Talvez ele tenha reconhecido o senhor — comentou Jepson.

— Ou talvez esteja processando a notícia — especulou Mac.

Ele tinha a vaga noção de que o âncora estava falando que os cientistas previam uma nova erupção nos próximos dias, mas que o esperado era que acontecesse na encosta norte desabitada e que não havia riscos para nenhum morador da Grande Ilha.

O general Bennett soltou um gemido grave e sua mão se moveu de novo, como se ele estivesse tentando freneticamente chamar a atenção do homem que dava a notícia.

— O mais estranho é que ele geme sempre no mesmo momento — contou Jepson. — Quando o repórter diz que a erupção não oferece risco para os moradores locais. — Ele se virou para o general Bennett. — Quer escrever, general?

Uma enfermeira que tinha acabado de entrar levantou a mão do general que estava na mesinha na beirada da cama e colocou uma folha de papel embaixo dela. Em seguida baixou-a sobre o papel, enfiou um lápis em sua mão e fechou seus dedos.

— Lá vai ele — disse Jepson, assentindo com a cabeça. — A primeira letra é sempre um *T*...

A enfermeira firmou o papel. Lentamente, o homem frágil e idoso começou a rabiscar.

— Depois *U*... *B*...

MacGregor se aproximou da cama, mas a escrita era difícil de decifrar.

Jepson franziu a testa.

— Está um pouco diferente desta vez... *T-U-B-O-C-E-L-L*.

Franzindo a testa, MacGregor falou:

— Espera... isso é um *G* ou um *C*?

— Não dá para saber.

O general parecia estar ouvindo. Ele redesenhou a letra várias e várias vezes.

— Parece que ele está dizendo que é um *G*.

— *Tubogell*?

— Isso quer dizer alguma coisa para você? — perguntou Jepson.

— Não.

O general empurrou o papel com a mão. Parecia irritado. A enfermeira colocou outra folha sobre a mesinha.

— Agora vamos ver se ele desenha o símbolo — disse Jepson.

O general esboçou um círculo irregular, cercado de linhas em forma de arco. *Parece uma espécie de halo*, pensou Mac.

— Também não conseguimos entender isso — avisou Jepson.

Mais uma vez, o general afastou o papel. Ele soltou um longo suspiro e voltou a ficar imóvel. O lápis escapou de seus dedos e caiu ruidosamente ao chão.

— Se isso é frustrante para nós — ponderou Jepson —, imagine para ele.

A enfermeira pegou o lápis, colocou de novo na mão dele e posicionou mais uma folha de papel.

— Nós estamos tentando entender, senhor — disse Jepson, chegando mais perto.

O general Bennett sacudiu a cabeça de leve e começou a rabiscar de novo. Todos observaram enquanto o lápis começava a se mover.

Um círculo.

Depois, linhas retas saindo do círculo e se curvando para trás.

Três linhas no total.

— Pétalas numa flor? — perguntou Jepson. — Lâminas de helicóptero? Um ventilador?

Ao que parecia, aquilo estava virando uma espécie de jogo de adivinhação.

Certamente parecia um ventilador, pelo que Mac pôde ver, com as hélices despontando de um motor central. Mas o velho estava sacudindo a cabeça. E alguma coisa incomodava John MacGregor. Só três hélices.

Ele tinha certeza de que sabia o que era aquela imagem...

O general Bennett começou a desenhar de novo. Dessa vez, fez grandes curvas.

— Isso é novidade — falou Jepson. — O que é isso? É um *a* minúsculo... e um *B* maiúsculo e... o que é isso? Tem só uma volta... é um *d*?

Em um lampejo repentino, Mac conseguiu ver.

— Não — disse ele. — É grego. Um gama.

O general soltou um suspiro, assentiu e caiu de novo no travesseiro, exaurido.

— Ele desenhou as três primeiras letras do alfabeto grego: alfa, beta, gama — disse MacGregor. — Mas...

— Correto — disse uma voz atrás dele.

MacGregor se virou e viu um homem na casa dos sessenta anos, de cabelos brancos, magro e em boa forma. Ele se apresentou como James Briggs.

— Eu fui o ajudante de ordens do general Bennett nos últimos nove anos de seu comando, antes que ele fosse para a reserva. Dr. MacGregor?

— Pode me chamar de Mac.

Eles apertaram as mãos. Briggs se aproximou de Bennett e pôs a mão em seu ombro.

— Eu sei o que o senhor está tentando dizer — garantiu Briggs. — E não se preocupe, vamos cuidar disso. O senhor pode descansar.

Em seguida, recolheu todos os papéis em que o general tinha desenhado, dobrou e guardou no bolso.

Ele fez um gesto para Jepson e MacGregor o seguirem para fora do quarto. No corredor, Briggs disse:

— Major, quero aquela enfermeira e todo mundo que teve algum contato com o general Bennett confinados no hospital pelas próximas duas semanas. Pode chamar de quarentena, pode chamar do que raios você quiser, mas essas pessoas não saem daqui. Está claro?

— Sim, senhor, mas...

— Sem celulares, sem notebooks, sem e-mail, sem nada. Se for preciso notificar a família, faça isso.

— Sim, senhor.

— O serviço de segurança militar vai interromper as comunicações e fechar o hospital amanhã para todos os visitantes às oito em ponto. E não preciso nem dizer que tudo o que foi visto e ouvido nesse quarto é estritamente confidencial. Está claro?

O major Jepson piscou algumas vezes, confuso.

— Senhor, o que foi *exatamente* que eu vi?

— Nada — respondeu Briggs. Virando-se para Mac. — Dr. MacGregor, por favor, venha comigo.

Ele saiu andando. Mac foi atrás, percebendo que Jepson estava ligeiramente perplexo.

Enquanto atravessavam o corredor, Briggs disse para Mac:

— Obviamente, você já ouviu a expressão *segredos militares*.

— Assim como todo mundo.

— Pois bem, dr. MacGregor, quando você está no serviço militar, manter esses segredos vira um modo de vida. E a revelação deles pode causar a perda da vida. Em certo sentido, são mais que segredos. São parte de nosso código.

Mac ficou em silêncio, à espera.

— Você está no serviço militar agora — informou Briggs. — Não se alistou, foi convocado. Mesmo assim, de agora em diante, esse código de silêncio é o seu código também. Entendido?

— Sim — respondeu Mac.

— Você dormiu em algum momento esta noite? — perguntou Briggs depois de conduzir Mac pelo corredor.

— Ainda não — disse Mac.

— Vou providenciar uma cama aqui. Você pode descansar por algumas horas até termos que ir.

— Ir para onde? — questionou MacGregor.

18

Agente Negro

Reserva Militar dos Estados Unidos, Havaí
Sexta-feira, 25 de abril de 2025
Tempo até a erupção: 100 horas

O HELICÓPTERO BLACK HAWK desceu entre as nuvens espessas a nove mil pés de altitude, e a paisagem, uma vasta extensão de lava negra ao amanhecer, se abriu diante deles. À direita, via-se a imensidão do flanco norte do Mauna Loa, com as construções cinzentas do observatório da Administração Oceânica e Atmosférica Nacional do governo dos Estados Unidos a distância; à esquerda, o pico escuro do vulcão Hualālai. Diretamente adiante estava a área ampla, plana e desabitada no centro da Grande Ilha; a área de treinamento militar ficava no sopé do Mauna Kea.

O coronel apontou pela janela.

— Então a estimativa de vocês é de que a lava vai fluir para esta área?

— Sim — respondeu Mac. — Mas as erupções do Mauna Loa se originam mais acima, no cume e nas zonas de rifte.

— E quando deve acontecer?

— Em quatro dias, com margem de erro de um dia para mais ou para menos.

— Deus do céu — comentou Briggs, sacudindo a cabeça. — E vai ser uma grande erupção?

— Bem grande — confirmou MacGregor. — Os vulcões incham antes de entrar em erupção, e nós medimos isso. A inflação nos últimos meses tem sido maior do que antes da erupção de 1950. E essa produziu 376 metros cúbicos de lava.

— E essa lava toda vai se espalhar por uma grande distância?

— Sim. Acredito que vá descer toda a montanha e se espalhar por toda a área até o sopé do Mauna Kea. Mais de trinta quilômetros.

Briggs franziu a testa.

— Em quanto tempo?

MacGregor sacudiu a cabeça.

— Isso não dá para prever. Pode levar dias, mas o mais provável é que seja questão de algumas horas.

— Algumas horas — repetiu Briggs.

Houve um breve silêncio entre os dois.

— Você vai me dizer do que se trata isso tudo? — perguntou MacGregor.

— É melhor você ver com seus próprios olhos — afirmou Briggs.

A Reserva Militar ficava no sopé do Mauna Kea, o pico mais alto do Havaí, que se elevava ao norte da ilha. As estruturas permanentes eram poucas: uma pequena pista de pouso, uma torre de madeira precária com a pintura descascando, alguns barracões Quonset manchados de poeira vermelha, um estacionamento com o asfalto rachado. A impressão transmitida era de abandono e negligência.

Um jipe camuflado se aproximou do heliponto quando a aeronave pousou. MacGregor e Briggs foram levados através do complexo na direção das montanhas.

O motorista era o sargento Matthew Iona, um nativo alto e magro, vestindo traje camuflado.

— Dr. MacGregor, preciso saber o seu tamanho de luvas e calçados — pediu ele.

MacGregor o informou. Mais adiante havia uma pequena área cercada por um alambrado enferrujado. O motorista desceu, destrancou o portão e voltou a trancá-lo depois que atravessou.

Mais adiante, na encosta, MacGregor viu uma enorme porta de aço com três metros de altura. A superfície era pintada de marrom, para se misturar à montanha.

— É a antiga entrada — explicou Briggs. — Nós não entramos por aí. Não é mais seguro.

— Por que não?

Briggs não respondeu. O jipe deu uma guinada abrupta à esquerda e seguiu por uma rampa de concreto que os levou a mais de cinco metros abaixo do solo.

Eles pararam sob uma cobertura de metal ondulado ao lado de um bunker de concreto. O motorista destrancou a porta, e os três entraram. Havia trajes de um amarelo chamativo e capacetes dourados com viseiras de vidro pendurados na parede. Briggs apontou para um deles.

— Esse é seu.

Briggs ficou só de cueca, vestiu o traje e fechou o zíper. Mac fez o mesmo, comentando sobre o peso da roupa.

— É *de fato* feito de metal — disse Briggs, sem maiores esclarecimentos.

As botas douradas também eram pesadas, presas à calça com velcro, que ia por cima do cano dos calçados. Briggs o avisou para vedar bem, porque precisava ficar à prova d'água. Em seguida, o ajudou a colocar o capacete. A viseira de vidro na frente tinha no mínimo dois centímetros de espessura.

O motorista se aproximou e encaixou uma plaquinha plástica no local de identificação no peito do traje de Mac, que viu a inscrição RADOSE e as três hélices amarelas ao redor de um círculo central — o símbolo internacional da radiação.

— Então era *isso* que o general estava desenhando — comentou Mac. — O símbolo da radiação. E as letras gregas deviam ser as partículas alfa e beta e os raios gama. Tipos de radiação.

— Isso era uma parte do que ele estava tentando comunicar — confirmou Briggs, inserindo sua plaquinha. — Agora vamos em frente. Essas coisas são quentes que só.

Ele foi até uma porta de metal no fundo da estrutura, digitou um código e virou a maçaneta. A porta se abriu com um som sibilado.

— Por aqui — disse Briggs, e conduziu Mac para a escuridão.

19

Tubo de Gelo, Mauna Kea, Havaí

ELES ESTAVAM EM UMA caverna com mais ou menos três metros e meio de diâmetro e paredes bem lisas.

— É um tubo de lava — disse MacGregor.

— Nós chamamos de Tubo de Gelo — explicou Briggs. — Houve um tempo em que era frio o bastante para formar gelo nas paredes durante o inverno. Ele segue montanha adentro por quase um quilômetro.

Nas erupções, a lava fluía em canais pelos flancos do vulcão. A superfície do fluxo esfriava e formava uma crosta, e a lava que estava por baixo da superfície endurecida continuava a fluir. No fim da erupção, toda a lava saía, deixando para trás tubos vazios. A maioria dos tubos de lava tinha poucos metros de largura; alguns, porém, formavam cavernas bem amplas. O HVO já tinha mapeado mais de oitenta tubos, alguns dos quais eram bem profundos.

Mac não tinha conhecimento da existência daquele, no sopé do Mauna Kea.

Eles passaram por resfriadores de ar com quase dois metros de diâmetro e hélices imensas. Mesmo assim, John MacGregor sentia o calor que irradiava das profundezas mais adiante.

Estavam caminhando sobre uma passarela de metal revestida com uma espuma espessa. Em ambos os lados havia armários de metal de pouco menos de quarenta centímetros quadrados, trancados com cadeados. Mais à frente, o teto refletia uma luz azul-clara.

— Que lugar é este? — perguntou MacGregor.

— Um depósito.

— Depósito de quê?

Briggs abriu um portão gradeado pesado, que rangeu nas dobradiças.

— Veja você mesmo.

Em ambos os lados da passarela havia fileiras e mais fileiras de tonéis de vidro cilíndricos, com um brilho azulado e de aparência irreal. Eram todos idênticos, com um metro e meio de altura e uma camada pesada de espuma em cada extremidade.

— Tecnicamente, esse material é um composto HL-512 transformado em gel — explicou Briggs. — Rejeitos com alto nível de radiação, armazenados em tonéis de vidro plumbífero.

— Está me dizendo que isso é lixo radioativo?

— De um tipo bem específico.

MacGregor olhou para os tonéis fluorescentes que se estendiam a distância. Ele sentiu um aperto no peito, como um punho se fechando.

— Quantos desses vocês têm aqui?

— Seiscentos e quarenta e três tonéis — disse Briggs. — Somando tudo, catorze toneladas e meia de material. E não podemos correr o risco de ter lava passando nem perto daqui.

Não me diga, pensou MacGregor, franzindo a testa.

— De onde vieram esses tonéis?

— Provavelmente de Hanford Site, no estado de Washington, a primeira instalação para beneficiamento de plutônio do programa nuclear americano. Antes disso, talvez de Fort Detrick, o Comando Ambiental do Exército dos Estados Unidos, em Maryland.

— Está me dizendo que vocês não sabem ao certo quem mandou isso pra cá? — perguntou MacGregor.

Briggs assentiu.

— E também não sabemos de onde.

Mac se sentiu tão zonzo quanto ficara no interior da cratera.

— Então vocês têm 643 tonéis de lixo radioativo que não sabem nem de onde vieram?

— Exatamente.

Mac se abaixou para examinar o tonel mais próximo. O vidro tinha uns dois centímetros e meio de espessura e parecia conter um líquido com partículas suspensas. Mais de perto, viu que o vidro não era transparente, e sim recoberto com uma teia de linhas brancas e finas. As bases de espuma estavam empoeiradas, e havia uma grossa camada de poeira no chão.

— Isso tudo está aqui desde quando? — perguntou ele.

— Desde 1978.

Eles continuaram andando pela caverna, em meio aos tonéis.

— Nos anos 1950, o procedimento-padrão era descartar o lixo radioativo no mar — explicou Briggs. — Nós fizemos isso até 1976, e os russos, até 1991. Todo mundo fazia isso. Em 1977, o material foi mandado para Hanford Site. Como as instalações de Hanford estavam sem espaço, enviaram tudo para o Havaí, onde os tonéis deveriam ser encapsulados em blocos de concreto e jogados no mar. Não sabemos quem vetou a operação, mas alguém fez isso. Os tonéis ficaram em um galpão em Honolulu, mas ninguém quer uma carga como essa perto de um grande centro populacional. No fim, mandaram armazenar os rejeitos em uma das ilhas mais distantes, até que fosse elaborado um novo plano de descarte.

Briggs encolheu os ombros no que pareceu ser um gesto de resignação.

— Por volta de 1978, trouxeram isso para a Grande Ilha. Em 1982, foi aprovada a Lei de Diretrizes Nacionais para Rejeitos Nucleares, e em 1987 o Departamento de Energia designou a Montanha Yucca, em Nevada, como local oficial de descarte para todo o país. Mas Washington avaliou que esse material em particular não resistiria à viagem, e é por isso que os tonéis ainda estão aqui.

— Espera... e ninguém protestou? — questionou MacGregor.

Briggs sorriu por trás da viseira do capacete.

— Não teve protesto porque ninguém sabia que isso estava aqui.

— E ninguém descobriu?

— Eram os anos 1970 — respondeu Briggs, como se isso explicasse tudo. — Era um outro mundo. Até 1959, o Havaí não era nem um estado, só um protetorado. A presença das Forças Armadas continuou grande, e esta parte do Havaí era basicamente uma enorme base militar, então não era problema mandar isso para cá. E aqui ficou desde então.

— E as Forças Armadas nunca tentaram uma remoção?

— Claro que tentamos — esbravejou Briggs, na defensiva. — O exército queria se livrar disso tudo. Mas o Subcomitê de Apropriações do Senado não autorizava a liberação da verba, e não podíamos deixar o problema vir a público, porque o estado do Havaí queria manter sigilo. Em algum momento dos anos 1980, os funcionários do governo estadual descobriram que isso estava aqui e queriam a remoção, mas não que o assunto chegasse aos jornais. Sabe como é, uma manchete do tipo "Lixo radioativo é removido de depósito na ilha de Havaí" não seria nada boa para o turismo.

— Meu Deus — comentou Mac. — Você *acha*?

— Infelizmente, o custo da remoção só cresce a cada ano — disse Briggs, apontando para os tonéis. — Esses recipientes deveriam estar encapsulados em concreto, não podiam ter ficado expostos ao ar durante décadas. Ao longo dos anos, o calor do decaimento radioativo alterou a composição do vidro. Reparou nessas linhas brancas finas nos tonéis?

— Seria difícil não notar.

— Pois bem, são rachaduras.

— Meu Deus — repetiu MacGregor.

— Pois é. Agora o vidro está extremamente quebradiço. Não é impossível remover os tonéis, mas nesse momento isso seria muito difícil e perigosíssimo.

— O que exatamente tem aí? — perguntou Mac.

— Há controvérsias.

— Controvérsias?

— Sabemos que o material contém grandes quantidades de isótopos instáveis, principalmente iodo-143, o que confundiu os especialistas que consultamos. O escaneamento de prótons não trouxe resultados conclusivos.

— Sem querer ofender, senhor, mas como isso é possível? — questionou MacGregor.

— Não me ofende em nada — disse Briggs. — Pode pôr a culpa na tecnologia moderna. Infelizmente para nós, os dados sobre os tonéis foram armazenados em computadores.

— E desde quando isso é um problema para o mundo moderno?

— Nesse caso virou — disse Briggs.

Enquanto os dois saíam da caverna, ele explicou melhor. Nos anos 1980, as Forças Armadas, assim como a maioria das instituições americanas, usavam *mainframes* para armazenar dados.

— Da folha de pagamento às encomendas de compras e até a localização dos mísseis nucleares — contou Briggs. — Estava tudo naqueles *mainframes* enormes. Os programas para acessar os dados foram feitos em linguagem Ada, que foi a escolhida pelo Departamento de Defesa para os sistemas usados em projetos militares. Não existiam discos rígidos na época. Os dados ficavam armazenados em disquetes de oito polegadas, guardados em envelopes de papel em salas com ar-condicionado.

— Bons tempos — comentou Mac.

Briggs o ignorou.

— Mas a cada ano a quantidade de dados aumentava — continuou ele. — E, a cada atualização, ficava mais caro transferir os dados antigos. Que diferença fazia saber quantas latas de atum havia no USS *Missouri* em 1986? Os tanques e aviões da época já estavam aposentados. No fim, as Forças Armadas decidiram só transferir para os novos sistemas os dados realmente necessários. E os velhos disquetes continuaram no depósito por décadas.

— E?

— Uma noite o Mauna Kea foi atingido por um raio, que gerou um campo magnético tão poderoso que desmagnetizou os disquetes e apagou todas as informações armazenadas neles.

— Não havia nenhum backup?

— O backup também foi inutilizado.

— É por isso que vocês são sabem o que é esse material?

— É por isso que não sabíamos — corrigiu Briggs. — Durante vinte anos, ninguém fazia ideia.

Ele fez uma pausa e olhou bem para Mac.

— Nós descobrimos quando tivemos um acidente — revelou Briggs.

20

— QUE TIPO DE ACIDENTE? — perguntou Mac.

— Um desses tonéis rachou uns nove anos atrás. Tivemos uma semana inteira de pavor, mas foi assim que descobrimos o que é essa coisa.

— E o que é? — quis saber MacGregor.

— Herbicida.

— Herbicida radioativo?

— Bom, originalmente não era radioativo. Isso foi feito mais tarde.

— Por quem?

— Pelos cientistas de Fort Detrick, em Maryland. — Briggs soltou um suspiro. — Já ouviu falar no Projeto Hades? No Agente Negro?

Nos anos 1940, o exército fizera testes com produtos químicos com propriedades desfolhantes. Na década seguinte, esses programas se tornaram mais sofisticados, com substâncias bem mais poderosas. Foram essas pesquisas que levaram ao desenvolvimento das dioxinas

— Agente Laranja, Agente Branco e todos os outros desfolhantes usados no Vietnã.

— O nome do programa era Projeto Hades — contou Briggs. — Os trabalhos eram realizados nos laboratórios do Prédio A-14, em Detrick. Em um deles, foi descoberto um composto químico especialmente poderoso que matava toda uma gama de plantas e árvores em um piscar de olhos. Como a substância deixava as plantas com uma cor preta acinzentada, foi batizada de Agente Negro e preparada para testes de campo.

No A-14, todos os laboratórios tinham plantas — muitas e muitas delas. Eram o equivalente aos canários nas minas de carvão. Embora os testes com o Agente Negro tivessem sido feitos em recintos fechados, as plantas no laboratório começaram a morrer.

— Nossa, por que será? — ironizou Mac.

— O diretor do laboratório era um sujeito chamado Handler — prosseguiu Briggs. — Ele tinha umas orquídeas raras na sua sala, que ficava no mesmo corredor do laboratório principal, logo em frente. As orquídeas morreram também.

No início, todos pensaram que era um caso de contaminação — de alguma forma, as demais plantas teriam sido expostas à substância pelos laboratoristas. Mas, quando testaram as plantas mortas, não foi encontrado nenhum indício do herbicida. O motivo da morte era um mistério.

E, em outros laboratórios, mais plantas enegreceram e morreram. De novo, sem nenhum traço do herbicida.

— Tudo isso aconteceu ao longo de uma semana — continuou Briggs. — Ninguém no prédio sabia que diabos estava acontecendo. Não dava para saber nem se era seguro voltar para casa no fim do dia, já que as plantas estavam morrendo sem motivo aparente por todo lado. Sabiam que aquela coisa era um perigo, mas tinham medo de queimar, porque na época não havia por lá um incinerador vedado que desse conta de grandes quantidades de material tóxico. Também sabiam que não podiam enterrar, mas não dava para deixar aquilo ali. Então decidiram misturar o herbicida com radioisótopos.

Briggs explicou que essa abordagem tinha suas vantagens. A primeira era que os cientistas de Detrick estavam começando a desconfiar que o Agente Negro não era um simples herbicida químico, mas devia conter alguma matéria orgânica, provavelmente bactérias, e, se fosse o caso, a radiação trataria de matá-las. Além disso, a radioatividade se encarregaria de assinalar que se tratava de um material perigoso. E, por fim, se alguma parte fosse parar no meio ambiente, seria possível fazer o rastreamento através da radioatividade.

Em 1989, teria sido possível transportar um incinerador portátil à Grande Ilha e queimar os tonéis — mas apenas se o material não fosse radioativo. Para uma incineração segura, eles teriam que ser transportados de volta para Hanford, mas nesse mesmo ano as instalações foram desativadas.

A essa altura estava claro que os tonéis de vidro estavam se deteriorando por causa do calor do decaimento radioativo. Como ainda não havia verbas para a remoção, o exército decidiu, como uma medida temporária, acondicioná-los em água, para mantê-los resfriados, o procedimento-padrão para materiais com altos níveis de radioatividade. Isso não foi feito dentro do Tubo de Gelo porque ninguém achava que o material ficaria lá por tanto tempo.

Um edital de licitação para a construção de cinco tanques de concreto foi publicado, conforme exigia a lei, relacionado a um projeto descrito vagamente como "instalações para descarte de materiais contaminantes". O braço francês do Greenpeace no Taiti ficou sabendo e entrou na Justiça para impedir a construção. Apareceram panfletos e manchetes sobre o "Paraíso Tóxico dos

Estados Unidos". O governo do Havaí suspendeu a licença, e o edital foi cancelado. O Greenpeace declarou sua vitória e foi embora.

Mas os tonéis continuaram se deteriorando.

E, em 2016, houve o acidente.

O vidro cada vez mais quebradiço dos tonéis era uma preocupação generalizada, então o exército decidiu instalar uma proteção de espuma resistente a impactos no tampo e no fundo de cada um e colocá-los sobre um piso com várias camadas de amortecimento. A ideia era que a espuma e o piso poderiam absorver pequenas ondas de choque. Os próprios oficiais responsáveis reconheciam que era uma solução inadequada, mas não havia verbas para tomar medidas mais substanciais. Equipes de neutralização de explosivos, especializadas em manipular materiais perigosos, foram encarregadas de acondicionar os tonéis sobre as bases de espuma. Esse trabalho durou doze semanas.

Um dos tonéis, ao ser posicionado sobre os blocos, começou a vazar. Apenas uma quantidade mínima de material escapou antes que ele fosse encapsulado com selante e preparado para remoção permanente. No entanto, algum membro da equipe envolvida no acidente aparentemente não lavou direito a sola das botas. Foi possível rastrear uma pequena quantidade de material no vestiário e nos sapatos que o trabalhador da equipe calçou depois do trabalho. Alguns dias depois, ele fez uma visita ao Jardim Botânico de Hilo usando esses sapatos, e a presença do material foi detectada num bosque de figueiras-de-bengala.

— O que aconteceu com ele?

A expressão de Briggs se manteve impassível.

— Ele morreu. Assim como as árvores.

— Como isso foi explicado?

— Não foi. O homem não tinha família. Morava sozinho. Foi como se nunca tivesse passado por aqui.

Briggs contou em detalhes o que aconteceu no jardim botânico; Mac se lembrava vagamente de ter ouvido falar a respeito do caso quando chegou ao HVO. Tinha alguma coisa a ver com um vazamento de herbicida. Mal sabia ele.

— Resumindo — continuou Briggs —, nós enviamos uma equipe e neutralizamos o vazamento com uns extintores modernos chamados Cold Fire.

— E ficou por isso mesmo?

— Sim. O estrago foi contido. Mas o pessoal de Fort Detrick levou amostras de grama morta e casca de árvore. E finalmente decifraram qual era o mecanismo de ação.

— Você vai continuar mantendo o suspense, coronel?

Briggs olhou o relógio.

— Preparamos uma demonstração para você para daqui a dez minutos.

21

A demonstração

POLICIAIS DO EXÉRCITO MONTAVAM guarda fora do prédio e em todas as portas internas, embora o lugar parecesse apenas uma sala de aula antiga: paredes cinza, frisos verde-claros.

As várias janelas davam para as encostas do Mauna Loa, e a mobília consistia apenas em uma mesa de madeira comprida e desgastada com cadeiras ao redor. Havia seis homens em mangas de camisa sentados à mesa, com uma postura bem ereta e os olhos voltados para a apresentação. MacGregor tinha sido apresentado a eles, mas não se lembrava de um único nome. Só sabia que eram cientistas do exército.

Do outro lado da sala, diante de uma lousa antiga, um jovem fardado se apresentou como Adam Lim, informou que era geneticista e começou a falar.

Mac não entendeu direito por que havia um geneticista por lá.

Uma porta lateral se abriu, e apareceram dois homens carregando uma árvore bonsai em uma caixa de vidro fechada. Eles a levavam como se fosse uma joia preciosa e a colocaram com todo o cuidado na mesa. De início, Mac pensou que fosse um simples mostruário, mas então viu o mostrador de volume de gás instalado perto da base espessa. Um projetor foi arrastado, e uma luz se acendeu. Uma imagem ampliada da árvore apareceu na parede.

— Essa planta foi borrifada com o Agente Negro cinco horas atrás — informou Lim. — Como podem ver, parece estar tudo normal. — Ele fez uma pausa. — Por enquanto.

Lim acionou um mecanismo na base, e uma janelinha se abriu. Uma mosca entrou voando na caixa.

O geneticista explicou que o Agente Negro era um inseticida composto de ácido diclorofenoxiacético e ácido aminotetraclorocolínico. Essas substâncias agiam como hormônios vegetais e matavam a planta alterando seu metabolismo.

Mac olhou para baixo e viu que estava apertando as mãos com força; suas juntas estavam até pálidas. Ele inspirou fundo pelo nariz e exalou pela boca, tentando relaxar a tensão, apesar do que estava ouvindo.

— Portanto, o Agente Negro é um herbicida que não tem nada de extraordinário — continuou Lim —, a não ser por uma única interação. Quando a mosca comum, da espécie *Musca domestica*, pousa em uma folha borrifada, começa a lamber o material das patas, porque, como vocês devem saber, seus pés são sensores importantíssimos. Vocês podem ver que, isso está acontecendo agora mesmo.

Alguém entregou uma lupa para MacGregor. Ele se aproximou do vidro para olhar. De fato, a mosca estava lambendo as patas.

— O herbicida agora vai entrar no trato digestivo da mosca — explicou Lim —, onde vai ser decomposto por enzimas. O herbicida original vai ser reduzido a fragmentos. Assim como os seres humanos, a *Musca domestica* tem toda uma ecologia nas entranhas, uma mistura de bactérias e vírus.

Mac tinha conhecido vários cientistas como Lim ao longo da carreira. Às vezes, ele mesmo fazia esse papel. *Vejam só como eu sei uma coisa que vocês não sabem.*

— Se a mosca tiver sido exposta a um pesticida — continuou Lim —, a ecologia de suas entranhas já foi alterada. Agora ela carrega uma quantidade maior de vírus mosaico do tabaco, que é bastante comum na natureza. Um fragmento específico do ácido diclorofenoxiacético adere à capa proteica do vírus. O revestimento do vírus causa uma irritação abdominal quase imediata, fazendo a mosca excretar seu conteúdo intestinal na folha. Esse processo leva apenas alguns poucos segundos; vocês podem ver a mosca lamber as patas e logo depois excretar.

MacGregor viu *mesmo*. Havia um pontinho branco na folha, mais ou menos do tamanho de uma ponta de lápis, perto do traseiro da mosca, que então saiu voando.

— O vírus excretado entra numa célula da folha — explicou Lim —, onde faz o mesmo que todos os outros vírus: se apossa dos processos celulares e a obriga a produzir mais vírus até explodir. No interior da célula, os fragmentos de ácido diclorofenoxiacético são incorporados ao genoma de alguns vírus. Quando a célula se rompe, esses vírus com o fragmento são soltos no ambiente. São vírus extremamente agressivos, que se reproduzem com grande rapidez em qualquer planta com que entrarem em contato. O processo é tão acelerado que vocês podem ver o escurecimento se espalhando pela planta. Está começando agora mesmo. Até mesmo uma árvore grande estaria morta em 48 horas.

Até mesmo uma figueira-de-bengala, pensou Mac.

Ele estreitou os olhos para a folha, olhando pela lupa. Um pontinho preto apareceu na folha. Depois outro, e mais um. Era como se uma chuva negra invisível caísse sobre a planta. Alguns estavam começando a ficar maiores e a crescer uns sobre os outros.

— Puta merda, é rápido mesmo — comentou Mac.

— Rápido demais. — Lim corrigiu a postura dos ombros. — Alguma pergunta?

Ele parecia prestes a acrescentar: *Classe dispensada*.

— Obrigado, Adam — disse Briggs, do fundo da sala. — Acho que agora está na hora de falar para o dr. MacGregor o que vai acontecer com o material dentro dos tonéis durante a erupção.

A diversão aqui não termina nunca, pensou Mac.

Lim sentou, e outro homem foi para a frente da sala. Robert Daws era um sujeito corpulento e musculoso, com um corte de cabelo militar. Mas, apesar de parecer um leão de chácara, falava de um modo preciso, quase rebuscado. Ele se apresentou como cientista atmosférico.

— Nós estimamos que a fonte de lava esteja a 1.200 graus celsius, e que por 72 horas o resfriamento será insignificante — falou Daws. — A crosta da superfície pode cair para 540 graus, mas a temperatura do material mais abaixo permanece a mesma. Correto? — perguntou ele para Mac.

— Essa seria minha estimativa também — respondeu Mac.

— Isso significa que o calor da lava em movimento é mais que suficiente para fazer os tonéis explodirem e liberarem seu conteúdo — continuou Daws. — Acreditamos que esse material ainda está quimicamente ativo e vai oxidar numa velocidade assustadora.

— Está me dizendo que essa coisa vai explodir se a lava chegar perto?

— Sim, senhor, isso mesmo.

— A que distância?

— Em qualquer parte do lado onde fica a base do exército no Mauna Loa — respondeu Daws.

MacGregor suspirou.

— Mas que bela encrenca.

— Sim, senhor, é mesmo — disse Daws. — O contato com a lava vai gerar uma nuvem explosiva de vapor e resíduos orgânicos que subirá a mais de 4.500 metros no ar. Estamos falando de níveis estratosféricos, claro, o que significa circulação global. Estimamos que a maior parte do material em partículas vai cair de volta na ilha de Havaí em algumas horas, mas 43% vão ser carregados pelas correntes de vento e ficar em circulação por até doze meses.

Foi a vez de Daws suspirar.

— Mas quase tudo deve descer lentamente a altitudes mais baixas em questão de semanas e cair como chuva.

— Eu diria mais uma chuva ácida do que qualquer outra coisa — comentou Mac.

— Acho que pode ser uma forma de entender a questão, sim. — Daws engoliu em seco. — A *Musca domestica* está em todas as partes do mundo. A disseminação do vírus mosaico do tabaco é imensa. Não é um agente que mata todas as espécies, mas acreditamos que esse processo de incorporação de fragmentos vai ocorrer com todos os vírus de plantas. O resultado é que todas, ou quase todas, as plantas na biosfera vão morrer.

O silêncio na sala parecia ter uma energia quase cinética. Mac sentiu vontade de se levantar e abrir uma janela, mas ficou com a impressão de que, se fizesse isso, poderia ser preso por um dos soldados. Ou morto.

— Com alguns anos de pesquisas, seria possível desenvolver variedades mais resistentes de plantas — continuou Daws. — Mas nós não temos todo esse tempo. Os vírus vão matar todas as plantas da Terra em questão de dois meses. Todas as formas de vida animal, inclusive a humana, vão morrer de fome logo depois. Uma previsão conservadora aponta para 1,4 bilhão de mortes nas cinco primeiras semanas, e 3,1 bilhões nas oito primeiras. Quase todo mundo vai estar morto em quatro meses. Alguns indivíduos isolados podem conseguir resistir represando seus recursos, mas não por muito tempo.

— Entendi o que acontece se o vírus escapar dos tonéis e o que vai causar na biosfera — disse Mac. — Mas e se os humanos forem contaminados antes disso de alguma forma? Pode haver a transmissão de uma pessoa para outra?

— Se um vazamento acontecer antes que a lava chegue aos tonéis?

— Sim.

— Nós vamos garantir que isso não aconteça.

— Mas e *se* acontecer? — insistiu Mac.

— Acreditamos que o resultado seria uma variação da doença da radiação, que afetaria alguns indivíduos mais depressa do que outros. Alguns podem morrer imediatamente, como se sua biosfera pessoal estivesse envenenada. Pode ser preciso um contato próximo, ou não. Para alguns, pode demorar mais. Mas todos vão morrer pela mesma causa.

Mac ficou olhando para Robert Daws, tentando compreender a magnitude do que estava ouvindo. O homem transmitia aquelas informações da mesma forma impessoal do meteorologista da TV quando anunciava que uma frente fria estava a caminho. Mac olhou para os demais cientistas sentados ao redor da mesa. Não esboçaram nenhuma reação, porque para eles aquilo não era novidade.

Então é assim que o mundo vai acabar.

— Mas, se for liberado na atmosfera, em mais ou menos cinco meses não vai restar mais nem uma forma de vida no mundo, a não ser alguns insetos e bactérias — informou Daws. — Na prática, a Terra viraria um planeta morto.

Depois disso, ele não tinha mais nada a dizer. Ficaram todos em silêncio por mais de um minuto. Por fim, coube a Mac afirmar o óbvio, mesmo que fosse apenas para si mesmo:

— Nós precisamos dar um jeito de desviar o fluxo de lava.

Daws assentiu com a cabeça.

— Antes do final da semana — disse ele, olhando diretamente para Mac, como se só estivessem os dois na sala. — Mais alguma pergunta?

— Só a que eu venho fazendo desde que cheguei aqui — respondeu Mac, olhando ao redor da mesa. — Pelo amor de Deus, como foi que deixaram isso acontecer?

22

OS HOMENS À MESA ficaram olhando para ele.

— Como é? — perguntou um deles por fim.

— Vocês me ouviram — insistiu Mac.

Briggs limpou a garganta.

— Escute — pediu ele. — Existem culpados de sobra. Culpe o exército. Culpe a Guerra Fria. Culpe seu representante no Congresso, por não ter destinado a verba para a remoção. Culpe o governo do Havaí por proteger a todo custo a indústria do turismo. Culpe os ecologistas radicais que impediram a construção das áreas de descarte quarenta anos atrás, quando ainda era possível tirar essa coisa daqui. Culpe as pessoas que só se concentraram em um pedacinho do quebra-cabeça em vez de olhar para o problema como um todo. Nós herdamos essa bagunça da década de 1950, com uma bela colaboração dos anos 1970 e 1980. E agora a coisa virou um desastre esperando para acontecer.

Todos olharam para a janela e viram seis helicópteros Chinook CH-47 de dupla hélice do Exército dos Estados Unidos descerem lentamente, com miniescavadoras penduradas e retroescavadeiras no compartimento de carga.

— Nós vamos construir um dique — falou Briggs, como se fosse Noé anunciando que construiria uma arca.

— De que tamanho?

— Seis metros de altura e talvez uns quatrocentos de comprimento.

Mac sacudiu a cabeça.

— Não é suficiente — falou ele. — Precisa ter quinze metros de altura e o dobro do comprimento. Pelo menos.

— Quinze metros? — questionou Briggs. — Isso é a altura de um prédio de quatro andares. Você está de brincadeira, certo?

— Com todo o respeito, coronel, eu tenho cara de quem está aqui para brincar? — Mac apontou para a encosta escura do Mauna Loa. — Não parece muito íngreme daqui, mas é. O fluxo de lava é bem líquido, ainda mais quando está quente. Flui como um rio transbordando. E a lava vai vir nessa direção em fluxos com três ou quatro metros de altura. Como um tsunami. Vai passar por cima de um paredão de seis metros.

— E um paredão de quinze metros funcionaria?

— Provavelmente não — respondeu MacGregor. — Mas é bom construir mesmo assim.

— E se bombardeássemos... — começou Briggs.

— Não funciona — interrompeu Mac.

Houve um instante de silêncio, em que a atmosfera ficou ainda mais pesada do que antes.

— Talvez você conheça um estudo da DARPA sobre criar fissuras no vulcão... — mencionou Briggs.

— Um estudo que concluiu que não daria certo.

— Deve ter alguma coisa que podemos tentar — disse Briggs, baixinho.

MacGregor observou a manobra dos helicópteros que traziam o equipamento pesado. Ele franziu a testa e mordeu o lábio.

— Me deem uma hora — pediu MacGregor.

— Para quê?

— Para elaborar um plano para impedir que todo mundo morra — disse ele.

23

Observatório Vulcânico do Havaí (HVO)

MAC ENTROU NO CENTRO de análise de dados às oito horas. A equipe já estava a postos. Rick Ozaki estava debruçado com Kenny Wong sobre um monitor. Pia estava trabalhando nas câmeras remotas com Tim Kapaana, que estava em campo, fazendo ajustes. De lá, acionaria os drones com câmeras térmicas para encontrar os lugares onde a lava estava subindo à superfície.

Jenny vinha logo atrás de Mac.

— Acho melhor você entrar em contato com Tako Takayama — avisou ela. — Você sabe que ele fica louco da vida quando não é envolvido nas conversas.

— Mais tarde — disse Mac. Ele baixou o tom de voz e perguntou: — Quando vou ter acesso às imagens mais recentes de satélite?

— Quais você quer?

— As visíveis e as de infravermelho já servem.

Ela foi até uma estação de trabalho e começou a digitar, com os dedos voando pelas teclas enquanto solicitava o cronograma de órbita do satélite Terra. Mac acompanhava tudo por cima do ombro dela. O Terra passava pela Grande Ilha a cada 48 horas, e o HVO poderia acessar os dados do MODIS.

— O satélite passou às 2h43 da manhã — informou Jenny. — Provavelmente o download ainda não foi feito.

Ela continuou digitando.

— Em quanto tempo vai estar feito? — perguntou Mac, impaciente.

Jenny lançou um olhar ríspido para ele.

— Cinco minutos atrás está bom para o senhor, excelência?

— Acho que exagerei no tom, né?

— Exagerou feio.

Em seguida, porém, ela se debruçou sobre a tela e olhou para trás com um sorriso no rosto.

— Na verdade, estamos com sorte — contou ela. — Os dados já foram baixados. Eu provavelmente consigo deixar tudo pronto em uns dez minutos.

— Quando estiver pronto me avisa. E obrigado, colega.

— *Colega?*

Foi a vez dele de sorrir.

— Amiga do peito?

— Cai fora daqui com a sua conversa mole e me deixa trabalhar.

Mac foi até Rick e Kenny.

— Certo, rapazes — disse ele, sentando-se ao lado dos dois. — Mostrem o que vocês têm aí.

Kenny foi quem se encarregou de falar. Ele explicou que tinha rodado seu programa para reunir todos os dados sobre as cinco erupções mais recentes do Mauna Loa, que remontavam até 1949. Os dois mostraram para Mac que os dados batiam com um modelo tridimensional rotatório das estruturas de magma abaixo do vulcão.

Além disso, havia as informações dos monitores de gases e do GPS sobre as inflações, além das imagens térmicas e de satélite. Tudo isso foi passado rapidamente, como se os cientistas sequer precisassem das informações na tela e tivessem memorizado todos os dados, um pouco do que Mac considerava um dos aspectos mais fascinantes do mundo deles.

Um mundo que poderia estar prestes a explodir.

O mundo em que todos viviam.

— E assim chegamos à estimativa prevista — anunciou Rick.

Em sua tela apareceram dados sobre a probabilidade, o volume e as localizações da erupção, além dos agentes de resfriamento e dos diques.

TEMPO ESTIMADO ATÉ A ERUPÇÃO: 4 dias, com margem de erro de 11 horas para mais ou para menos

Quando terminaram, eles olharam para Mac.

— O que você acha? — perguntou Rick.

— Que está uma merda — respondeu Mac.

— Você está de brincadeira, né? — questionou Rick.

Mac se lembrou do coronel Briggs perguntando a mesma coisa.

— Olhem pra mim — pediu Mac — e vejam se estou disposto a ouvir esse tipo de pergunta.

— Mas nós analisamos os números várias vezes — respondeu Kenny, na defensiva. — É um resultado sólido.

— Depois de passar todo esse tempo torturando os dados, eles dizem o que você quiser — retrucou Mac. — O que vocês estão me passando só *parece* sólido.

Mac não conhecia todos os detalhes de tudo que eles faziam, mas sempre os obrigava a defender suas conclusões com todas as forças. E repetiria esse procedimento ali sem nenhum medo de ofender os sentimentos alheios. Em outras ocasiões, havia margem para erros, tempo para debate e até para elogios e incentivos. Mas não naquele momento.

— O que aconteceu quando vocês usaram seu modelo computacional com dados do passado? — perguntou Mac. Antes que pudessem responder, ele acrescentou: — Seu programa previu a erupção de 2022, por exemplo?

— Sim, Mac, previu — respondeu Kenny.

— Com que margem de acerto?

— Menos de duas horas.

— E o de 1984?

— Nove horas.

— Estou dizendo pra você que o programa funciona, Mac — insistiu Rick.

— Vocês conseguem prever a temperatura no entorno do cume? — questionou Mac.

Rick e Kenny se entreolharam.

— Nunca tentamos — respondeu Rick. — Vamos precisar fazer alguns cálculos.

— Eu tenho as imagens em infravermelho mais recentes do satélite, feitas às 2h43 da manhã. Preciso saber o quanto o modelo de vocês se aproxima delas.

— Vou precisar de uns dez minutos — disse Kenny.

— E acham que os diques podem funcionar?

— Os meus dados eu garanto — respondeu Kenny.

— Idem — disse Rick.

— Que surpresa — comentou Mac. — E vocês garantem os dados sobre resfriamento também?

— Está tudo incluso.

— Então é melhor vocês estarem certos — disse ele.

Mac se afastou. Quando Kenny achou que ele estava longe do alcance de sua voz, comentou:

— Ele dormiu com a bunda descoberta hoje?

— Ainda estou aqui! — gritou Mac, contente por eles não perceberem que estava sorrindo.

No fim, Rick e Kenny precisaram de quinze minutos.

Mas então todos se debruçaram sobre uma imagem na tela mostrando uma vista da ilha do Havaí em falsas cores, com o Mauna Loa em azul e marrom e ficando cada vez mais alaranjado e amarelado perto do cume. Havia uma linha de pontos de um laranja intenso, como um colar de pérolas, na zona de rifte noroeste. E também manchas pretas ao redor do cume.

Para Mac, eram sinais ameaçadores de nuvens de tempestade. Ele chamou Jenny do outro lado da sala.

— Abra a imagem de infravermelho-próximo, por favor.

— Só um momento.

Um instante depois, num canto da tela, a imagem de satélite tirada naquela madrugada apareceu. À primeira vista, parecia similar à que foi gerada por Rick e Kenny.

— Olha aí, não disse? — falou Kenny, vibrando com o punho cerrado.

— Vamos com calma. Sobreponha as duas.

Kenny ampliou a imagem de satélite, deixou-a translúcida e posicionou sobre a sua.

— Agora deixe opaca — disse Mac. — E inverta.

Kenny inverteu as duas imagens, a gerada por computador e a obtida pelo satélite. Ele e Rick observaram MacGregor cheios de expectativa, como crianças esperando pelo elogio de um adulto.

— Sou obrigado a admitir — disse Mac, balançando a cabeça em sinal de admiração — que não saiu nada mal.

— Uau — falou Rick. — Obrigado, papai.

Mac sorriu.

— A única diferença que eu vejo é que o satélite está mostrando um ponto quente no oceano ao largo da costa oeste da ilha, e vocês não apontaram isso.

— Não é a nossa área — rebateu Kenny.

— Hoje é, espertinho.

— Você sabe que não temos sensores na costa oeste — retrucou ele.

Mac ignorou a informação.

— Muito bem — falou, ficando de pé. — Salvem tudo em um laptop e estejam prontos em vinte minutos. Tem outras pessoas que precisam ver isso.

24

Sede da Defesa Civil do Condado do Havaí, Hilo, Havaí

HENRY TAKAYAMA ENTROU PISANDO duro em sua sala e bateu a porta atrás de si, ciente de que o som despertaria tremores nas mesas do lado de fora, porque todo mundo pensaria que ele estava irritado com alguma coisa. E estava mesmo. Eram apenas oito e meia da manhã e já estava tendo um dia péssimo.

Para começar, representantes da Paradise Helicopters e da Mauna Loa Helicopter Tours tinham ligado para ele exigindo saber por que não podiam fazer sobrevoos turísticos sobre os vulcões. O espaço aéreo do Mauna Loa e do Kīlauea tinha sido fechado na noite anterior — Henry já havia ficado sabendo sobre a bobagem cometida por Rogers, aquele piloto *ʻōkole* — e continuava fechado pela manhã, e as empresas questionavam o que Takayama faria a respeito. Ele tinha respondido que era um engano e prometeu resolver o problema, principalmente porque Henry Takayama se via, acima de tudo, como um resolvedor de problemas.

Sendo assim, ligou para a torre do general Lyman Field, no Aeroporto Internacional de Hilo. Bobby Gomera era quem estava no comando do Controle de Acesso, o que Henry considerou um sinal de sorte. Ele conhecera Bobby num luau de sua família, quando o outro tinha apenas um ano de idade.

Mas isso não o ajudou naquele dia. Bobby avisou que não podia fazer nada quanto à abertura do espaço aéreo, porque o fechamento era uma ordem do comando do exército.

— Estou disposto a ajudar você sempre que for possível, 'Anakala Tako — disse Bobby Gomera, usando a palavra havaiana para "tio". — Mas não posso entrar em guerra com o Exército dos Estados Unidos.

O exército às vezes fechava o espaço aéreo ao redor do vulcão, mas nunca sem mandar uma notificação com antecedência para a Defesa Civil, e Henry não tinha recebido nenhum aviso. Não era só uma quebra daquilo que ele considerava o protocolo da ilha — era um acontecimento estranhíssimo.

E, para piorar, seria preciso ligar para as empresas de turismo e dizer que ele, Henry Takayama, não seria capaz de abrir o espaço aéreo, apesar de ter prometido. Colocaria a culpa no exército, claro, sua postura padrão e perfeitamente aceitável em qualquer coisa que envolvesse os militares. Mas Henry não gostava de descumprir uma promessa. Não por causa de algum imperativo moral, mas porque quebrar promessas era ruim para sua imagem. E isso era uma ofensa contra tudo que Henry Takayama considerava mais sagrado.

Ele perguntou a Bobby se o exército estava fazendo algum tipo de manobra na base militar.

— Acho que não — respondeu Bobby. — Mas tem *alguma coisa* acontecendo.

— Por que você acha isso?

Bobby contou que um cara do HVO, o tal MacGregor, tinha voado às pressas para Honolulu numa aeronave militar. Ninguém sabia por quê. E MacGregor ainda não havia voltado.

Ou talvez tivesse, porque um helicóptero do exército entrara no espaço aéreo da Grande Ilha mais cedo naquela manhã e pousara na base militar. A designação passada para Gomera foi de Romeu-Vetor--Três-Nove. Isso significava que havia gente do alto-comando a bordo.

Uma hora depois disso, um helicóptero militar pousara no Lyman e desceram seis passageiros — não de farda, mas em mangas de camisa. Estavam a caminho do campus da Universidade do Havaí em Hilo. Bobby contou para Takayama que ouviu alguns comunicados pelo rádio. Eles iriam para o departamento de ciência da computação da universidade, que abriria mais cedo especialmente para recebê-los. Eram claramente especialistas em tecnologia, contou Gomera. Talvez engenheiros.

Além disso, ele revelou a Takayama, seis helicópteros tinham entrado no espaço aéreo pelo oeste, pelo lado de Kona. Gomera monitorou os rádios e descobriu que eram aeronaves de carga C-17 Globemaster III, trazendo equipamento pesado de construção para a base militar.

— Pra mim parece alguma manobra militar — comentou Henry.

— Acho que não — respondeu Bobby. — Os caras do exército saíram da universidade em Hilo e foram para o alto da montanha de helicóptero. Para o observatório da NOAA, perto do cume. — Ele fez uma pausa. — E tem mais.

— Eu vou gostar de saber? — perguntou Takayama.

— Duvido — respondeu Gomera.

Ele contou a seu tio Tako sobre o helicóptero que saiu do HVO para a base militar.

— Ouvi uma outra transmissão depois disso — continuou Gomera. — O alto-comando está a caminho para algum tipo de reunião. Uma coisa com um programador chamado Wong e um tal de Ozaki. Ao que parece, eles trabalharam a noite toda em algum assunto importante.

Gomera estava certo, considerou Takayama ao desligar. Não estava gostando nem um pouco daquilo. Por causa do que esses dois passaram a noite fazendo, uma reunião do alto-comando tinha sido convocada às pressas. No cume do Mauna Loa.

Henry Takayama se apoiou sobre a mesa, com os dedos entrelaçados diante do corpo. *Ontem à noite MacGregor anunciou a erupção. Hoje tem uma reunião com o exército lá no cume. Está na cara que tem a ver com a erupção,* pensou Henry, mas não conseguia imaginar o que poderia ser. O que quer que fosse, porém, havia coisas importantes acontecendo, e às pressas.

E ele não fora informado.

— Aqueles desgraçados! — exclamou Takayama.

Ele nunca gostou de MacGregor. Alguém do continente que agia como se estivesse fazendo um favor a Takayama toda vez que se reuniam, como se tivesse coisas mais importantes para fazer, pessoas mais importantes para ver. Pessoas como MacGregor o deixavam *ho'opailua*.

Com vontade de vomitar.

Ele apertou o botão do interfone, que ainda usava porque achava uma estupidez mandar uma mensagem de texto para uma assistente que estava logo ali, do outro lado da porta.

— Alguma ligação do HVO?

— Não, Henry, ainda não — disse Mikala Lee.

— Alguma ligação do exército?

— Nada ainda.

Ele fez uma pausa, organizando seus pensamentos para decidir o que fazer em seguida. O mais fácil seria envolver a imprensa; Kim Kobayashi, da KHON, lhe devia vários favores. Mas, com o festival ainda em andamento, isso poderia ser um erro. Takayama não sabia o que estava acontecendo e não queria que nenhuma notícia preocupante vazasse. Por ora, simplesmente reuniria todas as informações que pudesse.

— Faça um telefonema para MacGregor — ele falou. — E para o coronel Briggs.

— Agora mesmo.

Takayama se recostou na cadeira e quase imediatamente se inclinou para a frente e apertou o botão do interfone.

— Deixe isso pra lá. Cancele as ligações.

Havia outra coisa para levar com conta. Se começasse a fazer perguntas, provavelmente conseguiria as respostas naquele dia. Mas e no dia seguinte? E no outro? Aqueles homens já tinham demonstrado sua indiferença em relação à Defesa Civil quando não o incluíram no que estavam fazendo. Henry não podia ficar ligando para eles todos os dias, de cabeça baixa, em busca do que estivessem dispostos a compartilhar. Precisava de um fluxo constante de informações. E a partir de dentro.

Precisava de um contato dentro do HVO.

O problema era que todo mundo por lá era leal a MacGregor. Todos eles, desde os *haole* recém-chegados aos *kamaʻāina*. Como a Kimura, a garota de Oahʻu que era toda esnobe porque estudou em uma universidade bacana no continente. Não havia a menor chance de ela informar o que quer que fosse para Tako. E os outros técnicos de lá eram meros soldados rasos.

Ele precisava plantar uma fonte no observatório. Uma fonte confiável.

Só havia duas pessoas no mundo que podiam ajudá-lo nisso.

Mais uma vez, apertou o botão do interfone.

— Você sabe onde estão os Cutler? — ele perguntou à assistente.

— Não, mas provavelmente consigo descobrir seguindo os passos deles nas redes sociais.

— Então descubra — disse Takayama.

25

Observatório do Mauna Loa da NOAA, Havaí

MEIA HORA ANTES DA reunião da manhã, a equipe do HVO foi levada até um helicóptero Chinook. Eles estavam todos aglomerados em torno do laptop de Kenny Wong. Ao lado, estava o laptop de um dos seis jovens que estiveram na base militar e imediatamente começaram a questionar os cálculos de Kenny e Rick.

Eles faziam isso com a maior educação, mas não importava. Estavam destroçando seu trabalho pouco a pouco, mas implacavelmente. Kenny sentia vontade de se esconder debaixo da mesa. Rick Ozaki estava sentado ao seu lado, com a respiração pesada e arrastada, como um urso ferido. Kenny nem ousou olhar ao redor à procura de Mac.

Aqueles caras eram da equipe de modelagem geofísica do AOC, o Corpo de Artilharia do Exército.

E Kenny era obrigado a admitir que sabiam do que estavam falando.

Tinham ido à Universidade do Havaí e analisado os dados armazenados de Kenny, que usaram para fazer seus próprios cálculos. E dispunham de dezenas de programas adicionais que estavam rodando para estudar a área.

No fim, o chefe da equipe, um sósia do George Clooney chamado Morton, falou:

— Acho que precisamos ir lá pra fora agora. Todo mundo.

Kenny, Rick, Mac, Jenny, Briggs e os caras do exército saíram do helicóptero, esmagando a lava preta com a sola dos sapatos. Estava um dia ensolarado lá no alto, a 3.300 metros de altitude, com uma leve camada de nuvens a mais ou menos 1.500 metros de altitude abaixo deles.

— Sinto muito, rapazes — disse Morton —, mas os cálculos de estresse são bem claros. Mesmo se houver magma a menos de um quilômetro da superfície, e na maioria dos casos a profundidade é muito maior que essa, não dá para abrir uma fissura de um quilômetro em uma montanha com explosivos convencionais. Esta montanha é muito grande, e as forças que atuam nela também. Seria como tentar mover um avião de grande porte com um canudinho.

— Mesmo com explosivos ressonantes? — perguntou Kenny.

Esse tipo de explosivo era uma inovação recente. A ideia era detonar cargas a intervalos precisos para criar um movimento ressonante em objetos de grande massa, assim como dar pequenos empurrões num balanço fazia a pessoa subir cada vez mais.

— Nem com explosivos ressonantes tem jeito — garantiu Morton. — O timing controlado por um sistema informatizado pode produzir efeitos poderosos, mas as ordens de magnitude ainda são muito baixas. Mesmo se quisermos arriscar uma explosão nuclear, algo que não vamos fazer, provavelmente não seria suficiente.

Ninguém respondeu de imediato. O único som que se ouvia era o do vento.

Durante a discussão, alguma coisa estava incomodando Mac. Ele fitava o cume, protegendo os olhos do brilho do sol, olhando para além dos engenheiros, do coronel Briggs, de Jenny e dos cientistas de dados para o local onde as fissuras soltavam vapores sibilantes no ar.

Ele vinha pensando a respeito do vapor o dia todo.

Quando o vulcão começava um processo de desgaseificação, sempre era preciso estabelecer se o gás liberado era do magma ou se era o vapor das águas subterrâneas aquecidas. As erupções de vapor já tinham ocorrido em diversas ocasiões no passado, e Mac conhecia o perigo que representavam, e não só para o meio ambiente.

— Esperem um pouco — disse.

Todos se voltaram para ele.

— Nós estamos pensando errado.

— Como assim? — perguntou Morton, que estava ao lado de Briggs.

— Estamos pensando em formas de controlar o vulcão — explicou Mac. — E não temos como fazer isso.

— Exatamente — confirmou Morton. — Não temos poder de fogo suficiente para abrir uma fissura, nem como gerar energia o bastante para isso.

— Mas o vulcão tem energia de sobra — argumentou Mac.

Ele sentiu o olhar de todos sobre si.

— E se fizéssemos o vulcão trabalhar pra nós? — especulou Mac.

— Espere aí... *como é*?

— Até que profundidade vocês conseguem instalar os explosivos? — perguntou Mac.

— Depende da espessura do basalto e da presença de efeitos termais — explicou Morton. — Mas isso não altera a questão principal...

Mac o ignorou e se dirigiu a Briggs:

— Os helicópteros que vocês trouxeram com as escavadeiras...

— Chinooks — disse Briggs.

— Eles também servem pra transportar água?

Rick Ozaki baixou a cabeça. Tinha certeza do que viria a seguir.

— Pelo amor de Deus, não — murmurou baixinho, olhando para o chão.

Jenny Kimura já estava sacudindo a cabeça.

— John MacGregor — disse ela.

Nunca era bom sinal quando ela o chamava pelo nome completo. Mas ela também sabia onde aquilo ia chegar.

— Sim, eles servem para transportar água — confirmou Briggs. — Já foram usados algumas vezes em incêndios florestais.

— Mas *quanta* água? — perguntou Mac.

— Isso eu precisaria verificar. A água é pesada. Mas eu diria uns dez mil litros cada.

— Quantos helicópteros você pode conseguir?

— Isso eu também teria que verificar. Acho que temos cinco em Barking Sands, em Kaua'i. E provavelmente quinze ou vinte, somando todas as ilhas. Por quê?

— Esse cume, esse vulcão inteiro, é atravessado por tubos de lava e câmaras de ar — explicou Mac. — A maioria foi selada depois da erupção que criou as aberturas, e alguns são bem grandes. Nós sabíamos que estavam lá, mas não exatamente onde, antes de começarmos a fazer o mapeamento com magnetometria de alta resolução. Enfim, se for possível abrir esses bolsões subterrâneos para posicionar os explosivos, daria para encher de água e depois selar.

— E o que isso faria, exatamente? — perguntou um dos engenheiros do exército.

— Manteria a detonação sob forte pressão da água, amplificando a capacidade explosiva. Em vez de jogar magma para cima, bastaria mover a água para baixo para entrar em contato com o magma.

— E o magma faria a água virar vapor, que o vulcão passaria algumas horas liberando — completou o engenheiro.

— Isso se o contato for lento. Mas se for repentino... — sugeriu Mac.

— Entendi! — disse mais um dos caras do AOC. Ele se virou para os demais membros da sua equipe. — Daria para usar múltiplos arranjos quádruplos.

— Seria preciso fazer muitos cálculos *in loco*...

— Eu sei, mas acho que é possível, *sim* — disse o homem do AOC.

— E como faríamos os arranjos se comunicarem entre si? — perguntou outro sujeito para Mac.

— Não precisa — respondeu Mac. — Eles podem ser autônomos.

A equipe do AOC se juntou para conversar. MacGregor percebeu que estavam falando animadamente, apesar de manter um tom baixo. Um deles pegou um pedaço de lava. Outro disse alguma coisa sobre porosidade e pressões selantes.

Junto com Kenny, Rick foi até Mac, que viu a preocupação estampada em seu rosto.

— Mac, você sabe o que está propondo, né? — perguntou Rick. — Está sugerindo fazer o vulcão explodir.

— Mas quer saber? Pode dar certo — arrematou Kenny.

— É exatamente esse o meu medo — rebateu Rick. — Estamos falando de tentar produzir uma *nuée ardente*. Uma avalanche de fogo. O fenômeno vulcânico mais perigoso que existe.

— Basicamente — confirmou Mac.

26

AVALANCHES VULCÂNICAS INCANDESCENTES DESTRUÍRAM Pompeia em 79 d.C. e assolaram ilhas inteiras próximas do Krakatoa em 1883, mas foram um fenômeno desconhecido pela ciência até 1902, quando o Monte Pelée entrou em erupção na ilha da Martinica.

O Pelée estava dando sinais de atividades fazia meses, mas todos foram pegos de surpresa quando, às 7h52 da manhã de 8 de maio de 1902, uma avalanche de gás e cinzas incandescentes rugiu montanha abaixo a quinhentos quilômetros por hora, destruindo a cidade de Saint-Pierre e a maioria das embarcações ancoradas no cais.

Vinte e nove mil pessoas morreram, a maioria instantaneamente.

As poucas testemunhas sobreviventes — os mais sortudos, que estavam em barcos a uma distância suficiente da costa para evitar a nuvem de gás — descreveram a cena como uma devastação infernal. Fotografias da cidade reduzida a ruínas fumegantes foram estampadas na primeira página dos jornais de todo o mundo.

A avalanche que causou essa destruição instantânea era conhecida como *nuée ardente*, ou "nuvem ardente". Atravessou barreiras de concreto de um metro de espessura, soterrou construções inteiras, arrancou canhões pesadíssimos de seus suportes e fez um farol se partir ao meio como se fosse um graveto.

Essas avalanches são agora denominadas *fluxos piroclásticos*, um objeto de estudo intenso para muitos vulcanologistas. Diversas tentativas de prever seu comportamento em modelos de laboratório já haviam sido feitas. Jenny Kimura inclusive tinha trabalhado durante um verão no Observatório Vesuviano, perto de Nápoles, com uma equipe que criou, em laboratório, modelos de fluxos de lava quente em um tanque inclinado, além de fazer modelagens computadorizadas desse tipo de fluxo. Ela sabia mais sobre fluxos piroclásticos do que qualquer um no HVO, inclusive Mac, mas a princípio não disse nada. Isso era uma das coisas de que Mac gostava nela, e às vezes até amava. Em vez de forçar a barra para ser a bola da vez, esperava que o jogo viesse até ela.

— Certo, então vamos pensar melhor sobre isso — propôs Rick. — Digamos que dê certo. E aí?

— E aí vamos ter aberto a fissura e liberado a lava — disse Mac.

— E mandado um fluxo piroclástico em altíssima velocidade para cima de Hilo — rebateu Rick, apontando para a montanha.

— Jamais chegaria lá.

— Essa é sua esperança.

— Rick, estou dizendo que não chegaria — insistiu Mac. — A inclinação é suave demais; a avalanche não se sustentaria. Morreria depois de três ou quatro quilômetros.

— Mas mandar o material pra longe não é uma das funções da explosão inicial, Jen?

Mac queria sorrir. Rick os estava desafiando da forma como o próprio Mac sempre fazia com eles.

Jenny sacudiu a cabeça. Agora era sua vez de entrar na dança.

— Mac tem razão. Jamais chegaria a Hilo.

— Por ora, não aceitamos apenas a palavra do dr. MacGregor de que o plano pode funcionar — interveio Briggs. — Queremos que ele mostre isso. E que tenha a consciência de que somos o Exército dos Estados Unidos e ainda não descartamos a ideia de construir muros de contenção.

— É justo. Venham comigo — chamou Mac. Era ele quem estava dando as ordens agora.

Mac os conduziu pelos campos fraturados de lava por quase um quilômetro e então se ajoelhou diante de um buraco com largura suficiente para uma pessoa se enfiar ali.

— Esta é uma típica entrada de tubo de lava — explicou para o grupo. — Vocês só precisam tomar cuidado na hora de atravessar. E não sigam em linha reta. Venham pela direita.

Ele entrou no buraco e os demais o seguiram, um a um.

Uma vez lá dentro, Mac ligou a lanterna do celular, porque dentro do tubo estava um breu. À medida que entravam, os outros iam acendendo as suas também. Feixes amarelos se cruzavam como holofotes.

Eles se viram em um bolsão do tamanho de um ginásio escolar. O teto era liso, quase reluzente, mas o chão era de lava preta áspera.

— É uma câmara de ar bem típica — disse Mac, sua voz ecoando lá dentro. — É meio como estar dentro de uma bolha. O magma libera gases quando sobe, e, quando se acumulam num grande volume, cria-se essa superfície lisa acima de nós. A lava flui continuamente abaixo deste bolsão de ar, muitas vezes formando uma segunda e até uma terceira câmara. O teto dessas câmaras pode se romper, criando um fosso substancial. Se vocês se moverem com cuidado, podem olhar para o fosso que fica logo ali. Só não cheguem muito perto da beirada. O chão é fino, e a queda é longa.

— Para dizer o mínimo — comentou alguém atrás dele, apontando a lanterna lá para baixo.

O fosso tinha cem metros de profundidade, talvez mais. Era difícil saber ao certo; o feixe de luz desaparecia na escuridão do tubo de lava como se tivesse sido engolido.

— Exatamente quantas câmaras como esta existem aqui, dr. MacGregor? — perguntou um dos homens do AOC.

— Dezenas — disse Mac. — Talvez até centenas. Só precisamos escolher os lugares certos.

A principal questão, explicou Mac, era saber se o HVO realmente poderia indicar a localização exata do magma sob a superfície. Se eles soubessem onde havia tubos de magma em um raio de algumas centenas de metros, poderiam selecionar três ou quatro câmaras de ar imediatamente acima do magma em elevação, posicionar os explosivos e depois enchê-las de água.

— Tudo isso em quatro dias — ressaltou. — Senão, não adianta nada.

Ele olhou para os demais, seus rostos iluminados pelas diversas lanternas de celular acesas.

Enquanto ele falava, a equipe do AOC tinha sacado um carretel de fio de náilon e agora começava a baixar um de seus homens para o fosso.

— Eles não perdem tempo, né? — comentou Rick.

— Eles não têm tempo a perder — disse Briggs, se virando para Mac em seguida.

— Pode ser que dê pra fazer isso em quatro dias — estimou Mac. — Vai ser apertado, mas acho que conseguimos.

Briggs assentiu com a cabeça.

— Não existe a menor chance de manter esse trabalho em sigilo. Estamos falando de muita gente trabalhando, de muito equipamento na montanha. Não dá para esconder.

— O exército não pode simplesmente falar que está trabalhando aqui? — sugeriu Jenny Kimura. — Em alguma coisa positiva?

— Tipo o quê?

— Sei lá. Reparos nas estradas de acesso. Perdemos algumas vias importantes, e o exército está colaborando com a reconstrução.

— Acha mesmo que alguém engoliria isso? — questionou Briggs.

— As imagens colaborariam — disse Jenny. — Estamos na era das redes sociais. Hoje em dia, as pessoas só se importam com as aparências. — Ela se virou para Mac. — Sabe aquela fissura enorme na trilha para jipes a uns 2.700 metros de altitude?

— A que está lá desde que Truman era presidente? — rebateu ele.

— Desde 1950, para ser mais exata — falou ela. — Tem uns bons três metros e meio de profundidade e uns dois e meio de largura. Se tirar uma foto à tarde, quando está na sombra, fica parecendo uma coisa bem séria.

— Mas existe outra estrada que contorna o local.

— Sim, mas passa longe, e tudo ali é lava preta. Se levarmos a imprensa de helicóptero pelo lado do Kīlauea, eles nunca vão ver o desvio.

— Você quer levar repórteres lá em cima pra mostrar uma fissura de 75 anos atrás? — questionou Mac.

— Eles vão adorar tirar essas fotos, Mac. — Ela se virou para o coronel Briggs. — O senhor trouxe uma farda? Vai precisar estar fardado.

— Para quê?

— Para a foto que vão tirar do senhor e de Mac na beirada da fissura, discutindo como fazer os reparos. Vai parecer que estão à beira do precipício.

— Eu prefiro não aparecer. — Briggs parecia desconfortável. — Não sou o comandante encarregado da Grande Ilha.

— Bom, vamos precisar de um oficial fardado conversando com Mac — disse Jenny. — Para podermos fazer algumas tomadas dramáticas.

— Eu posso fazer alguns telefonemas — respondeu Briggs.

A equipe do AOC voltou do fosso.

— Discutimos a proposta e concluímos que tem uma grande chance de dar certo — informou Morton.

Não me diga, Sherlock, pensou Mac.

— Estamos estimando usar cinco locais na montanha, cada qual com cargas ressonantes sequenciadas na maior profundidade que for possível escavar no basalto — continuou Morton. — O sequenciamento começa com pequenas cargas sendo detonadas rapidamente, como fogos de artifício. Depois o ritmo vai ficando mais lento até chegar a um quarto de segundo, mais ou menos.

Ele se virou para Briggs.

— O problema é que cada arranjo precisa ter um timer próprio, com sensores dentro do material explosivo, para podermos mandar informações para o computador que controla o sequenciamento. Assim, quando começar, vai seguir adiante.

— E vocês conseguem deixar tudo isso pronto em quatro dias?

— Não, senhor. Precisamos de no mínimo sete dias pra fazer a programação do sistema computadorizado.

— Nós não temos sete dias — retrucou Briggs.

— Eu estava ouvindo, senhor. Estou ciente disso.

— Então por que disse que daria certo?

— Precisamos terceirizar o serviço. Existem empresas de demolição que dispõem de softwares proprietários para controlar os sensores. Não precisam programar nada, porque seus sistemas já estão prontos para o trabalho.

— Quem você sugere?

— Achamos que a melhor opção é a Cruz Demolições, uma empresa de Houston. Eles fazem muitos trabalhos para o exército e são bem rápidos.

— Em quanto tempo eles podem chegar aqui?

— Na verdade eles já têm uma equipe a postos na ilha, senhor.

— O quê? Aqui?

— Em Honolulu. Pelo que eu soube, vão implodir um prédio ao lado de um shopping center.

27

Ala Moana Center, Honolulu, Havaí

— UM MINUTO E CONTANDO, Becky.

Rebecca Cruz soltou um suspiro e sacudiu a cabeça enquanto falava pelo microfone com seu irmão David.

— Você sabe melhor que ninguém, porque já levou mais de um soco por isso, que eu detesto que me chamem de Becky — respondeu ela.

— Por que você acha que eu faço isso? — retrucou ele.

— Eu gostaria de estar mais próxima — comentou Becky.

— Você sempre quer estar o mais perto possível da ação — respondeu ele. — Só que mais perto que isso não é seguro.

— Se é seguro, não é divertido — rebateu Becky.

— Ah, cala a boca! — esbravejou David Cruz.

Caía uma chuva pesada em Honolulu; a água escorria sem parar pelo boné que ela usava, fazendo-a se sentir como se estivesse sob uma cachoeira. E Rebecca Cruz não estava gostando nada disso.

Ela estava no enorme estacionamento superior do Ala Moana, olhando para o prédio que estava prestes a ser implodido. Geralmente, era bom ter chuva nesses dias. Ajudava a assentar a poeira e afastava os curiosos. Mas, naquele momento, não havia nenhum curioso por perto, então o temporal dos últimos quinze minutos podia parar logo de uma vez.

Ela se sentia completamente sozinha, uma mulher jovem e magra usando uma capa de chuva laranja de obra. Com seu rosto bonito e rabo de cavalo escuro, pareceria uma líder de torcida do ensino médio, se não fosse pelos óculos de aro fino que usava mais pelo efeito que causavam do que pelo ligeiro benefício que traziam para sua visão de longe. Achava que assim parecia mais velha e mais séria. Com cara de chefe, o que de fato era.

Os óculos estavam com as lentes respingadas de água, e ela nem se deu ao trabalho de tentar limpá-las. Simplesmente pôs os óculos de proteção, de plástico, por cima.

O Ala Moana era o maior shopping ao ar livre dos Estados Unidos, e estava precisando — *grande novidade,* pensou Rebecca — de mais espaço para crescer. Era por isso que a Cruz Demolições estava prestes a derrubar a torre de escritórios Kama Kai, que ficava ao lado do centro comercial. A estrutura de quinze andares tinha sido construída na década de 1990, um trabalho rápido e malfeito de uma empreiteira local que subornava as autoridades generosamente, e por isso pôde usar técnicas de construção que David se recusava a chamar de inadequadas, porque seria um insulto às técnicas de construção inadequadas.

Eles fariam a detonação por circuito elétrico, basicamente porque não tinham escolha, com tantos radiotáxis circulando ao redor. Mas isso implicava usar quase dez quilômetros de fiação, interligada por milhares de conectores. E se apenas um fio caído numa poça d'água entrasse em curto...

Seu rádio começou a estalar de novo. Era David outra vez.

— Irmãzinha, temos um problema aqui — avisou David, assumindo um tom mais profissional.

— E qual é?

— O peso da água.

— Eu sei. Vamos prosseguir mesmo assim.

— Acho que precisamos adiar, Rebecca — disse outra voz.

Essa voz pertencia a seu primo Leo, que cuidava dos sistemas de computadores. Com os dois, era sempre a mesma coisa: quando David ficava apreensivo, Leo também ficava. Se David espirrasse, Rebecca já ficava à espera de que Leo viesse com o lencinho.

— Por quê? — questionou ela.

— Estou preocupado com as conexões.

— Não vamos adiar nada.

— Mas se os computadores... — começou Leo.

Foi o máximo que ele conseguiu falar antes de Rebecca explodir:

— Que tal *calar a boca*? — Ela respirou fundo. — Daqui a pouco vai ter muito mais gente aqui, mais trânsito, mais problemas. Mais riscos.

— É verdade, mas... — disse David.

Ela o interrompeu também:

— A chuva está batendo com mais força na face leste do prédio. E nós sabemos como esse concreto vagabundo é poroso.

— Parece mais uma esponja velha do que concreto — confirmou David.

— Pois é. Quanto maior a demora, mais peso a chuva vai acrescentar a esse lado do prédio. No momento, os computadores ainda conseguem dar conta da mudança de condições. Mais tarde, talvez não.

— Vamos deixar a chuva parar — sugeriu David. — E o prédio secar.

— *David*. — Ela disse o nome dele em um tom bem sério. — Isso pode levar dias.

O irmão não estava pensando direito, mas ela não podia dizer isso. Depois que toda a fiação era instalada no prédio, eles precisavam seguir em frente. Geralmente, as implosões aconteciam aos domingos de manhã, quando as cidades estavam mais vazias. Era essa a rotina, por isso todos os preparativos eram concluídos no dia anterior.

Mas não daquela vez.

Daquela vez não seria possível esperar até o domingo; teria que ser na sexta-feira. Cada prédio tinha suas surpresas, mas o Kama Kai era um trabalho de construção tão porco que parecia prestes a desmoronar sozinho. E isso era um problema. Um problemão. Era muito mais fácil derrubar um prédio bem projetado e bem construído, porque assim era possível prever o que aconteceria. Com uma pilha de Legos como o Kama Kai, havia sempre uma incerteza.

Muitas incertezas, nesse caso. E adiar a implosão traria ainda mais.

— Como está a contagem? — perguntou ela.

— Quinze segundos, Rebecca.

Era Leo de novo. Parecia contrariado, como se fosse um castigo pessoal contra ele Rebecca ter ordenado o prosseguimento do trabalho. Mas, quando estavam tão perto da detonação, Rebecca sabia que esse era o estado natural de seu primo.

É a hora do vamos ver, ela pensou consigo mesma.

— Vamos desligar o rádio — falou. — É hora de implodir esse monstrinho.

Ela começou a fazer a contagem regressiva em pensamento. *Sete... seis... cinco... quatro...*

Rebecca ficou à espera, observando em meio à chuva que agora atingia lateralmente o prédio.

Aos quatro segundos, ouviu os estouros preliminares das pequenas cargas de calibração usadas pelos computadores. Geralmente, o sistema demorava três segundos para fazer os cálculos finais.

Contando em voz alta, ela falou:

— Três... dois... um.

Não houve nenhuma detonação.

Na verdade, nada aconteceu.

A torre Kama Kai continuava de pé sob a chuva.

Rebecca passou a contar o tempo de atraso.

— Um... dois... três...

Ainda nada.

Rebecca Cruz tinha trinta anos de idade e trabalhava na empresa da família — cujo nome completo era Cruz Demolições e Transportes — desde que se formara em Vassar. Era melhor manter esse tipo de trabalho na família, era o que os irmãos diziam quando ela cogitava outras carreiras. Era algo que exigia paciência, atenção aos detalhes e confiança demais para ser entregue na mão de alguém de fora.

Esse emprego é como um casamento, seu irmão Peter costumava dizer, *só que bem mais estressante.*

A essa altura, ela já tinha trabalhado em uns cinquenta prédios no mundo todo, liderando a demolição em pelo menos metade deles. *Eu deveria ter sido a responsável por todas as implosões,* dizia a si mesma, *mesmo quando era só uma recém-formada.*

Nos últimos anos, porém, tinha havido transformações no ramo. Os prazos eram mais curtos. O ritmo de trabalho, bem mais acelerado. A época em que eles dispunham de três semanas para estudar uma construção tinha ficado no passado. Agora os clientes esperavam que as estruturas fossem implodidas e o entulho fosse retirado em questão de dias, não de semanas, e isso valia inclusive para os locais mais perigosos.

Mas esse ritmo combinava com a personalidade de Rebecca. Seus irmãos eram mais cautelosos — até demais, em sua opinião, e às vezes muito menos corajosos do que um trabalho perigoso como aquele exigia. Rebecca Cruz estava disposta a fazer o que fosse preciso para concluir um contrato, em qualquer lugar do mundo em que estivesse. Era capaz de fazer acontecer e de se fazer impor também, em várias línguas: falava japonês, alemão, um pouco de italiano, um pouco de coreano e um pouco de mandarim.

Mas enfiar tão fundo o pé no acelerador era uma das coisas que mais irritavam seus irmãos, e muito.

Ela não se considerava imprudente; só não era hesitante. A essa altura eles já deveriam saber que era melhor não se meter no seu caminho.

David não era capaz de comandar um canteiro de demolição. Se deixasse as coisas a cargo dele, nada seria derrubado. Ele se preocupava com absolutamente tudo.

Rebecca não era de ficar se preocupando. Estava sempre ocupada demais fazendo as coisas acontecerem.

Mas nesse momento estava preocupada.

Tinha contado até vinte, e ainda nada.

Obviamente o sistema computadorizado precisaria de um tempo a mais para recalcular o timing das explosões porque um dos lados do prédio estava encharcado, o que mudava a calibração dos impactos. Mas não vinte malditos segundos. Isso só podia significar uma coisa:

Um curto-circuito.

Então os receios de Leo se justificavam daquela vez.

Droga, pensou ela.

Eles teriam que entrar de novo. Ela não queria voltar àquele prédio, com suas vigas escoradas, seus pisos arrebentados, a possibilidade de encontrar...

Não era nem feito de Legos. Era um castelo de cartas.

Ela ouviu um *bum* abafado.

A serragem explodiu para fora das janelas dos andares inferiores.

— É isso aí! — gritou ela, cerrando o punho no ar.

As paredes dos andares superiores foram se voltando para dentro. Uma implosão perfeita — o prédio deslizou até o chão quase em câmera lenta. Houve um baque final, bem mais alto, quando a cobertura veio ao chão.

E acabou.

Rebecca ligou o rádio e ficou à espera para parabenizar os demais, mas pelo jeito eles ainda não tinham religado o rádio.

Tudo bem. Eles comemorariam tomando umas cervejas dali a pouco; não importava que ainda fosse cedo.

Quando se virou para ir se encontrar com eles, uma van marrom-escura parou diante dela cantando os pneus, tão perto que quase a acertou.

Dois homens de casacos impermeáveis escuros desceram. Um deles falou, mostrando algum tipo de distintivo:

— Rebecca Maria Cruz?

— Sim.

— Venha com a gente, por favor.

Por um instante de insanidade, ela pensou que estava sendo presa. Não estava tudo certo com o alvará de demolição? Mas eles não a tocaram, só abriram a porta da van.

— O que é isso? — perguntou ela.

— Por favor, saia da chuva, senhora — pediu um deles. — Se não se importar.

Quando ela começou a entrar no veículo, viu David e Leo lá dentro. E também Don McNulty e Ben Russell. A equipe inteira.

— Alguém pode me explicar o que está acontecendo aqui? — exigiu Rebecca.

Ninguém respondeu.

Ela sentiu mãos fortes em suas costas, a empurrando.

— *Ei!* — gritou ela, caindo sobre o assento.

— Desculpe, senhora — disse um dos homens. — Nós temos um cronograma a cumprir.

A porta foi fechada e a van disparou em meio à chuva, cantando os pneus.

28

Observatório Vulcânico do Havaí (HVO)
Tempo até a erupção: 95 horas

LONO AKANI QUERIA SER mais do que apenas o melhor surfista entre os alunos de Mac. Queria ser o melhor estagiário do HVO também, queria se sentir o *kāpena* nesse time também.

O capitão.

Por isso, Lono tinha decidido passar o dia no observatório na montanha. Sua mãe o deixou na escola, mas, assim que ela foi embora, ele pegou uma carona até o HVO.

Quando chegou lá, havia um monte de militares. Mas por quê? Ele sabia que Mac não estava lá, porque não viu o carro dele no estacionamento. Avistou Betty Kilima, a bibliotecária, atravessando o saguão e foi atrás dela. Sua estação de trabalho ficava em frente à dela.

— Por que todos esses militares aqui?

— Ouvi dizer que eles estão ajudando na reconstrução das estradas dos jipes.

— O que aconteceu com as estradas? — questionou Lono. — Nunca ouvi Mac falar nada sobre isso. — Ele apontou com o queixo na direção dos homens do exército. — Está parecendo mais uma invasão.

— Acho que ele está preocupado porque as estradas estão em mau estado e o pessoal do observatório pode não conseguir circular como deveria para fazer as medições durante a erupção.

Ele não achava que isso fosse verdade. Seu instinto dizia que não era. Havia militares demais. O problema não eram as estradas, ele tinha certeza. A atmosfera no observatório era de agitação, quase de tensão. Isso era perceptível no ar ao seu redor.

— Já veio trabalhar? — perguntou Betty, levantando as sobrancelhas. — Por que não está na escola?

— Eles autorizaram.

— É mesmo? — questionou ela, desconfiada.

Ele levou a mão ao coração.

— *Ho'ohiki wau*... eu juro.

Na maior parte dos dias, ele a ajudava a organizar os arquivos de dados por mais ou menos uma hora. Eram, em sua maioria, fotos de satélite a ser catalogadas pelo horário e o espectro coberto antes de ir para a Universidade do Havaí, onde ficavam armazenadas. Era um trabalho ingrato, mas Mac sempre dizia que conhecer em detalhes como tudo funcionava era parte do processo. Não foi necessário mais nada para convencer Lono, apesar de o processo ser uma chatice. A palavra de Mac era lei.

O interfone de Betty tocou. Lono estava perto o bastante para reconhecer a voz: Rick Ozaki, o sismólogo. Estava trabalhando no centro de análise de dados.

— Betty? Precisamos de uma ajudinha — disse Rick. — Você pode conseguir os dados magnéticos mais recentes para mim?

Lono entendeu imediatamente do que se tratava. Rick queria imagens de magnetometria de alta resolução mostrando a *Moku'āweoweo*.

A cratera do cume.

— Claro — disse ela. Betty olhou para o lado e viu que Lono a observava. — Do que você precisa? Dos dados da GEM Systems?

Lono sabia que o magnetômetro GSM-19 Overhauser da GEM fornecia dados de altíssima qualidade. Rick os pedia com frequência porque tinham excelente resolução.

— Sem problemas. Lono está aqui comigo.

— É mesmo? Ei, Lono, o que você está fazendo aí?

O garoto abriu um sorriso.

— Eu sei que vocês não conseguem fazer nada sem mim.

— Certo, comece a procurar de trás para a frente, partindo do presente — instruiu Rick. — Estou procurando uma imagem que mostre aquelas áreas escuras ao redor do cume, sabe como é?

— Os bolsões de ar?

— Isso — disse Rick. — A equipe de campo acabou de passar por lá para mapear novos bolsões. Encontre as imagens das sondagens magnéticas no nível do chão.

Ele estava se referindo àquelas que eram feitas por um magnetômetro carregado por um técnico dentro de uma mochila não magnética, um dispositivo ajustado para ficar a 1,80 metro do chão.

— A força magnética total acima do complexo de tubos de lava? — perguntou Lono.

— O que você puder encontrar.

Lono ficou contente por ter vindo ao observatório naquele dia, ainda que sem autorização; sentia como se estivesse em uma missão, com um trabalho importante a fazer. E tinha percebido o tom de urgência na voz de Rick.

Alguns minutos depois, enquanto vasculhava os arquivos, ele perguntou para Betty:

— Isso tem alguma coisa a ver com as estradas?

— Não sei, não. Talvez ele esteja trabalhando em outra coisa.

Lono ficou com a sensação de que ela sabia a resposta, mas não ia lhe dizer. Detestava ser tratado como criança, mas, no caso dela, estava acostumado.

Lono encontrou a pasta da GEM e começou a procurar as imagens armazenadas. A equipe de campo tinha andado em linhas quase paralelas, perpendiculares aos locais em que se estimava estarem as paredes dos tubos de lava. Ele estava procurando por um padrão magnético em comum onde valores de campo magnético mais baixos acompanhavam a extensão de cada tubo.

O interfone tocou. Era Rick de novo:

— Ainda está aí, Lono?

— Estou, sim, Rick.

— O que achou?

— Preciso de mais uns minutos.

— Certo, me avisa quando tiver alguma coisa.

Rick desligou, e Lono voltou a se debruçar sobre a pasta da GEM. A aquisição de dados seguia uma linha contínua, mas os desvios ao redor de arbustos e outros obstáculos naturais eram frequentes. Ele queria uma imagem que indicasse com certeza uma anomalia magnética.

Encontrou cinco.

Estava analisando cada uma quando o interfone tocou de novo.

— Lono? — falou Rick. — Não quero apressar você, mas se não encontrou nada eu posso providenciar um sobrevoo e adquirir mais dados hoje.

Rick atraiu o interesse de Lono com isso. E muito. Lono sabia que um sobrevoo de aeronave era caríssimo. O observatório recorria a esse expediente às vezes, mas só quando havia um motivo especial.

Quinze minutos depois, Lono encontrou a imagem que precisava. Em tons de roxo, amarelo e verde, mostrava a cratera do cume e a zona de rifte norte se curvando para a direita. Ele deu um zoom;

a imagem começou a ficar borrada, mas era possível ver as manchas escuras ao redor do cume que indicavam as câmaras de ar.

Ele a enviou para Rick e se recostou na cadeira, sentindo uma tensão nos ombros.

O interfone tocou de novo.

— Lono?

— Oi, Rick.

— É só isso mesmo? Uma imagem?

— Pois é — respondeu Lono. — A não ser que você queira que eu procure nos dados de antes de...

— Não, não, precisa ser recente. — Lono ouviu o farfalhar de papéis e o murmúrio baixo de outras vozes no centro de dados. Rick falou com alguém ao seu lado: — Por que você não mostra isso para os caras do exército? Quer dizer, são eles que precisam pôr os malditos explosivos. — E então, diretamente para o interfone: — Ei, Lono? Bom trabalho.

Ele desligou.

São eles que precisam pôr os malditos explosivos. Ele teria ouvido direito?

Lono queria acionar o interfone de novo. Sabia que havia um intercomunicador integrado ao sistema de informática que conectava todas as estações de trabalho do observatório. E também um programa de reconhecimento de voz que convertia falas em texto. Era antigo, ultrapassado e não muito bom. Ninguém usava muito. Mas Lono sabia que existia.

Se conseguisse se lembrar de como acessar...

Ele começou a vasculhar o disco rígido. Não demorou muito para encontrar. Uma janela se abriu; ele digitou sua senha.

Acesso negado.

Lono deu uma olhada em Betty. Ela ainda estava ocupada com os papéis.

Ele digitou o nome e a senha dela; sabia qual era porque Betty usava a mesma para tudo. A tela mudou e perguntou com quem ele queria se conectar. Depois de alguma hesitação, digitou JK, de Jenny Kimura, imaginando que ela estaria com Mac e não diante do computador.

Começou a ouvir as vozes conversando e imediatamente clicou no botão TEXTO. O computador ficou silencioso. Por um momento, nada aconteceu, mas então o texto começou a fluir.

SABEQUE ***AR ****SO***

TEM QUE ABRIR AS CAMARAS E ESSA A
QUESTAO E VOCE PRECISA DE UM JEITO EFICIENTE
DE FAZER ISSO

PRECISAMOS DOS MAPAS FODAR PARA DECIDIR
ONDE ABRIR

POR QUE

QUANTO EXPLOSIVO VAI EM CADA FOSSO

UM ARRANJO TEM VINTE MIL QUILOS
VEZES QUATRO

TUDO ISSO

NAO E MUITO VAMOS TER SENTE
NAS DE TONELADAS NAQUELA
MONTANIA NOS PROXIMOS DOIS DIAS

MELHOR VOCE DO QUE EU

Ele se deslogou antes que Betty percebesse o que tinha feito, com a cabeça a mil enquanto tentava entender por que o exército precisava de centenas de toneladas de explosivos para consertar meia dúzia de estradas.

Quando ia para a entrada principal para ver se estava acontecendo alguma coisa lá fora, ouviu uma batida forte na porta da frente. Um dos militares a abriu, e Lono viu uma mulher bonita de cabelos escuros, usando um short e uma camiseta e com um capacete de canteiro de obras debaixo do braço, entrar no saguão como se fosse a dona do pedaço. Outros dois homens, também levando capacetes, vinham logo atrás.

— Então, rapazes — ela disse para os militares —, pelo que me disseram vocês não dão conta do recado e mandaram buscar ajuda.

Os militares caíram na risada e começaram a trocar apertos de mão com os homens atrás dela. Todos pareciam se conhecer e se comportavam como amigos se reencontrando.

Isso não tem nada a ver com as estradas, pensou Lono. *Nada a ver mesmo.*

Nesse momento, Lono ouviu o helicóptero.

Minutos depois, viu Mac atravessando o saguão com um militar mais velho, de cabelos brancos, que parecia um oficial do alto-comando.

— Ei, Mac — disse Lono. — O que é que está acontecendo aqui?

Mac não pareceu nada contente em vê-lo. E o militar menos ainda.

— Quem é esse aí? — perguntou o oficial.

— Você precisa ir embora, Lono — avisou Mac. — Se tivesse ligado, eu teria dito pra nem vir. Os estagiários estão dispensados até segunda ordem.

— Por quê?

Mac ignorou o questionamento.

— Aliás, você deveria estar na escola agora — disse ele.

— Eles autorizaram — mentiu Lono.

— Como você chegou aqui?

— De carona.

Mac bufou, visivelmente irritado, e sacudiu a cabeça.

— Enfim, Jenny Kimura vai descer para a cidade daqui a pouco, então pode dar uma carona pra você. Arruma suas coisas e fica esperando por ela lá fora. Hoje você não pode ficar aqui.

Mac e o militar se afastaram às pressas, deixando Lono sem entender nada.

Ele podia ser só um adolescente, mas sabia quando as pessoas estavam mentindo na cara dura. Essa história de estradas era conversa fiada. Por que Mac dispensaria os estagiários do HVO sem dar nenhuma explicação, mesmo quando ele perguntou diretamente o que estava acontecendo?

Talvez a ilha não estivesse tão segura, no fim das contas.

Ele saiu para procurar Jenny e viu uma van enorme do exército no estacionamento. Tinha o tamanho de um micro-ônibus e pintura verde, da cor de algas marinhas. Havia um monte de antenas despontando do teto e duas parabólicas montadas na frente.

Lono foi até a traseira do veículo. A porta estava aberta, e ele viu vários equipamentos eletrônicos lá dentro, além de homens sentados diante de monitores com *headsets* nas orelhas. Um deles falava alguma coisa enquanto digitava no teclado.

Outro homem se virou e viu Lono. Ele levantou, olhando feio, e bateu a porta da van na sua cara.

De repente, Lono se sentiu como se estivesse atrás das linhas inimigas.

29

O CENTRO DE DADOS do HVO foi transformado em um posto de comando eletrônico.

A equipe de Rebecca Cruz trouxe seus consoles portáteis em mesas com rodinhas e os posicionou no meio da sala. Em seguida, espalharam metros de cabo pela sala e colocaram protetores de metal em cima deles. Isso exigiu que alguns passassem engatinhando por baixo da mesa de Rick Ozaki, que não fez questão de esconder sua contrariedade.

— Estou me sentindo um quebra-molas de trânsito — comentou Rick com Mac.

— Quer que eu mande todo mundo embora porque invadiram seu espaço pessoal? — retrucou Mac. — A essa altura você já devia ter entendido que é um momento de emergência.

— Como vamos trabalhar no meio dessa bagunça toda? — questionou Rick.

Rebecca se aproximou e pôs a mão no ombro de Rick.

— Nossa, *desculpa* por ficar no seu caminho. Deve ser muito irritante.

Rick ficou todo vermelho. Mac não teria acreditado se não tivesse visto com os próprios olhos. Ele sorriu. O mundo podia estar prestes a explodir, mas os homens continuavam sendo homens.

Rick voltou ao trabalho, ainda um pouco vermelho, como se tivesse sido notado pela menina mais bonita da classe.

Os Cruz — Rebecca, seu irmão e seu primo — eram claramente bons no que faziam, Mac era obrigado a admitir. Competentes e exigentes, se apossaram totalmente da sala. Simplesmente se recusaram a ligar seus equipamentos na rede elétrica da HVO — Rebecca disse que não era estável o bastante.

Os geradores deles, ligados no estacionamento, eram absurdamente barulhentos. E as baterias reservas foram espalhadas pelo saguão, criando um percurso de obstáculos.

E não havia nenhuma dúvida sobre quem estava no comando da Cruz Demolições.

— Sei que é irritante — disse Rebecca para Mac —, mas as baterias não podem ficar a mais de cinco metros dos computadores. É uma questão de timing.

Rebecca encolheu os ombros e abriu um sorriso deslumbrante. A energia dela já bastava, pensou Mac; a mulher era uma usina de força humana. Ele estava procurando uma forma de prolongar a conversa quando Jenny se aproximou e perguntou se eles manteriam o plano de ter uma ambulância e uma enfermaria por perto. Ela falou que o pessoal do exército ia precisar daquele espaço para o pouso dos helicópteros. Mac disse que era melhor perguntar para Briggs.

Dava para ver que Jenny tinha mais coisas a dizer, mas seu celular tocou de novo — Betty queria saber se a biblioteca deveria procurar nas imagens de satélite mais recentes as áreas quentes onde a lava se aproximava da superfície. Então a assistente de Henry Takayama ligou para dizer que Tako não poderia se encontrar com Mac para um café e queria saber se seria possível marcar uma conversa no píer para dali a uma hora. Mac respondeu que sim e guardou o aparelho de volta no bolso da calça jeans.

Tako Takayama.

Seu dia só piorava.

De tempos em tempos, Mac lançava olhares para o canto da sala onde estava o coronel Briggs, observando sua atividade e ouvindo as conversas incessantes. Ele estava obviamente sentindo a energia do lugar e tinha um sorriso discreto no rosto.

Como se todo mundo ali estivesse trabalhando para o exército.

Subordinados a *ele*.

Briggs entendia a situação melhor do que qualquer um na sala. Sabia que estava exposto a críticas por ter tentado distanciar os militares de uma crise que eles mesmos criaram.

Mas, em termos práticos, estava ciente de que sua função naquele momento era impedir a disseminação do pânico e anunciar a operação como uma iniciativa civil que o exército estava apoiando.

E ainda havia a questão financeira, que não era pouca coisa. Para o exército liberar verbas para a operação, Briggs precisava da aprovação do Comando do Havaí. Mas a experiência lhe dizia que, se fosse por esse caminho, isso ia gerar atrasos ou até uma negativa. Era por isso que o velho militar via a Cruz Demolições como uma cavalaria surgindo no horizonte para reforçar suas fileiras. Isso Briggs poderia autorizar; mais tarde, caso a missão fosse cancelada, o exército poderia ser reembolsado por ter prestado apoio a uma iniciativa civil.

Foi com esse mesmo espírito que Briggs pediu que MacGregor conversasse com Takayama e mantivesse o exército atuando só nos bastidores.

Ele também incentivou MacGregor a manter sua rotina habitual, inclusive os treinos de surfe em Hilo.

— Quanto menos parecer uma crise, melhor — disse Briggs. — As aparências importam, dr. MacGregor. Confie em mim.

— Mas a minha presença aqui é necessária.

— É mais necessária lá embaixo, para mostrar às pessoas que você está vivendo normalmente a sua vida.

— Pelo menos você não disse "curtindo a vida" — comentou Mac.

— Eu posso não ter o maior tato do mundo para lidar com os outros, mas também não sou idiota.

Foi Briggs que habilmente planejou o fechamento do parque para o público, o que seria feito em estágios ao longo das 48 horas seguintes. Trabalhando com Jenny Kimura, o militar providenciou que todos os comunicados à imprensa dos dias subsequentes estivessem prontos desde o primeiro dia. E foi ele quem incentivou MacGregor a trazer outros especialistas de alto nível como consultores.

— Não carregue todo esse peso só nos próprios ombros — sugeriu. — Divida com outras pessoas.

— Pra poder diluir a culpa mais tarde? — questionou Mac. — É assim que as coisas são feitas no exército?

Os dois se encararam em silêncio. Mac sabia que provavelmente tinha ido longe demais, mas ele não estava preocupado com os sentimentos de Briggs, e o mesmo valia para sua equipe, aliás. Uma coisa que Mac sempre dizia para Rick e Kenny, e até para Jenny, era: *Aqui o jogo é pesado. Preparem as caneleiras.*

Briggs foi quem recuou primeiro.

— Eu ouvi preocupações sendo ventiladas a respeito dos fluxos piroclásticos — disse ele. — Tem algum especialista na área que podemos acionar?

— Tem um monte de especialistas na área que podemos chamar — respondeu Mac. — Mas não vamos fazer isso.

— Por que não?

— Porque ou você confia em mim ou não confia, coronel — disse Mac. — É por isso.

Briggs fixou outro olhar gélido nele. Talvez estivesse surpreso por Mac não ter desmaiado.

— Só pra nos entendermos bem — explicou Mac.

— Estou começando a achar que tentar entender você seria uma causa perdida, dr. MacGregor.

Mac foi até onde Rebecca Cruz trabalhava, ao mesmo tempo pensando: *O que ele pode fazer? Me levar para a corte marcial?*

30

NO FIM, HAVIA TANTA gente no observatório que foi preciso providenciar um almoço para todos. Uma tenda com mesas e cadeiras foi montada no acampamento dos visitantes do parque, a cerca de cinquenta metros de onde estava a van do exército com as antenas via satélite.

Rebecca alinhou o passo com Mac a caminho da porta da frente.

— Posso almoçar com você, dr. MacGregor?

— Pode me chamar de Mac.

— Posso almoçar com você, *Mac*? — perguntou ela.

— Eu adoraria, pode acreditar — respondeu ele. — Infelizmente, tenho uma reunião na cidade.

— Deve ser importante.

— Ele acha que é — disse Mac. — Henry Takayama. O senhor e soberano da Defesa Civil.

Ela deu risada.

— Aquele pedante insuportável? Coitado de você.

— Pois é — concordou ele. — Preciso ver com Briggs quanto posso contar. Mas lidar com Henry é o ônus de trabalhar por aqui.

— Também já passei por isso — contou Rebecca.

— Já implodiu prédios em Hilo?

— E sonhei que o velho Tako estava dentro deles — completou ela.

Ele estava gostando mais de Rebecca Cruz a cada minuto.

— Depois de conversar com ele, tenho um treino de surfe com uns garotos que estou ajudando.

— Então é *treinador* dr. MacGregor?

— Pra você, só Mac.

— Bom, se não pode me pagar um almoço, que tal um jantar mais tarde? — propôs ela. — A bola de fogo não vai descer morro abaixo hoje.

— Combinado — respondeu Mac.

Eles trocaram telefones. Mac se pegou sorrindo.

— Que foi? — perguntou ela.

— Parece que estamos nos tempos de colégio — falou ele.

— Relaxa, doutor — disse Rebecca. — Salvar o mundo é bem menos complicado do que sobreviver ao ensino médio.

31

Vulcão Fagradalsfjall, Islândia
Tempo até a erupção: 93 horas

ENORMES NUVENS BRANCAS EMERGIAM e ascendiam com um ruído contínuo e ensurdecedor. Ao lado das enormes aberturas circulares de ventilação feitas de aço, Oliver Cutler erguia os olhos para ver as nuvens de vapor fervilharem no céu; Leah, sua mulher, estava com ele. O cinegrafista e o operador de áudio que sempre viajavam com eles, Tyler e Gordon, estavam alguns metros para trás.

Os Cutler, porém, nunca precisaram de muitas instruções da equipe técnica; sabiam por instinto a melhor forma de entrar no enquadramento quando estavam na frente de mais um vulcão. Estavam lá como consultores muitíssimo bem pagos, embora seus críticos dissessem que o verdadeiro trabalho deles era ser famoso.

Oliver e Leah Cutler tinham plena ciência de que Bear Grylls havia se transformado em uma celebridade e um aventureiro internacionalmente conhecido com seu programa de TV *À prova de tudo* e que estavam fazendo algo parecido — eram a equipe formada por marido e mulher que percorria o mundo atrás de vulcões, como o que tinham diante deles.

— Estou pronta para o meu close — disse Leah Cutler para o marido.

— Você esteve pronta para isso a vida toda — respondeu Oliver, olhando para os cabelos ruivos e compridos que gostava de descrever como sendo da cor da lava começando a esquentar. Seus próprios cabelos ondulados e grisalhos caíam sobre a jaqueta de safári, seu uniforme de trabalho em qualquer lugar do mundo onde estivesse.

O chão sob os pés deles vibrou com ainda mais intensidade. Um rugido mais alto preencheu o ar. E, apesar de saber do perigo que isso representava, sentir o poder do vulcão era parte integrante da emoção do seu trabalho; sentiam uma onda de empolgação toda vez que iam a um lugar como aquele.

E aquele vulcão, um dos vinte da Islândia, era relativamente tranquilo, apesar de ter entrado em erupção em 2021 e 2022, enchendo o vale com um gás vulcânico de um matiz azulado.

Estavam num morro de pedra marrom sobre o vale de Meradalir, a oeste da península de Reykjanes. Ao redor deles, uma rede de tubulação levava o vapor por cima do morro até a usina geotérmica de Svartsengi.

Oliver precisou gritar para ser ouvido por Birkir Fanndal, um amigo que estava servindo como guia naquela viagem:

— Vocês vão usar isso?

— O vapor? — gritou de volta Birkir.

Oliver assentiu.

— Ah, sim. Algum dia.

Mas Oliver e Leah Cutler, vulcanologistas experientes e especialistas reconhecidos em seu campo, apesar de serem celebridades, sabiam muito bem que aquelas fissuras eram poderosas demais para ser domadas; por isso eram mantidas abertas, liberando vapor para o céu.

A jovem fotógrafa loura de um jornal de Reykjavík os circundava enquanto conversavam, trabalhando ao redor da equipe de filmagens e tirando fotos. Como se tivesse sido solicitado, Oliver Cutler ergueu o braço direito para o céu, apontando para o vapor. Ele sabia que era uma boa imagem. E estava certo, como de costume.

— Gostou dessa? — perguntou, se inclinando para perto da esposa.

— Você sabe que sim — disse ela.

— Gosto de ajudar.

Os Cutler tinham sido convidados pelo governo islandês para fazer uma turnê pelas centrais geotérmicas do país. A Islândia, inclusive a capital, Reykjavík, usava quase exclusivamente a energia geotérmica; os islandeses exploravam esse recurso de forma mais bem-sucedida do que qualquer outro país do mundo.

— Já temos o suficiente? — gritou Birkir para a fotógrafa do jornal.

Ela fez que sim com a cabeça.

— Certo, vamos voltar para o carro.

Oliver, Leah e Birkir foram embora em seu Land Rover, deixando Tyler e Gordon guardando o equipamento no carro alugado.

O Land Rover cruzou uma barragem alta de terra com vista para uma grande expansão de lava preta que indicava a mais recente erupção do Fagradalsfjall. Pelo que viram, a barreira era uma construção humana.

— De onde veio isso? — perguntou Lea.

— Foi construída para a última erupção — explicou Birkir. — Para evitar que a lava atingisse a usina.

— E funcionou? — questionou Oliver.

— Não sei se teria funcionado ou não — disse Birkir. — A lava não chegou tão longe.

O celular de Oliver tocou. Mesmo no interior da Islândia, os telefones funcionavam.

— Cutler.

— Aguarde um instante para falar com Henry Takayama.

Está aí um nome de um passado distante, pensou Oliver Cutler.

Oliver e Leah tinham conhecido Tako Takayama cinco anos antes, em uma consultoria feita em Hilo, a convite do próprio, que era o chefe da Defesa Civil. Oliver se perguntou se ele ainda estaria no cargo. Assim que pensou nisso, sorriu. *Claro* que Takayama ainda estava no cargo. Ele era bem esse tipo. Oliver tinha certeza: Tako Takayama morreria naquele cargo.

— Oliver, como você está? — perguntou Takayama do outro lado da linha.

— Muito bem, Tako.

Oliver viu a curiosidade surgir no rosto da esposa quando ouviu aquele nome, obviamente se lembrando dele também.

Ele levantou as sobrancelhas e deu de ombros. Mas, nesse momento, uma frase típica das ilhas havaianas quase esquecida voltou à sua mente:

— Faz tanto tempo que não restou nem o cheiro.

Oliver ouviu Takayama rir do outro lado da linha.

— Veja só, estou ligando porque preciso da sua ajuda, Oliver. Tem alguma coisa acontecendo no observatório, e acho que pode ser um problemão.

— Bom, você sabe que é justamente esse o nosso negócio — respondeu Cutler.

— Estou falando sério.

— Eu também estou, Tako.

Oliver deu uma piscadinha para Leah.

— Estão prevendo uma erupção no Mauna Loa — contou Takayama.

— Imaginei que essa montanha deveria estar prestes a se manifestar.

— Sim, mas tem uma grande operação acontecendo lá em cima, com o envolvimento pesado do exército. Equipamento pesado de construção, helicópteros e tudo mais.

— Entendi.

— Eles *dizem* que só estão fazendo reparos nas estradas.

Cutler refletiu a respeito. Por fim, falou:

— E podem estar mesmo, sabe? Eu me lembro dessas estradas. As trilhas para os jipes estão em péssimo estado há anos.

— A ponto de precisarem de uma centena de engenheiros e vinte helicópteros na montanha? A ponto de precisarem fechar o espaço aéreo por uma semana? Isso faz algum sentido?

— Não mesmo.

Até do outro lado do mundo, Oliver notou a preocupação na voz de Takayama. E a irritação. Tako era um servidor público influente em Hilo, mas ao que parecia o exército o estava deixando no escuro sobre o que de fato acontecia. Para alguém como Takayama, menos poder era o mesmo que poder nenhum.

Claramente havia um problema, pelo menos aos olhos de Takayama. E talvez algo muito grave.

— Oliver — disse Takayama. — Ainda está aí?

— Estou, sim.

Cutler tentava processar o que ouvia e o que sua intuição lhe dizia. Se Takayama estava entrando em contato, não era só um problema com o exército; era um problema com o HVO. E provavelmente isso significava um problema com MacGregor, que era quem comandava o observatório. Um sujeito esquentadinho. Não sabia o tanto quanto pensava e, o que era pior, não fazia ideia do que *não* sabia. Um centralizador e um tremendo pé no saco. Bastou um dia em Hilo para Oliver e Leah descobrirem isso.

Oliver ficara sabendo que MacGregor havia sido abandonado pouco tempo antes pela esposa; essa notícia o deixou contente.

— Então, como posso ajudar? — perguntou Cutler.

— Eu queria saber se vocês poderiam fazer uma visitinha.

— Tako, parece uma grande ideia, considerando onde estamos no momento. Mas onde estamos no momento é na Islândia.

— Não precisa ser uma viagem longa.

— Só a viagem até aí já é infernalmente longa — rebateu Cutler.

— Oliver — disse Takayama. — Eu não estaria ligando se não fosse importante. A cidade de Hilo tem um grande interesse no que está acontecendo. E infelizmente esse interesse está sendo negligenciado. Vamos ter uma erupção em quatro dias, o que nos dá um motivo legítimo para convidar você e Leah como consultores externos contratados pela prefeitura.

— Preciso avisar uma coisinha antes de continuarmos essa conversa — falou Cutler. — O preço dos nossos serviços subiu de patamar desde a última vez que estivemos aí.

— Estou disposto a bancar — respondeu Takayama.

Oliver Cutler viu sua mulher sorrir enquanto ouvia o que ele estava falando. Ela fez com a boca a palavra *Aloha*.

— Quando precisaríamos estar aí?

— Que tal ontem? — respondeu Takayama.

32

Borda da cratera do Kīlauea, Havaí
Sábado, 26 de abril de 2025
Tempo até a erupção: 76 horas

MAC ACABOU TENDO QUE cancelar seu jantar com Rebecca Cruz na noite anterior. Pediu para deixarem para outro dia e voltou ao observatório, onde passou a noite em claro debruçado sobre o trabalho, como nos tempos de faculdade, com Jenny e Rick Ozaki e Kenny Wong. Eles saíram do HVO às quatro da manhã. De alguma forma, Mac conseguiu dormir por volta das cinco.

Uma hora depois, porém, estava acordado de novo. Quando saiu do banho, viu uma chamada perdida da Reserva Militar. Estava prestes a ligar de volta quando Jenny telefonou e avisou que passaria em sua casa em quinze minutos. O exército tinha recorrido a ela ao não conseguir entrar em contato com Mac.

— Nossa presença foi requisitada, apesar de não ter parecido exatamente um pedido — contou Jenny. — A palavra que ele usou foi *imediatamente*.

— Pra onde nós vamos? — quis saber Mac.

— Para o Tubo de Gelo — informou Jenny.

— Eles disseram por quê? — perguntou Mac.

— O subordinado do coronel Briggs disse que era mais fácil mostrar do que explicar — respondeu Jenny, acrescentando em seguida: — Você conseguiu dormir?

— *Ain't no slumber party. Got no time for catching z's.** — disse Mac.

— Essa é mais uma das suas músicas velhas?

— Está chamando Bon Jovi de velho?

— Eu sei que ele é bonitão — falou ela —, mas hoje em dia ele está parecido com o meu pai.

O trajeto da casa de Mac até a Reserva Militar era curto. O cara que ligara para Jenny era Matthew Iona, o sargento que tinha levado Mac e Briggs para o Tubo de Gelo no dia anterior. Ele encontrou os dois na base, usando um traje camuflado, e todos vestiram o que Mac via como trajes espaciais antes de entrarem no jipe de Iona.

— Já pode me contar do que se trata? — perguntou Mac.

— Como eu disse para a dra. Kimura, é mais fácil mostrar do que explicar.

Eles fizeram o acidentado percurso pela montanha em um silêncio carregado de tensão. Quando chegaram à entrada da caverna, Mac quis saber:

— Quantas pessoas na base sabem o que tem aí dentro?

— Não muitas — respondeu Iona.

— Mas você é uma delas.

Iona deu de ombros.

— Por uma questão de sorte, acho. — Ele olhou para Mac. — Está se sentindo com sorte, dr. MacGregor?

---

* Em tradução livre: "Não é uma festa do pijama / Não tenho tempo para cochilar". [N. T.]

— Ultimamente, não.

Em seguida, estavam de novo dentro da caverna, com o facho das lanternas que trouxeram passeando pela semipenumbra. Andavam devagar, quase como se atravessassem um campo minado, e o único som no Tubo de Gelo era o da rocha de lava sendo esmagada por seus pés e o da respiração pesada dos três atrás das máscaras de vidro.

Num determinado momento, Jenny tropeçou e se segurou no braço de Iona para não cair.

— Tudo certo, senhora? — perguntou ele.

— Tranquilo — afirmou ela.

— Só falta mais um pouco — informou Iona.

Mac sabia que as dimensões da caverna não tinham mudado desde a última visita; o local não havia encolhido. Mas parecia que sim. Ele não sabia por quê — tinha passado a carreira toda em espaços confinados sem nunca sofrer de claustrofobia.

No entanto, aquelas paredes pareciam estar se fechando sobre ele.

Os três chegaram ao piso coberto de espuma, passando pelos resfriadores de ar de que Mac se lembrava. Por fim, chegaram ao portão, que Iona destrancou e abriu. O súbito ranger da dobradiça no ambiente silencioso pareceu perturbador. Mac viu que Jenny teve um sobressalto.

— Nossa, parece que estou numa casa assombrada — disse ela, olhando para Iona. — Desculpe, é que não estou acostumada com isso.

Eles entraram e viram os tonéis de vidro alinhados em ambos os lados. Mac não conseguiu evitar a sensação de que estava olhando para bombas nucleares em miniatura.

— Aí está — disse o sargento Matthew Iona, apontando para a direita.

As paredes pareceram se fechar ainda mais.

33

Tubo de Gelo, Mauna Kea, Havaí

MAC E JENNY ESTREITARAM os olhos na direção da estranha luz azul que emanava dos tonéis, como se estivessem tentando não ver o que o sargento Matthew Iona queria mostrar: dois tonéis com rachaduras visíveis que não estavam lá quando Mac fora à caverna com o coronel Briggs.

— Então, é isso — disse Iona.

A respiração de Mac soava mais alta do que nunca atrás da máscara; ele ficou até surpreso com o fato de o vidro não estar embaçado. O traje parecia bem mais pesado do que quando o vestira, ainda na base. Estava se sentindo como se carregasse todo o peso do mundo.

Viu Iona se curvar como se estivesse sentindo o mesmo peso e sabia que Jenny Kimura também pensava a mesma coisa.

— É como se fossem bombas-relógio — comentou Jenny, com a voz metálica por causa da máscara, olhando para os tonéis com os olhos arregalados. — Só que esperaram meio século para explodir.

— Precisamos torcer para a lava não chegar nem perto desse tubo e para arrumarmos um jeito seguro de tirar essas coisas daqui, e mais depressa do que o coronel Briggs diz ser humanamente possível — disse Iona. — Provavelmente precisamos de um milagre.

— E dos bons — comentou Mac, baixinho.

MacGregor e Jenny tinham passado quase toda a madrugada ouvindo Rick e Kenny explicarem as novas projeções em mínimos e exaustivos detalhes. Mac os questionara, como sempre fazia, em busca de falhas nos cálculos, desejando que estivessem errados. Mas aos poucos — e dolorosamente — chegara à conclusão de que não estavam.

— Essas rachaduras são basicamente um pesadelo para nós — comentou Iona.

— Pra todos nós — disse Mac.

O chão sob os pés deles começou a tremer de um jeito que não deveria dentro daquela caverna. Os tonéis da frente também se sacudiram, assim como as paredes.

Como se estivessem tombando.

34

Praia de Honoli'i, Hilo, Havaí

DO LOCAL ONDE ESTAVA, um lugar que tinha passado a ver como sua praia particular, Lono Akani observava fascinado — não havia outra forma de descrever o que sentia — enquanto os membros do Clube de Canoagem cortavam tranquilamente as águas com seu barco comprido.

Lono e seus três amigos haviam chegado cedo naquele sábado, porque Dennis Lee tinha visto a previsão de ondas na noite anterior e garantido que viriam em rápida sequência e no tamanho ideal para as melhores manobras.

Mas os caras que remavam a distância faziam seu treino quase igual a todos os dias, se preparando para a competição estadual que viria em junho, enquanto Lono, Dennis, Moke e Duke comiam os donuts que compraram no caminho.

Dennis os havia obrigado a parar no Popover porque disse que de jeito nenhum iria surfar com o estômago vazio.

— Você pode ter a cabeça vazia — comentou Moke —, mas nunca o estômago.

Lono mal escutava os demais. Seus olhos estavam voltados para os remadores. Não era só fascínio o que sentia; havia algo mais, algo diferente — uma forte sensação de inveja do trabalho em equipe que estava testemunhando. Mac gostava de dizer que via seus surfistas como uma equipe, mas Lono sabia que não eram nada disso. No surfe, era cada um por si.

Ele tinha ligado para Mac naquela manhã convidando-o para vê-los pegar ondas. Mas isso era só um pretexto. Uma forma de atraí-lo. Depois de tudo o que tinha visto e ouvido no HVO no dia anterior, Lono achava que, se o pressionasse o suficiente, Mac contaria o que de fato estava acontecendo.

Mas ele não atendeu o telefone, e Lono não deixou recado.

Então foram surfar sem ele, para variar um pouco. Enquanto esperavam as ondas, Lono contou aos amigos sobre o dia anterior no HVO e que Mac o enxotara quando tentou perguntar o que estava acontecendo.

— Estou falando, eles estão se preparando para a Grande Erupção — disse Lono.

— Você concluiu isso por causa do que *acha* que ouviu? — questionou Duke.

Duke era o maior do grupo e parecia mais velho do que era. Jogava futebol americano no time da Escola Secundária de Hilo, titular no ataque e na defesa, e usava um corte de cabelo moicano.

— Eu *sei* o que vi e ouvi — retrucou Lono. — Aqueles caras são *cientistas*. Eles sabem o que falam.

— Cientistas *haoles* — ressalvou Dennis.

— Certo — disse Lono. — Entendi. Como você é um nativo, então acho que a gente devia te chamar de imbecil *kamaʻāina* em vez de só mais um imbecil.

Moke deu um empurrão de brincadeira em Lono, na direção da água.

— Qual é, você acha que a Grande Erupção está vindo toda vez que um motor de carro faz um barulho mais alto — provocou ele.

Lono sacudiu a cabeça. Os amigos ou não estavam escutando, ou não estavam acreditando. Talvez porque fossem só adolescentes e fosse uma manhã perfeita demais na Grande Ilha para se preocupar com qualquer coisa exceto as ondas que estavam prestes a pegar.

— Eu falei a mesma coisa antes do Mauna Loa explodir alguns anos atrás — disse Lono.

— E ainda estamos aqui, não estamos? — perguntou Dennis.

— Estou dizendo: eles estavam falando sobre algo *loa* grande — insistiu Lono — e *loa* ruim.

— Minha avó sempre diz que as erupções são só a forma da Terra falar com a gente — comentou Dennis.

Lono, um *kamaʻāina* como seus amigos, conhecia todos os mitos e lendas sobre vulcões; assim como as pessoas mais velhas, como a avó de Dennis Lee, acreditava que os vulcões eram criaturas vivas e poderosas com as quais ninguém deve se meter, por medo de retaliação.

— Minha *kupuna wabine* — acrescentou Moke, falando da própria avó — me disse que as erupções são o jeito que a Terra tem de renascer.

— Até acontecer uma que mate todo mundo — retrucou Lono.

— Ei, que tal a gente surfar agora? — propôs Dennis. — Ou quer que eu leve você pra casa pra se esconder embaixo das cobertas e ficar esperando a mamãe?

Antes que Lono pudesse dizer alguma coisa, a areia sob seus pés começou a tremer tanto que os garotos ficaram com medo de que a praia fosse se abrir e engoli-los.

Ele e os amigos saíram correndo com as pranchas debaixo do braço, mas não na direção da água.

Fugiram para o outro lado.

○ ○ ○

Moke deixou Lono e Dennis na casa deste último, e os dois sentaram no pequeno sofá da sala de estar, tentando ignorar os tremores que aconteciam a cada poucos minutos, como trovões.

Tentaram jogar o novo videogame de Dennis, *Riding the Lava*, mas desistiram porque as paredes da pequena casa térrea não paravam de tremer, o que fez os dois largarem os controles sobre a mesa de centro.

— Quando eu era pequeno e ficava assim — contou Dennis —, pedia para a minha mãe fazer o *hekili* ir embora.

Hekili era a palavra nativa para "trovão".

Lono de alguma forma conseguiu sorrir, apesar do nervosismo que dava um nó em seu estômago.

— E cadê sua mãe agora que a gente precisa dela? — perguntou Lono.

— Saiu pra trabalhar antes de Moke me pegar hoje de manhã — contou Dennis.

— Ela está trabalhando num sábado?

A mãe de Dennis era assistente do sr. Takayama, o chefe da Defesa Civil de Hilo.

— Ela disse que tem umas coisas importantes acontecendo — explicou Dennis.

— A Grande Erupção é o que está acontecendo — respondeu Lono. — Quer você acredite em mim ou não.

A casa se sacudiu com o maior tremor até então; foi como se um raio tivesse caído bem no quarteirão de Dennis.

Ele olhou para Lono.

— Antes sempre parava — comentou. — Por que não está parando agora?

Ele pegou o controle do videogame na mesinha, apontou-o como uma arma na direção da janela da sala de estar e começou a apertar furiosamente os botões.

— O que você está fazendo? — perguntou Lono.

— Tentando pausar isso — disse Dennis.

Ele era o mais engraçado de seus amigos, o que nunca levava nada a sério, a não ser talvez as garotas do colégio. Mas Lono via o medo nos olhos dele, que Dennis nem tentava esconder.

Lono tentou se lembrar da empolgação que sentia uma hora antes, quando chegaram à praia e tinham uma manhã inteira de surfe pela frente.

Mas esse sentimento logo se desfez.

Ele se deu conta de uma coisa quando as paredes da pequena casa começaram a tremer de novo: a Terra não estava só falando, como dizia a avó de Dennis quando os trovões subiam do chão daquela maneira.

Estava gritando para eles e se recusava a parar.

35

QUANDO SENTIRAM OS PRIMEIROS tremores dentro do tubo de lava, Mac viu Iona se virar e dar um passo na direção da entrada.

Mac o deteve colocando uma mão em seu braço, abrindo um sorriso para não soar muito agressivo.

— Você sabe que desertores do exército correm o risco de levar bala, não é, filho? — perguntou Mac.

— Ei, vamos com calma...

— Estou só brincando. Mas você precisa relaxar.

— *Relaxar?* — questionou Iona. — Você sentiu a mesma coisa que eu.

— E, como tem treinamento em explosivos, *você* deveria saber que os tremores não são a maior preocupação dentro de uma caverna de lava — disse Mac.

— É por isso que os tonéis estão aqui, certo, sargento? — perguntou Jenny.

Antes que Iona pudesse responder, Mac falou:

— Tem mais uma coisa que você precisa saber, se é que já não sabe. As ondas de choque produzidas pelos terremotos são basicamente incapazes de reverberar pelo ar. As cavernas são estruturalmente seguras, pelo menos em termos gerais, porque a maior parte das pedras soltas caiu no processo de formação. Então, apesar de ser um lugar assustador pra caramba, essas cavernas são bem sólidas em termos de absorção de ondas de choque como a que sentimos agora.

— Não era para sentirmos nada aqui — insistiu Iona.

— Isso só significa que o magma está em movimento — explicou Mac. — Mas disso nós já sabemos, não?

Mac sabia a dimensão da força que o magma exercia sobre as rochas quando se elevava na direção da crosta terrestre; era isso que gerava a maior parte dos tremores de terra em áreas vulcanicamente ativas como aquela. Com o tempo, a pressão do magma em movimento provocava rachaduras nas rochas, de modo que a lava encontrava espaço para passar. Eram terremotos relacionados ao inchaço no subsolo e raramente passavam de 5 graus de magnitude, em geral se limitando a, no máximo, 3 graus.

O que tinham acabado de sentir, explicou Mac, devia ter sido um terremoto tectônico no vulcão, ou talvez um tremor mais extenso, que poderia ser um indicador de que o magma havia se movimentado para as partes mais rasas do vulcão. Ou podia ter sido algum híbrido dos dois. Havia outras possibilidades, claro, ainda que menos prováveis, como o tremor vulcânico que ele havia sentido na praia com Lono e os outros surfistas.

Mas, a essa altura, nada disso importava. A única preocupação de fato era que o magma estava *mesmo* se movendo e tinha mandado uma mensagem potente o bastante para sentirem mesmo ali.

Quando terminou sua breve aula sobre tremores relacionados a vulcões, ele disse a Iona onde precisaria ser sua próxima parada.

— Sério mesmo? — questionou Iona.

— Sério.

— Você acha que é uma boa ideia? — perguntou Iona.

— Provavelmente não — respondeu Mac.

— Se não se importar, senhor, eu prefiro não me envolver nisso.

Mac sorriu.

— Não foi um pedido, soldado.

— Com todo o respeito, senhor — disse Iona —, eu não sou seu subordinado.

— Com todo o respeito — rebateu Mac —, hoje você é, sim.

Foi a vez de Jenny pôr uma das mãos no braço de Iona, apontando para Mac com a outra.

— Meu chefe aqui é como um bombeiro — disse ela. — Quando todo mundo foge para fora do prédio, ele corre para dentro.

— Vamos nessa — disse Mac, conduzindo-os na direção da entrada.

Quando saíram, ele pegou o celular no jipe, ligou para Rick Ozaki, informou onde estavam e pediu para encontrá-los na base. Assim que Rick chegasse, explicou Mac, eles iriam para outro lugar.

— Eu vou querer saber pra onde? — perguntou Rick.

— Nós vamos para o alto da montanha — disse Mac. — O Grande Mauna está mandando um recado pra nós.

36

Mauna Loa, Havaí
Tempo para a erupção: 73 horas

A ALGUMAS CENTENAS DE metros da borda da caldeira, Mac, Jenny, Iona e Rick desceram do jipe. Assim que puseram os pés no chão, sentiram toda a força do calor que vinha da montanha, que estava quente como um forno com a porta escancarada.

— Pensei que estávamos subindo para mais perto do céu, não do inferno — disse Rick, com os olhos fixos no cume. — Você disse que o Grande Mauna estava mandando uma mensagem, e eu sei qual é: *Saiam da minha ilha, todos vocês.*

Era possível ouvir o rugido dentro da caldeira. A terra de repente se sacudiu em um tremor harmônico, às vezes chamado de grito vulcânico, que parecia reverberar de um contrabaixo gigante. Todos se seguraram no jipe para não cair, e, por um breve instante, Mac temeu que o veículo fosse tombar.

Mas o tremor passou.

— Pensei que já estaria acostumada com os tremores a essa altura — comentou Jenny.

— Confia em mim, você nunca se acostuma com eles — disse Mac.

— Repetindo a pergunta que o sargento Iona fez antes: você acha que essa é uma boa ideia?

— Nós estamos seguros — respondeu Mac, tentando soar mais confiante do que se sentia.

— Seguros? — questionou Rick. — Dá uma olhada nisso.

Ele apontou para as rodas do jipe no mesmo momento em que Mac começou a sentir o cheiro de borracha queimada.

Todos olharam para baixo e viram que os pneus estavam começando a derreter.

— Fiquem aqui — instruiu Mac, saltando para trás do volante.

Ele ligou o motor, deu uma guinada drástica para a direita e, com os pneus patinando e jogando pedras de lava e poeira para cima, partiu com o jipe montanha abaixo.

Parou pelo menos quatrocentos metros antes de onde tinham estacionado originalmente e voltou correndo para onde estavam os demais, se inclinando para a frente para atenuar o efeito da subida.

— Ele age como se isso fosse uma espécie de triatlo — disse Jenny para Rick.

— O que vem depois, nado na lava? — questionou Rick.

— Estão prontos? — perguntou Mac quando chegou ao local onde estavam, nem um pouco sem fôlego.

— Ah, pode apostar que não — respondeu Rick.

O ruído e o calor se tornavam mais intensos quanto mais se aproximavam da borda da caldeira. Nem mesmo Mac já tinha ouvido tanto barulho naquela parte da montanha — era como se a caldeira estivesse em fervura máxima. Todos precisavam gritar para serem ouvidos em meio ao rumor.

O calor começou a se tornar mais sufocante enquanto subiam pelas pedras e arbustos. Apesar de tudo, Mac sabia que precisavam fazer isso naquele momento. A realidade era que estavam ficando sem tempo, e depressa. Rick e Kenny e o restante da equipe podiam fazer as projeções que quisessem sobre o avanço do magma, mas John MacGregor tinha uma regra que considerava fundamental para seu trabalho: era preciso estar lá.

Eles continuaram avançando pelo terreno acidentado, com um solo rico em ferro e magnésio, antigos cristais verdes de olivina transformados no mineral alaranjado conhecido como iddingsita. A maioria das rochas de basalto das erupções anteriores era de um cinza-escuro, e às vezes pretas; algumas tinham uma cor mais viva de ferrugem.

Quanto mais se aproximavam da borda da caldeira, mais Mac tinha vontade de parar e olhar ao redor daquela área tão próxima do cume da montanha vulcânica que ocupava quase metade da ilha. Como sempre, ficou embasbacado ao pensar nisso, na beleza e na fúria em potencial da natureza.

Mas o relógio continuava em contagem regressiva.

O Mauna Loa tinha duas zonas de rifte, no noroeste e no sudeste. Seu grupo estava no lado noroeste. Não houve mais conversas enquanto atravessavam os últimos cinquenta metros até a beirada. O rugido da caldeira tinha aumentado ainda mais, e o céu estava um tanto mais escuro, com nuvens mais baixas que o cume do Mauna Loa.

— Eu nunca ouvi nada assim antes! — disse Jenny, precisando berrar apesar de estar a menos de um metro da orelha de Mac.

Ele estava prestes a dizer que também não quando, de repente, sentiu como se seus pés estivessem pegando fogo.

Olhou para suas botas de escalada e viu que as solas grossas, com ranhuras largas, estavam começando a se curvar para cima e derreter, assim como os pneus do jipe alguns minutos antes.

Mac viu Jenny, Rick e Iona olhando para as próprias botas, também com as solas saindo.

— Para mim, já chega! — gritou Iona. — Vejo vocês lá no jipe. — Ele olhou feio para Mac. — Se quiser dizer para os meus superiores que eu desertei, fique à vontade.

Ele começou a descer a montanha.

— Quando a situação endurece... — disse Mac, observando o militar bater em retirada.

— É que os durões assumem o comando — completou Jenny.

— Só por curiosidade, Mac. Nós ainda estamos seguros? — perguntou Rick Ozaki, batendo o pé com força no chão e tirando do bolso um rolo de fita isolante para remendar a bota.

Mac deu de ombros.

— Já chegamos até aqui.

Os três olharam para o lago de lava, que exalava calor de sua superfície dourada.

— Esse lago... é novo, não? — gritou Jenny para Mac.

Mac fez que sim com a cabeça. A abertura de um novo lago perto do cume noroeste confirmava que a lava estava indo na direção do Mauna Kea e da Reserva Militar.

Do outro lado do lago, pequenas quantidades de lava vazavam por rachaduras, e pequenos gêiseres lançavam lava para o céu.

— Se eu ainda conseguisse respirar, seria uma visão de tirar o fôlego — comentou Jenny.

— Mac — gritou Rick —, precisamos sair daqui ou vamos voltar para o jipe pisando descalços em brasas!

— Só mais um minutinho — pediu Mac, sacando o celular do bolso. — Preciso tirar umas fotos.

— Pra quê? — questionou Rick. — Só se for a tampa do seu caixão.

Nesse momento, Mac começou a escalar a beira da caldeira.

37

Observatório Vulcânico do Havaí (HVO)

REBECCA CRUZ ESTAVA ESPERANDO Mac e sua equipe no observatório. Ele tinha ligado do carro e pedido que o encontrasse lá. Eles estavam voltando para a base do exército, para onde tinham se dirigido depois de deixarem a caldeira.

Quando contou a Rebecca sobre a subida até o cume, ela comentou que aquela devia ser a segunda maior burrice da história.

— E qual é a primeira? — perguntou Mac.

— Sei lá, mas deve existir uma — respondeu ela.

Ela o ouviu dando risada. *Pelo menos alguém aqui tem senso de humor,* pensou.

— Só mais uma coisa — disse Rebecca.

— O quê?

— Da próxima vez, é melhor me levar junto — avisou ela.

O pouco que tinha conhecido dele até então a agradava, a começar pelo fato de ser seguro de si a ponto de parecer quase presunçoso e de claramente estar acostumado a ser o cara mais inteligente da sala.

Assim como eu, pensou Rebecca. *Que vença o melhor.*

Mac pediu para se reunir com sua equipe e a dela no HVO, não na Reserva Militar, e avisou que tinha feito questão de não convidar o coronel Briggs.

— Depois eu converso com ele — disse Mac. — Por enquanto, vou me basear no pressuposto bastante razoável de que o exército é resistente ao pensamento independente.

— Bom, pelo menos até precisarem dele — comentou ela.

— Pois é, para salvar os militares do que os nativos chamam de uma *huikau*. E uma que eles ajudaram a criar, aliás.

— *Huikau*?

— "Encrenca" seria uma tradução aproximada.

— Não existe nenhuma palavra havaiana para "cagada"? — questionou Rebecca Cruz.

Mac contou que eles precisavam apresentar um plano no fim da tarde. E explicou o motivo. E para quem seria a apresentação.

— Nós precisamos submeter o plano a *ele*?

— Isso mesmo — disse Mac. — Disseram que o presidente pediu pra ele vir aqui e garantir que o quinquagésimo estado da federação não desaparecesse no meio do Pacífico.

Meia hora depois, estavam todos na sala de reuniões do segundo andar do HVO. A equipe de Rebecca estava presente: David, Leo, Don McNulty, Ben Russel. A de Mac também: Jenny, Rick, Kenny Wong, Pia Wilson.

— Em primeiro lugar — começou Mac —, preciso dizer que o coronel Briggs me pediu para lembrar todo mundo que o que for dito nesta sala não pode sair daqui, sem exceções. A última coisa que queremos é provocar pânico por causa do que está prestes a acontecer e do que eu e Rebecca estamos propondo para lidar com a situação.

— E o *que* exatamente vocês estão propondo? — perguntou Rick. — Até agora só ouvimos uma coisa ou outra.

— Você sabe que nós somos muito bons em explodir coisas, certo? — disse Rebecca para Rick. Ela fez uma pausa. — Bom, desta vez nós precisamos conversar sobre como explodir um vulcão.

Mac se posicionou na frente de um mapa projetado e Jenny apontou o controle remoto para a tela, mostrando uma tipografia detalhada da Grande Ilha. A maior parte estava em verde-escuro, com exceção do Mauna Loa e do Mauna Kea, assinalados com tons de verde bem mais leves. Havia vários pontos de interesse espalhados pelo mapa, inclusive o Parque Nacional dos Vulcões do Havaí, a sul e a oeste da cidade de Hilo.

Eles não perderam tempo falando de outra coisa que não fossem os enormes buracos fumegantes do maior vulcão ativo do planeta.

— Vou mostrar pra vocês onde deve ser nosso principal ponto de ataque — disse Mac.

— O flanco noroeste — complementou Rebecca

Mac e Jenny assentiram com a cabeça.

— A única medida que faz sentido para nós do HVO e da Cruz Demolições é uma erupção por ação humana desse lado da montanha — explicou Mac, apontando para o local. — Ou uma série delas. Estudei todos os mapas possíveis de gradiente e determinei qual é o caminho descendente mais íngreme, porque é fundamental desviar a lava para lá.

— Mas, se fizermos isso, a lava não vai fluir para Hilo? — questionou Jenny.

— Bem no meio da avenida Kīlauea, se chegar até lá — respondeu Mac.

— O que não vai acontecer — completou Jenny.

— Como alguns de vocês já sabem e os demais podem ver — continuou Mac —, o Mauna Loa, por ser um gigantesco vulcão-escudo, tem encostas com inclinação quase mínima em sua maior parte.

Rebecca olhou para seu irmão, mas não disse nada.

— Vamos precisar ter condutores posicionados, e eles precisam aguentar o tranco, para atrair o fluxo para leste, em sua maior parte. A descida é menos íngreme, com uma distância maior da cidade. Canais, na verdade. Uma Veneza de lava.

— Mas não importa se os canais e condutores vão funcionar se não fizermos explosões precisas e estratégicas — disse Rebecca Cruz. — Se os explosivos ficarem quentes demais, a detonação vai acontecer antes do que queremos.

— E a lava fluindo pelos canais não vai acionar esses explosivos? — questionou Jenny.

Um alarme discreto soou na cabeça de Mac nesse momento — ele percebeu que estava ignorando Jenny. E tinha reparado nos olhares que ela vinha lançando para Rebecca Cruz. Mac se virou para ela.

— Jenny, imagino que você tenha uma opinião sobre como isso deve ser feito — disse ele.

— *Se* nós conseguirmos desviar a lava — se apressou em responder Jenny, como se só estivesse esperando uma abertura para entrar na conversa —, na verdade vamos precisar que ela se mova rápido pelos novos canais, para não se resfriar, virar rocha e interromper o fluxo.

Jenny apontou o controle remoto para a tela, e apareceram imagens ainda mais detalhadas. A tecnologia de fotogrametria que utilizavam transformou fotos aéreas em um mapa de alta resolução mostrando elevações específicas, ângulos de inclinação e a localização das diversas cavernas do Mauna Loa, do Mauna Kea e até do Hualālai, a nordeste dali, o terceiro mais jovem entre os vulcões da Grande Ilha.

— Na verdade — continuou Jenny —, o que estamos tentando fazer com esses explosivos é não só usar a gravidade, mas basicamente fazê-la trabalhar pra nós.

Rebecca deu de ombros.

— Então pronto — disse ela. — Vamos tentar fazer na montanha de vocês o que fazemos quando implodimos um prédio.

— E o que vocês fazem? — questionou Jenny.

— Dizemos pra ele onde cair — disse Rebecca.

— Falando assim, parece muito simples —, comentou Pia Wilson.

— Você está confiante de que esse plano que elaborou com Mac vai funcionar? — perguntou Kenny Wong para Rebecca.

— Na verdade, estou morrendo de medo — respondeu ela. — Já fiz muitas coisas perigosas em uma porção de lugares, mas nada com um risco tão grande assim.

Ela lançou um rápido olhar para Mac, depois para as demais pessoas sentadas à mesa. Então respirou fundo e abriu um sorriso forçado.

— Mas, até aí, ninguém nunca fez — complementou.

38

Aeroporto Internacional de Hilo, Havaí

DOIS JATINHOS POUSARAM COM mais ou menos trinta minutos de diferença, ambos na 8-36, a mais longa das duas pistas do aeroporto.

O primeiro a aterrissar, às duas da tarde, foi um Peregrine, um jato executivo Gulfstream G550 modificado, um dos muitos aviões da lenda da tecnologia J. P. Brett, amigo e parceiro de negócios ocasional de Oliver e Leah Cutler.

Naquele sábado, os Cutler e sua equipe de filmagem estavam a bordo. Tinham decolado da Islândia, de onde Oliver Cutler ligou para Brett e explicou que precisariam chegar ao Mauna Loa o mais rápido que fosse humanamente possível.

— É perigoso? — foi o que perguntou Brett.

— Eu não ligaria se não fosse — disse Oliver Cutler. — E nem estaria indo pra lá.

— Aceita companhia?

— Sempre, meu amigo.

— Então eu chego aí o quanto antes — disse Brett —, assim que terminar de resolver alguns assuntos com meu amigo Zuckerberg.

— Não demore — pediu Oliver Cutler.

— Com esse cavalheiro em especial, é sempre jogo rápido.

Quando os Cutler desembarcaram, Henry Takayama estava lá com a picape Rivian R1T requisitada por Oliver Cutler para levá-los à nova unidade do Four Seasons e à mansão requisitada por Leah Cutler, embora Takayama soubesse que *requisição* não era a palavra certa para descrever aquela negociação.

A equipe técnica carregou os equipamentos para o SUV que Takayama havia alugado. Havia um novo resort em Hilo, o Lani, mas a equipe ficaria no Hilton.

Não havia ninguém da imprensa para conversar com os Cutler no aeroporto, embora a princípio eles tivessem "requisitado" a presença da mídia. Takayama conseguiu demovê-los da ideia, pelo menos por ora.

Ele precisava dos dois para descobrir o que estava acontecendo na operação conjunta entre o exército e o HVO, — e os Cutler queriam se tornar ainda mais famosos do que já eram, os heróis daquele drama.

Henry Takayama queria ser mais poderoso do que nunca e pelo menos uma vez voltar a se sentir como o mandachuva da cidade.

Quando todos se acomodaram na cabine da picape elétrica com desempenho de carro esportivo, Leah mais uma vez aventou a possibilidade de uma coletiva de imprensa *antes* de se encontrarem com os figurões.

Ou figurão, nesse caso.

— Vocês vão ter tempo para os holofotes mais tarde — disse Takayama para ela.

— Ter tempo sob os holofotes nunca é demais, Henry — rebateu Oliver. — Aliás, aquele babaca do MacGregor ainda está comandando as coisas por aqui?

— O próprio — respondeu Takayama. — Essa é uma das principais razões para trazermos vocês pra cá. Aquele arrogante de merda ainda não sabe, mas vocês estão prestes a desbancá-lo.

Takayama abriu um sorriso satisfeito.

— E eu também — complementou.

Enquanto eles se deslocavam por terra, um segundo Peregrine aterrissou no aeroporto, trazendo J. P. Brett.

39

Observatório Vulcânico do Havaí (HVO)
Tempo até a erupção: 66 horas

O GENERAL MARK RIVERS, comandante do Estado-Maior Conjunto das Forças Armadas, tinha sido nomeado pelo presidente anterior e continuou no cargo quando seu sucessor assumiu. Rivers apresentou sua carta de demissão, mas o novo presidente se recusou a aceitá-la. Isso se devia em parte à sua competência, mas principalmente à sua popularidade, não só em todos os braços das Forças Armadas, mas também na opinião pública. Rivers estava a caminho de ganhar uma quinta estrela por sua liderança nas duas guerras no Iraque e na do Afeganistão.

O presidente atual havia dito mais de uma vez, em tom de brincadeira, que era ele que estava à disposição do general Rivers, e não o contrário.

Rivers tinha pouco mais de 1,80 metro de altura, com os cabelos brancos e o mesmo visual rústico do ator Pierce Brosnan. Tinha sido um astro do time de futebol americano da Academia Militar dos Estados Unidos e subido rapidamente na hierarquia a ponto de se tornar o mais jovem chefe do Estado-Maior do Exército; antes disso, foi o comandante mais jovem do Comando Central na história das Forças Armadas. Todos em seu círculo mais próximo no partido achavam que, se quisesse se candidatar a presidente quando o homem que ocupava o Salão Oval concluísse seu segundo mandato, a nomeação seria sua.

Ele se sentia confortável tanto no campo de batalha como nos *talk shows* de domingo, e era uma presença dominante onde quer que estivesse, o que incluía o Salão Oval.

No momento, estava sentado à cabeceira da longa mesa da maior e mais privativa sala de reuniões do segundo andar do HVO. Vestia sua farda completa, apesar do calor que fazia lá fora. Briggs estava à sua direita, e o sargento Matthew Iona, ao lado do coronel. Rebecca Cruz era a única representante de sua empresa presente. Mac estava com Jenny e Rick.

Oliver e Leah Cutler, com Henry Takayama entre eles, estavam na extremidade oposta da mesa, de frente para Rivers. Mac e Oliver mal haviam se olhado na cara.

— Quero deixar uma coisa bem clara antes de começarmos — disse Rivers. — Sei que vou ouvir três planos diferentes sobre como lidar com o problema. Poderia ter pedido propostas por escrito, mas não é assim que eu trabalho, nunca foi. Gosto de olhar nos olhos das pessoas. É por isso que estou aqui. E podem ter certeza de que não saio daqui sem um plano.

Mac olhou ao redor. O general Mark Rivers monopolizava a atenção total de todos.

— Existe um velho ditado no exército que diz que o sucesso não é definitivo e o fracasso não é fatal — continuou Rivers. — Mas desta vez pode ser.

O general cruzou os braços e se recostou levemente na cadeira.

— Bem-vindos ao time dos sonhos — falou.

40

A PRIMEIRA APRESENTAÇÃO FOI de Briggs, com colaborações ocasionais de Iona.

O coronel falou com a maior clareza de que era capaz; parecia morrer de medo de que Rivers não compreendesse todos aqueles dados sismológicos.

O plano do exército era basicamente abrir trincheiras perpendiculares ao fluxo de lava, cavar fossos e piscinas de contenção mais abaixo e erguer paredões como última barreira.

O coronel Briggs descreveu os canais que seriam construídos durante os dois ou três dias seguintes, que fariam o grosso da lava contornar a cidade de Hilo, onde mais piscinas de contenção seriam construídas nos arredores.

— Vamos usar brocas para o basalto que até nosso equipamento mais pesado vai ter dificuldade para mover — avisou Briggs. — Mas isso é basicamente no pé do vulcão, onde a inclinação é a menor.

Ele parou de falar, serviu um copo d'água da jarra da mesa e deu um gole.

— Alguma pergunta antes que eu retome? — quis saber Briggs.

— Só uma — disse Mac. — E já levantei essa questão antes: você acha mesmo que consegue fazer tudo isso em dois dias? Porque eu não acho.

— Com todo o respeito, dr. MacGregor — rebateu Briggs, elevando o tom de voz —, você não faz a menor ideia do que o Exército dos Estados Unidos é capaz de fazer quando está empenhado em uma tarefa.

Ele se inclinou na direção de Mac, com as veias da testa saltando.

— Você já serviu nas Forças Armadas? — perguntou Briggs.

— Você sabe que não, coronel — respondeu Mac.

— Então não venha me falar do que o exército é capaz ou não de fazer.

— Vamos baixar um pouco o tom, coronel — interrompeu Rivers, com a voz baixa. — Estamos todos do mesmo lado aqui.

Mac ignorou o desaforo. Discutir com Briggs não levaria a nada, ainda mais com Rivers presente. E ele queria o general ao seu lado porque sabia, mesmo antes de o imbecil e egocêntrico Oliver Cutler abrir a boca, que o plano que tinha elaborado era o único que poderia funcionar.

— Seu plano protege também a Reserva Militar? — perguntou Rivers para Briggs.

Mac entendeu que, embora Rivers estivesse se referindo às instalações, na verdade queria saber se a proteção dos tonéis dentro do Tubo de Gelo estaria garantida, evitando assim as consequências apocalípticas de um vazamento quando acontecesse a erupção. Rivers e Briggs sabiam da existência dos tonéis. Briggs confirmou isso a Mac e entendia que ele confiava em Rebecca e Jenny a ponto de repassar para elas a informação. No entanto, o coronel tinha consciência de que contar aquilo para os Cutler seria como contratar um avião para escrever um recado de fumaça acima do cume. E o mesmo valia para um linguarudo como Henry Takayama.

Eles estavam lá para resolver o problema de proteger Hilo da lava. Mas o coronel sabia que havia questões bem maiores.

"O restante só precisa saber estritamente o necessário", foi o que dissera para Mac mais de uma vez.

— De quantas equipes vamos precisar? — perguntou Rivers.

— Três — informou Briggs. — Cada uma para uma linha de defesa: trincheiras, fossos, muralha. Sempre priorizando em primeiro lugar a base e, obviamente, a cidade.

— Só por curiosidade, coronel Briggs — interrompeu Cutler —, por que proteger a base militar de repente se tornou mais importante aos olhos do exército do que proteger a cidade?

— Pode deixar que eu respondo — disse Rivers. — Porque foi isso que o exército determinou. Os participantes civis desta reunião estão a serviço do governo dos Estados Unidos. Se alguém aqui vê algum problema nisso, pode ficar à vontade para se retirar.

— Eu não vejo problema nenhum — respondeu Oliver Cutler, se apressando em acrescentar: — Sinto muito se foi isso que o senhor e o coronel Briggs entenderam.

Mac olhou para Rivers com admiração. O general não faria nenhuma concessão à fama dos Cutler. Os dois viraram celebridades e se aproveitaram disso para visitar muitos vulcões, mas Mac sabia que conseguir financiamento era a parte mais difícil da ciência.

Briggs enfim terminou de expor o processo caríssimo, complexo e arriscado de abrir trincheiras enquanto a lava descia pela montanha; na prática, as equipes precisariam ficar na trajetória do fluxo até finalmente conseguir desviá-lo de Hilo.

— Existem mais detalhes, claro — explicou ele. — O sargento Iona e nossos geólogos podem apresentá-los quando voltar à base, senhor. Mas acreditamos que essa é a melhor maneira de salvar a Reserva Militar, a cidade e a ilha de uma devastação inimaginável.

— Quer acrescentar alguma coisa, dr. MacGregor?

— Só uma — disse Mac. — Não vai funcionar.

— Porque o plano não é seu? — esbravejou Briggs.

— Porque você não está levando em conta os problemas que vai enfrentar quando tentar fazer esse tipo de obra na floresta tropical que existe naquela montanha — disse Mac. — Isso se as autoridades locais permitirem que você encoste um dedo naquela área. E tem o seguinte também: qual vai ser a extensão desse paredão?

— Onze quilômetros — respondeu Briggs.

— Vocês vão construir uma muralha de onze quilômetros em dois dias? — questionou Mac.

— Isso é viável, mesmo em se tratando do exército? — perguntou Rivers.

— Não temos outra escolha, senhor — disse Briggs. — Nós temos duas fortificações em Hilo. Uma tem 1,5 quilômetro de extensão, e a outra quatro quilômetros. Pensamos em construir muralhas para proteger esses locais. Mas, se uma delas se abrir, a lava poderia ser afunilada para dentro. É por isso que acreditamos que a muralha mais longa é nossa melhor chance.

Rivers perguntou se Briggs tinha alguma coisa a acrescentar. O coronel disse que não. Oliver e Leah Cutler se levantaram para começar sua apresentação; Mac tinha decidido ir por último.

E então aconteceu de novo.

Era o pior tremor dos últimos dias, o mais forte que Mac já havia sentido em Hilo. A mesa pesada diante deles começou a sacudir violentamente, assim como as paredes do HVO. O pessoal do observatório sabia que o local havia sido construído e depois reconstruído para resistir a tremores desse tipo, mas mesmo assim ouviram barulhos de vidro se quebrando.

Por um breve momento, por mais que parecesse loucura, Mac imaginou que Rebecca Cruz e sua equipe tinham decidido implodir o observatório, que estava prestes a desmoronar sobre a cabeça deles.

O general Mark Rivers instruiu calmamente que todos se abrigassem debaixo da mesa. A maioria fez isso, sem discutir. Mas Rivers ficou onde estava. Assim como Mac.

O chefe do Estado-Maior Conjunto das Forças Armadas sorriu para ele, quase como se estivessem sentados ao lado um do outro em um avião e enfrentassem uma mera turbulência.

— É a força do hábito, sr. MacGregor — disse ele. — Uma variante de ser o primeiro a chegar e o último a sair, acho que posso dizer.

— Eu também sou assim com os vulcões, então entendo, general — comentou Mac, dando de ombros. — Apesar de nunca ter servido — acrescentou.

— Está servindo agora — disse Rivers.

Quando o mundo parou de sacudir, os demais voltaram a suas cadeiras, mas todos eles, até os Cutler, pareciam bem mais inseguros do que estavam ao chegar.

— Muito bem, onde estávamos? — perguntou Rivers.

41

OLIVER CUTLER IMEDIATAMENTE TENTOU fazer parecer que tudo aquilo girava ao redor de seu umbigo, como Mac sabia que aconteceria.

— Antes de explicar por que precisamos criar aberturas com explosivos na encosta desse vulcão de vocês — começou Cutler —, preciso avisar, para que tudo fique bem claro, que foi um plano feito em coautoria com um amigo meu e de Leah.

— Alguém que ele conheceu na internet? — murmurou Rebecca para Mac.

— Posso saber que amigo é esse? — perguntou Rivers.

— J. P. Brett — disse Cutler.

Lá vem, pensou Mac.

Rivers empurrou a cadeira um pouco para trás e se virou para Oliver Cutler como se estivesse direcionando para aquela celebridade televisiva toda a força de sua personalidade.

— Vejamos se entendi direito — começou Rivers, parecendo genuinamente curioso a respeito do que ouvira. — Você trouxe um homem rico e famoso como Brett para uma situação confidencial e potencialmente fatal? E por iniciativa própria?

— Leah e eu já trabalhamos antes com ele em situações perigosas e descobrimos que pode ser muito útil e extremamente generoso — disse Cutler.

— Isto não é um episódio do seu programa — retrucou Rivers.

— Eu sei disso, senhor — garantiu Cutler. — Só achei que, como se trata de uma situação em que toda ajuda é bem-vinda, o exército aceitaria de bom grado o apoio que o sr. Brett está mais do que disposto a oferecer.

— Você *achou* — rebateu Rivers. — Assim como achou que não seria problema nenhum envolver o sr. Brett, para começo de conversa.

Cutler fez menção de dizer alguma coisa, mas Rivers levantou uma mão.

— Você não vai demorar a aprender, ou talvez já tenha aprendido, que não deve fazer suposições quando eu estou envolvido — disse Rivers. — Você pode fazer *sugestões*, que eu posso aceitar ou rejeitar. — Rivers cruzou os braços na frente do peito sem tirar do lugar nenhuma de suas muitas medalhas. — Eu fui claro?

Cutler assentiu.

— De novo, senhor, eu só achei que ter um homem com a capacidade e os recursos do sr. Brett para acelerar o ritmo das coisas...

— Mais uma vez, você e suas suposições — interrompeu Rivers, sacudindo a cabeça. — Continue, por favor.

Todos na sala ouviram com atenção enquanto Oliver Cutler explicava em detalhes as vantagens de fazer aberturas nas encostas do vulcão.

E de fazer isso lançando explosivos pelo ar.

— Estão propondo um bombardeio? — perguntou Rivers.

— Sim, senhor — disse Cutler, e começou a mostrar lugares no mapa onde achava que as bombas seriam mais eficientes.

— Sou obrigado a admitir que vocês fizeram bastante pesquisa em pouquíssimo tempo — comentou Rivers.

Cutler sorriu.

— Eu não queria que o senhor pensasse que Leah e eu caímos aqui de paraquedas de um jatinho e com as mãos abanando — disse ele.

Rivers não respondeu, mas Mac não esperava nenhuma reação. O chefe do Estado-Maior Conjunto das Forças Armadas era duro na queda.

— Nós concluímos que o melhor caminho é partir para a batalha contra a natureza — continuou Cutler, fazendo um gesto amplo para o mapa. — Acreditamos firmemente que, com o suporte aéreo oferecido pelo exército e pelo sr. Brett, podemos neutralizar esse vulcão com sucesso, e da forma mais rápida possível.

Cutler se voltou para Mac.

— Algum comentário, dr. MacGregor?

— Vou esperar você terminar.

— Estamos quase lá — disse Cutler. — Obviamente, queremos lançar as bombas perto do local de onde a lava está saindo, abrindo fissuras no processo, com o objetivo de fazer a lava se esvair mais depressa. Então podemos trazer *mais* aviões e saturar a área de água do mar, combinando esse esforço com a atuação da mangueira de caminhões-tanques no solo. E *tudo isso* vai ter o apoio de navios-tanques ancorados na baía para bombear a água do mar para os caminhões.

— Os navios-tanques de *quem*? — quis saber Rivers.

— De J. P. Brett, senhor.

— Está me dizendo que as embarcações já estão em Hilo? — perguntou Rivers.

— Estão a caminho — informou Cutler. — A filosofia de J. P. para qualquer empreitada de que participa é se antecipar aos problemas.

— Ele poderia começar tendo uma conversa comigo — disse Rivers.

— Eu vou esclarecer isso para ele.

— Faça isso — respondeu o general Rivers. — Agora encerre sua apresentação, por favor. Quero ouvir o plano do sr. MacGregor.

— Nosso objetivo maior é enfrentar uma guerra em duas frentes: no ar e no solo — continuou Oliver Cutler, acrescentando: — Uma guerra que estamos aqui para ajudar o Exército dos Estados Unidos a vencer.

Será que eu aplaudo?, pensou Mac.

Em vez disso, levantou a mão.

— Longe de mim fazer suposições, mas imagino que você esteja ciente do risco de falha nas turbinas das aeronaves quando houver uma coluna de gases e cinzas no ar — disse Mac.

— Naturalmente, estamos cientes do risco — respondeu Cutler. — Mas um piloto experiente sabe quando e onde voar. E eu acredito que *você* esteja ciente, dr. MacGregor, de que é preciso analisar a relação entre risco e recompensa em uma operação complexa como a que está se desenhando aqui.

— Estou ciente, sim.

— Posso perguntar o que achou do meu plano? — perguntou Cutler.

— Na verdade, achei bem sólido — disse Mac.

Era possível ver a surpresa estampada no rosto do Cutler. Mac olhou para o outro lado da mesa e viu essa mesma expressão nos membros de sua equipe.

— Está me dizendo que gostou? — perguntou Cutler.

— Seria loucura não gostar, certo? — rebateu Mac. — Afinal de contas, a maior parte desse plano é de minha autoria, Ollie.

42

MACGREGOR VIU O OLHAR ofendido de Oliver Cutler e se apressou em acrescentar:

— Ora, fique tranquilo, Ollie. Eu só estava fazendo uma brincadeirinha, e das mais batidas, ao que parece, sobre grandes mentes que pensam parecido.

— Eu aprecio tanto a insinuação de que meu trabalho não foi feito por mim quanto a ideia de ser chamado de Ollie — rebateu Cutler.

— Eu também não iria gostar se fosse você — disse Mac, sorrindo para ele.

Mac e Rebecca se levantaram e fizeram uma apresentação sucinta, usando os mesmos slides de PowerPoint que mostraram para suas equipes. Mac assinalou que ele e Rebecca estavam de acordo sobre a necessidade de abrir buracos de dimensão significativa em uma área que se estendia por 2.500 m^2 pela face leste da montanha, não na face norte, o que direcionaria a lava para o Kīlauea e para a rodovia HI-11. E ele ainda destacou a quantidade de mão de obra que seria necessária, principalmente considerando que os turnos precisariam ser rotacionados de hora em hora, por causa do calor abrasador da rocha preta, do vulcão e do sol.

— Devo enfatizar que o mais importante aqui é controlar a lava o máximo que for humanamente possível — disse Mac. — Todo o resto é só ruído.

— E não temos como deter totalmente a lava? — perguntou Rivers.

— General, eu sou um cientista — disse ele. — Trabalho com fatos, mesmo quando existem inúmeras variáveis, como a que temos aqui. No fim, o que estamos tentando fazer é redirecionar uma cachoeira de lava e trabalhar para fazer valer nossa aposta.

— E que aposta é essa? — questionou Rivers.

— Que conseguimos impor nossa vontade à fúria do mundo natural — disse Mac.

— Temos que conseguir. Caso contrário... — falou Rivers.

— Exatamente — confirmou Mac.

Todos ficaram em silêncio por um momento. Mac olhou para Rivers e disse:

— Então, qual dos três planos o senhor vai usar, se me permite a pergunta?

— Os três — respondeu Mark Rivers, acrescentando em seguida: — Agora me permitam dizer mais uma coisa antes de falar sobre o *meu* plano.

43

Estádio Edith Kanaka'ole, Hilo, Havaí
Tempo até a erupção: 63 horas

A COLETIVA DE IMPRENSA já tinha começado havia meia hora quando o general Rivers, Mac e os Cutler — ambos usando os macacões prateados que vestiam em suas aparições televisivas — se juntaram a Henry Takayama no palco. Takayama tinha acabado de explicar para a multidão de repórteres e moradores de Hilo que o chefe do Estado-Maior Conjunto das Forças Armadas, general Mark Rivers, estava na Grande Ilha e exigia transparência máxima dali em diante nos preparativos para o enfrentamento da erupção iminente do Mauna Loa.

Mac sabia que aquilo era basicamente papo-furado — transparência total era a última coisa que Rivers queria. Mas o general estava convicto de que conseguiria convencer as pessoas disso, então estavam todos ali.

Rivers foi até o microfone.

— Existe um problema aqui, e todos sabemos disso — declarou ele. — Mas, com a ajuda de vocês, eu tenho como resolvê-lo.

Nós temos nosso próprio Patton agora, pensou Mac enquanto o ouvia falar.

— Fui enviado pelo presidente para garantir a todos nesta comunidade que temos um plano de contingência para essa situação e para cuidar da segurança de Hilo — continuou o general. — Repetindo, só podemos fazer isso se contarmos com sua total cooperação. E confiança.

— Vamos ver se você merece nossa confiança! — gritou uma voz.

Isso deu início a uma gritaria na plateia, com mais algumas pessoas berrando perguntas e outras os repreendendo, pedindo respeito.

Rivers ergueu uma das mãos para silenciá-los.

— Vocês sentiram os tremores e sismos dos últimos dias — retomou ele. — Por isso eu fui mandado até aqui pelo presidente, para mostrar que o quinquagésimo estado é a prioridade número um para ele. Nossos especialistas indicaram que um acontecimento relevante é iminente, muito provavelmente nas próximas 48 ou 72 horas.

— Defina *relevante,* general!

A plateia estava começando a se comportar como espectadores de um grande evento esportivo, e Mac mais uma vez se perguntou se era uma boa ideia o general Rivers se expor daquela maneira.

Ele levantou a mão mais uma vez, pedindo silêncio.

— Mas posso garantir a vocês que, se seguirem à risca as instruções do sr. Takayama, da Defesa Civil — ele apontou para Takayama, sentado ao lado de Rebecca Cruz — e do exército, Hilo vai resistir a essa erupção da mesma forma que resistiu a todas as outras no passado.

— De acordo com um *haole* do exército! — Dessa vez, era uma voz de mulher. — Por que iríamos acreditar num forasteiro como você?

Rivers ficou encarando a mulher, que estava encostada no muro à sua direita, pelo que pareceu para Mac um minuto inteiro.

— Porque estou dando minha palavra.

Ele apontou para as pessoas sentadas mais atrás no palco.

— Nós reunimos um time dos sonhos de especialistas. Alguns deles, o pessoal do exército e do Observatório Vulcânico do Havaí, vêm estudando a montanha há anos. Oliver e Leah Cutler, vulcanologistas de renome mundial, também estão aqui. J. P. Brett, que já trabalhou com os Cutler, também está a caminho.

— J. P. Brett pode ir à merda! — gritou alguém perto das câmeras de TV.

— No entanto, cá estou! — gritou uma nova voz, e a multidão se virou para ver J. P. Brett caminhando de trás da plateia para o palco.

44

MAC OBSERVOU ENQUANTO BRETT percorria sem pressa o corredor central, agindo como se fosse uma parte orquestrada do show e chegando até a cumprimentar alguns cidadãos que estenderam a mão para ele.

Brett vestia uma camiseta preta justa, uma calça jeans apertada e tênis, o uniforme não oficial do clube dos jovens bilionários. Mac achava que ele provavelmente já estava na casa dos cinquenta, mas fazia um esforço tremendo para parecer mais novo — seus cabelos curtos eram pretos como a camiseta.

Quando chegou à frente do palco, Brett acenou para a plateia e foi agraciado com uma salva de palmas.

— Estou aqui para ajudar — anunciou, recebendo mais aplausos.

Ao ver J. P. Brett, Henry Takayama se levantou em um pulo, pegou uma cadeira vazia no fim de sua fileira e a posicionou ao lado de Mac antes que ele subisse ao palco.

— Eu sou Brett — ele se apresentou, estendendo o punho fechado para Mac bater com o seu.

— Não diga — disse Mac, voltando sua atenção de volta para o palco.

— Eu vou responder a algumas perguntas antes de passar a palavra para nossos especialistas — disse Rivers.

Marsha Keilani, da KHON, se levantou.

— General, o senhor não falou sobre a dimensão da erupção que está sendo discutida aqui — disse ela. — O senhor e sua equipe esperam algo ainda mais intenso que a de 1984? Talvez a maior de todos os tempos? Segundo minhas fontes, pode ser a maior em cem anos.

Takayama, pensou Mac. *Foi exatamente o que eu disse a ele.*

Isso significava que houvera um segundo vazamento. O primeiro, sobre os locais das explosões, só podia ter vindo da equipe de Mac.

Talvez eu esteja enfrentando uma guerra em mais de duas frentes agora.

— Não é prudente especular sobre isso a essa altura — respondeu Rivers.

— Mas o *senhor* está aqui — insistiu Marsha Keilani. — O sr. Brett está aqui. Fui informada de que os Cutler voaram para cá direto da Islândia. Como a população da ilha não vai ficar alarmada?

Um homem grandalhão, claramente um nativo, se levantou nas últimas fileiras e apontou um dedo para Rivers.

— Diga a verdade!

Mais gente nas fileiras de trás começou a se levantar; era como se a plateia estivesse entrando em erupção.

Rivers esperou que todos se acalmassem para responder:

— Ninguém precisa ficar alarmado, em parte porque estamos *todos* aqui, e em parte porque, se a história nos ensina alguma coisa, é que Hilo é capaz de sobreviver a erupções. E eu garanto a vocês que Hilo vai sobreviver a mais essa.

Os repórteres começaram a gritar mais perguntas, mas Rivers os ignorou.

— E agora eu gostaria que nossos especialistas fossem ouvidos — disse ele.

Mac já estava se levantando da cadeira quando Rivers acrescentou:

— Vamos começar pelo sr. Brett.

Mac não sabia se estava mais envergonhado ou furioso por Rivers apresentar aquele ricaço como alguém capacitado a falar como um especialista em vulcões sobre o perigo iminente representado pelo Mauna Loa. Ele sentou de novo.

Brett ficou de pé; Rivers foi até ele, estendendo o braço direito para um aperto de mãos de verdade, não uma batidinha de punhos. Brett não teve escolha a não ser cumprimentá-lo. Rivers se aproximou dele, sem soltar sua mão, e falou com uma voz baixa que só Mac e Brett conseguiram ouvir.

— Você está em Hilo porque eu acho que pode ajudar — disse o chefe do Estado-Maior Conjunto das Forças Armadas. — Mas, se me atrapalhar, você está fodido.

45

J. P. BRETT PASSOU perto o bastante para ela tocá-lo antes de fazer sua gracinha e ir até o palco. Ele tomou o lugar do general grisalho no centro do palco e, assim como o militar, fez o melhor que podia para se equilibrar naquela corda bamba.

Rivers e Brett tecnicamente não estavam mentindo, mas também não diziam a verdade. Rachel Sherrill tinha certeza disso.

No mínimo, não estavam contando *toda* a verdade.

Que timing, menina, ela pensou consigo mesma. É *sua primeira viagem a Hilo desde que foi demitida do jardim botânico, e dessa vez* é *bem mais do que um arvoredo de preciosas figueiras-de-bengala que pode ir pelos ares.*

Rachel saiu enquanto Brett ainda estava falando. Precisava tomar um ar e pensar melhor, ciente de que aquele showzinho ainda estava longe de terminar.

Fazia quase uma década que seu mundo tinha implodido — e ela estava convencida de que a decisão de demiti-la não havia partido da direção do jardim botânico. No tempo todo que passara lá, só recebera elogios e incentivo de seus chefes.

No entanto, depois do que aconteceu com as figueiras-de--bengala naquele dia, ela questionou insistentemente o motivo para o exército ter reagido ao incidente com uma demonstração de força tão assustadora. No fim, lhe disseram que os membros da diretoria do jardim botânico estavam "seguindo em outra direção" — uma versão corporativa das palavras de seu futuro ex-namorado: "O problema sou eu, não você".

Mas Rachel Sherrill, graduada em Stanford e nem um pouco ingênua, desconfiava que não fora demitida porque eles estavam "seguindo em outra direção". E sempre se perguntou se Henry Takayama sabia ou não o que tinha acontecido com as figueiras--de-bengala naquele dia.

Só o que sabia era que o exército tinha abafado um incidente que transformara suas árvores em pó.

Que coisa mais bíblica, pensara na época. *Do pó vieste, ao pó retornarás*. O pó, nesse caso, era sua carreira.

Ela nunca teve a chance de conversar com Henry Takayama sobre o ocorrido. Ted Murray ligou para ela pouco antes de sua saída e disse:

— Eles sabem que sou seu amigo e que conversei com você. Mas estou fora dessa, Rachel. *Estou fora*. Não me pergunte mais nada, a não ser que queira que eu seja demitido também.

— Demitido do Exército dos Estados Unidos? — questionou ela.

— Passar bem — falou Murray, e desligou.

Alguns meses depois, Rachel estava outra vez no continente, jurando nunca mais voltar ao Havaí. Ela conseguiu um emprego como assistente no Jardim Botânico de Bellevue, no estado de Washington. Depois se casou; se divorciou; mudou para Portland e conseguiu trabalho no Hoyt Arboretum. Mas ainda sentia muita mágoa e raiva por causa da forma como sua carreira dos sonhos no Havaí tinha chegado ao fim.

E ainda tinha muitos questionamentos sobre o que acontecera em Hilo tantos anos antes, ainda que, de acordo com os registros públicos, nada tivesse ocorrido naquele dia.

Um mês antes, ela havia tomado uma decisão repentina. Avisou no Hoyt que tiraria todos os seus dias de férias de uma vez e comprou uma passagem para o Havaí, onde se hospedou no hotel mais próximo do jardim botânico.

Assim que chegou ao aeroporto, a terra começou a tremer. Ela conhecia aqueles tremores da época em que tinha morado ali. Mas aquilo era diferente. *Esses* tremores eram diferentes — mais fortes e persistentes do que qualquer coisa de que se lembrasse.

Mas não tinha ido tão longe só para dar meia-volta e pegar o avião de volta para o continente.

Ela foi ao jardim botânico e andou até onde ficavam as figueiras--de-bengala envenenadas. Encontrou apenas um gramado bem cuidado em seu lugar — era como se a investida do exército, que deixou para trás uma terra arrasada, nunca tivesse acontecido.

Era quase como se as árvores nunca tivessem estado ali.

Quase como se eu nunca tivesse estado aqui.

Nesse momento, ela sentiu um tremor de terra poderoso, que quase a derrubou no chão e a fez se perguntar se sua ida ao Havaí poderia ter sido um erro ainda maior do que temia.

De volta ao hotel naquela tarde, tomou umas taças de vinho para acalmar os nervos e disse a si mesma que iria embora no dia seguinte, que tinha sido uma loucura voltar ali, para começo de conversa.

Então, viu nas redes sociais um anúncio que parecia uma mistura de comunicado à imprensa e convocação às pressas de uma sessão pública do conselho municipal. Rachel ficou curiosa o bastante para ir até o Estádio Edith Kanaka'ole. Chegou bem a tempo de ver o todo-poderoso chefe do Estado-Maior Conjunto das Forças Armadas se colocar diante do microfone. O dr. John MacGregor, que ela havia visto na televisão falando sobre a erupção iminente do Mauna Loa, também estava no palco, assim como os Cutler, parecendo duas divas com trajes de heróis de história em quadrinhos.

Então J. P. Brett chegou, e foi quando ela saiu para tomar um ar.

Quando voltou, MacGregor estava falando do fluxo de lava e de sua velocidade e sobre trincheiras e fossos. Mas Rachel só conseguia pensar no que o dr. John MacGregor *não* estava contando, sua mente especulando sobre o que aconteceria se um derramamento épico de lava se combinasse com o incidente ocorrido no jardim botânico.

Rachel se perguntou se o todo-poderoso chefe do Estado-Maior Conjunto das Forças Armadas não estaria lá por causa de algo mais grave que uma erupção.

E então percebeu que não estava mais com raiva.

Rachel Sherrill estava assustada.

46

RIVERS E BRETT, SEGUIDOS pelo coronel Briggs, saíram do palco em uma conversa animada.

A saída de Rivers pela porta atrás do palco significava que a coletiva de imprensa estava encerrada. Oliver e Leah Cutler, que fizeram apenas alguns comentários, desceram do palco em direção à plateia, onde, como Mac achava que eles queriam, foram imediatamente cercados por repórteres e câmeras.

Com Rivers e Brett fora do caminho, tinham os holofotes só para eles.

O objetivo do jogo, pensou Mac, se apoiando na lateral do palco, longe das vistas, mas próximo o bastante para ouvir o que eles estavam falando.

— Bem-vindos ao episódio desta semana de *Caçadores de vulcões* — disse Oliver Cutler. — Como de costume, minha linda esposa e eu somos seus apresentadores.

Essa fala gerou risos, que foram interrompidos de forma abrupta quando o Estádio Edith Kanaka'ole foi sacudido por mais um tremor de terra do tipo que vinha ocorrendo praticamente de hora em hora durante toda a semana.

Então houve outro.

E mais outro.

A multidão já estava se dirigindo à saída do outro lado do estádio, e, com os tremores, começou o empurra-empurra. Mac ouviu uma mulher berrando e gritos para as pessoas mais próximas da porta saírem logo da frente.

Os Cutler e os membros da imprensa ficaram onde estavam.

— Eu já ouvi falar em rufar os tambores — disse Cutler, sem se alterar nem um pouco —, mas isso é exagero.

Houve algumas risadinhas nervosas. Alguns repórteres deram uma olhada no teto. Outros espiaram as portas por cima dos ombros. Ninguém foi embora, pois estavam com medo de perder alguma coisa, agora que um novo showzinho estava começando.

Nesse momento, Oliver Cutler parou de sorrir e disse:

— Bom, que tal pararmos de enrolação e irmos direto ao assunto?

Havia dois cinegrafistas televisivos a alguns passos dele. Cutler se voltou diretamente às lentes.

— O general Rivers pode não ficar muito contente quando ouvir o que estou prestes a dizer — continuou Cutler. — Mas o que está acontecendo de fato aqui é uma grande erupção do Mauna Loa. A Grande Erupção, com letras maiúsculas. Foi por isso que o sr. Takayama, da Defesa Civil, entrou em contato comigo e com Leah, e foi por isso que viemos da Islândia às pressas no avião que J. P. Brett generosamente enviou para fazermos a viagem.

Seu desgraçado, pensou Mac. *Seu egocêntrico presunçoso de merda.* Mas ele sabia que tentar interromper Cutler àquela altura seria como tentar impedir que um vulcão entrasse em erupção.

— Eu provavelmente não deveria dizer isso também — continuou Cutler —, mas nós acreditamos que, se o exército e os responsáveis pelo Observatório Vulcânico do Havaí não colocarem nosso plano em ação, Hilo estará gravemente ameaçada por uma situação de perigo iminente.

Um dos moradores que ainda não tinha ido embora por causa dos tremores gritou:

— Não foi isso que o general disse!

— Tenho o maior respeito do mundo pelo general Rivers, apesar do pouquíssimo tempo que passamos juntos. Mas ele é um militar. Na verdade, é *o cara* das Forças Armadas. E, por causa disso, tem praticamente o dever de não revelar tudo o que sabe. Para o azar dele, e talvez para a sorte de Hilo, eu não preciso me prender a essas regras.

Cutler olhou diretamente para as câmeras.

— Vocês precisam saber que Leah e eu tivemos a oportunidade de estudar minuciosamente a estrutura subvulcânica — afirmou ele.

Tiveram merda nenhuma, pensou Mac, se segurando para não ir até lá e arrastar Cutler da frente das câmeras. Ele olhou para baixo e percebeu que seus punhos estavam cerrados.

Porém, sabia que afastar Cutler da imprensa só tornaria as coisas piores para ele e para o exército — faria parecer que estavam escondendo alguma coisa.

— A princípio, eu achava que a Grande Ilha estivesse apenas sob o efeito da movimentação daquilo que chamamos de pluma de magma — disse Cutler. — Mas a verdade é que a pluma, o coração pulsante do vulcão, ficou muito mais forte na última semana, como acabamos de sentir mais uma vez. Isso significa que o magma está se movimentando, e o volume de magma sob o Mauna Loa está se transformando num território de superpluma, o que explica os tremores constantes. E é por isso que Leah e eu acreditamos que haja mais lava aqui do que qualquer um de nós já viu antes. E é por isso que existe a possibilidade, caso não haja uma ação rápida e decisiva, de que Hilo não seja a única área em perigo.

Cutler respirou fundo antes de declarar:

— A ilha inteira estará ameaçada.

Os repórteres começaram a gritar perguntas todos ao mesmo tempo, e Cutler ergueu a mão para silenciá-los, como Rivers tinha feito no palco minutos antes.

— Isso é tudo o que temos para o momento — disse ele. — Eu e Leah vamos trabalhar sem descanso para acompanhar esses incessantes e perturbadores eventos sísmicos. Tremores com mais de três graus de magnitude, que vinham ocorrendo a cada três dias, mais ou menos, agora são diários. E sismos de quatro ou cinco graus, que aconteciam a cada mês, agora são semanais.

Leah deu um passo à frente e se dirigiu às câmeras.

— O magma que meu marido citou não está só subindo: está ascendendo depressa demais, forçando o solo ao redor do vulcão inchar até o ponto de ruptura. É por isso que precisamos agir assertivamente, e o quanto antes.

— Em resumo — retomou Cutler —, pode não ser só da Grande Erupção que estamos falando aqui. Pode ser a *Maior* Erupção.

Mais uma vez, ele fez uma pausa dramática. E então arrematou:

— Talvez a maior que o mundo já tenha visto.

47

MAC ESPEROU QUE O pessoal da imprensa se dispersasse antes de ir até onde estavam os Cutler e Henry Takayama, na frente do palco.

— Você tem uns minutinhos para uma conversa antes de ir embora? — perguntou Mac para Oliver. — Uma troca de informações, digamos.

— Sem problemas — respondeu Cutler. — Pode ser aqui mesmo?

— Que tal lá fora? — sugeriu Mac. — Vão ser só cinco minutinhos, no máximo.

— Certo — disse Cutler, em seguida se virando para Takayama, a quem Mac deu apenas um breve aceno de cabeça. — Henry, por que você e Leah não voltam para a mansão? Ela e eu vamos trabalhar de lá hoje à noite. Pode dizer para o motorista que eu vou daqui a pouco.

Leah Cutler e Takayama saíram pelo corredor central para as portas, sem olhar para trás, com as luzes do teto se refletindo devidamente no macacão prateado dela, reparou Mac.

Do lado de fora, Mac olhou ao redor para se certificar de que não havia ninguém por perto no estacionamento escuro. Então agarrou Cutler pelo macacão e quase o levantou do chão, empurrando-o com tanta força contra a parede que a cabeça dele sacudiu.

— Você tá louco, porra? — disse Mac.

— Se *eu* estou louco? — rebateu Cutler. — Tira essas mãos de mim, desgraçado.

— Eu sei o que você está pensando, Ollie — continuou Mac. — Onde estão seus amiguinhos da mídia agora que precisa deles de verdade?

Ele deu mais um empurrão em Cutler antes de soltá-lo. O dr. John MacGregor não conseguia sequer se lembrar da última vez que chegou às vias de fato com alguém, ou mesmo perto disso. Talvez nos tempos de ensino fundamental. Mas estava disposto a quebrar esse jejum naquele momento.

Seu rosto ainda estava bem próximo de Cutler, que tinha ficado vermelho. No entanto, Mac viu nos olhos de Oliver Cutler que ele não diria nem faria nada para agravar a situação.

— O que você acha que conseguiu lá atrás? — questionou Mac. — Além de fazer com que você e sua mulher sejam enxotados daqui, o que para mim, sinceramente, seria um sonho. Não sei nem por que vocês estão aqui. Talvez Rivers pense que vocês de alguma forma possam humanizar essa questão toda. Ou talvez, quando Takayama convidou vocês para a festa, era tarde demais para o general poder fazer alguma coisa a respeito. Seja como for, estou cagando pra isso. O que me incomoda é *você* causando problemas pra *mim*.

— Eu estava dizendo a verdade — justificou Cutler.

Mac soltou um risinho de deboche.

— A verdade? — questionou ele. — Os bobalhões da mídia podem até ter aceitado seu papo-furado sobre ter "examinado a estrutura subvulcânica". — Mac levantou as mãos para colocar aspas imaginárias em suas palavras, o que fez Cutler se encolher todo. — Mas nós dois sabemos a verdadeira história, não? Vocês não são sismólogos, e eu sei que não têm nenhum na sua equipe, porque são só caçadores de lava. Por acaso também sei todos os lugares por onde vocês passaram antes de colocar os pés na ilha, e o Mauna Loa não foi um deles. Nem o centro de dados do HVO.

— Você anda me seguindo, MacGregor? — questionou Cutler.

— Nós tentamos sempre ficar de olho em fios desencapados — disse Mac. — Inclusive os vestidos como líderes de torcida da era espacial.

Cutler ignorou a ofensa.

— As pessoas têm o direito de saber o que está acontecendo no interior dessa montanha — disse ele. — E, aliás, eu não sou obrigado a acatar ordens suas. Só me reporto ao general Rivers, assim como você.

Ele deslizou um pouco pela parede para ficar mais longe de Mac. Os dois ainda eram as únicas pessoas atrás do estádio naquele momento.

— Você está agindo como se eu tivesse vindo aqui voluntariamente — disse Cutler. — Não foi o caso. Eu fui convidado pra vir.

— Pois é, por um burocrata, como eu disse antes — retrucou Mac. — Ele decidiu que você poderia ser útil, mas só está sendo um idiota útil.

— É melhor você encontrar um jeito de trabalhar comigo — disse Cutler —, porque eu e minha mulher não vamos a lugar nenhum.

Mac deu um passo em sua direção, mas Cutler não recuou.

— Não, Ollie, você entendeu tudo errado — disse Mac. — É você que precisa encontrar um jeito de trabalhar comigo. Se não quiser se dar muito mal.

Ele deixou as palavras pairando no ar noturno antes de entrar no carro, bater a porta e ir embora. Estava tão concentrado em se afastar o máximo possível de Cutler que não notou a mulher bonita de cabelos escuros que corria pelo estacionamento desde o outro lado do estádio, acenando freneticamente para ele parar.

48

Observatório Vulcânico do Havaí (HVO)
Tempo até a erupção: 60 horas

— O QUE RIVERS VAI fazer quando descobrir o que Cutler disse para a imprensa? — perguntou Rebecca Cruz para Mac quando voltaram ao HVO.

— Espero que abra uma nova trincheira *nele* — respondeu Mac.

A tarefa atual do pessoal de Mac e da Cruz Demolições era determinar o caminho mais íngreme e seguro que podiam criar para a lava, aperfeiçoando o plano original de bombardeios no local. Quando amanhecesse, Mac e Rebecca iriam ao Mauna Loa selecionar os locais onde posicionar os explosivos, e ela faria as detonações remotamente quando a lava viesse.

— Vamos precisar das localizações exatas do máximo de tubos de lava que conseguirmos encontrar, para poder usá-los com eficiência — disse Mac para o grupo, que mais uma vez estava sentado ao redor da mesa grande da sala de reuniões. — Também precisamos encontrar pontos na rocha que podemos escavar até a profundidade necessária para plantar os explosivos. Obviamente, essa parte cabe aos especialistas da Cruz Demolições.

— Precisamos acelerar o trabalho de revestir termicamente os explosivos — avisou David Cruz.

Sua irmã abriu um sorriso.

— Detonação precoce — disse ela. — Isso nunca é bom, certo, rapazes?

— E, se acontecer, nós vamos querer saber quais são as consequências? — questionou Jenny Kimura.

— Não muito — respondeu Rebecca. — Mas com certeza você consegue adivinhar.

— E eu vou querer adivinhar? — questionou Jenny.

— Não muito — repetiu Rebecca.

Ninguém falou nada por alguns instantes.

Por fim, Mac disse:

— Tudo certo, então, por agora?

As respostas vieram na forma de acenos de cabeça. Rick e Kenny e Pia Wilson voltaram a suas estações de trabalho para analisar os relatórios sismológicos mais recentes. Rebecca Cruz, o irmão e seu primo Leo disseram que iriam à sala de mapas para fazer seu planejamento.

— O que você tem na agenda para agora? — perguntou Rebecca para Mac.

— Jenny e eu vamos fazer um passeio.

— Ah, vamos? — questionou Jenny. — Posso saber pra onde?

— Para o Tubo de Gelo.

— O exército sabe que nós vamos?

— Pensei em fazer uma surpresa — disse Mac.

— Ah, sim — falou Jenny. — Com certeza o figurão adora uma surpresa.

⭘⭘⭘

— Você está acelerado, hein? — disse Jenny para Mac quando estavam no carro.

— É assim que eu dirijo quando estou tentando salvar o mundo — respondeu Mac.

— Bom, nesse caso tudo bem — respondeu ela, se segurando ao painel do carro nas curvas. — Mas vou ser sincera com você, MacGregor, já tive encontros melhores.

Eles haviam ligado com antecedência para o sargento Matthew Iona; Mac pôs a conversa no viva-voz. Iona disse que iria para o Tubo de Gelo e contou que tinha passado a monitorar os tonéis a cada poucas horas.

Depois que Mac desligou, Jenny disse:

— Por que será que eles não chamam o Tubo de Gelo do que é de verdade?

— Tipo um depósito de lixo tóxico em um vulcão ao lado de outro vulcão maior ainda que está prestes a entrar em erupção? — perguntou Mac.

— É — respondeu Jenny. — Isso aí.

— Eu lembrei de dizer que era um depósito *seguro* de lixo tóxico?

— Vamos cruzar os dedos para ser mesmo.

— Talvez fosse melhor fazer o sinal da cruz — disse Mac.

Os dois chegaram à base, assinaram o livro de registro e foram para o vestiário, onde os trajes resistentes ao calor ficavam pendurados. Os capacetes estavam em cima do armário. Eles se vestiram e voltaram lá para fora, onde encontraram o jipe providenciado por Iona.

Mac dirigiu mais devagar pela trilha estreita na montanha. Ele olhou para Jenny em determinado momento e a viu sorrindo, com os dois capacetes no colo.

— Por que você está assim? — perguntou Mac.

— Assim como?

— Assim feliz, o que é estranho, considerando as circunstâncias.

— Só estou contente por estar fazendo isso com você — disse Jenny. — Honrada, na verdade, pra não exagerar na dose de contentamento. E também espero que o general Rivers saiba a sorte que tem por ter você no comando dessa situação.

— Ah, é? — perguntou Mac. — Eu estou no comando?

— Nós dois sabemos que sim — disse ela.

— Eu é que não quero ser a pessoa que vai dar essa notícia a Brett e os Cutler.

— Sinceramente, não sei por que Rivers iria querer o envolvimento deles — comentou ela.

— Não sei se ele teria trazido esse pessoal aqui por iniciativa própria — disse Mac. — Mas, como *já estão* aqui, eles são bem úteis para uma coisa que os militares sempre fizeram muito bem.

— E o que é?

— Tirar o deles da reta sempre que possível — explicou Mac. — Quanto maior for a equipe, mais gente eles têm pra diluir a culpa se alguma coisa der errado.

— O que aconteceu com a conversa de mão amiga, braço forte e tudo mais? — questionou Jenny.

— Às vezes a mão amiga distribui abacaxis para descascar também — disse Mac. — E aponta o dedo para não se responsabilizar pelo resultado. Mas veja a coisa por este lado, Jenny: se algo der errado, não vai sobrar ninguém pra assumir a culpa.

— Ou não vai sobrar ninguém, ponto — complementou Jenny.

Os dois conversaram mais um pouco sobre a confiança que Rivers depositara neles e a gravidade do segredo que estavam guardando. Jenny especulou se tinha sido por respeito ou necessidade, e Mac arriscou que era um pouco de cada coisa. Rivers podia não confiar totalmente em Mac, Jenny e Rebecca Cruz, mas deixara bem claro que não tinha confiança nenhuma em J. P. Brett e nos Cutler.

Eles seguiram em silêncio por alguns minutos.

Jenny enfim voltou a falar, em um tom baixinho:

— Nós vamos dar conta disso... certo, Mac? — perguntou. — Diga que vamos dar conta disso.

Ele sorriu.

— No meu caso, a mão é amiga de verdade. Eu assumo essa bronca.

— Eu não esperava menos que isso — respondeu Jenny Kimura, e os dois conseguiram rir um pouco.

Mac parou o jipe em uma vaga perto de onde estava o veículo do sargento Iona, a cerca de cem metros da entrada. Percorreriam o restante do caminho andando.

Mas, assim que ele e Jenny desceram do jipe, com os capacetes nas mãos, viram o sargento Matthew Iona correndo ladeira abaixo na direção deles, enquanto homens com trajes de proteção nível A iam na direção oposta, para a entrada do Tubo de Gelo.

49

Em frente ao Tubo de Gelo, Mauna Kea, Havaí

MAC E JENNY DETIVERAM o passo, ainda ao lado do jipe, e esperaram que o sargento chegasse até eles.

Ouviram o rugido de mais motores de jipe atrás deles e se viram no meio das luzes brilhantes dos faróis altos, precisando sair do caminho para não ser atropelados pelos veículos que chegavam em alta velocidade.

Os jipes traziam mais homens em trajes de proteção nível A que, assim que os veículos paravam, já corriam para dentro, todos levando lanternas de LED e o que pareciam ser armas enormes, mas Mac sabia que eram extintores Cold Fire.

Um minuto depois, um caminhão anti-incêndios do exército chegou com dois soldados na cabine e um de pé na porta traseira aberta, perto da bomba-d'água, com a mangueira já nas mãos.

O caminhão estacionou ao lado dos jipes; o soldado da porta traseira saltou imediatamente, carregando a mangueira na direção da entrada.

Iona chegou até onde estavam Mac e Jenny, resfolegando sob o traje amarelo. Quando tirou o capacete, MacGregor viu o suor escorrendo pelo rosto dele.

— O que está acontecendo? — perguntou Mac.

Iona tentou falar, mas ainda estava muito ofegante. Seus olhos estavam fixos na entrada do tubo e na fumaça que começava a sair de lá.

— Iona! — gritou Mac, segurando-o pelo braço e o puxando mais para perto. — Que raios está acontecendo lá dentro?

— Teve... teve um vazamento — disse ele. — Um dos tonéis rachados... estamos basicamente tentando neutralizar o negócio.

— O que esses homens pensam que estão tentando neutralizar? — perguntou Mac.

— Rejeitos com decaimento radioativo — disse Iona. — Lixo nuclear de embarcações da marinha e de usinas privadas que estão aqui há mais de trinta anos. Inclusive rejeitos sólidos.

O sargento olhou ao redor. Não havia ninguém por perto. Mesmo assim, ele baixou a voz.

— Eles tomaram todas as precauções que tomariam se soubessem o que há de fato naquele tonel — garantiu ele.

— Tem certeza de que foi só um? — perguntou Mac.

— Sim — disse ele.

Mac olhou para além de onde estava Iona, querendo ver mais de perto. Pediu para Jenny ficar onde estava e correu ladeira acima; chegou a entrar cerca de dez metros na caverna antes de ser detido por um dos homens com trajes de proteção. A voz do soldado saiu quase inaudível atrás da máscara quando ele entrou na frente de Mac:

— Daqui você não pode passar.

— Eu trabalho para o general Rivers — disse Mac.

— Eu também — respondeu o soldado.

Atrás dele, Mac viu a mancha perto da entrada, como se um tinteiro cheio de nanquim tivesse sido virado.

50

SE MAC ESTIVESSE USANDO um traje de proteção nível A, poderia tentar chegar mais perto, mas não estava. Não sabia nem o que era aquela mancha preta, mas foi algo que chamou sua atenção.

Ele desceu de volta até onde estava Jenny.

— O que você conseguiu ver? — perguntou ela.

— Uma coisa que me deixou cagando de medo — disse ele.

Mac relembrou o incidente no jardim botânico de que ouviu falar quando chegou ao HVO e que envolveu homens do exército chegando com trajes de proteção e destruindo uma parte do lugar.

— Tentei me informar melhor na época, mas não existe nenhum registro do acontecimento.

— Mas agora sabemos que o que aconteceu por lá foi causado pelo material que está nesses tonéis... — comentou Jenny.

— E agora estamos fazendo das tripas coração para não deixar a lava chegar nem perto daqui — disse ele.

— Precisamos confiar que eles vão conseguir conter essa coisa — complementou Jenny.

— Foi o exército que criou esse problema todo, pra começo de conversa — lembrou Mac.

Dez minutos se passaram.

E viraram vinte.

A maioria dos homens com trajes de proteção estava dentro do Tubo de Gelo. Do lado de fora, o silêncio parecia sinistro depois de toda a agitação inicial, da correria e do barulho dos outros jipes e do caminhão.

Ele ficou olhando para a entrada da caverna. Àquela altura, ninguém entrava nem saía. Mac queria saber o que estava acontecendo lá dentro. Detestava ficar sem saber. Às vezes não saber era a única coisa no mundo que o amedrontava.

Trinta minutos.

Quarenta.

— Que raios eles estão fazendo lá dentro? — questionou Mac.

Jenny segurou de leve sua mão.

— Respira — disse ela.

— Me obriga.

O som de um veículo perturbou o silêncio do lado de fora da caverna outra vez. Os dois se viraram e viram mais um jipe vindo em sua direção, com o coronel Briggs ao volante. Ele deu uma freada súbita a alguns metros de distância, levantando pedriscos de lava e poeira do chão. Um único caminhão de carga o seguia.

Quem estava no assento do passageiro era o general Mark Rivers em pessoa.

Rivers vestia sua farda completa, mas sem os equipamentos de proteção. Passou por Mac e Jenny sem dizer nada e entrou na caverna.

Briggs precisou correr para acompanhá-lo.

Mais minutos se passaram. Mac e Jenny não saíram de onde estavam. Então, pouco a pouco, começaram a sair, um homem com traje de proteção após o outro. O caminhão anti-incêndio foi embora, depois os demais jipes. Os últimos três veículos eram o de Mac e Jenny, o de Iona e o que Briggs dirigia; era como se eles fossem os últimos membros da carreata.

Briggs saiu da caverna, com o sargento Iona ao seu lado.

O último homem a sair foi o general Mark Rivers.

Foi andando com passos ligeiros até Mac e Jenny, com a postura sempre ereta de um militar, como se estivesse inspecionando as tropas.

Ele parou bem na frente de Mac.

— Era só um tonel mesmo? — perguntou Mac.

— O problema está contido — afirmou Rivers.

Em seguida, disse para Mac e Jenny que eles podiam ir embora e deixar o exército terminar o trabalho ali, acrescentando que iria logo em seguida.

Instantes depois de Mac e Jenny terem ido embora, um militar com traje de proteção desceu a ladeira correndo na direção de Rivers.

— O senhor precisa ver isso — comunicou ele. — Mas antes precisa vestir um traje.

Rivers pegou seu traje de proteção amarelo no caminhão de carga e o vestiu rapidamente. O coronel Briggs, também com um traje nível A, estava esperando por Rivers junto com outros três militares dentro do Tubo de Gelo.

Assim como eles, o corpo a seus pés vestia um traje amarelo, rasgado na manga do braço direito. As luvas também tinham sido perdidas.

A mão direita já estava ficando preta.

— Ele deve ter rasgado numa parte mais acidentada da parede — disse um dos soldados. Depois de uma pausa, acrescentou: — Foi um dos primeiros a chegar.

— Acontece bem depressa — comentou Rivers.

— Nem sempre, senhor — disse Briggs. — Mas pode acontecer. E aconteceu.

— Qual é o nome dele? — perguntou Rivers.

— Sargento Lalakuni — informou Briggs. — Tommy.

Rivers ficou olhando para aquela mão exposta.

— Família?

— De acordo com os homens, a esposa morreu no ano passado num acidente de carro em Honolulu — disse Briggs. — Os pais, ambos daqui, também já são falecidos.

Rivers deu um passo para mais perto do corpo.

— Não encoste em nada, senhor — avisou Briggs.

— Quem foi que tirou a luva? — quis saber Rivers.

— Foi ele — um dos soldados falou. — Disse que parecia que a pele estava pegando fogo.

A iluminação era boa o bastante para ver o rosto de Lalakuni começando a escurecer atrás da máscara.

Ninguém disse nada durante os segundos seguintes. Ficaram todos olhando para o cadáver.

— O sargento Lalakuni morreu num acidente com lava — determinou Rivers.

Ele esperou, olhando nos olhos de cada um.

— Estamos entendidos? — perguntou.

Parecendo aliviados por ter que olhar para outra coisa que não fosse o corpo, todos assentiram com a cabeça.

Houve mais um silêncio, mais longo que o anterior, na imobilidade inquietante da caverna.

Por fim, um dos soldados perguntou:

— O que nós vamos fazer com ele?

O general Rivers não hesitou.

— Eu vi pás na caçamba daquele caminhão lá fora — disse ele. — Vão buscar.

— Onde devemos enterrá-lo, senhor?

— Aqui mesmo — respondeu Rivers.

51

Reserva Militar dos Estados Unidos, Havaí
Domingo, 27 de abril de 2025

DEPOIS QUE A LIMPEZA das partes interna e externa da caverna foi concluída, o sargento Noa Mahoe foi um dos primeiros a voltar à base militar. Havia sido um bom militar e cumprido seu dever, mas, na verdade, tinha outros planos para aquela noite.

Noa tinha um encontro.

E não era um encontro qualquer. Era com Leilana Kane, no Hale Inu Sports Bar, seu lugar favorito. Eles combinaram de se encontrar lá às sete, depois que ela terminasse seu turno como hostess do Ohana Grill, mas quando Noa ouviu falar do vazamento na caverna ligou para dizer que ia se atrasar.

Antes daquela noite, Noa nunca tinha entrado na caverna conhecida como Tubo de Gelo. Só sabia que era algum tipo de depósito ultrassecreto. Quando o alarme soou, todos vestiram seus equipamentos de proteção, subiram a montanha e limparam a sujeira, mas ninguém informou a eles que tipo de resíduos havia ali.

Mas isso era problema deles, não seu.

O que ele precisava fazer era sair da base e ir até a cidade, o que faria antes que o restante dos soldados que foram para a caverna estivesse de volta. Noa conhecia o protocolo: deixar o traje de proteção junto com os demais na cabine com o chuveiro com sabonete desinfetante especial. Vestir roupas limpas. Passar pelo detector de radiação e receber um carimbo na mão.

Tudo isso porque ficaram perto demais de algum tipo de rejeito que estava armazenado naquela caverna desde a década de 1990, pelo que disseram. Então foram avisados de que tudo o que acontecera naquela noite era confidencial e não deveria ser mencionado para civis, nem mesmo os da família.

Mas Noa não tinha tempo para isso tudo, não naquele momento. Leilana estava esperando, a colega de apartamento dela estava fora da cidade e aquela seria *a* noite.

Ele calçou as botas, vestiu uma calça jeans e uma camiseta branca e voltou para os alojamentos vazios, onde tomou um banho rápido e partiu na direção do portão principal. Mesmo depois do banho, por algum motivo, estava suando loucamente. Tinha medo de entrar no bar com manchas de suor na camiseta. Estava com mais calor do que quando usara o traje de proteção dentro daquela caverna que parecia um forno.

Talvez seu corpo achasse que ainda estava lá. Talvez fosse por isso que seu coração estava disparado. *Você só está eufórico por causa de Leilana*, foi o que disse a si mesmo.

Quando se aproximou do portão, a guarda o chamou pelo nome.

— Você devia estar na primeira leva — disse a sargento Ulani Moore. — Muita gente ainda não voltou.

— Pois é, eles queriam tirar a gente de lá ainda esta noite — respondeu Noa. — Já está tarde.

— Pegou seu carimbo?

Ele chegou mais perto dela. Os dois tinham se alistado na mesma época. Ela provavelmente era sua melhor amiga no exército.

— Escuta só, eu fiz tudo como deveria, mas a questão é que tenho um encontro hoje — disse ele.

Isso arrancou um sorriso de Ulani.

— Então milagres acontecem mesmo.

Ele disse com quem se encontraria, para onde iria e o quanto já estava atrasado.

— Você pode me fazer um favorzão e me liberar sem carimbo só desta vez? — pediu Noa.

Ulani olhou ao redor.

— Pode ir.

Ela abriu o portão, e Noa saiu correndo na direção do estacionamento dos civis.

Ainda morrendo de calor.

Meia hora depois, Ulani Moore estava em um escritório diante do general Mark Rivers. Se não fosse uma sargento do Exército dos Estados Unidos, uma mulher que se orgulhava de ser forte e durona como qualquer homem da base, teria caído no choro.

Sentia um misto de medo e intimidação. Tinha cometido um erro grave de avaliação, e as consequências vieram rápido. E não apenas por parte de seu superior imediato, mas basicamente do comandante de *todos* em *todo lugar*.

— Eu vi o vídeo em que você abre o portão — disse Rivers. — Mas, como o jovem não estava fardado, não identificamos quem era. Então você vai nos dizer, certo, sargento?

Ele não estava gritando, mas para Ulani era como se estivesse.

— Eu vou receber uma baixa desonrosa por causa disso, senhor? — perguntou Ulani. — Porque preciso dizer que a minha vida inteira eu sempre quis ser militar. Senhor.

Rivers ou não ouviu o que ela disse ou simplesmente ignorou.

— Quem era? — perguntou Rivers.

— Ele é meu amigo.

— Eu não vou perguntar de novo.

O corpo de Rivers permanecia imóvel, os olhos azuis e frios cravados nela como se estivessem congelados.

Ela contou.

— Ele disse aonde ia?

— Isso é importante, senhor?

— Aconteceram muitas coisas desde que ele saiu daquela caverna — explicou Rivers. — E ele jamais deveria ter recebido permissão para pôr os pés para fora da base. Vamos parar por aqui.

Ulani Moore contou para ele aonde o sargento Noa Mahoe disse que iria.

— Está dispensada — disse Rivers.

— O que vai acontecer com ele? — perguntou ela.

— Não é problema seu.

— Tenho permissão para falar livremente, senhor?

— Se tem certeza de que quer mesmo — disse Rivers.

— O que eu deveria ter feito? — questionou ela, incapaz de conter uma risada nervosa. — Dado um tiro nele?

Os olhos azuis do general sequer piscaram.

— Sabendo o que eu sei? — rebateu Rivers. — A resposta é sim.

52

Hale Inu Sports Bar, Hilo, Havaí

ELES ESTAVAM SENTADOS A uma mesa junto à parede, sob os aparelhos de televisão, de mãos dadas e agindo como se não houvesse mais ninguém no bar.

Para Noa, Leilana estava mais linda do que nunca, se é que isso era possível. Quando a viu pela primeira vez, no Ohana Grill, achou que era muita areia para seu caminhãozinho. Tinha certeza disso. Mas lá estavam os dois.

— Você veio correndo pra cá? — perguntou ela. — Seu rosto parece queimado de sol. — Ela tocou a pele dele com dedos frios. — Nossa, Noa. Você está queimando.

A mente dele se voltou para a base, para o banho desinfetante que não tomou, para as botas que não trocou.

Ele disse a si mesmo que estava ficando louco. O que sentia era o pico de adrenalina que o havia trazido até ali, a empolgação de estar com ela.

— Eu teria vindo correndo, se precisasse — disse ele. — Fiquei com medo de que você não esperasse por mim.

Ela perguntou que emergência o impediu de vir antes. Ele contou o máximo que podia, fazendo parecer uma espécie de trama de *Missão impossível*.

Ele sorriu. Ela sorriu. Ambos terminaram os primeiros copos de cerveja Big Island. Noa já queria outra, bem gelada, para ver se conseguia se refrescar.

O que ele mais queria naquele momento era tirar uma caneca do freezer e deixar encostada por um tempo na testa.

— A erupção vai ser tão feia quanto andam dizendo? — perguntou ela. — Tem uma manchete no site do *Star-Advertiser* que diz “A Maior Erupção?”, com um ponto de interrogação no final. Será que é verdade?

— Não esquenta. — Ele pegou os copos vazios e foi para o balcão. — Eu protejo você.

Noa disse a si mesmo que naquela noite era Tom Cruise. Chegou ao balcão e fez um gesto para o bartender. Nisso, percebeu que o dorso de sua mão estava muito vermelho. A mão sem o carimbo.

Ele ficou olhando para a mão, quase hipnotizado pela cor, se perguntando se teria algum problema grave, quando alguns homens usando o mesmo traje de proteção que ele tinha deixado em uma pilha na base entraram porta adentro.

Noa se lembrou dos stormtroopers de *Star Wars*.

E estavam vindo diretamente em sua direção.

— Sargento Noa Mahoe? — perguntou por trás da máscara o líder da operação.

— Sim — disse Noa. — Sim, senhor.

Mais do que nunca, se sentiu como se estivesse queimando. Os olhos de todos estavam sobre ele, inclusive o de Leilana, mas aquela quentura não era só de vergonha; de jeito nenhum.

— Você precisa vir comigo — grunhiu o homem. — *Agora*.

— Todos os demais, fiquem onde estão e nem tentem ir embora! — gritou outro homem.

O bar lotado ficou em silêncio, mas não por muito tempo.

— Vai se foder, Homem de Ferro! — retrucou um sujeito enorme sentado no balcão, um nativo de camisa florida.

— Você só tem a perder se arrumar encrenca agora, senhor — disse o primeiro stormtrooper.

— Quem disse? — desafiou o grandalhão.

Ele tentou empurrar dois stormtroopers, mas eles o jogaram para trás com força, bem em cima de Noa. Foi como ser atropelado por um carro.

Os dois foram para o chão.

Noa ouviu uma gritaria ao seu redor. Alguém mais caiu. Houve mais gritos. Noa pensou ter ouvido mais homens entrando pela porta.

Houve uma briga acima dele e alguém caiu em Noa, expulsando o que restava de ar em seus pulmões. Ele se esforçou para sair de debaixo dos homens que o prendiam ao chão forrado de serragem.

Enquanto contorcia o corpo, viu a mesa onde estava com Leilana.

Ela não estava mais lá.

O último pensamento do sargento Noa Mahoe antes de desmaiar foi que estava se sentindo como se alguém tivesse incendiado seu corpo.

53

Observatório Vulcânico do Havaí (HVO)

MAC PENSAVA NOS TONÉIS o tempo todo.

Na maior parte do tempo, questionava como o exército era capaz de fazer tudo aquilo e construir tantas coisas no Mauna Kea e no Mauna Loa e não conseguir encontrar uma solução para tirar aqueles tonéis dali.

Pensava nos tonéis enquanto ele e sua equipe tentavam elaborar um último plano para impedir que seus conteúdos escapassem para a atmosfera se a lava os alcançasse, mas estavam de mãos atadas, assim como ficaria o resto do planeta se isso acontecesse.

Um planeta cujos habitantes não faziam ideia do que estava para acontecer em uma ilha no meio do Oceano Pacífico.

Não importava a idade da pessoa, todos cresceram com medo de que uma guerra nuclear destruísse o mundo. *Isso é a mesma coisa*, pensou Mac.

Ele se lembrava vagamente de ter aprendido na escola católica onde estudou sobre as dez pragas do Egito no Antigo Testamento, que poupou alguns grupos e devastou outros.

Mas essa praga não pouparia nada nem ninguém; destruiria toda a vida no planeta. A princípio, tinha sido impossível para Mac assimilar esse fato, pensar racionalmente a respeito.

A não existência.

O fim. Mac sentia que o verdadeiro Tubo de Gelo era o que estava dentro dele; conhecer a magnitude da situação enquanto o relógio continuava a correr inexoravelmente lhe dava um aperto gelado no coração.

Seus filhos — eles estavam em seu coração.

Estava olhando para uma das fotos em sua mesa, uma imagem em preto e branco em um pequeno porta-retrato dourado com um de seus meninos e ele pescando em Montana. Quando ergueu os olhos, levou um susto ao ver Jenny parada na porta.

— Ei — disse ela. — Está tudo bem?

— Nem de longe.

Ela deu a volta na mesa e viu a foto na mão dele.

— Eu sei que você sente muita falta deles — disse Jenny.

Ele pôs o porta-retrato delicadamente sobre a mesa, como se fosse quebrar se não tomasse cuidado.

— E se eu nunca mais os vir? — perguntou.

— Você vai, sim.

O que veio em seguida pareceu sair de dentro dele como uma explosão; não havia nada que pudesse fazer para evitar.

— Você não tem como saber disso! Ninguém tem!

Mac sabia o quanto tinha soado nervoso e que o problema não era ela, sua melhor amiga e braço direito e todo o resto que era ou nunca poderia ser se eles não evitassem que a lava chegasse à caverna.

Mas aquela era Jenny. Se ele sabia de tudo isso, ela também sabia.

— Desculpa — disse ele.

— Você sabe que não precisa se desculpar comigo.

— É — concordou ele. — Eu sei.

Ela sentou na beirada da mesa.

— Eu não consigo fazer isso — disse ele, com a voz saindo como pouco mais que um sussurro.

Ela sorriu.

— Então estamos ferrados mesmo — comentou.

Ele não conseguiu sorrir de volta.

— Eu entro aqui às vezes, fecho a porta, sento atrás da mesa e tento pensar no que posso ter deixado passar — disse ele. — E então, do nada, tenho vontade de dar um soco em uma dessas paredes com toda a força.

Ele olhou para baixo e viu que estava com os punhos cerrados.

— *Eu não pedi pra me meter nessa merda!*

Ele não estava nem aí se o resto do pessoal estava ouvindo.

— Ninguém pediu — disse Jenny, baixinho. — Mas cá estamos nós. E só o que eu peço é para não deixar ninguém ver você assim. Porque esse não é você, e nós dois sabemos disso.

— Eu tenho direito de me sentir assim, Jenny — respondeu Mac. — E tenho direito de dizer pra você que estou achando mais fácil encontrar uma bola de neve no inferno do que nós darmos um jeito nisso.

Ela foi para trás dele e abriu a primeira gaveta, onde sabia que ficavam a garrafa de Macallan e dois copos. Serviu uma dose para cada.

Eles beberam, e Jenny fez questão de limpar a boca com o dorso da mão.

— Agora cala a porra da boca e trabalha, porque é isso que eu vou fazer — disse Jenny. Quando fechou a porta, ainda acrescentou:

— Você sempre disse que, se esses trabalhos fossem fáceis, qualquer um faria.

E saiu da sala.

Era possível ouvir a tensão na voz de Briggs quando ligou e disse que Mac precisava ver uma coisa imediatamente. Era como se a voz do coronel estivesse tensionada o máximo possível e a qualquer momento pudesse arrebentar como um elástico. Ele disse para Mac onde estava — em um chalé isolado na estrada Pe'epe'e Falls, perto de uma sucessão de lagos borbulhantes conhecidos em Hilo como a região dos Caldeirões Vermelhos.

— Mas passe na base primeiro, para pegar seu traje de proteção nível A — avisou Briggs.

54

BRIGGS ESTAVA À ESPERA de Mac diante do que parecia ser um antigo chalé de troncos de madeira no meio da mata na beira da estrada Pe'epe'e Falls, a no mínimo um quilômetro e meio de qualquer luz que tinha visto enquanto dirigia por uma estradinha de terra larga o suficiente apenas para a passagem de seu jipe.

Havia militares por lá, também com trajes de proteção, vasculhando a área em frente ao chalé com lanternas potentes.

Mac logo viu que os arbustos que os nativos chamavam de algodão havaiano estavam pretos, como se tivessem sofrido algum tipo de derramamento de petróleo. As figueiras-de-bengala em ambos os lados da porta também estavam pretas e começando a definhar; os galhos pareciam palitos de fósforo, de tão finos. O cheiro era de incêndio florestal, mas não havia fumaça na mata que cercava o chalé, apenas a terra carbonizada ao redor deles.

— Venha comigo — disse Briggs.

Refletores móveis alimentados por baterias iluminavam o único cômodo, onde havia apenas algumas cadeiras espalhadas e uma mesa de madeira coberta de latas de cerveja e garrafas de uísque vazias, além de cinzeiros cheios de guimbas de cigarros.

Havia três homens mortos no chão, todos com a boca e os olhos abertos, como se tivessem morrido sufocados, tentando respirar.

Essa não era a pior parte.

O rosto, o pescoço, os braços, as mãos e os pés deles estavam pretos como os arbustos e as árvores do lado de fora. Parecia que as calças jeans e as camisetas que vestiam haviam pegado fogo nos corpos, como em um incêndio.

Só que não havia sinais de fogo no velho chalé.

Mac queria desviar os olhos dos cadáveres, mas não conseguiu. Seus olhos passavam de um para outro. Ele ouviu sua própria respiração se tornando mais acelerada e rasa dentro da máscara. Teve medo de passar mal.

— Nós recebemos um telefonema uma hora atrás — contou Briggs, também olhando para os corpos.

— De quem? — perguntou Mac.

Ou Briggs não ouviu, perdido em pensamentos sobre a cena diante deles, ou ignorou a pergunta.

— Que raios aconteceu aqui? — insistiu Mac.

— Morte negra — disse Briggs.

Ele fez uma pausa e então acrescentou:

— Em todos os sentidos.

O coronel contara para Mac sobre o cadáver do sargento Tommy Lalakuni no Tubo de Gelo, sobre o traje de proteção rasgado e de sua morte obviamente idêntica à dos homens na sua frente. O que restava das roupas parecia um monte de cinzas retiradas do fundo de uma churrasqueira, como o que tinham visto do lado de fora, sob os arbustos e as árvores.

— Parece que isso era um lugar para umas noitadas — contou Briggs.

— Umas noitadas bem quentes — comentou Mac baixinho.

Ele não queria estar ali com aqueles corpos. O desejo de sair era desesperador; o cheiro foi ficando mais forte, apesar da máscara. Queria ir para fora *imediatamente*. Mas Briggs não saiu, então ele também não.

— Você faz ideia de quem são esses homens? — perguntou Mac.

— São nossos homens — revelou o coronel James Briggs. — Estavam na equipe de limpeza do Tubo de Gelo. — Ele fez uma pausa. — E não respeitaram os devidos protocolos de limpeza, de acordo com as ordens que receberam.

Mac se virou de novo para os cadáveres, que pareciam mais carbonizados a cada olhada.

— Quando o general Rivers saiu da caverna, disse que o vazamento estava contido — lembrou Mac.

— Ele pensou que sim — respondeu Briggs. — Isso foi antes de ser informado sobre o corpo dentro da caverna.

Em seguida, Briggs acrescentou, com um tom de voz baixo:

— Eu vi fotos do Vietnã. Era isso que o napalm fazia.

Eles finalmente saíram. Uma das árvores ainda de pé quando Mac chegara estava reduzida a uma pilha de cinzas. No ar fresco da noite, Mac via um leve vapor se desprendendo dos arbustos à medida que começavam a desmoronar sobre si mesmos.

Briggs disse que havia mais um soldado, esse ainda vivo, na enfermaria, em quarentena e vigiado por homens armados até que pudessem levá-lo ao hospital em Hilo. Tinha voltado do Tubo de Gelo e saído da base sem se lavar e fazer a leitura de radiação, também antes de ser informado sobre o sargento Lalakuni.

— Então, na verdade, nosso sargento não foi o único — disse Briggs. — Esses três devem ter burlado a segurança também.

Podem ter pensado que estavam precisando tomar umas... um deles tentou ligar para a base quando... quando perceberam o que estava acontecendo.

— E pode haver outros? — perguntou Mac.

Briggs ficou hesitante. Mac não gostou nada disso.

— Não sabemos — disse o coronel, olhando para o chão.

— *Porra, como assim "não sabem"?* — gritou Mac.

— Simplesmente não sabemos — repetiu Briggs, olhando para Mac. — Isso é o que nós vamos ter que encarar se o conteúdo daqueles tonéis vazar.

— Uma praga que pode estar se espalhando por Hilo agora mesmo — disse Mac.

Briggs assentiu com a cabeça.

— O que quer que vocês precisem fazer para proteger aquela caverna, o que quer que *pensem* que estão fazendo, precisam redobrar os esforços — disse Mac. — Rivers já está sabendo?

— Foi ele que me mandou ligar para você — respondeu Briggs.

— Eu preciso voltar ao trabalho — disse Mac.

Mac só tinha uma reunião marcada com o general Rivers às seis da manhã, mas precisaria ser antes. Não era fácil correr com aquele traje, mas ele conseguiu se manter ereto enquanto disparava pela estrada até seu jipe. Ele pegou o telefone, ligou para Rivers e comunicou ao general que o veria em sua sala logo depois que se limpasse.

— Isso pareceu uma ordem — comentou Rivers.

— Se pareceu, é porque foi.

— Você ainda está a serviço do exército — avisou Rivers.

— E o que eu ganhei com isso até agora?

55

Reserva Militar dos Estados Unidos, Havaí

NA SALA QUE O general ocupava durante sua estadia, Rivers não comentou nada sobre a situação envolvendo os militares que basicamente saíram do Tubo de Gelo com uma sentença de morte decretada.

E que podiam ter feito uma parada ou outra antes de chegar ao chalé das noitadas na mata próxima de Hilo.

— Eu lutei no Oriente Médio — contou Rivers. — Vivi em um mundo de bombas caseiras e lunáticos com explosivos amarrados no corpo. E agora que estou aqui, vendo essa erupção tão próxima, parece que a ilha inteira se tornou um artefato explosivo em potencial.

Ele apoiou os cotovelos na mesa e escondeu o rosto entre as mãos.

— E, para completar, porque algumas pessoas sob o meu comando acharam que as regras não se aplicavam a elas, posso ter um princípio de pandemia nas mãos — disse Rivers. — Só que dessa vez a pessoa queima até ficar esturricada.

Mac estava de novo de blusa e calça jeans. Seu traje de proteção havia sido coletado. Ele se submeteu às medições de radiação, e estava seguro e liberado.

Por enquanto, pensou.

— Nós vamos contar para outras pessoas o que eu acabei de ver? — questionou Mac. — E você, vai falar sobre o cadáver na caverna?

— Nem se encostarem uma arma na minha cabeça — disse Rivers.

— Odeio esconder coisas da minha equipe — avisou Mac.

— Eles precisam se concentrar no que vai acontecer no alto daquela montanha — argumentou Rivers.

— Tem razão.

Um levíssimo sorriso surgiu nos lábios de Rivers.

— Em algum momento ia acontecer. — Ele se levantou para pegar mais café. — Vou solicitar navios para o Porto de Hilo logo de manhã. Precisamos evacuar a cidade o máximo possível.

— A cidade toda? — questionou Mac.

— Não temos tempo para isso — informou Rivers. — Estamos usando os gráficos de vocês, nos concentrando nas áreas que consideramos mais vulneráveis e avisando às pessoas que vão precisar sair de casa. Assim como fazem no continente quando tem um furacão se aproximando.

— Disso eu não tenho como discordar — comentou Mac.

Rivers deu de ombros.

— É lei marcial — disse ele. — E o oficial no comando sou eu.

— Você está fazendo o que precisa fazer — falou Mac. — Como deve ter feito a vida toda.

O general sentou-se de novo e falou:

— Eu preciso de *você* agora mais do que nunca, dr. MacGregor. Talvez mais do que eu imaginava.

Antes que Mac pudesse responder, Rivers levantou uma das mãos.

— Eu aprendo rápido — disse ele. — Sempre fui assim, desde os tempos de academia militar. O primeiro da porra da classe. Sou um sujeito inteligente, mas os *realmente* inteligentes conhecem seus limites e sabem quando estão metendo os pés pelas mãos. — Ele abriu outro leve sorriso. — Está entendendo onde estou querendo chegar?

— Diga o que precisa de mim — respondeu Mac.

— Pelo resto do dia e pelo tempo que for preciso, quero que você determine a melhor forma de proteger esses tonéis letais — disse Rivers. — Só que fazendo parecer que está sob as minhas ordens.

Mac precisava sair dali e ir conversar com Rebecca. Mas sabia que isso era importante também. Quem sorriu dessa vez foi ele.

— Você é *mesmo* um sujeito inteligente.

— Ainda vamos precisar manter um discurso bem alinhado — avisou Rivers. — Quero deixar isso bem claro.

Mac notou como era difícil para um homem tão poderoso, alguém com liderança e autoridade embrenhados no DNA, abrir mão do controle dessa maneira.

Subordinar a si mesmo daquela maneira.

— Mas a voz a ser ouvida vai ser a sua, começando aqui e agora — disse Rivers.

O general se levantou e estendeu a mão sobre a mesa. Mac ficou de pé e o cumprimentou, se sentindo como se estivesse batendo continência.

— Agora me diga o que você precisa de mim — falou o general.

E foi isso que Mac fez.

56

Sede da Defesa Civil do Condado do Havaí, Hilo, Havaí

O PEDESTAL DO MICROFONE estava montado no fim da longa entrada para carros do edifício principal, na rua Ululani.

As TVs e os jornais locais haviam recebido comunicados por e-mail sobre a coletiva de imprensa de Rivers, sem procurar nem saber o motivo para ele estar ali àquela hora da manhã ou o que ainda tinha a falar que não tivesse sido coberto no estádio na noite anterior.

Os caminhões das emissoras de televisão estavam estacionados a um quarteirão de distância de onde militares fardados armaram barreiras de controle de acesso para os profissionais de mídia. Uma multidão numerosa de curiosos estava se organizando atrás dos repórteres e fotógrafos.

Mac e Rebecca estavam no Mauna Loa, posicionando bandeiras vermelhas nos locais onde pretendiam instalar explosivos depois de acertar as coordenadas com o exército, mas pararam para assistir no celular de Rebecca quando Rivers assumiu o microfone.

O general fez um comunicado rápido, quase como se não quisesse que a magnitude do que estava dizendo fosse devidamente assimilada. Mencionou vagamente explosivos, bombardeio aéreo, trincheiras e muralhas e o Corpo de Engenheiros do Exército. Se não estivesse nos bastidores da operação, Mac pensaria que o chefe do Estado-Maior Conjunto das Forças Armadas estava lendo um discurso em um teleprompter.

— São medidas extremas, mas necessárias, propostas por nossos especialistas — afirmou Rivers. — Algumas delas, em especial o bombardeio aéreo, não têm precedentes. Mas gostaria de enfatizar que nada disso seria feito se não acreditássemos que vai funcionar.

Uma pergunta foi gritada por um repórter, mas Mac e Rebecca não a entenderam.

Rivers ergueu uma mão, como um guarda de trânsito.

— Vamos ter tempo para perguntas mais tarde, porque nosso trabalho está prestes a começar de fato — avisou Rivers. — Mais uma vez, estou aqui em nome da transparência e para deixar claro que estamos vivendo tudo isso juntos.

Ele fez uma pausa.

— Não é possível que seja só isso — disse Mac para Rebecca.

— Espere mais um pouquinho — recomendou ela.

— Essas são circunstâncias extraordinárias, acho que todos perceberam isso a essa altura — continuou o general Rivers. — Em diversos sentidos, e eu não faço essa menção à toa, Hilo está prestes a ficar sob ataque, como Pearl Harbor em 1941. A diferença é que, daquela vez, nós não sabíamos que havia um ataque a caminho. Agora, fomos avisados com antecedência, portanto vamos agir preventivamente.

Rivers olhou para baixo, e então voltou a encarar sua plateia.

— Por todos esses motivos, e outros numerosos demais para ser listados, decidi colocar Hilo sob lei marcial — declarou o general.

— Bum — disse a especialista em demolição ao lado de Mac.

57

Dentro do Mauna Loa

MINUTOS DEPOIS QUE RIVERS deu a coletiva por encerrada sem responder a nenhuma pergunta, Mac e Rebecca entraram por um tubo de lava no flanco sudeste da montanha.

Mac se sentia da mesma forma que nos dias anteriores — como se houvesse uma arma apontada para sua cabeça.

Cada um estava com sua lanterna de LED enquanto atravessavam a escuridão subterrânea. Mac sequer sabia que aquele tubo existia até a noite anterior, quando Rick Ozaki o descobriu.

Rick e Jenny Kimura tinham subido sozinhos porque, segundo disseram, estavam cansados de ficar com a cara colada em telas. Rick levou um gravímetro, que usou para fazer detecção de superfície, já que um tubo vazio aparecia na leitura como menos denso, por causa da ausência de rocha. Depois que eles voltaram e mostraram o que encontraram, Mac puxou Jenny de lado.

— Foi ideia sua subir lá com Rick, não foi? — perguntou ele.

— Só fiz o mesmo que você teria feito — rebateu ela.

— Você é uma peça rara, sabia?

Jenny sorriu.

— E não se esqueça disso — foi a resposta dela.

Depois de avançarem cinquenta metros pelo tubo, Rebecca Cruz perguntou:

— É seguro aqui dentro?

— Defina *seguro* — rebateu Mac.

— Era isso mesmo que eu temia — comentou ela.

O terreno era acidentado, quase intransponível em certas partes. Eles tropeçaram e caíram mais de uma vez. Em determinado momento, Rebecca soltou um gritinho de susto, quando os dois sentiram o chão sob seus pés fazer uma curva abrupta; era como se a caverna tivesse sido virada de lado.

— Isso acontece às vezes — explicou Mac. — Não tem por que se preocupar.

— E com o calor que está fazendo aqui dentro, também não preciso me preocupar? — questionou ela.

— Eu falei pra você usar roupas leves — disse Mac, encolhendo os ombros. — Como se fosse um dia de praia, por assim dizer.

Enquanto se aprofundavam no tubo, ele falou:

— Isso tudo somos nós tentando pregar uma peça na lava. Queremos que ela pense que está indo aonde quer quando, na verdade, nós estamos fazendo o fluxo ir para onde queremos depois que essas suas bombas sofisticadas estiverem posicionadas.

— E também queremos impedir que vá para onde ninguém quer de jeito nenhum — complementou Rebecca.

— Para perto daqueles tonéis — concordou Mac. — E para a cidade de Hilo.

Ela deteve o passo e o encarou.

— Sabe de uma coisa, dr. MacGregor? — disse ela. — Até agora você foi bem vago sobre o motivo de precisarmos fazer tudo o que for humanamente possível para não deixar aqueles tonéis explodirem.

A iluminação ao redor deles era toda estranha, com os fachos das lanternas refletidos na rocha de lava. O interior do tubo parecia o lugar mais silencioso do mundo.

— Isso foi uma pergunta? — questionou Mac, por fim.

— Estou perguntando se poderia acontecer algum tipo de explosão que significaria o fim da vida na ilha — disse Rebecca.

— Não só na ilha.

— Então acho melhor acertarmos o lugar de posicionamento dos explosivos.

— Mesmo assim — avisou Mac —, nós não temos nem ideia se as explosões vão causar o efeito que queremos.

Quando saíram, estavam mais concentrados do que nunca no trabalho, fazendo e refazendo medições e cálculos antes de marcarem um local. Mac enfatizou o quanto aquela área era importante e que não poderia haver o mínimo erro.

58

Proximidades do Jardim Botânico de Hilo, Havaí

RACHEL SHERRILL OLHOU PELA janela do hotel e viu os helicópteros a distância, o que a fez pensar no dia, muitos anos antes, em que as aeronaves apareceram no jardim botânico.

Tinha acabado de finalmente desligar a televisão, depois de assistir à repercussão nos canais locais sobre o anúncio de lei marcial por parte do general Mark Rivers; toda a imprensa esperava protestos no centro de Hilo, e talvez até na Reserva Militar.

Rachel sentou à escrivaninha, ligou o laptop e viu que a decisão de Rivers estava sendo coberta também pelos canais de notícias da TV a cabo e pelos grandes jornais do continente. A #leimarcial estava em primeiro lugar nos tópicos mais comentados das redes sociais.

Estão declarando lei marcial por causa de uma erupção?, pensou Rachel.

Ela olhou o relógio.

Se não tivessem se atrasado no caminho do aeroporto por causa dos primeiros protestos, estavam para chegar a qualquer momento.

Ela preparou mais uma xícara de café na máquina perto do frigobar e foi para a varanda. Os helicópteros haviam sumido do céu. Talvez tivessem ido invadir O‘ahu.

É provável que Oliver Cutler, aquele cretino com mania de grandeza, estivesse certo. Rachel o tinha visto no noticiário quando voltou para o quarto depois de não conseguir falar com John MacGregor. Talvez aquela fosse a Maior Erupção e não houvesse mais nada por trás da história.

A essa altura, porém, o nível de paranoia de Rachel Sherrill estava altíssimo, principalmente em relação a coisas que envolviam o Exército dos Estados Unidos. Não era preciso muito para transportá-la de volta para aquele arvoredo de figueiras-de-bengala enegrecidas. Dessa vez, foram os helicópteros.

Ela ouviu uma batida forte na porta.

Quando abriu, viu um casal de jovens. O rapaz tinha cabelos desgrenhados e barba, e usava uma camiseta por baixo do blazer amarrotado. A moça estava com um vestido de verão branco e parecia Halle Berry.

— Rachel? — perguntou ele.

Rachel sorriu.

— Acho que você já sabe disso.

— Ei, nós somos do *New York Times* — falou o homem. — Sabemos tudo.

— Inclusive o que não pode ser publicado — complementou a jovem. — Podemos entrar?

59

Observatório Vulcânico do Havaí (HVO)
Tempo até a erupção: 48 horas

MAC ESTAVA TRABALHANDO EM seu laptop enquanto as equipes de construção desciam no Mauna Loa como um exército invasor. Jenny apareceu, contornou sua mesa e pôs a mão em seu ombro. Mac olhou para a mão, depois para ela, e viu que estava sorrindo para ele.

— Estamos todos nos desdobrando aqui — disse Mac. — Inclusive o general.

— E pode ser que todo mundo esteja prestes a morrer, não importa o quanto consideremos nosso plano perfeito — complementou Jenny.

— Você está começando a falar como eu — comentou Mac.

— Às vezes eu falo o que estou realmente pensando, assim como você — disse ela. — E tenho direito de sentir medo.

Mac sabia o quanto Jenny era durona; muitas vezes a elogiava por isso. Mas naquele momento ela parecia estar prestes a chorar.

— Ei, fica calma — disse ele.

— Você primeiro — rebateu ela.

Eles ficaram se olhando, até que ela fez um movimento rápido com a mão, como se fosse limpar uma lágrima. Começou a dizer alguma coisa, se interrompeu e o deixou ali sem saber o que pensar.

Mac abriu suas contas nas redes sociais e viu um meme que mostrava a lava fluindo por uma sala de estar onde J. P. Brett estava parado como Moisés abrindo o Mar Vermelho, mas nesse caso detendo o fluxo.

Estava prestes a ligar para Brett e perguntar se ele tinha alguma coisa a ver com isso quando Betty Kilima, que havia sido dispensada de suas funções como bibliotecária para ajudar Mac, deu uma batidinha na porta e enfiou a cabeça para dentro.

— Tem um pessoal lá no saguão querendo falar com você — avisou Betty.

— Diga que estou ocupado.

— Eles disseram que são do *New York Times* — falou ela.

Ele ligou para Rivers imediatamente e perguntou o que fazer.

— O mesmo que eu faria — respondeu Rivers. — Mentir.

60

Reserva Militar dos Estados Unidos, Havaí

J. P. BRETT E o general Mark Rivers estavam em uma pequena sala de jantar privativa na base militar. Normalmente, Rivers fazia suas refeições na cantina com seus oficiais. Mas não naquele dia.

Brett requisitara uma reunião, uma forma de tentar se aproximar, embora não tivesse dito isso com todas as letras para Rivers.

Estava ali para vender uma ideia.

A respeito de si mesmo, basicamente.

— Não tenho muito tempo — foi a maneira como Rivers o recebeu antes mesmo que Brett sentasse.

— Entendo perfeitamente — disse Brett. — Agradeço por ter encontrado um tempo para me receber.

Ninguém consegue me superar na falsidade, pensou Brett.

Ele estava lá para fazer algo que considerava fundamental para aquele trabalho: dar uma rasteira no dr. John MacGregor.

J. P. Brett havia assimilado diversos princípios de negócios enquanto construía sua marca e seu império. Mas um deles, em especial, se destacava acima de qualquer outro: procure ter conversas individuais com tomadores de decisões sempre que possível.

— Fico contente que não tenha considerado minha pequena apresentação em público inadequada — comentou Brett.

— Não foi exatamente pequena, sr. Brett.

— Eu não costumo fazer nada pequeno, general — disse Brett. — Não sou assim, nunca fui. Afinal, esse é o mundo moderno. O mundo do TikTok, se assim quiser, apesar de os chineses terem saído em vantagem nessa. A apresentação é tudo. A verdade é que foi como um daqueles infomerciais antigos e deu às pessoas um gostinho do que podemos e até do que queremos fazer.

— Pois bem, missão cumprida, como diria o outro. Então *por que* estamos aqui?

— Para eu poder afirmar peremptoriamente que só existem duas pessoas com a visão e a coragem necessárias para conduzir essa missão e salvar a ilha da iminente destruição que temos diante de nós — disse Brett.

— Você tem minha atenção, mas não minha concordância.

— Precisamos eliminar os intermediários, senhor — continuou Brett. — E a intermediária. Não estou sugerindo colocar MacGregor e os meus bons amigos, os Cutler, para escanteio. Mas é preciso deixar claro que, daqui em diante, nós dois vamos alinhar nosso discurso.

— E que discurso seria esse, posso perguntar?

— Que meu plano é não só o mais abrangente, como também o único de que precisamos e o único que vai dar certo — afirmou J. P. Brett. — E o único que pode salvar a ilha.

— Você já deixou claro o que pensa sobre o dr. MacGregor — respondeu Rivers. — Mas a impressão que tive era de que você e os Cutler formassem uma equipe.

Brett deu uma risadinha.

— Eu sou minha própria equipe — disse ele.

— Sou obrigado a dizer que o dr. MacGregor me causou uma excelente impressão em pouquíssimo tempo, como um homem inteligente e capaz, apesar de não parecer muito acostumado a trabalhar em equipe — comentou Rivers.

— Ele é mesmo inteligente e capaz, não me entenda mal — falou Brett. — Mas, no fim, é um cara que se guia pelos números e segue à risca os manuais. É inevitável; ele é um cientista. E os cientistas só correm riscos como um último recurso. Eu sei disso porque já trabalhei com vários. Quando ele e a tal Cruz terminarem de implantar os explosivos nos lugares que considerarem absolutamente perfeitos, Hilo já vai estar soterrada numa avalanche de lava.

Brett se inclinou para a frente e baixou o tom de voz, embora os dois estivessem sozinhos na sala.

— General, nós precisamos bombardear a face leste do Mauna Loa assim que possível, deixar fluir o que imagino ser uma quantidade bíblica de lava e então jogar tanta água do mar em cima que vai ser como se estivéssemos usando o oceano inteiro para afogar o fluxo.

— MacGregor considera isso uma imprudência, mesmo se apenas uma única bomba errar o alvo.

— MacGregor só está tirando o dele da reta, general — acusou Brett.

— Em que sentido?

— Em *todos* os sentidos. Está escondendo informações do exército, e nós dois sabemos isso — afirmou Brett. — É preciso ordenar que ele entregue tudo o que tem imediatamente. Os mapas, as imagens sísmicas das faces sul e leste do vulcão. Meus drones estão fotografando a área e produzindo representações em 3D; meus processadores de imagens estão interpretando os dados. Mas eles têm suas limitações. MacGregor está estudando a maldita montanha há muito mais tempo que nós. Ele estuda *todas* essas montanhas, e já testemunhou grandes erupções. E está escondendo informações porque se sente ameaçado por mim, o que é um puta motivo mesquinho, considerando as circunstâncias. — Brett sacudiu a cabeça. — Eu já vi muito disso.

— Disso o quê?

— Pessoas se sentindo ameaçadas por mim. — Brett sorriu. — É só perguntar para as minhas ex-mulheres.

— Eu já deixei bem claro que não preciso de uma disputa por espaço aqui, sr. Brett. Ainda mais no tipo de espaço com que estamos lidando e com as consequências que um erro teria. Divergências desse tipo não geram só desconfiança. Geram o caos.

Brett deu um tapa na mesa, fazendo as canecas tremerem.

— *O caos é minha especialidade!* — gritou ele, desistindo de baixar o tom de voz. — Eu sou o capitão do caos. É por isso que estou aqui, general Rivers. Não estou tentando *tirar* o meu da reta. Estou colocando o meu na reta, bem ao lado do seu.

Brett fez uma pausa.

— Só o que estou pedindo, com todo o respeito, senhor, é permissão para fazer o que faço — continuou ele. — E não posso fazer isso com John MacGregor se colocando no meu caminho o tempo todo e tentando convencê-lo de que o plano dele é o melhor. Porque não é, a não ser que o senhor queira que a lava chegue tão perto de Hilo quanto em 1984. Se isso acontecer, o mundo vai acompanhar tudo em tempo real e questionar por que o Exército dos Estados Unidos não foi capaz de proteger uma cidade onde acabou de decretar lei marcial.

Eles ficaram se encarando, um esperando o outro piscar. Brett sentiu que tinha argumentado com Rivers da melhor forma possível. Mas não havia como ter certeza de que o general havia passado para o seu lado. O rosto dele, como sempre, não deixava transparecer nada.

— Acho que o que estou perguntando é se o senhor quer se encarregar de tirar MacGregor do caminho ou se tenho permissão para cuidar disso eu mesmo — complementou Brett.

— Eu preciso pensar — respondeu Rivers.

O celular do general, que estava sobre a mesa, vibrou. Rivers viu quem estava ligando, mas não atendeu.

— Imaginei que fosse precisar de um tempo, senhor. Mas, como bem sabe, neste momento nós não temos muito.

O que Brett não contou para o general Mark Rivers era que já havia começado boa parte do que faria.

E em diversas frentes.

61

Observatório Vulcânico do Havaí (HVO)

MAC FEZ OS REPÓRTERES do *New York Times* esperarem mais um pouco, para poder passar alguns minutos sozinho em sua sala.

Quase nunca estava a sós naqueles dias e precisava da solidão para pensar melhor.

Linda, sua futura ex-mulher, disse uma vez, no meio de uma discussão, que considerava a solidão o estado natural do marido.

Mac estava com os novos perfis sísmicos — que detalhavam o volume e a movimentação do magma — espalhados sobre a mesa. Havia mapas das duas zonas de rifte da caldeira do cume do Mauna Lua, se estendendo para sudoeste e nordeste; a maior parte das fissuras eruptivas e aberturas do vulcão se concentrava ali. Teoricamente — e historicamente — a caldeira do cume proporcionava uma barreira que protegia o flanco sudeste da montanha do fluxo normal de lava.

O que era ótimo, a não ser pelo fato de que o fluxo que viria não teria nada de normal.

Mac sabia que o novo normal, fosse qual fosse, começaria quando seu mundo explodisse a qualquer momento nas 48 horas seguintes. Ficou sentado olhando as projeções de hora em hora do fluxo de lava que poderia ser esperado. Suas pesquisas lhe diziam que tinha havido quinhentos fluxos de lava ascendentes no Mauna Loa, com o primeiro deles remontando a trinta mil anos antes, todos originados na região do cume, nas zonas de rifte e nas fissuras radiais. Todas as estimativas e projeções se baseavam no que acontecera no passado.

Mas nada como aquilo havia acontecido antes, nem ali, nem em lugar nenhum.

Ele tinha certeza de que uma quantidade absurda de lava estava a caminho dessa vez, um fluxo tão grande que em última análise seria impossível desviá-lo por inteiro, não importava quantos canais escavassem, ou quantas bombas detonassem, nem quantas fissuras pudessem ser usadas entre aquele momento e as 48 horas seguintes.

Rebecca estava voltando ao HVO, vinda do aeroporto. Os aviões militares que traziam seus explosivos do depósito da Cruz Demolições enfim tinham chegado; Rebecca e seu irmão David tinham supervisionado o carregamento das caixas nos caminhões do exército que levaria a carga para a Reserva Militar. Se tudo saísse de acordo com o cronograma, poderiam ser posicionados no final da tarde.

O que ele viu nos gráficos mais recentes foi que as fissuras que foram tão úteis no passado estavam sendo entupidas em questão de horas pela movimentação subterrânea inicial do vulcão. Não todas. Mas muito mais do que o desejável, em sua opinião.

Ele se afastou da mesa, pôs os pés para cima, inclinou a cadeira para trás e fechou os olhos. Foi quando Jenny e Rick entraram pisando duro em sua sala, ambos soltando fogo pelas ventas.

— Você também recebeu a mensagem? — perguntou Jenny, claramente irritada.

— De quem? — perguntou Mac.

— De Kenny e Pia, aqueles vermes — respondeu Rick.

— Não tenho a menor ideia do que vocês estão falando.

— Eles foram trabalhar para J. P. Brett — contou Jenny. — Para Brett e para os Cutler.

Ela estava ofegante, com o peito subindo e descendo com força e o rosto todo vermelho. Mac podia imaginar jatos de vapor saindo de suas orelhas. Jenny se orgulhava de sua lealdade e detestava traições quase com a mesma intensidade com que odiava políticos.

— Acabei de verificar as estações de trabalho — disse Jenny. — Os dois levaram o trabalho deles, e os discos rígidos também.

— Quanto do trabalho deles? — perguntou Mac.

— Eu me expressei mal — explicou Jenny Kimura. — Não foi só o trabalho *deles*. O *nosso* também. Eles levaram tudo, Mac.

62

A REPÓRTER SE CHAMAVA Imani Burgess. E o repórter era Sam Ito, que foi logo dizendo para Mac que era fascinado por vulcões desde criança.

Ito contou que sua família tinha se mudado de Maui para o continente quando ele era pequeno, e que seu pai estudara vulcanologia na Caltech, onde era professor.

Mac não fez nenhum comentário, só se inclinou para trás, com os dedos entrelaçados atrás da cabeça.

— Eu mesmo fiz umas disciplinas na época da graduação, na Universidade de Wisconsin — disse Ito.

Mac quase falou que estava feliz por ele, mas, em vez disso, decidiu apenas encará-lo.

Imani Burgess sorriu. Era um sorriso irresistível, Mac foi obrigado a admitir.

— Segundo as informações que levantamos a seu respeito, você não é de falar muito.

— Quem disse isso?

Ela conteve o sorriso.

— Eu não posso revelar minhas fontes.

— Vocês acham que eu deveria sair dizendo tudo para dois repórteres com quem nunca falei antes? — questionou Mac. — Em que mundo isso seria uma boa ideia?

Dessa vez, porém, ele sorriu.

— Será que começamos com o pé esquerdo aqui? — perguntou Sam Ito.

— Os repórteres são vocês — disse Mac. — Descubram.

— Nós não conseguimos dormir muito nas últimas 24 horas — contou Imani Burgess. — Tem algum lugar aqui onde eu possa conseguir um copo de café?

— Tem, sim — respondeu Mac. — Mas, sem querer ser grosseiro, vocês não vão ficar aqui por tempo suficiente para um café.

— Nossa — falou ela —, por que você acha que alguém consideraria isso uma grosseria?

— Nós não estamos aqui para causar problemas para você, dr. MacGregor — disse Ito.

— Claro que estão — retrucou Mac.

— Como assim?

— Pela experiência que eu tenho com jornalistas, Sam... posso chamar você de Sam? Enfim, sendo ou não de grandes jornais, digamos que os repórteres não costumam me procurar para oferecer ajuda.

Mac sabia que estava sendo um babaca, mas não conseguia parar.

— Por que aceitou nos receber, então? — questionou Imani Burgess.

— Talvez eu quisesse entrevistar vocês antes de voltar aos meus problemas com a Mãe Natureza — respondeu Mac.

— Que, pelo que ouvi, vem sendo uma mãe implacável ultimamente — disse ela.

Antes que Mac pudesse responder, Sam Ito falou:

— Nós passamos um bom tempo hoje conversando com nossas fontes nas Forças Armadas e tentando entender mais ou menos qual é o plano para quando a lava chegar. E falamos com muitos moradores locais também. De verdade, eu acho fascinante o jeito que eles falam do vulcão e da deusa Madame Pele, a força por trás das erupções. Mas disseram também que o que vocês estão tentando fazer, desviar o fluxo de lava, é como tentar enfraquecer a luz da lua.

— Mas, sendo fascinado por vulcões como você é — retrucou Mac —, com certeza sabe que a deflexão pode ser eficiente quando feita da maneira certa.

Ele percebeu que Imani Burgess assentiu com a cabeça.

— No Etna, em 1983 e 1992 — disse ela. — Os desvios de lava salvaram Catania e várias cidades menores na costa leste da Sicília. — Em seguida abriu seu caderninho e folheou algumas páginas. — Foi um projeto de engenharia gigantesco — continuou ela, lendo suas anotações. — Escavação de canais, construção de barreiras de terra, milhares de trabalhadores na linha de frente. E o corpo de bombeiros despejou quantidades imensas de água na lava e nas escavadeiras, porque precisavam ser resfriadas. Resumindo, um esforço heroico.

— Geralmente é assim mesmo — comentou Mac. — Esse primeiro esforço, como vocês com certeza sabem, custou mais ou menos dois milhões de dólares, e isso mais de quarenta anos atrás. Mas o que eles fizeram lá evitou mais de cem milhões de dólares de prejuízo. No mínimo. E fizeram isso basicamente com escavadeiras e o uso racional de explosivos.

— É isso que vocês pretendem fazer aqui? — perguntou ela.

Mac olhou o relógio.

— Vocês sabem que sim, e eu sei que já sabem. Mas não é por isso que estão aqui, certo?

Mac sorriu de novo. Dessa vez ninguém retribuiu o gesto. Estava confirmado, percebeu. Eles tinham começado *mesmo* com o pé esquerdo.

Porém, o cientista ainda não sabia por que aqueles dois estavam ali.

— Que tal fazermos assim? — propôs ele. — Vamos parar com essa enrolação do caralho.

— Você não tem saco pra ser sociável, hein, dr. MacGregor? — perguntou Imani Burgess.

— É que essa conversa já me encheu demais — retrucou Mac.

Ninguém disse nada. Mac se sentia à vontade calado, só não esperava que os dois também não se incomodassem com o silêncio.

— Nós viemos aqui porque recebemos uma informação sigilosa — anunciou Sam Ito.

— Sobre o quê?

— Pelo que ficamos sabendo, a erupção pode não ser a única ameaça à ilha — disse Burgess. — E pode haver preocupações a respeito do Mauna Kea também.

— Vocês sabem alguma coisa sobre erupções que eu não sei? — questionou Mac. — Porque, pelo que *eu* sei, o Mauna Kea não entra em erupção há uns quatro mil anos, mais ou menos.

— A informação não era sobre uma erupção — rebateu Imani Burgess.

Com um gesto casual, ela estendeu a mão, pôs um pequeno gravador sobre a mesa e apertou o que Mac supôs ser o botão de gravar, porque viu uma luz verde se acender.

Ele apanhou o dispositivo, verificou os botões e apertou o de parar. A luz verde se apagou imediatamente.

— Se não era sobre uma erupção, era sobre o quê? — questionou ele.

— Nossa fonte não sabia — contou Sam Ito. — Ela só ouviu dizer que houve algum tipo de emergência por lá. O que os nativos chamam de *ulia pōpilikia*.

— Eu sei o que isso significa — disse Mac.

— E houve uma emergência? — quis saber Ito.

Mac se inclinou para a frente.

— A esta altura, eu estou basicamente a serviço do Exército dos Estados Unidos — respondeu ele. — E não posso falar sobre coisas que eles não querem que eu fale, o que significa quase tudo. Principalmente para dois repórteres do *New York Times*.

— E se estivermos falando de algo de interesse público? — perguntou Imani Burgess.

— Quando o público precisar ser informado sobre alguma coisa, o general Rivers se encarregará disso — falou Mac. — Se tiverem mais perguntas a respeito, provavelmente vale mais a pena falar com ele.

— Nós tentamos — disse Sam Ito. — Ele não quer falar.

— Eu sei.

— Foi o próprio general Rivers que falou isso pra você? — questionou Ito.

— É mais uma intuição minha — explicou Mac, dando de ombros e abrindo os braços, em um gesto de quem não pode fazer nada. — Sinto muito. Não posso fazer mais nada pra ajudar vocês.

— Na verdade, você não fez nada pra nos ajudar — retrucou Burgess.

— Pois é — disse Mac com tristeza. — Eu sei.

Ele ficou de pé. Os repórteres também.

— Só mais uma perguntinha — disse Sam Ito. — Por acaso você sabe alguma coisa sobre um incidente ocorrido no jardim botânico alguns anos atrás?

— Que tipo de incidente?

Ito deu de ombros.

— Foi mais uma informação que recebemos. Algum vazamento de agente químico, pelo que ouvimos.

— Ah, boa sorte com isso — falou Mac.

— Eu também tenho mais uma — disse Imani Burgess. — É mais uma especulação, na verdade. Por acaso você sabe alguma coisa sobre um bando de militares vestidos com trajes de proteção que arrastaram um soldado para fora de um bar em Hilo?

— Nisso eu também não posso ajudar.

Mac saiu de trás da mesa e abriu a porta para eles. Os repórteres saíram, e ele ficou mais um tempo sozinho na sala, até Jenny aparecer. Ele contou que tinha acabado de passar meia hora se esquivando de um monte de perguntas.

— Você acha que eles sabem mais do que deram a entender? — questionou Jenny.

— É quase sempre assim.

— Será que eles sabem dos tonéis?

— Ainda não.

— E acha que eles vão deixar essa história de lado?

— Isso quase nunca acontece — respondeu Mac.

Os dois sentaram e conversaram sobre a deserção de Kenny e Pia, e Mac deixou que Jenny desabafasse sobre eles em termos cada vez menos contidos. Ela disse que Mac não poderia deixar aquilo passar impune. Mac argumentou que a essa altura Jenny já deveria conhecê-lo melhor.

— Kenny e Pia fizeram o que acharam que deveriam fazer — disse ele. — Meu problema não é com eles.

— Não precisa nem dizer — falou Jenny. — É com Brett.

Ele confirmou com a cabeça.

— O cara está tão preocupado com alvos que não percebeu que hoje surgiu mais um.

— Onde?

— Nas costas dele.

O celular de Mac vibrou. Ele atendeu e assentiu quando ouviu a voz do outro lado da linha.

— Estou indo — respondeu.

— Está indo aonde? — perguntou Jenny.

— Você conhece aquele ditado. Se a montanha não vem a MacGregor...

— Tem certeza de que é esse o ditado? — questionou ela, com um sorriso.

Mac avisou onde queria se encontrar com ela e com Rick mais tarde e foi para o carro. Ele se pegou pensando em quais novas surpresas a deusa do fogo e da lava, que os nativos chamavam de Madame Pele, "aquela que molda a Terra Sagrada", ainda teria para ele naquele dia.

Mal sabia ele.

O chão sob seus pés não tinha tremido naquele dia, embora o magma continuasse sua ascensão incessante, que seguia seu próprio tempo e era impossível de controlar. Ao longo das 24 horas anteriores, o magma, mais grosso e viscoso do que nunca, teve seu avanço brevemente retardado pelas várias câmaras bloqueadas que ia encontrando acima da zona de subdução.

Isso acontecia enquanto a lava que estava acima encontrava o lençol freático, e a mistura volátil de água e magma virava vapor e começava a causar erosão na área da cratera.

Faltavam menos de dois dias para o início estimado da erupção, e a cada momento Mac ficava mais temeroso de que pudesse vir mais cedo, antes que tivessem construído todas as barreiras. Mais fissuras perto do cume estavam sendo bloqueadas. Mac não sabia ao certo quantas.

Só a deusa do vulcão sabia isso.

Àquela altura, só ela sabia a que velocidade a combinação explosiva de vapor e gases bloqueados e lava sólida, conhecida como escória vulcânica, estava subindo das profundezas da Terra e mostraria a todos que ainda era a soberana da Grande Ilha, como sempre foi.

E o relógio invisível da bomba-relógio seguia em contagem regressiva.

Mac tentou se concentrar no trabalho, se distrair da realidade da situação com o vulcão e os tonéis, mandar e-mails para os filhos pelo menos uma vez por dia, alertar os membros de sua equipe para não tentar fazer mais do que era humanamente possível no tempo que ainda tinham antes da erupção que poderia destruir a ilha se a lava encontrasse a morte escondida dentro do Tubo de Gelo e dos tonéis e a liberasse na atmosfera...

Mac sempre se interrompia nesse ponto. Pensar nas consequências caso seus esforços fracassassem, na devastação que viria, não levava a nada a não ser pensamentos funestos.

Na semana anterior, quando estava ao telefone com os filhos, Max perguntou se ia ficar tudo bem.

— Perfeitamente bem — foi sua resposta.

Quando Charlie e Max nasceram, ele tinha prometido a si mesmo que nunca mentiria para os filhos. Agora era quase tão fácil quanto mentir para si mesmo.

Enquanto transitava entre os homens e mulheres usando capacetes de construção, que operavam o maquinário pesado ou os direcionavam, em meio a buracos sendo escavados e terra removida, ele sentiu um pequeno tremor, como um tapete sendo puxado sob seus pés, fazendo seus joelhos bambearem e quase o derrubando.

Mas ele não caiu.

Um pé na frente do outro.

Quando ergueu os olhos, viu que os trabalhos continuavam sem interrupções, o que o levou a se perguntar, em meio a tanto barulho e movimentação e pedaços da montanha sendo arrancados e movidos para outro lugar, se alguém ali havia sentido a terra se mover sob seus pés.

Mas tinha acontecido. De novo.

O dr. John MacGregor havia parado de ficar tão alarmado com tremores de terra. Disse a si mesmo que aquele não teve nada diferente do normal e desacelerou o passo só o suficiente para pôr seu capacete de construção.

Então abaixou a cabeça de novo e seguiu em frente.

63

Mauna Loa, Havaí

A ESSA ALTURA MAC conhecia os mapas de lava como a palma da mão e sabia que todas as informações que recebia, quase momento a momento, se baseavam nos melhores dados empíricos e no mapeamento geológico que sua equipe tinha à disposição.

Sua equipe desfalcada de Kenny e Pia, claro.

Ele havia estudado a modelagem hidrológica dos fluxos descendentes de lava de erupções anteriores. Tinha plena ciência de que o caminho de um fluxo imenso como aquele seria determinado em última análise pelo ponto principal de represamento e seguiria o mais próximo possível pela linha de descida mais íngreme.

Isso em teoria, pelo menos.

Mas também sabia que a deusa devoradora de terra, Pele, tinha seus próprios planos, com suas zonas de rifte, e seus cones, e seus paredões de rocha, e o que parecia ser um milhão de rachaduras no chão, e tudo o que estava acontecendo naquele exato momento em canais de lava invisíveis.

Mac sabia que, no fim, a área coberta pela lava dependeria de fatores como a duração do volume de magma, a velocidade com que sairia do vulcão — algo também impossível de determinar com antecedência — e a inclinação e a quantidade de ângulos de descida.

Não importava quantas vezes dissesse a si mesmo que o mundo já havia sobrevivido a erupções vulcânicas antes, a realidade era que não sobreviveria àquela, por causa da morte armazenada nos tonéis do Tubo de Gelo.

Dessa vez, tanto a humanidade quanto a natureza perderiam.

O chão tremeu de novo, mas isso não o assustou tanto quanto a voz escandalosa atrás dele.

— Você queria conversar — disse J. P. Brett. — Então vamos conversar logo. Eu tenho outras coisas para fazer.

Mac se virou para ele e sentiu uma necessidade urgente e avassaladora de arrancar o sorrisinho da cara daquele ricaço paspalho que achava que aquilo era uma espécie de jogo, assim como os Cutler. Eles estavam mais preocupados com as aparências do que em encarar as coisas como eram, sabendo o que estava em jogo ali para todo mundo.

Sentiu vontade de perguntar de que forma a fama os ajudaria quando tudo e todos deixassem de existir. Queria berrar para eles que todo mundo estava correndo um sério risco de vida.

Mas, antes que pudesse abrir a boca, houve uma explosão no cume. Parecia que uma bomba tinha explodido lá em cima, como se o bombardeio aéreo já tivesse começado.

Outra explosão se seguiu a essa.

E então uma terceira.

Mac e Brett olharam para o local de onde vinha o ruído e viram pedras voando para o céu como se tivessem sido atiradas de debaixo da superfície por algum canhão invisível. Então uma chuva de pedras de lava e cinzas começou a cair sobre eles.

Os veículos pararam. Os membros de todas as equipes de cons-trução espalhadas pela montanha começaram a correr em todas as direções, homens e mulheres à procura de um abrigo — alguns entrando abaixo das pás das escavadeiras, outros se aglomerando dentro das cabines, todos tentando se proteger da tempestade repentina.

Mesmo a distância, Mac conseguia ouvir os gritos.

Ele viu uma pedra do tamanho de uma bola de boliche acertar um homem bem no meio das costas, e o atingido ir ao chão e não se levantar mais.

Outro homem correu ladeira abaixo na direção de Mac e Brett como se tentasse ser mais rápido que a tempestade; um pedaço pontudo de basalto acertou seu capacete, e ele foi ao chão.

Mac se virou para ver se Brett estava bem, e o viu mergulhando no banco dianteiro de sua picape Rivian R1T no momento em que uma pedra espatifou o para-brisa.

Mac correu montanha acima na direção do militar caído de bruços e imóvel no chão. Ele o rolou de barriga para cima e, aliviado, constatou que ainda estava respirando, mas sangrando por causa de um ferimento no rosto.

No instante seguinte, sentiu o cheiro de ovo podre do dióxido de enxofre. As pedras continuavam a cair.

Uma delas acertou o capacete de Mac, derrubando-o e quase o fazendo perder os sentidos. Ele rolou pelo chão à procura de um lugar para se esconder e ouviu um tipo de rugido diferente mais acima. Mac ergueu os olhos e viu um drone do tamanho de um pequeno avião numa trajetória descontrolada, prestes a desabar em cima dele.

Durante dias, tinha ficado transtornado pela ideia de que o fim estava próximo.

Estava ainda mais próximo do que ele imaginara.

64

Centro Médico de Hilo, Havaí

JENNY E REBECCA ESPERAVAM por Mac quando ele saiu do hospital para a avenida Wai Ānuenue.

As duas já sabiam o que tinha acontecido na montanha e sobre o drone desgovernado que não caiu em cima de Mac por coisa de menos de vinte metros. Um dos militares do Corpo de Engenheiros tinha visto tudo, corrido em seu auxílio e o levado para o hospital, apesar dos protestos de Mac de que era só um galo na cabeça.

— Felizmente, a pedra acertou a parte mais dura do corpo dele — disse Jenny para Rebecca. — Então dá pra dizer que ele teve um pouco de sorte.

— Foi sorte *mesmo* — disse Mac.

Jenny sorriu para ele.

Enquanto Mac contava sobre os vários feridos sendo tratados no centro médico, por lesões que iam de pernas quebradas a fraturas na face, Jenny pôs a mão no seu ombro e a deixou lá. Mac notou que

Rebecca percebeu e rapidamente desviou o olhar, como se tivesse visto algo que não deveria.

— Tem certeza de que ainda quer participar dessa reunião? — perguntou Jenny.

— Bom, isso que você chama de reunião na linguagem da máfia é um acerto de contas — respondeu ele.

Rebecca Cruz sorriu.

— Com certeza a nossa gangue é capaz de acabar com a do Brett a qualquer hora e lugar.

Lani era uma palavra nativa para "paraíso". Também era o nome de um novo hotel construído em Hilo. O rival do novo Four Seasons da cidade era de propriedade de uma das empresas subsidiárias de J. P. Brett. Mac se perguntou se Brett, obcecado como era em ser o herói daquela história, tinha levado em conta a possibilidade de seu resort de luxo se transformar em uma armadilha mortal se seus cálculos sobre o desvio da lava, inclusive alguns do próprio Brett e dos Cutler, estivessem só um pouquinho errados.

Mas naquele dia eles tinham descoberto que todos os seus planos e gráficos e projeções, todas as imagens criadas por vários tipos de programas de computador, nada disso valeria uma meia velha quando a montanha começasse a lançar pedras e cinzas para o alto como um gêiser furioso.

Eles estavam no salão de festas do segundo andar do Lani, todos eles: Mac, Jenny, Rebecca, os Cutler, Brett. O general Rivers estava a caminho, depois de visitar os feridos no Centro Médico de Hilo.

— Estou aliviado em saber que você está bem — disse Brett para Mac quando ele chegou, dez minutos após os demais.

— Você está? — perguntou Mac.

— Felizmente, comigo tudo bem — respondeu Brett.

— Não foi isso que eu quis dizer.

— Como assim?

— Foi só uma observação sobre o quanto você é hipócrita — falou Mac, sem se alterar.

Todos os olhos se voltaram para os dois, como se um pavio tivesse acabado de ser aceso.

— Ei, não me venha com essa! — protestou Brett. — Eu corri o mesmo perigo que você lá na montanha hoje.

— Só que, no seu caso, um dos seus drones não caiu quase em cima da sua cabeça.

— O que eu poderia fazer? — rebateu Brett. — O drone já estava em pleno voo quando aquela coisa explodiu.

— Isso significa que está na hora de tirar seus brinquedinhos de perto do cume da montanha — retrucou Mac. — Se você não tem todas as informações necessárias, está perdendo seu tempo aqui. E desperdiçando o meu.

— Eu não precisaria de mais imagens se você compartilhasse as suas — respondeu Brett. — Você está aqui há muito mais tempo que o meu pessoal.

— Espera aí, está me dizendo que as duas pessoas que você tirou da *minha* equipe não estão sendo úteis? — questionou Mac. — Puta merda, Brett, será que você aliciou as pessoas erradas?

Brett sorriu para Mac.

— Não vejo por que você se ressentiria por eles quererem vir para o lado vencedor — disse ele.

Mac chegou mais perto de Brett.

— Você passou dos limites — falou ele baixinho. — Está passando dos limites desde que colocou os pés nesta ilha.

— É assim que eu trabalho — disse Brett. — Com o meu pessoal e os meus recursos.

— Você vai acabar matando alguém desse jeito — avisou Mac. — Vou falar pela última vez: isso não é uma competição. Está me entendendo, seu arrogante de merda? Se acontecer algum erro, qualquer erro, talvez até um erro *parcial*, você vai morrer assim como todo mundo. A não ser que pense que tem um jeito de evitar isso também. — Mac estava ofegante. — A competição é contra o maldito vulcão! — gritou ele, incapaz de controlar o tom de voz.

Brett sacudiu a cabeça, talvez de desgosto ou decepção.

— Você não entende que tudo é uma competição, MacGregor? — rebateu Brett. — E quem não quer competir que saia do meu caminho.

— É você que precisa sair do caminho do dr. MacGregor — disse Rivers do fundo do salão, imponente como sempre. — E vai começar agora mesmo.

65

SAM ITO PERGUNTOU PARA a enfermeira do setor de admissões do Centro Médico de Hilo se haveria no hospital um paciente, provavelmente um militar em quarentena, chamado Mahoe.

— Sargento Noa Mahoe — complementou.

A enfermeira pediu para Sam esperar um momento e saiu de trás da mesa.

Os militares saíram do elevador menos de cinco minutos depois. Ambos jovens e fortes como jogadores de futebol americano. Ou leão de chácara, considerou Sam.

— Por favor, venha conosco — disse o mais alto e um pouco mais largo dos dois.

— Para onde? — questionou Sam.

— Para outro lugar que não seja aqui — respondeu o outro.

Sam Ito olhou para os dois da cadeira em que estava sentado no saguão.

— Como a enfermeira provavelmente já disse, eu sou jornalista — explicou Ito, e acrescentou: — Do *New York Times*.

— Uau — disse o primeiro, sem alterar o tom de voz.

Os dois o encararam com expressões implacáveis.

— Só estou dizendo que tenho meus direitos — disse Ito.

— Muito menos do que tinha antes que o nosso comandante decretasse lei marcial na ilha — retrucou o primeiro. — Então, ou você sai por bem ou sai preso.

— Preso por quê?

— Com certeza o general Rivers vai pensar em alguma coisa — falou o segundo.

Quando o primeiro militar estendeu o braço em sua direção, Sam Ito levantou as mãos em sinal de rendição e se levantou.

— Esse assunto ainda não está encerrado — avisou Ito.

— Aguardo ansiosamente a continuação — respondeu o segundo soldado.

Sam Ito saiu, pegou seu celular e ligou para Imani Burgess no Lani, o hotel de J. P. Brett, para avisar que não tinha conseguido localizar o sargento Noa Mahoe. Só o que não sabiam era que jamais conseguiriam.

Enquanto aguardava sua fonte, ou pelo menos alguém que pudesse ser uma, Imani Burgess bebia uma taça de vinho e pensava no dr. John MacGregor e sua entrevista com ele, se é que podia ser chamada assim.

Com certeza MacGregor não teria sido tão arredio se ela e Sam não estivessem na pista certa. Imani só não sabia qual exatamente. Não havia dúvida de que o dr. John MacGregor estava escondendo alguma coisa. Ela tinha a convicção de que o exército também escondia algo, e não apenas sobre a erupção.

Imani estava prestes a olhar para o celular de novo para ver se Sam tinha ligado quando uma mulher sentou no banquinho ao lado e se desculpou pelo atraso.

— Eu sou a Rachel — disse Rachel Sherrill, estendendo a mão.

Imani a cumprimentou.

— Você disse no seu e-mail que tinha uma história pra me contar — falou Imani.

Rachel Sherrill assentiu e fez um gesto para chamar o bartender.

— Uma história de terror sobre o Exército dos Estados Unidos — revelou ela.

Nesse exato momento, as luzes se apagaram.

66

Hotel Lani, Hilo, Havaí

RIVERS E BRETT AINDA estavam trocando farpas quando as luzes voltaram no salão de festas.

— Como você pôde me apunhalar pelas costas desse jeito? — esbravejou Brett.

— Considerando o panorama mais amplo da situação — rebateu Rivers —, foi você que pensou que poderia agir pelas *minhas* costas e do dr. MacGregor, roubando duas pessoas da equipe dele em um momento em que ele precisa de toda a ajuda possível.

— Eu só faço o que a situação exige de mim.

— Eu também, sr. Brett — disse Rivers. — Eu também.

Brett não estava disposto a recuar.

— Às vezes me pergunto o que ainda estou fazendo aqui.

— Às vezes eu me pergunto exatamente a mesma coisa, sr. Brett.

Brett ficou de pé, quase derrubando sua cadeira no processo.

— Eu não sou obrigado a ficar ouvindo esse tipo de merda.

— Nós dois sabemos que você não vai a lugar nenhum — retrucou Rivers. — Agora sente a bunda de volta na cadeira e escute o que o dr. MacGregor explicou ao presidente agora há pouco sobre as medidas adicionais que precisamos tomar para salvar a ilha e você também.

Mac ficou de pé e foi até a frente do salão.

— Certo, vou direto ao assunto, porque claramente já perdemos tempo demais aqui — disse ele, olhando diretamente para Brett. — A erupção pode vir mais cedo que o esperado, a julgar pelo que aconteceu hoje. É por isso que a primeira coisa que precisamos fazer, na primeira hora da manhã, é começar a cobrir o máximo de chão perto da Reserva Militar com um revestimento metálico.

Brett soltou uma risada súbita, áspera e grosseira.

— Ah, perfeito — disse ele, sarcástico. — Você vai transformar a ilha numa armadilha incendiária mais perigosa do que já é, se o general permitir. Essa pancada que levou na cabeça hoje foi tão forte assim?

— Não interrompa — repreendeu Rivers. — Ou vá embora *você*.

— Vamos precisar de um material com ponto de derretimento altíssimo — continuou Mac, ignorando Brett. — Minha equipe e eu — Mac fez uma pausa —, ou pelo menos minha equipe *original*, tínhamos isso em mente desde o começo. O tungstênio derrete a uns 3.400 graus. O titânio, a uns 1.600.

Rebecca levantou a mão.

— Você conhece essa área melhor que ninguém — disse ela. — Então deve saber de quantos quilômetros quadrados estamos falando.

— Pode apostar que eu sei, sim — respondeu ele. — Mas acho que é um trabalho viável, contando com todo o apoio do exército. É só mais uma coisa para acrescentar à montanha pra ver se dá certo.

— Todo o apoio e os custos que se danem — falou Rivers. — Não temos reservas de titânio no Centro de Armazenamento da Defesa Nacional, então o presidente me autorizou a fazer o que fosse preciso.

Nós compramos titânio do Japão e até da China para acrescentar ao pouco que conseguimos trazer das minas em Nevada e Utah. Não é tudo que precisamos, mas foi tudo que conseguimos num prazo tão curto. O presidente está mais ciente do que nunca das consequências inimagináveis que podemos enfrentar se falharmos nessa missão.

Mac voltou à mesa e pegou uma pasta com mapas coloridos.

— Vejam as áreas destacadas — pediu ele, passando o mapa entre os presentes. — Se funcionar, ainda podemos enterrar os explosivos e tirar do caminho boa parte da terra e das pedras no tempo que resta até a erupção. Alguma pergunta?

— Só uma — disse Brett. — Você está louco, caralho?

Mac deu de ombros.

— Talvez.

67

Teatro Palace, Hilo, Havaí

A REUNIÃO RUIDOSA E tumultuada do conselho municipal que os moradores de Hilo exigiram que Henry Takayama convocasse estava acontecendo no teatro Palace, na rua Hāʻili, fazia uma hora.

O teatro era um marco na cidade, com cerca de cem anos de idade e, de fato, parecia um palácio por dentro, com suas paredes adornadas e assentos de veludo vermelho. Lono via tudo de uma poltrona no fundo da plateia, enquanto as pessoas faziam fila no corredor central esperando para ter acesso ao microfone e ficar cara a cara com o sr. Takayama. Como todos os outros, Lono tinha ido porque queria saber o que estava acontecendo na cidade. Mac não atendia suas ligações fazia alguns dias. As aulas estavam suspensas, porque o ginásio e o refeitório estavam sendo transformados em centros de evacuação. Na única vez que tentou ir ao HVO, Lono foi mandado embora, pois disseram que apenas membros "essenciais" da equipe poderiam entrar.

Então ele ficou lá, vendo e ouvindo a gritaria, como se fosse uma espécie de apresentação teatral. Parecia com os programas sobre donas de casa que sua mãe gostava de ver.

Assim que alguém chegava ao microfone e começava a falar que estavam todos no escuro em relação ao que o exército estava fazendo sem seu consentimento, o lugar virava uma loucura de novo, apesar de naquela noite não haver debate — todos estavam do mesmo lado.

Nós contra eles, pensou Lono, *quando na verdade deveria ser nós contra o vulcão.*

Um nativo baixinho de cabelos brancos subiu lentamente a escada para o palco.

— Eu nasci nesta cidade e vou morrer aqui! — gritou ele no microfone. — E nenhum maldito *haole* vai me tirar daqui, não importa se está fardado ou não.

A plateia deu sua aprovação ruidosa, fazendo o velho teatro vibrar como se um novo tremor de terra tivesse atingido Hilo.

— Às vezes eu tenho mais medo desses homens de cara branca do que de Pele! — continuou o homem.

Lono sabia que Pele era a deusa dos vulcões, e que a lenda estava tão entranhada na cidade quanto as próprias montanhas e os perigos que residiam dentro delas.

O velho acalmou a plateia com as mãos.

— Essa *faka* de cidade é nossa! — complementou aos gritos, e a plateia aplaudiu de novo.

Uma mulher de vestido florido, também idosa e também furiosa, subiu ao palco em seguida.

— Não podemos deixar que violem os nossos túmulos — falou ela, brandindo o punho. — Esses homens não têm o direito de fazer isso!

Ela se virou e apontou o dedo para Henry Takayama. Lono viu o homem se encolher todo, embora a velhinha tivesse metade de seu tamanho.

— Vai ficar só olhando enquanto eles fazem tudo isso?

Lono ficou observando o sr. Takayama, o chefe da mãe de Dennis, seu melhor amigo. Naquele momento, parecia querer estar em qualquer lugar menos naquele palco, mesmo que isso significasse ficar mais perto do calor e do perigo do cume da montanha.

Takayama sacudia a cabeça em movimentos rápidos: não, não, não.

Em seguida se inclinou para mais perto do microfone e disse:

— Eu sempre fico ao lado das pessoas que vivem aqui na cidade.

— Então é melhor começar a mostrar isso na prática, Tako Takayama! — retrucou a mulher, cuspindo as palavras.

Todos sabiam, inclusive as pessoas da idade de Lono, o quanto aqueles locais de sepultamento eram sagrados, lugares que segundo sua mãe preservavam os espíritos dos *kupuna* havia milhares de anos. Ele tinha sido criado em meio a essas lendas, orientado por elas, e recebera ordens estritas da mãe para avisá-la se ficasse sabendo que alguém tinha violado esses túmulos, inclusive seus amigos; ela se encarregaria de chamar a polícia.

— É por isso que no começo nosso povo não confiava nos *kea* — acrescentou a mulher.

Kea. Mais uma palavra para "branco".

Às vezes as pessoas a diziam com a intenção de ofender.

A plateia ficou de pé de novo, batendo o pé e brandindo os punhos, alguns agitando os braços no ar e se balançando como se ouvissem música.

Lono nunca tinha visto nada assim — nem amado tanto sua cidade, apesar de estar assustado.

Ele estava quase saindo para ligar de novo para Mac e contar sobre o que viu naquela noite, quando os militares entraram pelas portas duplas e outros surgiram na frente da primeira fileira.

Lono fugiu.

○ ○ ○

Lono já estava longe quando, alguns minutos depois, Mac e o general Rivers entraram no palco e assumiram o microfone. Os militares estavam posicionados em vários pontos do teatro.

— A essa altura, a maioria de vocês já sabe quem eu sou — disse Rivers. — Na prática, o *haole* que tornou esta noite necessária.

— Seu lugar não é aqui! — berrou uma voz exaltada na plateia.

— Na verdade, é exatamente aqui que eu preciso estar esta noite — respondeu Rivers.

— E por quê? — gritou uma mulher no meio do teatro.

Mac se encarregou de responder:

— Porque precisamos da ajuda de vocês.

Isso silenciou a plateia por um instante; ele capturou a atenção de todos.

— Precisamos mais de vocês do que vocês de nós — acrescentou ele.

68

TINHA SIDO IDEIA DE Mac ir ao teatro quando Rivers recebeu um telefonema sobre o que estava acontecendo.

Eles não se alongaram muito; avisaram que só tinham tempo para algumas perguntas, porque iam trabalhar noite adentro. Foi Mac quem acabou falando mais. Contou quanto tempo fazia que morava lá com sua família, falou sobre a quantidade de mão de obra necessária para salvar Hilo e avisou que precisava de voluntários para trabalhar nas montanhas, principalmente na construção de três diques entre a Reserva Militar e a cidade.

— Esta ilha não é nossa — disse Mac para a plateia. — É de vocês.

Ele fez uma pausa e olhou para as pessoas sentadas no teatro, espremendo os olhos sob as luzes.

— Pode não ter sido essa a sensação nos últimos dias — admitiu ele. — Mas é de vocês, sim. E chegou a hora de provar isso.

Os militares escoltaram Mac e Rivers para fora do teatro Palace e, quando os dois estavam no estacionamento, entrando em veículos separados, Rivers disse:

— Eu queria poder contar mais para eles.

— Como assim, a verdade? — questionou Mac.

— Em qual verdade você está pensando?

— Que pode estar todo mundo morto daqui a dois dias — respondeu Mac. — Que tal essa verdade?

Rivers falou sobre o cadáver enterrado no Tubo de Gelo.

Na manhã seguinte, pouco depois das cinco, quando estava começando a amanhecer, os moradores de Hilo mostraram que tinham entendido o recado — fizeram uma fila de um quilômetro e meio na frente da base militar, prontos para o trabalho.

A essa altura, Mac, Jenny e Rick já estavam no Tubo de Gelo. Sob a iluminação de LED 360 graus que o exército tinha providenciado, Mac supervisionou a instalação do revestimento de titânio nas paredes rochosas, tomando cuidado para não deixar que bloqueasse a escavação de canais e trincheiras.

Rick tinha ido a algum lugar, e naquele momento Mac estava a sós com Jenny. Ele tinha trazido duas garrafas térmicas de café e serviu um pouco para cada.

Mac a viu olhando para ele e sorrindo, com apenas metade do rosto iluminado.

— Posso ser sincera?

Ele sorriu.

— E quando você não é?

— Eu não quero morrer, Mac.

— E não vai — disse ele. — Não se depender de mim.

— Você está começando a falar como o general.

— Encare isso como uma exigência do campo de batalha.

— Diz que vai ficar tudo bem.

— Vai, sim — garantiu ele.

— Tem certeza?

— Não.

Ela estendeu o braço e passou a mão no rosto dele.

— Que bom que esclarecemos isso — falou.

Quase no mesmo instante, J. P. Brett e os Cutler estavam no aeroporto, se preparando para embarcar no helicóptero militar húngaro que Brett tinha comprado em Paris algumas semanas antes, um Airbus H225M. Havia apenas três dúzias daquelas aeronaves em funcionamento no mundo, como ele sempre dizia para quem se interessasse em ouvir. E para muitos que não se interessavam também.

Seriam acompanhados no voo por dois cientistas italianos que Brett havia trazido para o aeroporto na noite anterior, mas sobre os quais não se dera ao trabalho de avisar Rivers ou MacGregor. Os Cutler haviam trabalhado com os dois alguns anos antes, no monte Etna.

Enquanto observava os italianos seguindo em direção ao helicóptero, Leah Cutler perguntou para Brett:

— Eles tiveram algum problema com a lei depois da nossa saída heroica da Sicília? Eu me lembro de ter ouvido alguma coisa do tipo.

— Eles não são muito ortodoxos... fazer o quê, né? — respondeu Brett. — Mas os desgraçados fazem a coisa acontecer. E os dois sabem muito mais sobre deflexão de lava e detonação de explosivos do que MacGregor e Cruz conseguem imaginar, apesar de terem convencido o general Linha-Dura de que estão em um plano intelectual superior ao de qualquer um de nós.

Brett ainda acrescentou:

— Sabe quem eu quero no *nosso* time dos sonhos? Gente que não tem medo de ir além dos limites.

— Rivers não disse ontem à noite que queria o espaço aéreo sobre o cume desocupado? — perguntou Oliver.

Brett sorriu.

— Meus amigos italianos me disseram que precisam ver *la grande immagine,* o panorama geral das coisas. Depois de terem vindo de tão longe, eu vou negar isso? E vai ser um sobrevoo rápido, de qualquer forma.

Ele ergueu uma sobrancelha.

— Vocês não estão fraquejando agora, certo, Oliver?

— Jamais — respondeu ele.

— Continue assim, então — disse Brett.

— Nosso acordo com você continua o mesmo de sempre. — Oliver abriu seu sorriso de estrela de TV. — Estamos com você, ganhando, ganhando ou ganhando.

Brett subiu a bordo do helicóptero, seguido dos dois cientistas italianos, de Morgan, o cinegrafista, e de Oliver e Leah. A porta da cabine estava aberta, e Oliver parou para dar uma olhada no piloto. Mais cedo, Brett o havia instruído a não fazer contato com o controle de tráfego aéreo do aeroporto. O piloto argumentara que, nesse caso, seria um voo ilegal.

— Pense nisso como a minha versão da lei marcial — tinha sido a resposta de Brett.

— Espera aí, eu não conheço você? — perguntou Cutler ao piloto quando o viu na cabine.

— Bom, eu apareci em todos os noticiários há pouco tempo — respondeu ele.

— Você estava naquele acidente com o cinegrafista — disse Cutler.

— E vivi pra contar a história. — O piloto estendeu a mão, que estava enfaixada. — Jake Rogers.

— Oliver Cutler.

— Agora que as apresentações estão feitas, vamos pôr essa belezura no ar e sobrevoar a zona de rifte! — gritou Brett.

O helicóptero decolou, livre do monitoramento do controle de tráfego aéreo, porque o piloto não pedira autorização nenhuma. Rogers começou a manipular os controles com a porta da cabine ainda aberta. Em seguida se virou para os passageiros fazendo um sinal de positivo e gritou:

— Certo, pessoal. Vamos ver do que essa belezura é capaz!

— O quanto você consegue se aproximar do cume? — gritou Brett em resposta.

— O quanto você quiser! — berrou Rogers, por cima do barulho do motor e das hélices.

J. P. Brett, um dos homens mais ricos do planeta, parecia uma criança na manhã de Natal.

— Lembram daquele velho filme, *Joe contra o vulcão*? — gritou Brett, todo contente. — Vocês sabem que meu primeiro nome é Joseph, né?

69

Acima do Mauna Loa, Havaí
Segunda-feira, 28 de abril de 2025

LEAH CUTLER DEU UM grito quando o brilho laranja incandescente subiu do cume da montanha e algumas pedras atingiram o helicóptero moderníssimo como fogo de artilharia. Embora fosse uma aeronave de guerra, ninguém lá dentro tinha ideia do estrago que estava sendo feito à aeronave.

— O que está acontecendo? — gritou Brett.

— Um ataque! — berrou Jake Rogers da cabine. — Bombas de lava!

Eles estavam voando em meio à escuridão criada pelas cinzas e pela fumaça do vulcão; o sol já se erguera, mas a única luz ao redor deles eram os rastros dos projéteis cor de laranja e vermelhos que de tempos em tempos voavam da montanha.

— A lava deve ter chegado ao lençol freático! — exclamou Oliver. — Quando está subindo, as pedras se desprendem e entopem as fissuras. A água começa a ferver, e a pressão aumenta.

Oliver observou a cena lá embaixo, tentando não demonstrar o medo que sentia. Estava tão amedrontado quanto sua mulher; só não estava gritando.

— O resultado é o que estamos vendo agora! — acrescentou, ainda berrando para conseguir ser ouvido em meio ao barulho do motor e da tempestade.

— Não é a Grande Erupção? — questionou Brett.

— É grande o suficiente pra fazer estrago — respondeu Cutler.

— Preciso aumentar nossa altitude — avisou Jake Rogers.

— *Ainda não!* — ordenou Brett. — Essas imagens são inacreditáveis. Continue gravando — falou ele para Morgan, o cinegrafista dos Cutler, que estava deitado de bruços, com um cinto de segurança bem preso na perna, se inclinando para fora da porta aberta enquanto as pedras continuavam voando ao redor do helicóptero e de tempos em tempos batiam na fuselagem. Parecia mais um tiroteio do que uma guerra de pedras.

Morgan tinha dito para os Cutler uma vez que sua especialidade eram as maluquices, e era isso que estava fazendo no momento. Tinha quase metade do corpo para fora.

— O prazer é meu! — gritou Morgan, focalizando a incrível cena mais abaixo.

Jake Rogers também era um destemido de carteirinha. Foi por isso que quase morrera lá em cima com aquele cinegrafista bobalhão da CBS. No momento, lutava freneticamente para manter o helicóptero sob controle e longe de toda aquela pirotecnia ao redor. *Eles pensam que estão em um filme,* pensou Rogers.

Estava quase diretamente acima do Mauna Loa, ciente de que estava voando baixo demais, quando a explosão aconteceu.

O helicóptero sofreu um solavanco abrupto e violento, perdendo altitude, quando Rogers sabia que deveria estar ganhando, apesar do que dizia aquele louco do Brett.

Era como se o Airbus H225M tivesse vontade própria.

Rogers era um piloto veterano e sabia que, quando a batalha era do homem contra a máquina, quem vencia quase sempre era a máquina.

— Não é só uma tempestade de lava! — gritou Rogers por cima do rugido da hélice e do motor potente. — Tem cinza por toda parte, caralho! Preciso sair daqui antes que o rotor trave e essa coisa caia como uma pedra.

— Está de brincadeira? — gritou Morgan, sem parar de filmar. — Essa vista está incrível.

O Airbus sofreu um solavanco e perdeu altura de novo, de forma ainda mais violenta do que antes.

— Oliver! — berrou Leah Cutler. — Nós precisamos sair daqui. *Agora!*

Mas ela viu nos olhos do marido a mesma empolgação maníaca estampada no rosto de J. P. Brett — e entendeu claramente por que estavam ali. Não foi uma questão de honra e dever que os levara para o Havaí. Apesar da proximidade inegável do perigo, Brett e Oliver estavam lá para sentir a emoção daquele passeio de montanha-russa pelo céu, apesar de Leah sentir como se o planeta estivesse explodindo ao seu redor. Em outras ocasiões, não importava onde, ela via tempestades como aquelas, grandes explosões de cor, somente a distância.

Mas agora fazia parte da paisagem e estava com medo de morrer.

Os italianos ao seu lado conversavam em seu próprio idioma, parecendo tão assustados quanto Leah, se inclinando para trás o máximo que podiam e tentando prender com mais força o cinto de segurança.

O Airbus mergulhou mais algumas centenas de metros. Acima do ruído do motor, Leah Cutler ouviu o piloto praguejar. O cientista chamado Sparma murmurava:

— *Gesù, Maria e Giuseppe.*

De alguma maneira, Morgan deu um jeito de se pendurar ainda mais para fora.

— Estão sentindo isso? — gritou o cinegrafista, apontando para a cena mais abaixo.

Eles desciam em alta velocidade na direção do fogo, sendo atingidos continuamente pela lava; uma pedra repicou na lateral do helicóptero, a poucos centímetros da câmera de Morgan.

A aeronave de batalha começou a estremecer, como se estivesse sendo engolida pela turbulência.

— É agora ou nunca! — berrou Rogers.

— Só mais alguns segundos! — gritou Brett em resposta.

Morgan, que segurava a câmera com a mão direita, fez um sinal de positivo para Brett com a esquerda.

Rogers sabia que estava perigosamente próximo do cume, mas também entendia que o homem que o contratara não estava nem aí.

— *Que maravilha!* — exclamou Brett quando o helicóptero mergulhou de novo.

— Não fui eu! — gritou Rogers. — As cinzas estão grudando nas hélices. E com certeza a câmara de combustão está começando a derreter! Estou quase perdendo o controle dessa coisa!

Ele parecia estar acionando todos os controles ao mesmo tempo.

— Preciso encontrar um lugar para pousar! — avisou. — Quase morri aqui em cima uma vez. Não vou me arriscar de novo!

A lava estava cada vez mais próxima, e Jake Rogers sabia melhor do que ninguém ali que não havia mais tempo para muita coisa.

Por fim, J. P. Brett deu a ordem:

— Certo, pode subir.

Rogers conseguiu dar uma guinada abrupta para a esquerda, afastando-se de onde as cinzas, o vapor, a fumaça e as pedras estavam sendo lançados para o céu e jogando seus passageiros para o lado.

Quando o piloto terminou de fazer a curva, Morgan, o cinegrafista, não estava mais lá.

70

Mauna Loa, Havaí

HORRORIZADA, REBECCA CRUZ VIU a figura despencar do helicóptero para a lava abaixo.

Estava no sopé da montanha, fazendo a verificação final de alguns novos locais de instalação de explosivos, quando ouviu a explosão no cume e viu a lava preenchendo o céu, junto com o que pareciam ser fogos de artifício.

Depois disso, tudo aconteceu muito rápido: o helicóptero surgiu do nada no céu alaranjado; o tremor de terra derrubou Rebecca e seu irmão David no chão; a aeronave deu uma guinada abrupta, quase violenta, para a esquerda.

E então o homem — ela presumiu que fosse um homem — caiu do helicóptero, estampando sua silhueta contra o céu da manhã como um atleta de saltos ornamentais de penhascos, como um efeito visual em um filme.

Só que aquilo era assustadoramente real.

— *David, vamos!* — gritou ela, ficando de pé e correndo na direção onde achava que o homem havia caído.

David não se moveu.

— Vamos *aonde*? — berrou ele. — Não tem como alguém sobreviver a uma queda dessa altura. E precisamos sair daqui antes que essa coisa exploda de novo!

Mas Rebecca já estava correndo na frente, tropeçando de tempos em tempos nas novas pedras de lava que cobriam a encosta daquele lado do Mauna Loa. Na única vez que caiu, escorou a queda com as mãos, se levantou em seguida e continuou avançando.

— Tem um lago de cratera que não dá pra ver daí! — falou ela por cima do ombro, acenando com a mão para chamá-lo. — Ele pode ter caído lá!

Ela olhou brevemente para baixo e viu sangue nas mãos onde tinha se ralado em algumas pedras mais pontudas.

Mac tinha mostrado esse lago na primeira vez que a levou até aquela área, contando que lagos assim eram formados com o acúmulo de chuva e águas subterrâneas.

— Qual é a chance dele ter caído lá? — gritou David. — Parecia que estava mergulhando direto na lava!

Mesmo assim a seguiu, ainda que com relutância.

Rebecca corria e fazia trilha com frequência; seu irmão, não. A distância entre eles só crescia enquanto subiam por aquele terreno instável e difícil.

— Temos que descobrir! — disse ela.

O vulcão tinha se acalmado, e o único som no céu, a distância, era o do helicóptero.

Rebecca acelerou o passo como se estivesse em algum tipo de corrida maluca, já não mais tropeçando, só correndo como se sua vida dependesse disso, simplesmente avançando com todas as forças na direção de alguém que tinha despencado do céu.

○ ○ ○

— *Precisamos voltar lá pra salvá-lo!* — gritou Leah Cutler para Jake Rogers.

— Não *dá* — respondeu ele. — A cinza está grudando nas hélices, eu estou sentindo. Preciso voltar para o aeroporto antes que todo mundo aqui termine como Morgan.

Brett levantou de seu assento e se agachou ao lado de Rogers.

— Dê meia-volta — disse ele.

Com os olhos fixos no cume à sua esquerda, Rogers respondeu com um tom de voz baixo, para apenas Brett ouvir:

— Isso não faz sentido, sr. Brett. Sinto muito, mas nós dois sabemos que ele morreu.

— Volte lá e encontre um lugar para pousar — insistiu Brett.

— *Sr. Brett*, essa erupção pode ter sido só um aperitivo — argumentou Rogers.

— Não foi um pedido — avisou Brett.

— *Cara*, presta atenção — disse Rogers. — Não são só as hélices que não estão funcionando como deveriam. Escuta o barulho do motor. Está com problema também. — Ele sacudiu a cabeça. — Agora é hora de minimizar as perdas.

— Volte pra lá *agora*! — ordenou Brett. — Ou saia daí e eu mesmo piloto. Porque eu posso fazer isso.

Hesitante, Jake Rogers analisou suas opções e concluiu que deixar o ricaço assumir o comando da aeronave era a pior delas.

Então deu uma guinada abrupta com o Airbus H225M para leste.

A essa altura, a atividade e o espetáculo pirotécnico no cume da montanha tinham parado. Mas ele não sabia quanto tempo a pausa duraria. Ninguém sabia, aliás, nem Brett. A quietude repentina provavelmente significava que a água que havia causado a breve mas violenta erupção estava esfriando, começando a evaporar ou as duas coisas.

Ele torceu para que os tremores parassem por tempo suficiente para pôr a aeronave de J. P. Brett no chão em segurança perto do local da erupção, já que esse era claramente o plano a essa altura; não havia nada que pudesse ser feito para demover Brett da ideia.

Rogers tinha mais ou menos uma ideia de onde estavam quando perderam Morgan, mas não sabia a localização exata, um pouco porque boa parte do terreno parecia idêntica — como Marte, alguns pilotos diziam —, e um pouco porque estava ocupado tentando manter o helicóptero no ar.

Morgan é ainda mais louco que eu, pensou Jake Rogers. *Ou era.*

Rogers voou até um lago de cratera que ficava daquele lado do vulcão. Acima do lago havia um tanque de contenção que o exército devia ter construído naqueles dias; era possível ver que já estava se enchendo de lava.

Olhando pela janela do lado de onde estava sentada, Leah Cutler foi a primeira a ver Morgan.

Ela começou a gritar outra vez.

71

REBECCA E DAVID CRUZ olharam para o tanque de contenção que ficava a cerca de cem metros ao sul do lago de cratera. Parecia até mais fundo e estava se enchendo de lava.

Eles chegaram bem no momento em que o corpo do homem que havia caído do helicóptero apareceu boiando na corrente de lava laranja e vermelha que escorria para o tanque, exatamente como os técnicos do Corpo de Engenheiros do Exército pretendiam, apesar de não acharem que seria necessário tão cedo.

Era como se o homem tivesse descido por um escorregador gigante. Ou estivesse surfando uma onda cor de fogo.

Ela sabia por que o homem, fossem que fosse, não tinha desaparecido sob a superfície da lava. Mac havia explicado que a lava não se comportava como outros fluidos, e podia ser duas ou três vezes mais densa que a água.

— Ele caiu de um helicóptero. Como foi que não afundou? — questionou David enquanto os dois observavam impotentes o cadáver, com os olhos sem vida e deitado de costas para eles no tanque.

— A pessoa boia na lava — explicou Rebecca baixinho.

Por mais que quisesse, não conseguia desviar os olhos daquela cena horrenda. Viu o rosto e as mãos do homem começarem a ficar da cor da lava abaixo.

Vapor começou a se desprender do corpo.

— Os pulmões já queimaram — continuou Rebecca. — Ele deve ter morrido em coisa de um minuto. Talvez dois. — Era como se ouvisse a voz de Mac em sua cabeça, explicando a ciência daquele mundo. — Mesmo se tiver sobrevivido à queda, logo em seguida começou a queimar de dentro para fora.

— Que raios ele estava fazendo lá em cima? — questionou David, apontando para o céu. — Antes de acabar aqui.

Alguns segundos depois, como se em resposta a sua pergunta, uma câmera de vídeo apareceu chacoalhando no restante da lava que caiu no tanque. Ao mesmo tempo, o helicóptero do qual o homem tinha caído aterrissou entre o lago da cratera e o tanque de contenção.

— Provavelmente só fazendo seu trabalho — disse Rebecca, acrescentando em seguida: — Assim como o restante de nós.

O helicóptero enorme, com o nome BRETT escrito em letras garrafais na lateral, estava pousado perto do lago de cratera, algumas centenas de metros montanha acima.

J. P. Brett foi o primeiro a saltar para fora e correu na direção do que parecia ser uma escarpa inclinada do outro lado do tanque de contenção.

David e Rebecca foram subindo lentamente naquela direção. Um segundo helicóptero — do Exército dos Estados Unidos, não tão grande como o de Brett, mas de um bom tamanho — apareceu no céu mais a leste.

Quando pousou, o general Mark Rivers saltou assim que a porta se abriu, suas botas levantando terra e pedriscos do chão enquanto ele corria na direção de Brett como um defensor do Houston Texas, o time do coração de Rebecca, prestes a abalroar um adversário.

Mac desceu em seguida, correndo no encalço do general.

72

QUANDO REBECCA E DAVID chegaram ao local na montanha onde estavam os helicópteros, ambos com os motores desligados, uma pequena aglomeração de passageiros tinha se formado: Brett, Rivers, Mac, os Cutler e dois homens que Rebecca não reconheceu e estavam conversando em italiano.

Os dois pilotos ficaram perto das aeronaves, tentando se manter longe do fogo cruzado.

— Meus parabéns! — disse Rivers, batendo um dedo no peito de Brett.

— Pelo quê? — perguntou Brett.

— Nós avisamos que você ia acabar matando alguém, e olha só o que aconteceu, seu filho de uma puta! — esbravejou Rivers.

Rebecca nunca o tinha visto tão alterado.

— Seu filho da puta arrogante e teimoso de merda! — continuou Rivers.

— Aconteceu tudo ao mesmo tempo. A erupção e uma guinada repentina do meu helicóptero e... — Brett sacudiu a cabeça quando olhou para o corpo sem vida de Morgan. — Uma tragédia evitável? Sim. Mas ainda assim uma tragédia.

Jake Rogers estava recostado na lateral do Airbus, e Rivers foi até ele.

— Foi decisão sua voar tão perto do cume num momento como este? — questionou o general. — E sem pedir a permissão da torre nem do exército?

— Eu só trabalho aqui, general — disse Rogers. — Quando consegui recuperar o controle dessa coisa, minha única opção era dar a guinada brusca que dei e tentar cair fora daqui. — Ele deu de ombros. — Pensei que o cara estivesse preso pelo cinto.

— Bom, e estava errado sobre isso, né, bonitão? — esbravejou Rivers. — Todos vocês estavam errados! Esse maldito vulcão já fez uma vítima e ainda nem começou a se esforçar para isso.

Oliver Cutler estava ao lado de Brett. Rivers se virou para encará-los.

— Que pena vocês terem perdido seu cinegrafista — falou Rivers. — Imaginem as imagens incríveis que teriam do mergulho dele para a morte.

— Morgan conhecia os riscos envolvidos, assim como todos nós — disse Cutler.

— Vocês são um bando de irresponsáveis — disse Rivers. Antes que Brett ou Cutler pudessem responder, ele acrescentou: — Porra, como eu odeio gente irresponsável.

Ele olhou ao redor e perguntou:

— Alguma pergunta? Ou comentário?

Brett deu um pequeno passo à frente, como se estivesse com medo de pisar em uma mina terrestre.

— Só tenho um comentário a fazer, general — disse ele. — Se quiser me mandar embora, eu vou.

— Não — respondeu Rivers. — Você fica. Agora vou precisar de você mais do nunca, sr. Brett.

73

Arredores de Hilo, Havaí
Tempo até a erupção: 24 horas

PARECE QUE O GENERAL *Mark Rivers voltou para os tempos de guerra,* pensou Mac. *Ou está tentando declarar uma.*

Ele tinha contado para Mac mais cedo que falou com o presidente e informou sobre os militares expostos à morte negra, não escondendo nem um detalhe sobre a forma como morreram.

— Eu disse para o presidente que todos nós passamos a vida inteira ouvindo sobre a guerra para encerrar todas as guerras — disse Rivers. — Bom, aqui está ela.

Rivers pediu que Mac o acompanhasse de volta à base, e os dois seguiram pelo terreno acidentado no jipe do general, onde os diques estavam sendo construídos entre a Reserva Militar e Hilo.

Os tremores, grandes e pequenos, continuaram por toda a manhã. Mesmo quando os maiores começavam e parecia que a própria montanha estava se sacudindo, o trabalho seguia adiante, movido por uma energia poderosa, como se as equipes estivessem tentando construir um novo subúrbio em Hilo em questão de um dia.

E, como Mac havia convencido os moradores no teatro Palace no dia anterior de que, quanto mais ajudassem nos esforços do exército, mais segura a cidade ficaria, a força de trabalho disponível para Rivers tinha dobrado naquela manhã, talvez até triplicado.

J. P. Brett estava supervisionando a caravana de caminhões-tanques que traziam água da baía para o Mauna Loa.

— Estou curioso sobre uma coisa — disse Mac para Rivers enquanto os dois se deslocavam de um local para outro. — Como foi que ele fez aparecer tantos caminhões? Por mágica?

— Ele é Brett — respondeu Rivers, como se isso explicasse tudo. — Pode até ter mentalidade de contrabandista, mas, pelo menos por ora, é o *meu* contrabandista. Não dá tempo de construir uma estrutura de tubulação do mar até o vulcão, então estamos fazendo assim. Ele não estava mentindo quando disse que fazia as coisas acontecerem.

— Com pessoas morrendo no processo — rebateu Mac.

— Pelo menos conseguimos tirar o corpo da lava — disse Rivers.

Vestindo traje camuflado e capacete de construção, o general estava se comportando mais como um mestre de obras do que como a figura mais poderosa das Forças Armadas. Às vezes subia na cabine de uma escavadeira para indicar ao operador aonde queria que ele fosse e o que precisaria ser feito, deixando claro que, se não estivesse terminado em cinco minutos, cabeças iriam rolar.

Quando as máquinas que puxavam as caçambas não conseguiram se aproximar o suficiente dos diques, os voluntários que chegaram antes do amanhecer formaram uma corrente humana, passando pedras de mão em mão para transportar o material à moda antiga.

— Você prefere ficar com a srta. Cruz nos locais de detonação? — perguntou Rivers para Mac quando pararam para beber água. — Se quiser, pegue o jipe e vá.

— Quero ficar onde puder ser mais útil — respondeu Mac. — Nenhum de nós quer morrer aqui na ilha só porque nem todo mundo fez tudo o que era preciso fazer.

Rivers ergueu o chapéu, observando Mac atentamente.

— Você acha *mesmo* que vamos morrer aqui? — perguntou.

Não falava como um general, como o grande comandante que certamente era. Estavam conversando de igual para igual, como se estivessem em fila passando pedras um para o outro.

— Talvez — disse Mac. — Acho que tudo o que estamos fazendo vai funcionar, em maior ou menor grau. O que me enlouquece é não saber o que vai funcionar melhor. Acho que os explosivos de Rebecca vão dar conta do recado; o bombardeio também; e o titânio, os canais, a água do mar, tudo isso faz sentido. Parece um plano perfeito.

Ele sorriu para Rivers.

— Mas você conhece aquela velha frase do Mike Tyson: "Todo mundo tem um plano até levar um soco na boca".

Houve mais um tremor, o mais forte da manhã até então, e os dois foram jogados contra a lataria do jipe.

— Resumindo — continuou Mac. — Podemos ganhar a batalha contra essa coisa e perder a guerra, se não conseguirmos proteger os tonéis. Nesse caso, estamos condenados, e não importa quantos preparativos fizemos. E de boas intenções o inferno vai ficar cheio mesmo — acrescentou.

Rivers sorriu ao ouvir isso.

— Não precisa dourar a pílula, dr. MacGregor.

— Quer dar uma última olhada no dique mais próximo da cidade, pra ver em que pé anda? — perguntou Mac.

Rivers assentiu com a cabeça.

Mac estendeu a mão em um gesto inesperado.

— É uma honra lutar ao seu lado, senhor. Eu só queria que soubesse disso.

Rivers apertou a mão dele.

— Estou tentando lembrar quem foi que falou que o fracasso não era uma opção, mas não consigo de jeito nenhum — disse Mac. — Tem coisas demais na minha cabeça.

— É uma fala de *Apolo 13* — esclareceu Rivers. — Quem diz isso é Gene Kranz, o diretor de voo da NASA.

Rivers deu um tapinha nas costas de Mac e se posicionou ao volante como se tivesse todo o tempo do mundo, como se a perspectiva de morrer o fizesse se sentir mais vivo do que nunca.

Mac subiu no jipe, e Rivers saiu dirigindo como um louco na direção de Hilo; um novo tremor quase fez o veículo tombar, mas o general apenas riu e seguiu em frente. Uma música tocava sem parar na cabeça de Mac. Ele não conseguia lembrar quem cantava, mas era uma música antiga tocada não muito tempo antes na rádio de rock clássico de Hilo.

*It's the end of the world as we know it.**

Eles ouviram um celular tocar no console entre os dois. O toque estava no último volume, como obviamente precisava estar.

O general atendeu.

— Rivers! — gritou ele, balançando a cabeça enquanto escutava. — Estou indo.

Ele freou com tudo, deu uma guinada repentina de 180 graus e acelerou na direção oposta, ficando contente por ter se lembrado de usar o cinto de segurança.

— Precisamos voltar para a base — avisou Rivers, pisando ainda mais fundo.

— O que aconteceu?

— Outra erupção — disse Rivers.

---

* Trecho da música "It's the End of the World as We Know It (and I Feel Fine)", do R.E.M. Em tradução livre: "É o fim do mundo como o conhecemos". [N. T.]

74

Reserva Militar dos Estados Unidos, Havaí

BRETT E OS CUTLER chegaram à sala de reuniões ao lado do escritório do general cerca de quinze minutos depois de Rivers e Mac; Jenny e Rick Ozaki chegaram logo em seguida. Os Cutler estavam em voo quando Rivers mandou a base contatá-los, em outro helicóptero do exército, mostrando a localização dos tubos de lava que queriam bombardear.

— Então, onde é o incêndio? — perguntou Rick, tentando, e não conseguindo, ser engraçadinho. O momento para isso já tinha passado fazia tempo, e todos ali sabiam.

— Nas Ilhas Galápagos — disse Rivers. — Aconteceu o que nosso pessoal chamou de evento relevante no vulcão Wolf.

Rivers pôs os óculos de leitura e pegou a primeira folha da pilha de papéis impressos à sua frente.

— Recebi um telefonema 45 minutos atrás de Baltra, nossa base por lá — continuou ele.

Mac conhecia bem as Ilhas Galápagos; tinha feito várias visitas ao arquipélago vulcânico, localizado a pouco menos de 1.400 quilômetros da costa do Equador. O conjunto de pequenas ilhas tinha uma atividade sísmica quase constante. Três anos antes, ele passara mais de um mês por lá quando o vulcão Wolf entrara em erupção pela primeira vez em sete anos, lançando rios de lava laranja incandescente que eram visíveis até do espaço.

Algumas semanas antes, tinha ouvido uma previsão de uma eventual movimentação no maior e mais alto vulcão das Ilhas Galápagos. Mas seu foco desde então permaneceu concentrado na Grande Ilha, no intenso e exaustivo trabalho no Mauna Loa.

— As boas e velhas Ilhas Galápagos — comentou Jenny Kimura. — Conhecidas pelos grandes vulcões, as tartarugas gigantes e o bom e velho Charles Darwin.

Mac sorriu. Às vezes se perguntava como ficariam as coisas entre eles quando o mundo voltasse ao normal. *Se* voltasse.

— Certo, vamos nos concentrar aqui, pessoal — disse Rivers. — A última vez que o Wolf entrou em erupção foi três anos atrás, e as cinzas se espalharam pelo Pacífico por uns oitenta quilômetros, mais ou menos. Agora aconteceu de novo. Não foi inesperado, os sinais aparentemente estavam todos lá, mas ninguém achava que viria com tanta força, com a lava saindo de pelo menos três fissuras nas encostas leste e sudeste, fluindo pelos tubos e incendiando arbustos e gramíneas no caminho.

Se não fosse a situação em que estava envolvido, Mac estaria em contato constante com os vulcanologistas e o pessoal de Baltra, que conhecera durante a erupção de 2022. Talvez até estivesse a caminho de lá.

— Está tudo sob controle por enquanto — disse Rivers. — Ou o máximo de controle que é possível em uma situação como essa.

— Interessante — falou Brett. — Mas o que está acontecendo lá tem alguma coisa a ver com o que está acontecendo aqui?

— Eles estão usando militares para enfrentar o vulcão, a partir do ar e do mar — explicou Rivers.

— Espera aí — disse Mac. — Do mar?

Rivers posicionou as duas mãos juntas sob o queixo e se virou para ele.

— Eles solicitaram o apoio de contratorpedeiros da classe Zumwalt — contou Rivers.

— Navios de guerra — disse Mac.

— Para disparar mísseis balísticos de curta distância a partir de onde estão no Pacífico, com as armas mais precisas possíveis, tendo como alvos diretos os tubos de lava.

— Estão tentando bombardear o vulcão de volta para a Idade da Pedra — comentou Brett.

— Isso mesmo — confirmou Rivers.

— Felizmente, a erupção não está acontecendo do outro lado da montanha, onde vivem as iguanas-rosa ameaçadas de extinção — disse Jenny.

— E eles acham que vai dar certo? — perguntou Mac. — Pelo que sei, nunca foram usados mísseis em vulcões.

— Eles estão prestes a descobrir, muito provavelmente antes do fim do dia — informou Rivers. — É por isso que precisamos de gente nossa lá quando o caldo engrossar, por assim dizer.

— Leah e eu podemos ir — ofereceu-se Oliver Cutler, levantando a mão como um aluno de colégio que sabe a resposta certa da pergunta.

— Está ansioso para sair logo da *nossa* ilha? — questionou Rivers.

— Não é isso, senhor — respondeu Cutler, às pressas. — Minha mulher e eu nunca fugimos de problemas. Só queremos mostrar que, apesar das suas desconfianças sobre nós e aquilo que vê como egocentrismo, estamos dispostos a fazer o que for para ajudar a causa.

Rivers se virou para Mac.

— Quem você acha que deveria ir, dr. MacGregor?

— Jenny e Rick — disse Mac sem hesitação.

— E por quê? — questionou Rivers.

— Porque são inteligentes, corajosos e, se encontrarem alguma falha no plano usado pelo exército por lá, vão dizer isso para você sem meias-palavras, general. Eles não vão desperdiçar um tempo que não temos.

— Você concorda em participar de uma missão desse tipo, dra. Kimura? — perguntou Rivers para Jenny.

— Se Mac não vê problemas, eu estou dentro — disse ela.

— Vou providenciar um avião — falou Rivers.

— Só tem um probleminha, senhor — interrompeu Mac. — Eu já fiz essa viagem mais de uma vez. As Ilhas Galápagos ficam a quase oito mil quilômetros daqui. São no mínimo oito horas de avião, mesmo com vento de cauda.

— Não com o meu avião — disse J. P. Brett.

75

Aeroporto Internacional de Hilo, Havaí

O JATO PARTICULAR MAIS veloz do planeta era o Peregrine, e Brett tinha ido ao Havaí em um deles.

Mac estava com Jenny e Rick na pista enquanto os pilotos faziam as últimas verificações de segurança antes de decolar para as Ilhas Galápagos. Brett tinha garantido que eles aterrissariam no Aeroporto Internacional José Joaquín de Olmedo em pouco mais de cinco horas. O copiloto pegou as bolsas de mão da tripulação; Jenny e Rick estavam levando pouquíssima bagagem, na esperança de ficarem lá apenas por algumas horas.

Rick deu um abraço rápido em Mac.

— Sua mulher está feliz por você embarcar nessa aventura? — questionou Mac.

— O que você acha?

As turbinas do Peregrine foram acionadas; parecia que um novo tremor de terra estava acontecendo sob seus pés.

— Vê se *não* morre enquanto eu estiver fora — disse Jenny. — Você sabe o quanto isso me deixaria irritada.

— Longe de mim deixar você irritada, né? — respondeu Mac.

Por cima do ombro de Jenny, Mac viu o copiloto no alto da escada de acesso.

— Dra. Kimura — chamou ele em meio ao ruído das turbinas. — Hora de embarcar.

Não ficou claro quem iniciou o abraço, se foi Mac ou Jenny, mas de repente os dois se viram nos braços um do outro.

— Você se cuida — disse Mac no ouvido dela.

— Não bebe seu uísque antes de eu chegar — avisou ela.

Mac a beijou de leve na cabeça e deu um passo atrás, com as mãos ainda nos ombros dela. Ele sorriu.

Jenny fez um aceno de cabeça e sorriu de volta.

— É assim que eu me sinto também — disse ela.

Abaixando os ombros para passar sob os braços dele, Jenny deu um passo à frente e o beijou tão de leve e rapidamente que foi quase como se seus lábios não tivessem se tocado.

Depois disso, Jenny Kimura se virou e foi para o que já estava chamando de Brett Jet. Ela subiu a escada e desapareceu porta adentro sem olhar para trás.

Mac ficou na janela do terminal, vendo o jato particular mais veloz do mundo decolar, tendo como pano de fundo de sua subida o cume do Mauna Loa.

Então voltou para o jipe militar que Rivers lhe havia designado com exclusividade. Seu plano era encontrar Rebecca e a equipe dela no Mauna Loa — se o vulcão permitisse —, para que pudessem instalar o restante dos explosivos. Depois disso, se encontraria com Brett e os Cutler para revisar o mapa mais recente dos bombardeios aéreos.

O uso das bombas dependeria do que Jenny e Rick observassem nas Ilhas Galápagos, depois de viajarem até lá no que devia parecer a velocidade do som.

Para Mac, era só mais uma forma de tentar derrotar o sempre implacável relógio.

Ele se acomodou ao volante, mas não ligou o motor. Ficou pensando na despedida de Jenny e se perguntando se deveria ter dito algo mais a ela. Mas, claro, era uma coisa recorrente ficar se perguntando se deveria se abrir mais sobre seus sentimentos por ela.

Talvez fizesse isso quando se entendesse melhor. Só esperava que houvesse tempo para isso.

O celular começou a vibrar, arrancando-o de seus pensamentos.

O identificador de chamadas mostrou o nome *New York Times.*

Mac não ficou nem um pouco surpreso por aqueles repórteres terem seu número. *É só esperar,* pensou.

Um minuto depois, veio o bipe que indicava uma nova mensagem de voz. Era a repórter.

— Aqui é Imani Burgess. Espero que consiga me ligar de volta antes de Sam e eu mandarmos nossa matéria, para podermos publicar um comentário seu sobre uma fonte que afirmou que existe uma espécie de depósito de lixo tóxico na ilha, e que alguns militares que morreram podem ter sofrido uma contaminação por esses agentes.

Houve uma pausa.

— Estamos no limite do nosso prazo — disse ela. — Então, quanto antes puder me ligar, melhor. Nós queremos muito dar uma chance pra você responder ao que apuramos, principalmente se souber de alguma coisa sobre os militares.

Mac ouviu a mensagem mais uma vez.

Em seguida, apertou o comando de apagar, pôs a chave na ignição e saiu do estacionamento.

Uma vez na rua, fez uma ligação, mas não foi para o *New York Times.*

76

Espaço aéreo das Ilhas Galápagos

A ERUPÇÃO TINHA TERMINADO quando chegaram, menos de cinco horas depois de terem decolado de Hilo, abaixo inclusive da previsão de J. P. Brett, graças a uma poderosa corrente de vento no Pacífico.

Quando sobrevoaram a ilha Isabela, onde o Wolf era um de seis vulcões em escudo, Jenny viu um pôr do sol lindo como poucos, de um laranja vivo como uma cachoeira de lava. O fluxo ainda vinha a toda força, visível quando começaram a descida.

— Então eles fizeram exatamente o que queriam — comentou Jenny.

Ela e Rick tinham visto a transmissão da operação por streaming no laptop.

— Transformaram esse lado do vulcão numa peneira — disse Rick.

— Eu diria que foi mais uma cesariana geológica — respondeu Jenny. — Só fizeram com que o bebê viesse mais cedo.

O que tinham feito ali no mês anterior, contando com a consultoria de cientistas japoneses contratados pelo governo equatoriano, foi despressurizar as câmaras de magma explodindo mísseis nas profundezas do Wolf, até dez quilômetros montanha adentro. Essa desgaseificação por uma força externa tinha aliviado muito da pressão antes da erupção, a qual foram capazes de prever com a precisão de um intervalo de horas. O sucesso fora resultado de uma liberação calculada e sincronizada de pressão pelas fissuras criadas pelos mísseis de curto alcance.

O cume do vulcão Wolf desapareceu quando o piloto embicou o Peregrine para o aeroporto.

— Então nosso trabalho aqui já está basicamente feito — comentou Rick.

— Não exatamente — respondeu Jenny.

O tenente Abbott e seu oficial superior, major Neibart, tinham dito com todas as letras para Jenny que de forma nenhuma permitiriam que eles voassem para a ilha Isabela, apesar de haver uma pista de pouso construída pelo exército entre o vulcão Wolf e um outro nomeado em homenagem a Charles Darwin.

— Sem chance — afirmou o tenente, um linha-dura. — Não vai rolar.

Mas então Jenny saiu da sala de Abott e ligou para Mac, que contatou o general Rivers, que estava acima de todo mundo na cadeia de comando exceto o presidente dos Estados Unidos. Portanto, lá estavam eles na ilha, trazidos por um jovem piloto do exército, que pousou o avião de quatro lugares quase na porta do barracão Quonset que servia como sub-base.

Havia alguns jipes estacionados do lado de fora.

— Alguém mora aqui? — perguntou Rick para o piloto.

— As tartarugas gigantes do vulcão Wolf — respondeu o homem. — Eles têm muito orgulho dessas cascudas por aqui. — Em seguida, acrescentou: — Recebi ordens para dizer que, se não voltarem ao avião em uma hora, é melhor torcerem para conseguir um Uber aqui.

Jenny estava com o mapa da ilha no colo. Tinha insistido em saber exatamente onde estavam as câmaras de magma e quão perto delas as fissuras foram abertas. Assim poderiam verificar eles mesmos como o bombardeio havia controlado o fluxo de lava com tanta eficiência. Rick foi dirigindo o jipe pela íngreme montanha de 1.700 metros, com a altitude mudando rapidamente à medida que seguiam para o cume.

— Explique de novo por que estamos fazendo isso — pediu Rick.

— Porque nós fomos a tropa de infantaria deslocada pra cá — disse Jenny.

— Ah, que beleza — retrucou ele. — Estou subindo um vulcão ativo com GI Jane ao meu lado.

Eles chegaram o mais perto do flanco leste do Wolf que era possível com segurança, próximos o bastante para ver as correntes de lava. Mesmo dali, era possível ver que o fluxo começava a ficar mais lento a caminho do oceano.

— Que coisa, eles arrumaram um jeito de mandar a lava exatamente pra onde queriam — comentou Jenny quando desceram do jipe. — Se eles conseguiram, nós também podemos.

— *Se* conseguirmos entender como foi que eles fizeram — rebateu Rick. — Nessas 24 horas que faltam, mais ou menos.

— Será que dá pra chegar um pouco mais perto? — especulou Jenny.

— Não.

— Mas já viemos até aqui.

— Pois é, já estamos perto até *demais* — resmungou ele, mas deixou o jipe estacionado e a seguiu montanha acima.

No fim, chegaram a um pequeno promontório, um chão firme que proporcionava a melhor visão dos buracos abertos no vulcão Wolf, a mais ou menos quatrocentos metros dali. Fluxos de lava menores ainda fluíam para fora deles, ao sul de onde a correnteza mais poderosa tinha sido derramada a partir do cume.

Rick tinha trazido da base uma câmera Canon com lentes teleobjetivas e estava fotografando tudo. Logo em seguida, falou para Jenny que precisavam encerrar, porque estava ficando sem luz natural e sem espaço no cartão de memória.

— Só mais algumas e vamos embora daqui, prometo — disse ela. — Você sabe o quanto essas imagens vão ajudar Mac.

— Ah, graças a Deus — disse Rick.

Ele se apoiou sobre um dos joelhos no chão para pegar um ângulo melhor, com Jenny de pé ao seu lado.

O terremoto, súbito, violento e inesperado, atingiu a ilha Isabela com uma força diferente de qualquer outro tremor de terra que Jenny já tivesse sentido, inclusive na pré-erupção em Hilo; era como se o mundo todo estivesse explodindo.

Eles olharam ao redor em busca de proteção, mas não havia onde se esconder, nem para onde fugir. O céu de repente ficou escuro, como se a noite tivesse caído em um piscar de olhos.

Os dois se viraram bem a tempo de ver o vulcão Wolf desmoronando em sua direção como um prédio em colapso; nesse mesmo momento, a escarpa onde estavam posicionados desapareceu.

Então quem começou a cair foram eles.

77

Observatório Vulcânico do Havaí (HVO)

MAC DEIXOU REBECCA CRUZ em sua sala e, com relutância, saiu do prédio principal do HVO para ter uma conversa cara a cara com os repórteres do *New York Times*, que se recusavam a sair de lá enquanto não falassem com ele.

Havia outra mulher com os dois; ela se apresentou como Rachel Sherrill.

Imani Burgess foi direto ao assunto.

— A boa notícia pra você é que nossa matéria não vai ser publicada — esbravejou ela. — Ou talvez você já saiba disso.

Ela não fez a menor questão de esconder sua raiva.

— Então, o Exército dos Estados Unidos ataca novamente — acrescentou Rachel Sherrill.

— Sem querer ser grosseiro, srta. Sherrill — disse Mac. — Mas quem é você?

— Alguém que está esperando você parar com o papo-furado — disse ela.

— Rachel trabalhava no jardim botânico vários anos atrás, quando o exército surgiu do nada para limpar algum tipo de derramamento tóxico — contou Burgess. — Depois a história foi enterrada, assim como os dejetos, provavelmente.

— Eles fizeram um acobertamento deliberado, segundo a srta. Sherrill — disse Sam Ito. — E nossas fontes indicam que tem algo parecido acontecendo agora.

— E, ora, veja só, fomos chamados de volta para a redação — continuou Burgess. — Lá no jornal, disseram que é por causa da erupção. Mas sabemos que não é bem assim, certo, dr. MacGregor?

— Eu poderia ter ficado lá dentro — retrucou Mac. — Vocês não precisam de mim. Já têm todas as respostas que querem.

— Nós achamos que você ligou para o Rivers assim que recebeu a mensagem de Imani — disse Ito. — Depois disso, imaginamos que o general ligou diretamente para o presidente, que então falou com o diretor de redação do *New York Times* e disse para ele que seus repórteres estavam pondo a vida das pessoas em perigo fazendo alegações sem fundamento sobre o exército.

— Só que são vocês que estão colocando vidas em perigo, não é mesmo, dr. MacGregor? — questionou Rachel Sherrill.

— Eu estou tentando salvar vidas — rebateu Mac. — O que, sendo bem sincero, não tenho como fazer aqui fora.

— Provavelmente você já ouviu isso antes — disse Ito. — Mas as pessoas têm o direito de saber.

— Nem tudo — retrucou Mac. — Vê se cresce, menino.

— Eu não sou um menino — respondeu Ito, irritado.

— Pra mim é — insistiu Mac.

— Não é você quem decide o que as pessoas têm ou não o direito de saber — disse Rachel Sherrill. — Principalmente com os riscos envolvidos aqui.

— Por favor, não venha você querer me dizer quais são os riscos envolvidos aqui, srta. Sherrill.

Rachel estava ofegante, com o rosto vermelho e os punhos cerrados. Ela lembrava um pouco Jenny quando achava que estava certa sobre alguma coisa e que Mac estava totalmente errado.

— Esse assunto ainda não está encerrado — disse ela. — Eles vão embora, mas eu não saio daqui enquanto não tiver minhas respostas.

— Então acho que não adianta desejar uma boa viagem para os três — respondeu Mac.

Ficaram todos em silêncio. Mac não se incomodou com isso. Sabia que eles tinham mais a dizer e ainda mais para perguntar, mas os três viraram as costas, voltaram para o carro no estacionamento de visitantes e foram embora.

Enquanto voltava para o prédio, Mac sentiu o celular vibrar dentro do bolso. Ele deu um passo para o lado antes de passar pela porta, se encostou na parede e atendeu:

— MacGregor falando.

Os dois repórteres e Rachel Sherrill estavam longe demais para ouvir o grito de lamento que o dr. John MacGregor soltou naquele momento, o som de um animal ferido; nem escutaram enquanto ele gritava *Não* várias e várias vezes, até parecer que todo o ar tinha deixado seu corpo.

Ele deslizou pela parede, com o celular ainda na mão, se sentindo como se o mundo já tivesse acabado. O seu e o de todo mundo.

Rebecca resolveu sair para procurá-lo. Ainda havia trabalho a fazer naquela noite, ou haveria em breve, quando Jenny e Rick enviassem seu relatório final de Galápagos junto com as fotos de Rick, o que provavelmente fariam quando estivessem no voo de volta no avião caríssimo de Brett.

Ela e Mac haviam tido notícias deles mais ou menos uma hora antes, quando estavam prestes a pousar na ilha Isabela. Quando saiu para se encontrar com os repórteres, Mac disse que, se Jenny e Rick não tivessem ligado quando voltasse, ele mesmo ligaria.

Rebecca saiu e viu Mac sentado no chão do lado da porta. Estava imóvel, a não ser pelo peito ofegante, com os olhos fixos em algum ponto a distância.

O celular ainda estava na sua mão.

Os olhos estavam vermelhos, e, por mais que fosse difícil de acreditar, parecia que John MacGregor havia chorado.

Ela sentiu sua respiração se acelerar e um aperto no peito. Foi até ele e se agachou ao seu lado.

— Mac, o que aconteceu?

Foi como se houvesse um atraso entre o momento em que ela falou e quando suas palavras chegaram aos ouvidos dele.

Por fim, Mac ergueu os olhos.

— Jenny morreu — contou ele. — E Rick também.

78

REBECCA AINDA ESTAVA COM Mac, sentada no chão ao seu lado.

— Eu tenho umas ligações para fazer — disse Mac.

— Você vai ter tempo pra fazer isso mais tarde — respondeu ela.

Ele engoliu em seco. Precisava de uma bebida.

— Eles não receberam nenhum aviso… foi isso que o piloto que levou os dois até lá falou — contou Mac para Rebecca. — Aquele lado da montanha simplesmente… foi como uma espécie de avalanche. Estão especulando que os ataques com mísseis devem ter provocado a atividade sísmica, mas no momento não dá pra ter certeza. — Ele respirou fundo. — De qualquer forma, isso não vai trazer ninguém de volta.

Ele se virou para Rebecca.

— Fui eu que pedi para ela ir.

— Se não tivesse pedido, ela teria se oferecido — disse Rebecca. — Estava empenhada na missão.

— Por minha causa.

— Mac, estamos todos na mesma missão — disse ela. — E temos todos o mesmo empenho que Jenny, porque sabemos que o tempo está acabando.

— A diferença é que para Jenny e Rick já acabou — rebateu Mac.

Ele falou para Rebecca ir descansar um pouco, mesmo se fosse em um sofá por ali mesmo. Rivers queria todos em sua sala na manhã seguinte às seis. Ela prometeu que dormiria depois de revisar os mapas uma última vez.

— Mentirosa — disse Mac baixinho.

Rebecca voltou para dentro. Mac tentou se levantar, colocando o celular no chão ao seu lado. Quando começou a vibrar, ele se obrigou a atender quando viu quem era.

Sua esposa.

— A mulher do Rick me ligou pra contar — disse ela assim que ele atendeu. — Mac, eu sinto muito.

Ele tinha conversado com Linda algumas vezes na semana anterior, quando explicara qual era a situação na ilha nos termos mais vagos possíveis. E havia ligado para os meninos algumas vezes, trocado e-mails. Linda ainda não tinha contado o perigo que o pai deles estava correndo; não havia motivo para deixá-los assustados. Mas ela sabia, apesar de Mac ter dito muito pouco.

— Não tanto quanto eu — garantiu Mac.

O que ela sabia do ocorrido na ilha Isabela foi o que o exército tinha contado para Eileen, a mulher de Rick. Mac e Linda conversaram por alguns minutos, e ele perguntou se podia falar com os meninos.

Ela pôs a chamada no viva-voz para que eles pudessem escutá-lo. Perguntaram se o pai estava bem e ele respondeu que sim. Disseram que estavam tristes por causa da tia Jenny e do tio Rick, e Mac falou que também estava. Charlie perguntou, com a voz embargada, se Mac ia morrer também. Mac reiterou para os dois que estava bem e que não havia motivo para preocupação, porque eles se encontrariam mais cedo do que esperavam. Além disso, o que tinha acontecido com a tia Jenny e o tio Rick tinha sido a milhares de quilômetros dali.

Mac fechou os olhos com força e tentou se controlar e não pensar em como aquela poderia ser a última vez que conversava com os filhos.

— Vocês dois... — Ele sentiu um nó na garganta, cobriu o bocal do telefone, pigarreou e continuou: — Vocês sabem o orgulho que tenho dos dois, não é? E sempre tive?

— Pai, você fala isso o tempo *todo* — disse Max.

— Nunca é demais dizer — afirmou Mac.

— Você também fala isso toda vez — disse Charlie.

Mac cobriu o bocal outra vez, para limpar a garganta.

— A melhor coisa que já me aconteceu na vida foi ser o pai de vocês — disse ele por fim. Sentia as lágrimas escorrerem pelo rosto e ficou grato por não estar conversando pelo FaceTime ou pelo Zoom. — Eu amo muito vocês.

As lágrimas não paravam.

— Nós também, pai — eles disseram em uníssono.

Então Charlie falou:

— Até mais.

Até mais.

Linda tirou a ligação do viva-voz.

— Eles queriam estar aí com vocês — disse ela.

— Bom, nós dois sabemos que isso não vai acontecer tão cedo.

E talvez nunca mais.

Os dois ficaram calados por alguns instantes. A essa altura, Mac estava acostumado com isso quando se tratava da mulher que já considerava sua ex-esposa. Perto do fim, antes que ela fosse embora com os gêmeos, eles só se comunicavam por meio de silêncios prolongados como aqueles.

— Eu sinto muito — disse Linda por fim.

— Eu sei o quanto gostava dos dois.

— Estou falando sobre *nós*, Mac — falou ela. — Sinto muito por não termos conseguido fazer as coisas darem certo.

Ele ficou sem saber o que dizer, então não falou nada. Só sabia que não queria continuar aquela conversa.

— Não sei se vou parecer uma idiota se disser pra você ficar em segurança — retomou ela. — Mas você pelo menos tem o consolo de saber que os meninos estão sãos e salvos.

Ele sentiu vontade de gritar de novo, assim como tinha feito até a garganta doer quando recebeu o telefonema das Ilhas Galápagos.

Queria gritar que seus filhos não estavam sãos e salvos coisa nenhuma, nem ela, não importava se estivessem no continente, porque ninguém estava seguro em lugar nenhum do mundo.

Mas não falou nada disso.

E não porque tinha prometido a Rivers não contar para ninguém.

Ele só não falou porque não conseguiu.

Depois de um último silêncio prolongado, Linda falou:

— Eu te amo, Mac.

Ele fingiu não ouvir, como se a ligação já tivesse sido encerrada. Estava prestes a entrar de novo quando o celular vibrou mais uma vez.

Uma única palavra apareceu no identificador de chamadas:

Rivers.

79

Em frente ao Tubo de Gelo, Mauna Kea, Havaí
Tempo até a erupção: 16 horas

MAC DIRIGIU ATÉ A Reserva Militar como se estivesse fugindo daquela noite; estacionou o jipe e andou até o local onde Rivers o esperava.

No caminho, pensou o tempo todo no pouquíssimo tempo que restava e que, se suas projeções estivessem corretas, a Grande Ilha poderia virar um lugar bem diferente no início da tarde seguinte.

Está chegando a hora do duelo, pensou Mac, imaginando o que estaria acontecendo dentro do Mauna Loa, na velocidade e na força com que o magma se elevava na direção do cume, seguindo o único cronograma que importava para o vulcão — o seu próprio.

O magma se movendo para aquilo que Jenny insistia em chamar de "big bang".

Jenny.

Depois da ligação de Rivers, ele abriu o contato de Jenny para telefonar para ela, por reflexo.

Jenny, que era tão corajosa.

Quando enfim se colocou ao lado de Rivers, a mais ou menos cem metros da entrada do Tubo de Gelo, viu mais caminhões carregados de chapas de titânio. Mais luzes ao redor deles. Mais homens trabalhando para proteger aquela fortaleza que guardava os tonéis, alguns descarregando titânio, outros aplicando uma nova camada metálica.

Está mais barulhento aqui do que nunca, pensou ele. *Há um senso de urgência ainda maior, se é que isso é possível.*

Nada de farda para Rivers naquela noite. Mais uma vez, estava só de trajes camuflados e capacete de construção. Ele parecia gostar de parecer um trabalhador comum, apesar de ser a pessoa que gritava as ordens.

— Eu gostaria de dizer o quanto lamento por nossas baixas — disse Rivers, com uma tensão perceptível na voz.

Baixas... linguagem de guerra. Mas esse é o mundo dele.

— Eu sei que sim, senhor — respondeu Mac.

— Você tinha razão — disse Rivers. — Eles eram mesmo corajosos.

Em seguida, acrescentou:

— Uma camada a mais de titânio não vai fazer mal a ninguém.

— Concordo — disse Mac. — E quem sabe? No fim, pode fazer toda a diferença. Vamos nessa sem medo.

Mac apontou na direção do Mauna Loa, enquanto mais militares e moradores da cidade continuavam aparecendo para descarregar o titânio.

— São trinte quilômetros, mais ou menos, daqui até lá — disse Mac. — Se nosso desvio funcionar, não vamos precisar deixar a caverna mais protegida do que já está. Se não funcionar? — Mac deu de ombros. — Vamos ter que torcer para que isso que você chama de revestimento aguente tempo suficiente para a lava se resfriar sozinha.

Eles ouviram o que pareceram ser tiros vindos do local onde o primeiro dique estava sendo construído, em outra parte da montanha.

Um minuto depois, um soldado apareceu correndo ladeira acima, acenando com o celular na mão para o general Rivers.

— Temos problemas, senhor — avisou o jovem.

— Isso que eu ouvi foram tiros? — perguntou Rivers.

— Tiros de alerta, senhor — disse o soldado. — Por causa do protesto.

— Protesto contra o quê, caralho? — gritou Rivers.

— De algum jeito, eles ficaram sabendo que estamos escavando alguns túmulos.

— Eu preciso cuidar disso — disse Rivers para Mac.

Ele assentiu.

— Você é muito melhor para conter multidões do que eu. E também tenho algumas coisas para fazer.

Rivers correu até seu jipe, sentou ao volante e saiu em disparada.

Mac também estava ao volante do jipe quando recebeu o telefonema de Lono.

— Eu preciso muito ver você, velho Mac — disse o garoto.

— Onde?

— Na nossa praia.

Mac dirigiu ainda mais rápido do que de costume.

80

Praia de Honoli'i, Hilo, Havaí
Terça-feira, 29 de abril de 2025

MAC CHEGOU À PRAIA primeiro. Estacionou o jipe no mesmo lugar em que sempre o deixava em tempos muito melhores, pegou suas coisas e foi andando em direção à água. Ao pisar na areia, ainda que apenas por um momento, se sentiu em casa.

Ele costumava ir até lá na Akua, a noite do mês em que a lua cheia estava no auge, maior e mais brilhante, parecendo até mais redonda que o normal, com as ondas dançando sob sua luz incrível, como se o amanhecer tivesse chegado mais cedo.

Naquela noite, era só uma lua crescente. Mac ficou parado na areia, observando tudo e pensando em como o mundo parecia perfeito visto dali. Os únicos sons no ar eram o vaivém das ondas e o chamado ocasional de um pássaro noturno. Ele se sentiu como o último homem no planeta.

É isso que estamos tentando salvar, pensou. *É o que* precisamos *salvar.*

Uma beleza como aquela era um fenômeno do mundo natural tanto quanto o vulcão, e o deixava sem fôlego.

Ele olhou para o vulcão e pensou: *Isso não pode acontecer.*

Mac ouviu alguém atrás dele abrindo caminho entre a vegetação. Ele se virou e viu Lono, o garoto que não parava de crescer — Mac às vezes brincava que quase conseguia *ouvi-lo* espichando —, trazendo duas pranchas debaixo do braço.

— Pensei que tivesse esquecido de mim — disse Lono, estendendo a mão fechada para um cumprimento.

— Seria como esquecer um dos meus filhos — respondeu Mac.

— Então, trouxe uma prancha pra você, só pra garantir — disse Lono.

Eles sentaram nas pranchas e ficaram olhando para a água, em silêncio, como se estivessem na igreja.

E talvez, em certo sentido, estivessem mesmo.

— Vai ser feio, né? — perguntou Lono por fim.

— Pior que isso — disse Mac.

— Você acha melhor eu e a minha mãe sairmos da ilha? — quis saber Lono.

Ele sentiu o olhar do garoto pesando sobre si. Mac se virou para encará-lo.

— Não posso explicar em detalhes, porque dei minha palavra — explicou Mac. — Mas, confia em mim, mesmo se vocês conseguirem lugar num barco ou avião, é tarde demais.

Lono ficou hesitante e então disse:

— Eu confio em você, Mac. Inclusive se a minha vida depender disso.

Jenny e Rick também confiavam.

— O vulcão não é a única bomba-relógio prestes a explodir, né, Mac? Isso tem alguma coisa a ver com o que está rolando dentro da Montanha Branca, certo?

Era assim que os nativos chamavam o Mauna Kea.

— Onde foi que você ouviu uma coisa dessas? — questionou Mac.

Lono deu de ombros.

— Uma mulher, uma *haole*, foi até a Defesa Civil mais uma vez querendo falar com o sr. Takayama. Ela disse para a mãe do Dennis que o exército estava escondendo segredos que podiam destruir a cidade toda e que, se o sr. Takayama não contasse para as pessoas, ela mesma ia contar. Disse que não ia deixar o sr. Takayama fazer nada com ela de novo.

Lono olhou para Mac.

— Essa *haole* sabe das coisas, não é?

— Ela sabe que existe alguma coisa pra saber — respondeu Mac.

Lono suspirou, soando como uma nota triste saída de um trompete.

— Eu fiquei sabendo da Jenny — disse Lono. — E do Rick. Eles eram gente boa.

— Não só isso. Eram os melhores.

— Você está bem?

— Algum dia, talvez. Mas hoje não, garoto.

Depois de mais um suspiro, Lono disse:

— Preciso contar uma coisa, Mac. Fui *eu* que falei o que estava acontecendo nos túmulos. — Ele fez uma pausa e então acrescentou baixinho: — Não sabia que ia dar todo esse rolo.

Mac sorriu.

— Tem certeza?

— Bom, eu posso não estar muito arrependido de criar um pouco de *pilikia*.

— Não importa. O general Rivers já acabou com isso.

— Ouvi dizer. — Nesse momento, Lono sorriu. — Está aí um cara mau. Mas no bom sentido, mesmo irritando tanto o pessoal daqui.

— Não só bom — disse Mac. — No melhor.

— Eu sou meio bocudo — falou Lono.

— Sempre foi. — Mac deu um soquinho de leve no seu braço. — Mas a ilha é de vocês, não nossa.

O sol estava nascendo. Eles viram as grandes ondas da manhã começarem a se formar a distância. Sem dizer nada, correram para a água, subiram nas pranchas e começaram a remar.

Estar na água tornava o mundo mais bonito, pensou Mac. A luz parecia vir do mar também, não só do céu.

— Eu não tenho muito tempo — avisou Mac.

— É você que sempre diz que a gente precisa arrumar tempo pra fazer as coisas que ama — respondeu Lono.

— Vamos nessa, então.

Por um breve instante, Mac se perguntou se aquela seria a última vez que pegariam ondas.

Alguns minutos depois estavam de pé em suas pranchas, a uns cinquenta metros de distância, talvez mais, com a água morninha como a do banho, e pegaram a primeira grande onda no mesmo momento.

Mac ouviu Lono vibrar e gargalhar de alegria enquanto os dois surfavam na direção da praia.

Ele absorveu toda aquela cena — o garoto, o mar, o céu da manhã — e pensou mais uma vez: *É isso que estamos tentando salvar.*

81

Reserva Militar dos Estados Unidos, Havaí
Tempo até a erupção: 6 horas

ELES AINDA NÃO TINHAM encontrado a tal Kane, a garota que estava com o sargento Noa Mahoe no bar na noite do vazamento no Tubo de Gelo. Possivelmente sua namorada.

O general Mark Rivers não queria ouvir mais desculpas da parte de Briggs. Não era como se estivessem procurando uma pessoa desaparecida em uma cidade como Nova York, foi o que disse a ele.

— Encontre essa garota! — rugiu Rivers, dispensando Briggs em seguida com um aceno carregado de irritação.

A garota era uma ponta solta naquela história. Ele detestava pontas soltas.

O sargento Mahoe, aquele imbecil, ainda estava em quarentena. Isolado e vigiado por homens armados 24 horas por dia, provavelmente se recuperando da exposição à radiação. Pelas fotos que Rivers tinha visto, Mahoe parecia uma vítima de napalm. Os médicos ainda não sabiam se ele sobreviveria, apenas que ainda existia a chance. E queriam mais detalhes sobre o incidente.

Para Rivers, só o que importava era que esse garoto burro com os hormônios à flor da pele tinha levado a radiação junto com ele para fora da base naquela noite sem permissão.

Era preciso saber se a garota estava contaminada e quem ela poderia ter contaminado por sua vez.

Como ele detestava pontas soltas.

Mark Rivers esfregou a testa com tanta força que ficou com medo de que fosse romper a pele. Ele se perguntou se a garota por acaso sabia que Mahoe estava doente, se não poderia ser uma espécie de portadora, mesmo que sua pele não começasse a descascar em flocos pretos.

E se sobrevivermos à erupção, se conseguirmos controlar a lava e ao mesmo tempo um tipo diferente de morte negra começar a assolar a ilha como uma praga, tudo por causa de um sargento sob meu comando?, pensou Rivers.

Em quantas frentes ele precisaria lutar nessa guerra?

E se alguma coisa tão letal quanto a erupção se espalhasse pela Grande Ilha antes de a lava começar a fluir como uma cachoeira do alto da montanha pela qual estavam todos obcecados?

Nossa, ele precisava dormir.

Ou de uma bebida forte.

Talvez as duas coisas.

Patton vivia estapeando homens sob seu comando durante a campanha da Sicília, e Rivers se pegou concordando com a ideia. Até cogitaria um tapa bem dado na cara do sargento Mahoe, se não tivesse medo de pegar o que ele tinha e que estava apodrecendo sua pele.

O telefone fixo tocou. O soldado da recepção informou que MacGregor, Rebecca Cruz, Brett e os Cutler tinham chegado.

Todas as informações disponíveis, toda a tecnologia aplicada por eles, apontavam que a erupção aconteceria naquele dia, talvez antes mesmo do fim da manhã. Os tremores de terra estavam ficando mais frequentes, como as contrações de uma mulher à beira do parto.

O parto, pensou. *O início da vida.*

Isto pode ser exatamente o contrário.

Rivers olhou para as palavras havaianas que tinha escrito no bloco de papel diante dele:

Ka hopena

O fim.

Seu telefone via satélite tocou. Rivers estava usando esse aparelho agora, não seu celular — assim como todos os outros militares.

Era Briggs.

— Acho que encontramos a garota — disse o coronel James Briggs no momento em que a base militar começou a tremer de novo, com mais força do que nunca.

Leilana Kane tentava se misturar à multidão da melhor maneira que podia no cais do Porto de Hilo, em meio às pessoas que queriam entrar em uma das pequenas barcas que começaram a evacuar a população da ilha na tarde anterior. Eram moradores de Hilo que preferiam ir embora a colaborar com o exército, alguns sem saber quando voltariam, nem em que condição estaria a Grande Ilha quando isso acontecesse.

Alguns, com mais dinheiro, estavam fretando aviões para uma das outras ilhas, querendo estar bem longe dali quando o Mauna Loa explodisse com uma força de que estavam ouvindo falar fazia dias, uma força como a ilha nunca vira antes.

Leilana estava fugindo desde que os militares arrastaram Noa do Hale Inu Sports Bar como se ele fosse um criminoso; tinha conseguido escapulir pela porta dos fundos momentos antes de o exército interditar o local.

Desistira de falar com Noa no celular, principalmente depois que uma de suas amigas contou que os militares andavam perguntando se alguém a havia visto ou tido contato com ela. Leilana parou de usar seu celular também, com medo de que o exército ou a polícia pudessem rastreá-la através do aparelho.

Ao sair do bar, tinha ido à fazenda de macadâmias onde seus avós maternos a criaram depois que a mãe morreu de câncer. Na manhã seguinte, militares apareceram na propriedade, um lugar belíssimo, digno de cartão-postal, saindo da Rota 200, não muito longe da base militar. Leilana conseguiu escapar de novo, mas antes pediu para os avós dizerem para os homens do exército que não a tinham visto e não faziam ideia de onde pudesse estar.

Na noite anterior, Leilana havia dormido na praia. Estava acostumada a ficar sozinha, e às vezes sentia que tinha se criado sozinha, nunca sentindo medo, pelo menos não em Hilo, de dormir na areia sob as estrelas.

Talvez pudesse voltar depois da erupção, quando a ilha estivesse segura de novo, e descobrir o que aconteceu com Noa, mas, no momento, queria estar em qualquer lugar menos ali, assim como o restante das pessoas na fila.

Havia militares e policiais aparecendo na casa de seus amigos, dizendo que era urgente encontrá-la, que ela estava em perigo.

Mas que tipo de perigo?

Antes de parar de usar o celular para evitar ser rastreada, uma das meninas com quem trabalhava, Natalie Palakiko, perguntou:

— Você cometeu algum crime, Lani?

— Nossa, claro que não — respondeu Leilana.

— Porque está parecendo que, quando for encontrada, você vai ser presa — explicou Natalie.

— Presa por quê?

— Sei lá — respondeu Natalie. — Mas, antes de saírem da minha casa, eles me disseram que, se soubesse onde você estava e não ligasse pra eles imediatamente, eu teria problemas também.

Leilana disse a si mesma que resolveria tudo mais tarde. Por ora, enquanto o chão estivesse tremendo, provocando gritos ocasionais das pessoas que se movimentavam lentamente pelo cais, ela só precisava ir embora. Puxou seu boné do Hilo Vulcans ainda mais para baixo, para esconder os olhos.

Quando saiu brevemente da fila para ver se ainda estava muito longe, ouviu uma voz que conhecia gritar:

— Leilana Kane! Você está indo embora dessa pedra flutuante também?

Ela se virou e deu de cara com Sherry Hokula, uma garota com quem tinha estudado no ensino médio, acenando loucamente.

— Leilana! — repetiu ela, mais alto. — É você, amiga? Vem cá!

Quando Leilana olhou para a frente da fila, viu dois militares vindo em sua direção pelas docas.

Um deles estava ao telefone.

Leilana correu, fugiu mais uma vez do exército até sua moto, em um estacionamento da rua Kuhio; olhou para trás só uma vez e viu que os militares estavam correndo também.

Seu único pensamento era voltar para a fazenda e para seus avós.

Não havia para onde ir, nem onde se esconder.

Ela não sabia por que estava fugindo. Mas estava. Correndo mais do que nunca.

O dia estava raiando, e o nascer do sol era um momento lindo em Hilo, que ela adorava ver da praia.

Mas não naquele dia.

As paredes estavam se fechando sobre ela antes que o vulcão fizesse isso.

Leilana era rápida; tinha sido velocista na equipe de atletismo do colégio.

Passou correndo na frente do estacionamento, então fez a volta pelas ruas laterais. Quando finalmente chegou, não havia nem sinal de militares por perto.

Ela pegou sua pequena moto, saiu para a rua e dirigiu-se para fora da cidade, tomando o cuidado de não correr demais. Continuou até ficar sem combustível, a pouco menos de um quilômetro da fazenda.

Leilana deixou a moto entre os arbustos na beira da estrada estreita, que permitia no máximo a passagem da caminhonete velha de seu avô.

Pouco antes de chegar à casa, deteve o passo.

Havia alguma coisa errada.

E muito errada, pelo que podia ver.

Ela olhou para o pequeno ajuntamento de pés de macadâmia ao lado da casa, que demarcavam o início do modesto pomar em posse de sua família havia gerações.

As árvores estavam completamente pretas — parecia que tinham sido encharcadas de nanquim.

Ou queimadas em um incêndio.

Além disso, via pequenos círculos pretos que iam das árvores até a porta da frente, como se buracos tivessem sido queimados na grama.

Leilana Kane sentia que não conseguia respirar, como se uma sombra tivesse recaído sobre o mundo lindo e inocente de seus avós.

Ela foi para o outro lado da casa, onde ficava o grande orgulho e alegria da avó, o jacarandá cujas flores eram lindas de morrer nessa época do ano; a árvore que a avó contava que tinha crescido junto com ela, pois havia sido plantada no dia em que Leilana nasceu.

Agora parecia que tinha sido incendiada; as folhas que restavam estavam completamente pretas, e o tronco, todo ressecado. *Se o tocasse*, pensou Leilana, *viraria simplesmente uma pilha de cinzas.*

Mas estava com medo até de chegar perto da árvore, quanto mais tocá-la.

Ela continuou rondando a casa, com medo de entrar, na esperança de que os avós estivessem em qualquer lugar menos ali.

A pequena horta da avó, nos fundos, onde ela plantava seus amados tomates, parecia fuligem; estava preta como tudo mais do lado de fora da casa.

As janelas estavam abertas e as cortinas balançavam suavemente, como sempre acontecia em manhãs como aquela. A avó dizia que não precisava de nenhum ar-condicionado além da brisa da baía.

A porta da frente estava aberta. Os avós nunca a trancavam. Diziam para ela, desde que se entendia por gente, que Kū-kāʻili-moku, o deus da proteção, era tudo o que precisavam para mantê-los sãos e salvos.

— Kūkū? — chamou ela assim que abriu a porta.

Era o nome carinhoso que usava para ambos os avós desde criancinha.

Leilana entrou na sala, e um grito estrangulado saiu de algum lugar profundamente entranhado dentro dela.

Os avós estavam mortos no chão de sua pequena sala de estar, com a pele da cor do carvão, como se tivessem sido queimados vivos, apesar de não haver nenhum sinal de fogo.

Leilana se apavorou com o som de um carro se aproximando. Ou talvez um jipe. Ou uma caminhonete.

Ela queria olhar pela janela, para ver quem era.

Mas não conseguia desviar os olhos dos avós.

Ka hopena.

82

AS PAREDES DA SALA de reuniões da Reserva Militar tremiam a cada cinco ou dez minutos. O general, Mac e Rebecca estavam sentados à mesa comprida. Nenhum deles dava atenção aos tremores, de tão rotineiros.

— Então, pelos cálculos de todos, hoje é o Dia D — disse Rivers.

Ou o dia do juízo final, pensou Mac.

— A pergunta é: o que fazer nessas horas que ainda temos, em vez de só esperar? — perguntou ele. Depois de uma pausa, complementou: — Com as horas que faltam até a erupção, foi o que eu quis dizer.

Mac deu de ombros.

— Vamos continuar cavando enquanto der — disse ele. — E instalar o máximo de titânio possível perto da caverna. Quando a erupção vier, Rebecca vai estar no bunker do Observatório do Mauna Loa, acionando seu sistema de detonação remota para causar uma série coordenada de explosões por sinais eletromagnéticos. Ao mesmo tempo, você pode autorizar a decolagem dos bombardeiros, que estarão esperando seu comando.

— Podemos começar o bombardeio agora mesmo — argumentou Rivers. — Estamos esperando o quê?

— Precisamos saber a direção da lava — disse Mac. — Se dermos sorte e os explosivos de Rebecca funcionarem, e estamos quase certos disso, podemos precisar só de um apoio aéreo mínimo.

Houve uma batida na porta, e o coronel Briggs entrou.

— Uma palavrinha, senhor?

Os dois saíram para o corredor. Mac os via pela janela da sala de reuniões. Briggs era quem estava falando mais. Rivers continuava impassível, com os braços cruzados.

Por fim, Rivers assentiu com a cabeça.

O general voltou, sentou e anunciou:

— Mudança de planos.

— Sobre o início do bombardeio? — perguntou Mac.

— Vamos tirar os tonéis do Tubo de Gelo e levá-los para um lugar seguro.

Mac não conseguiu se segurar.

— Para onde? — questionou. — A Lua?

Ninguém se manifestou enquanto as paredes tremiam de novo, sacudindo as janelas e derramando café dos copos diante deles.

— É tarde demais para transportar os tonéis e você sabe disso, senhor — disse Mac. — Não existe nenhuma forma viável de fazer isso acontecer.

— Já está acontecendo — retrucou Rivers. — E, sendo bem sincero com você, dr. MacGregor, só vai ser tarde demais quando eu disser que é.

Estavam ambos sentados, mas Mac se sentia como se estivesse encarando Rivers a um palmo de sua cara.

— Não é para mim que você precisa dizer isso — retrucou Mac. — É para o vulcão.

— Eu não preciso de sua permissão para nada — rebateu Rivers.

— Ninguém aqui disse que precisava.

Rivers olhou para suas mãos grandes, com os dedos entrelaçados diante dele, e então levantou os olhos para Mac.

— Você pode liderar, seguir ou sair do caminho — disse ele baixinho. — Não é isso que dizem?

Mac notou que Rivers estava assustado, quer admitisse ou não. Ele se perguntou se alguma outra coisa no mundo já tinha deixado aquele homem com medo, e também até onde podia insistir com o chefe do Estado-Maior Conjunto das Forças Armadas.

— Senhor — começou Mac, tentando recobrar a compostura. — Já era tarde demais para tirar esses tonéis de lá quando você chegou aqui. O coronel Briggs disse com todas as letras que era um trabalho para no mínimo quatro semanas, não para os quatro dias que tínhamos. — Ele sacudiu furiosamente a cabeça, não acreditando no que estava ouvindo. — Vamos lembrar de quantos tonéis estão lá — continuou Mac. — E agora já vimos com nossos próprios olhos o que acontece quando o que está lá dentro vaza. E não fazemos nem ideia de quantos estão danificados, mas todos, com certeza, estão lotados até a boca com uma mistura mortal de rejeitos radioativos e herbicida que é basicamente a arma mais letal da história do planeta. E agora, a essa altura do jogo, vamos simplesmente pegar a carga e transportar, e não sei se mencionei isso, em apenas quatro malditas horas?

— Um pelotão de homens com trajes de proteção nível A está subindo a montanha neste exato momento — disse Rivers, ignorando tudo o que Mac tinha dito e agindo como se uma equipe de remoção fosse tudo o que precisavam.

— Obviamente, alguma coisa fez você mudar de ideia — disse Mac. — Nós temos o direito de saber o que foi, general Rivers.

Não era apenas medo o que Mac viu nos olhos de Rivers.

Era algo mais.

O que ele estava vendo era pânico.

— O que mudou? — perguntou Mac outra vez.

— Começou a morrer gente — disse Rivers.

83

Em frente ao Tubo de Gelo, Mauna Kea, Havaí

A ERUPÇÃO DO MAUNA Loa começou quando Mac e Rivers estacionaram diante do Tubo de Gelo no jipe do general.

Daquela face do Mauna Kea, era possível ver a fumaça e as chamas em tons de laranja, vermelho e azul — as cores do fogo — contra o céu. Mac sabia o que estava acontecendo, mesmo dali: a lava cobria a caldeira e começava a se deslocar para as zonas de rifte.

Em breve eles descobririam — em quanto tempo, dependeria da velocidade da lava — se os canais e as trincheiras, todos os desvios e artifícios, de fato funcionavam.

A distância, ouviram o som das sirenes do sistema estadual de alerta de riscos, assinalando que a Grande Ilha estava basicamente sob ataque.

Nosso Pearl Harbor, pensou Mac. *Só que, desta vez, não era um ataque traiçoeiro vindo do céu.*

O chão sob os pés deles voltou a tremer; esse abalo sísmico foi mais longo que os demais e pareceu mais sério.

Rivers arrancou o capacete, correu para a entrada e começou a gritar para os homens de traje de proteção para que voltassem aos caminhões e descessem a montanha.

— *Vão embora, vão embora!*

Dois deles não o escutaram por causa do barulho das sirenes e continuaram seguindo em direção à entrada.

Rivers correu atrás deles, segurou um dos homens pelo ombro e o virou para si.

— *Vão embora!* — foi o que Mac ouviu de novo.

A distância, o cientista viu um brilho como o do nascer do sol sobre o cume.

A bola de fogo contra o céu foi crescendo, e um tremor violento sacudiu o Mauna Kea, tombando os caminhões; os homens que estavam lá conseguiram saltar antes que os veículos fossem ao chão e capotassem.

Mac viu Rivers sendo lançado para a frente, a uns cinquenta metros da entrada da caverna, em uma queda tão súbita que não foi possível amortecê-la com as mãos. Ele caiu de cara na terra e nas pedras, enquanto o chão sob seus pés não parava de tremer.

Rivers estava imóvel.

Mac correu até ele, virou-o de barriga para cima e viu sangue escorrendo de um grande corte na testa. No entanto, o general estava com os olhos abertos e respirando.

— Precisamos tirar você daqui — disse Mac.

— Não até todos saírem — retrucou o comandante.

Mac o fez sentar, limpou um pouco do sangue com a manga da blusa, ajudou-o a se levantar e o conduziu até o jipe.

Rivers estava ofegante. No jipe, levou a mão à testa e olhou para o sangue.

— E então? — disse Rivers. — É isso que estávamos esperando? — Ele parecia atordoado. — Deus do céu.

— Vamos torcer para que Ele seja bom conosco — disse Mac.

Ele se acomodou ao volante e liderou a caravana de caminhões — os que não haviam tombado, pelo menos — de volta para a base.

Deu uma rápida olhada no Mauna Loa, mais temeroso do que nunca do que viria pela frente.

E de onde.

Mike Tyson estava certo — todo mundo tem um plano até levar um soco na boca. Mac pisou fundo no acelerador, ignorando os solavancos, às vezes sentindo que o jipe estava decolando e o vulcão já estava tentando alcançá-lo.

Rebecca Cruz estava sozinha na sala de guerra quando Mac e Rivers voltaram.

— Onde estão os outros? — perguntou Rivers. — Brett e os Cutler deveriam estar aqui também.

— Brett e os Cutler se mandaram, senhor.

— Para onde? — quis saber Rivers. — Eu preciso deles aqui, porra!

— Imagino que estejam em um dos helicópteros de Brett — disse Rebecca. — Ele quer ter sua própria filmagem da erupção.

— Por quê? — questionou Rivers.

— Porque ele pode — disse Mac.

— Ele é maluco — retrucou Rivers.

— Isso também.

84

Cabana do Cume, Mauna Loa, Havaí

O EXÉRCITO TINHA OCUPADO a Cabana do Cume, na borda da caldeira Moku'āweoweo, com sua visão abrangente do verdadeiro cume. Um helicóptero militar tinha acabado de deixar Mac e Rebecca nesse posto de comando temporário para que pudessem determinar quando e onde começar a detonação dos primeiros explosivos.

— Pra fazer direito, preciso manter os olhos no alvo — foi o que Rebecca tinha dito a Mac e Rivers.

O piloto os instruiu a entrar em contato com a Reserva Militar para acertar a volta.

— Em quanto tempo? — perguntou ele para Mac antes de ir embora.

— Bem pouco.

Depois que o piloto foi embora, Mac e Rebecca passaram a observar o cume.

— Preciso deixar tudo pronto — disse Rebecca por fim.

— E então nós esperamos.

O Mauna Loa ainda estava em estado de latência inquieta.

Mas não por muito tempo.

Outro tremor começou. Mac tinha parado de comparar um tremor a outro. Naquele dia *todos* pareciam grandes, como se o vulcão estivesse fazendo disparos de advertência.

Eles se refugiaram dentro da cabana. Então sentiram que as paredes começaram a balançar e ouviram um som inconfundível.

Erupção.

Correram para fora, na direção do cume do Mauna Loa. Em meio à fumaça escura e espessa de uma nuvem de cinzas, uma bola de fogo explodiu, incendiando o céu.

85

MAC E REBECCA OBSERVARAM o fogo lançado para o céu.

A lava apareceu em ondas que pareciam fluir em todas as direções — para o norte e o leste, como Mac esperava, mas também para o sul.

Mac tinha visto muitas erupções vulcânicas, algumas bem de perto, no mundo todo. Imaginara que um dia chegaria o momento desse vulcão, que havia estudado obsessivamente, e que se sentiria preparado.

Mas não estava.

— O fluxo é maior do que imaginávamos — observou ele.

Mac percebeu que Rebecca estava segurando sua mão com força, quase como que para se equilibrar.

— Eu preciso fazer meu trabalho — falou ela.

Em questão de instantes, Mac ouviu e sentiu uma explosão de bomba atrás de si, com um ruído e uma força suficientes para causar uma concussão; era como se Rebecca tivesse detonado um de seus explosivos perto da cabana.

Quando ele se levantou, viu o enorme buraco na caldeira conhecida como Moku'āweoweo.

Viu a abertura e também a lava que jorrava de lá, um gêiser estreito fluindo por cima do heliponto que o exército tinha construído e se dirigindo para a Cabana do Cume.

O fogo vinha para cima deles.

O cume continuava a explodir em tons de laranja, vermelho e até preto, não só para o céu, mas também para as encostas do vulcão.

Mesmo com todas as erupções que havia testemunhado, Mac nunca tinha visto tanta lava assim.

Enquanto corria para a cabana, ouviu o som de hélices de helicóptero. No entanto, mesmo se o exército tivesse mandado uma aeronave buscá-los, isso seria inútil, pois não havia mais lugar para pousar.

86

Espaço aéreo do Mauna Loa, Havaí

BRETT E OS CUTLER estavam em um Airbus 255 recém-comprado por J. P. Brett, se preparando para proporcionar ao mundo uma visão de camarote da maior erupção vulcânica da história.

— Puta merda! — gritou Jake Rogers, o piloto, quando o helicóptero sofreu um solavanco e despencou algumas dezenas de metros em poucos segundos.

Rogers tinha acabado de fazer um longo sobrevoo no cume com o Airbus e estava voltando ao Mauna Loa pelo sudoeste.

— Tesoura de vento? — perguntou Brett.

— Porra, quem me dera — respondeu Rogers.

Leah Cutler olhou pela janela, se perguntando o que o piloto estaria vendo. Seu marido, fazendo as vezes de cinegrafista naquele voo, mantinha a lente focalizada no alto da montanha, esperando o momento perfeito para começar a filmar.

— Algum problema, Jake? — perguntou Leah Cutler.

— A lava já está jorrando das aberturas aqui embaixo — disse ele. — E com *força*.

O grande helicóptero balançava como um barquinho em um mar bravio.

— Você me disse que a lava estaria do outro lado! — gritou Rogers para Brett.

Antes que Brett pudesse responder, houve mais um solavanco, ainda mais intenso que o anterior, como se um tremor de terra tivesse subido pelo ar e os acertasse.

Rogers estava lutando com os controles.

— Merda, merda, merda! — gritou ele.

— Qual é o problema? — berrou Brett em resposta.

— Está acontecendo, esse é o problema! — falou Rogers. — A montanha está prestes a explodir.

— Prepare-se, Oliver! — Brett deu um tapa nas costas de Oliver Cutler. — As imagens vão ficar incríveis.

Para Rogers, Brett disse:

— Chegue mais perto.

— Você não está entendendo! — respondeu Rogers. — Nós já estamos perto demais!

— Continue filmando, Oliver — disse Brett.

— Está louco? — gritou Rogers para J. P. Brett. — Nós não podemos continuar aqui.

— *Você* está louco? — retrucou Brett. — Foi pra isso que viemos aqui!

Rogers olhou para baixo, ciente de que estava voando baixo demais naquele lado da montanha, o lado que deveria ser seguro o bastante para permitir o tráfego aéreo.

Mais uma fissura se abriu à direita deles, com uma explosão mais poderosa que a primeira; as pedras derretidas e o golpe de ar e gases contra o helicóptero foram como um pequeno míssil tentando derrubá-los do céu.

Rogers sentiu quando a parte de baixo do Airbus 225 foi atingida, e a aeronave balançou novamente.

— Nós vamos sair daqui *agora*! — gritou Rogers.

Ele voava por ali fazia tempo. Havia abusado da sorte vezes demais, apesar de ter saído vivo para contar. E por isso mesmo tinha assumido o comando de outro helicóptero gigantesco de Brett.

Mas nem mesmo ele estava preparado para algo desse tipo.

— Minha única escolha é subir! — disse Rogers.

— Eu preciso sair daqui! — gritou J. P. Brett para Jake Rogers.

Não *nós*. *Eu*.

Leah Cutler gritava histericamente, assim como tinha feito quando o cinegrafista caíra do outro helicóptero.

Rogers acionou o comando cíclico, a alavanca que controlava sua aceleração horizontal, e alterou a inclinação do disco do rotor. Bem nesse momento, sentiu as pedras atingirem as hélices.

Leah Cutler não parava de berrar.

— Quer calar essa boca? — esbravejou Brett.

— Vai pro inferno! — retrucou ela.

— Adivinhem só — disse Rogers. — É pra lá que vamos se eu não conseguir sair daqui.

Pelo menos estavam ganhando altitude, mesmo com o que pareciam ser estilhaços de bombas atingindo o mais novo brinquedo caro de J. P. Brett, que esperneava loucamente no céu.

Rogers lutava para manter o controle. Percebeu nesse momento que não teriam como voltar ao aeroporto nem à Reserva Militar no Mauna Kea. Sua única esperança era sobrevoar o cume e pousar no heliponto que o exército havia construído perto da Cabana do Cume.

O piloto se sentia como se estivesse tentando empurrar o Airbus para o outro lado do Mauna Loa com suas próprias forças.

Vamos lá.

Estamos chegando.

No instante seguinte, o Mauna Loa entrou em erupção, abaixo e ao redor deles. O Airbus foi jogado para o alto e então começou a despencar como uma pedra.

Jake Rogers teve a visão ofuscada pelo brilho intenso ao seu redor, a beleza daquelas cores passando por sua cabeça enquanto o helicóptero era sugado pelo cume.

A gritaria acabou nesse exato momento.

87

Casa Branca, Washington, DC

O PRESIDENTE DOS ESTADOS Unidos, que se orgulhava de conseguir permanecer calmo em toda e qualquer situação de crise, não conseguia controlar os batimentos de seu coração, que parecia uma britadeira.

Ele olhou ao redor, com medo de que os outros na Sala de Situação fossem capazes de ouvi-lo, e esperou que todos se virassem em sua direção.

Ele se lembrava das famosas fotos de Barack Obama naquele mesmo lugar na noite em que mataram Osama bin Laden, do quanto ele parecia calmo.

A equipe de segurança nacional de Obama estivera lá com ele. O vice-presidente Joe Biden. A secretária de Estado Hillary Clinton. Todos assistindo e esperando pelo tiro fatal em Bin Laden.

Aquilo era diferente.

Daquela vez o inimigo não era um terrorista que explodia prédios.

Daquela vez um vulcão do outro lado do mundo era o terrorista e, se não fosse detido a tempo, destruiria o mundo.

— Rivers falou que está ainda pior do que eles previam — disse ele baixinho.

Ele estava com a boca seca e bebeu um gole de água. Estava se forçando ao máximo para normalizar sua respiração.

Seu coração continuava a mil, embora ele tentasse parecer calmo e controlado.

— Parece que essa maldita montanha está pegando fogo — disse o vice-presidente, com seu sotaque típico da Louisiana.

— Eles precisam deter a lava antes que se aproxime de lá — falou o presidente.

Todos sabiam onde era "lá".

Eles continuaram a assistir às imagens que recebiam dos jatos militares voando sobre o Mauna Loa a uma distância segura, mas próxima o bastante para capturar as cores vivas que explodiam do vulcão como mísseis terra-ar e a lava que continuava a se espalhar em todas as direções.

Mas a única direção que interessava ao presidente dos Estados Unidos era a noroeste, onde os malditos tonéis estavam armazenados na maldita caverna. Ele os imaginava como patos em um estande de tiro ao alvo.

O general Mark Rivers tinha dito que o bombardeio começaria em breve, assim que a lava se aproximasse mais da base militar e de Hilo; o pessoal da Cruz Demolições já estava detonando seus explosivos para desviar a lava, assim como os bombardeiros fariam.

O presidente massageou a testa e pensou em todas as crises que já tinha encarado, quase todos os dias. O terrorismo, o Oriente Médio, a Rússia, a China, os novos vírus que surgiam. Seu trabalho era defender sua nação de tudo isso — por meio da força, se necessário. Tinha prometido deixar para seu sucessor um país melhor e mais seguro do que aquele que recebera de seu predecessor.

E acreditara que faria isso.

Até aquele momento.

Ele começou a transpirar, pensando na pressão que Truman devia ter sentido antes de lançar a bomba em Hiroshima.

Mas esse era um tipo diferente de pressão, que ninguém que sentara àquela sala já tinha encarado, pois não havia o que fazer além de assistir.

E esperar.

Em um dos outros monitores, ele via a evacuação de Hilo continuar, com embarcações chegando e zarpando com passageiros o tempo todo.

O presidente se virou para seu secretário de Estado.

— Rivers me disse que o fluxo de lava mais veloz medido no Havaí tinha sido no Mauna Loa, chegando a 96 quilômetros por hora — contou o presidente. — A essa velocidade, o fluxo pode chegar do cume à costa em uma hora e meia ou duas horas.

— E o Tubo de Gelo fica a que distância do cume? — perguntou o secretário de Estado.

— Trinta quilômetros — disse o presidente, com toda a sua atenção voltada para o vulcão outra vez, incapaz de desviar o olhar.

Ele continuou pensando em Truman.

E imaginando uma nuvem de cogumelo ainda mais mortal, que poderia estar prestes a cobrir tudo e todos.

88

Cabana do Cume, Mauna Loa, Havaí

REBECCA ESTAVA NA PORTA da frente da cabana, olhando para o que parecia ser uma ferida aberta na parede externa da caldeira.

Quando a viu, Mac gritou:

— Foi você que fez isso?

— Está maluco, MacGregor? Foi o vulcão que fez isso! — gritou ela de volta.

Rebecca correu para onde estava Mac e viu o fluxo de lava se aproximar. Nada nas análises de imagem indicava que fissuras daquele lado da caldeira seriam rompidas quando o Mauna Loa entrasse em erupção. Os dados estavam errados.

Eles sentiam o calor do chão através das botas. Antes de subirem, Mac tinha pensado em usar trajes antitérmicos, mas acabara rejeitando a ideia.

O chão tremeu de novo.

Havia mais fogo no céu acima do cume. O moledro do cume estava a cerca de três quilômetros dali, mas eles corriam ainda mais perigo na caldeira, que estava se transformando diante de seus olhos.

Rebecca viu que o heliponto, distante uns cem metros da cabana, fora totalmente engolido pela lava, já fazendo parte do rio que não parava de subir.

E vinha direto na direção deles, como a maré.

— E agora? — perguntou Rebecca Cruz. — O helicóptero não pode mais voltar, e o observatório fica a quilômetros montanha abaixo.

— Vamos fazer de tudo para não sermos alcançados pela lava — disse Mac.

Ele viu a lava fazer uma leve curva para a trilha atrás deles, como se estivesse se desviando sem nenhuma necessidade de explosivos ou ajuda da parte deles.

Houve outra explosão na caldeira, e mais uma fissura se abriu.

Mais lava vinha na direção deles.

Mac e Rebecca correram.

Todo mundo que já tinha subido ali, Mac entre eles, era aconselhado a não correr naquela trilha, mesmo quando estivesse descendo a montanha; bastava um passo em falso para fraturar um tornozelo.

Mas eles correram mesmo assim.

89

Delegacia de polícia de Nā'ālehu, Havaí

O CAPITÃO SAM AUKAI, chefe de polícia de Nā'ālehu – a palavra havaiana para "cinzas vulcânicas" –, estava na delegacia quando, pouco antes das onze da manhã, ouviu as sirenes: 121 decibéis reverberando em alto-falantes potentes na cidade mais ao sul dos Estados Unidos e no recanto verde mais tranquilo e agradável da ilha.

Aquele som, como Sam bem sabia, vinha do Sistema Estadual de Sirenes Externas de Alerta de Perigos, transmitido por uma rede de 92 torres instaladas em comunidades por toda a Grande Ilha. As sirenes diziam que havia uma ameaça, mas não onde ou qual seria a gravidade. Acima de tudo, Sam queria saber se a cidade estava a salvo.

Havia uma pessoa que saberia com certeza. Sua amiga Pia Wilson era a pessoa no HVO responsável pelos níveis de alerta das ameaças vulcânicas minuto a minuto.

– Obrigada por entrar em contato, chefe Aukai – disse a mulher que atendeu sua ligação na central telefônica do HVO e se identificou como Betty Kilima, a bibliotecária, que naquele dia estava fazendo a função de telefonista.

Quando Sam e Pia conversaram, alguns dias antes, ela tinha dito que o fluxo escoaria principalmente para o norte e o leste, como tinha sido em 2022.

— O HVO pode confirmar o que Pia Wilson me disse, que Nā'ālehu, logo ao sul de South Point, ainda está a salvo do fluxo de lava? — perguntou Sam para Betty Kilima.

— Pia Wilson não trabalha mais aqui — informou a bibliotecária em um tom seco. — Pediu demissão uns dias atrás.

Sam não perguntou por quê, nem queria saber.

— Quem assumiu a função dela nos níveis de alerta de vulcões?

Houve uma pausa do outro lado da linha.

— Uma jovem chamada Jenny Kimura.

— Ela está aí?

— Ela morreu — respondeu Betty Kilima.

A televisão da sala de Sam mostrou uma tomada aérea do cume do Mauna Loa, que expelia uma quantidade imensa de lava, mais do que ele se lembrava da erupção de 2022.

E não só para o norte e o leste, pelo que viu.

Para o sul também.

Na direção de sua cidade.

A legenda na parte de baixo da tela dizia que a velocidade da lava já alcançava os oitenta quilômetros por hora, talvez mais.

O capitão Sam Aukai sentiu como se uma mão gelada estivesse espremendo seu coração.

Ele fez uma última tentativa com a bibliotecária:

— Você pode me dizer se ainda estamos em alerta amarelo?

Havia quatro níveis de alertas de vulcões. O verde indicava que estava tudo normal. O amarelo era um aviso de possibilidade de risco. Eles estavam em alerta amarelo em Nā'ālehu desde a semana anterior.

O laranja implicava a necessidade de monitorar de perto a situação. O vermelho significava que a região estava em sério risco.

Betty Kilima avisou que colocaria a chamada em espera. Quando voltou à linha, ela disse:

— Nāʻālehu está em alerta vermelho, capitão. Ninguém daqui entrou em contato com o senhor?

Sam encerrou a ligação sem responder, correu para fora e olhou para os montes de lava nos sopés da montanha, que seguiam na direção de sua cidade.

O aperto no peito aumentou. Era possível ver a mancha laranja se movendo rapidamente, como diziam na televisão, e já perto de Nāʻālehu. Sam sabia quais eram as consequências se o fluxo continuasse vindo nessa velocidade.

Mesmo se a lava de alguma forma se desviasse da cidade, caso atingisse a HI-11, a rodovia que contornava a extremidade sul da ilha e a conectava a Hilo, ficariam todos isolados, pois a estrada era o único acesso a Nāʻālehu.

Ele correu de volta para a delegacia, gritando para os doze homens e mulheres do departamento sobre o perigo iminente, mandando todos pegarem suas viaturas, ligarem as sirenes e se espalharem pela cidade.

— O que diremos para as pessoas? — perguntou Nick Hale.

— Que todos precisam sair daqui enquanto é tempo — disse Sam Aukai.

— E se elas não quiserem?

— Digam que quem ficar vai morrer — avisou Sam.

Ele correu para onde sua viatura estava estacionada na rodovia e olhou de novo para a lava. O fluxo parecia vermelho para ele agora. Assim como o nível de alerta.

Sua ex-mulher não morava em Nāʻālehu fazia tempo. Sua filha estudava na Universidade do Havaí, no campus de Mānoa, perto de Honolulu. Ele fez uma pausa apenas tempo suficiente para ligar para ela. A ligação caiu no correio de voz. Ela devia estar na aula.

Ele deixou um recado dizendo que a amava.

Então entrou na viatura e dirigiu até a cidade, dizendo a si mesmo que seria o último a sair, se fosse necessário. Sam Aukai protegia as pessoas da cidade onde tinha crescido e sempre se sentira protegido ali.

Mas não naquele dia.

Ele ligou a sirene.

Alguém tinha pisado na bola no HVO, e agora os moradores de sua cidade estavam em risco.

90

Praia de Honoli'i, Hilo, Havaí

TODOS OS MORADORES DE Hilo tinham sido alertados para buscar abrigo imediatamente. Mas os jovens do Clube de Canoagem decidiram ir ao South Point mesmo assim, transportando suas duas canoas polinésias no caminhão do pai de Kimo Nakamura.

— Se for o fim do mundo — disse Luke Takayama enquanto desembarcavam os barcos OC4 e os remos da caçamba —, eu quero estar na água quando acontecer.

Todos os dez — quatro remadores e um timoneiro em cada barco; Luke era o timoneiro de um, Manny Kapua do outro — concordaram, seguindo a sugestão de Luke, como sempre.

Luke sabia que poderia se encrencar com seu pai, o chefe da Defesa Civil de Hilo, se ele descobrisse o que estavam fazendo. Mas Luke mal via Henry Takayama nos últimos tempos. O pai passava o dia todo no trabalho e a maioria das noites cuidando dos preparativos para a erupção do Mauna Loa.

Os rapazes do Clube de Canoagem foram para a água, a alguns quilômetros a leste do South Point, quando ouviram as sirenes.

Luke era filho de Henry Takayama. Sabia melhor do que ninguém o que as sirenes significavam.

Erupção.

Os remadores pararam, olharam para trás e viram a lava des-cendo pelos montes, se aproximando da praia como uma onda prestes a arrebentar no mar.

A previsão era que a lava não chegaria nem perto dali. Nem deles.

— Precisamos pegar o caminhão e dar o fora daqui! — disse Luke.

Os amigos começaram a remar furiosamente na direção da praia, mas a corrida naquele momento era outra.

— Estava todo mundo dizendo que a lava não viria pra cá! — gritou Manny para Luke Takayama. — Que ela *nunca* vem pra cá!

Luke sabia que ele tinha razão. Mas estava vendo o mesmo que todos ali, a correnteza em tons de laranja e vermelho que chegava cada vez mais perto do South Point Park. O que tinha acontecido antes não importava.

Não *era* para a lava vir naquela direção, de acordo com seu pai. Nem tão depressa assim.

— Força! — gritou Luke Takayama para ambos os barcos. — Vamos acelerar forte, agora!

Luke sabia que, se a lava estivesse quente o bastante, poderia ferver a água e todos os seres que viviam naquela parte do mar — e sabia que eles precisavam sair do mar antes que isso acontecesse.

— *Vamos, vamos, vamos!* — gritou Luke, com os olhos fixos na lava que atravessava a praia estreita a caminho do oceano.

O barco de Luke era o mais próximo da praia, com o de Manny à sua esquerda.

Apesar de estarem todos remando em uma velocidade atordoante, era possível ver o vapor subindo como um nevoeiro marítimo ao redor deles.

A lava já tinha atravessado a praia.

A água fervente começou a espirrar para dentro dos barcos. Enquanto as ondas se elevavam subitamente ao redor deles, Luke teve medo de que os barcos pudessem virar — ou *huli*, na língua dos nativos — e derrubá-los na água, que parecia ter sido colocada no fogo.

— Luke! — gritou Manny. — E *agora*?

Antes que Luke pudesse responder, começou a engasgar com o cheiro acre que estava tentando engoli-los junto com as ondas; sua garganta parecia ter sido arranhada por dentro por uma mistura de vapor e partículas de vidro no ar.

Todos estavam tossindo e engasgando a essa altura, com os olhos lacrimejando, mas sem querer largar os remos, apesar de precisarem limpar os olhos para ver por onde iam na água manchada de laranja e vermelho.

Era o tsunami vulcânico sobre o qual Luke tinha lido e sabia que era causado pela lava caindo no mar, e agora estava acontecendo com *eles*, em tempo real e assustador.

Estavam quase na praia.

Só mais algumas centenas de metros.

Tão perto.

Tão longe.

Eles se sentiam como se estivessem presos em um prédio em chamas, os rapazes que tinham ido para aquela praia pensando que a erupção aconteceria em outro lugar da Grande Ilha, mais perto do céu.

Mas a erupção os seguira até lá.

Em seguida, as canoas viraram, com o casco para o ar, derrubando os remadores; foram todos parar na água fervente, vendo sua pele assumir a cor da lava, engasgando violentamente com gases e vapores.

Garotos que imaginavam que viveriam para sempre, que não acreditavam que uma coisa assim pudesse acontecer.

Não com eles.

Não ali.

Luke sentia que estava se afogando, apesar de conseguir manter a cabeça para fora da água que o puxava cada vez mais para longe da praia.

Ao seu redor, seus amigos gritavam e choravam, perguntando a Luke o que fazer, mesmo enquanto a água em que cresceram, o mar que tanto amavam, começava a queimá-los vivos.

91

Reserva Militar dos Estados Unidos, Havaí

A GUERRA DO GENERAL Mark Rivers havia oficialmente começado.

Já tinha morrido gente, inclusive alguns de seus homens. Era o que acontecia na guerra.

E ele sabia que era só o início. O Mauna Loa finalmente tinha entrado em erupção umas duas horas antes, com uma força e um volume que pegaram não só o general de surpresa, mas também os cientistas, inclusive os italianos trazidos por Brett, que anunciaram que veriam a erupção do Observatório do Mauna Loa. Rivers se opôs à ideia, mas os italianos o ignoraram, assim como J. P. Brett.

Tudo aconteceu ao mesmo tempo.

Os Cutler, o piloto e Brett, teimoso até o fim, tinham caído de helicóptero no cume momentos depois da erupção.

Ele recebeu uma ligação histérica e quase incompreensível de Henry Takayama, o chefe da Defesa Civil em Hilo, contando que os corpos de seu filho e nove amigos dele, todos praticantes de canoagem, tinham aparecido na praia no South Point Park.

Dez garotos em uma praia na extremidade sul da ilha.

Segundo diziam, uma cidadezinha na região, Nāʻālehu, estava prestes a ser inundada de lava, pois o que o chefe de polícia descreveu como uma maré estava indo diretamente na direção deles.

— Não tem nada que o senhor possa fazer por nós? — perguntou o policial.

— Rezar — respondeu Rivers.

O general continuava ouvindo o som das sirenes mesmo depois que pararam de tocar.

Houve uma batida na porta, e o coronel Briggs entrou.

— Por favor, alguma boa notícia — disse Rivers.

— Sinto muito, senhor — falou Briggs. — É sobre o jovem sargento que fugiu para ir ao bar.

— Mahoe.

— Ele acabou de morrer em quarentena, senhor. — Briggs fez uma pausa. — Morreu como os outros naquele chalé. Só levou mais tempo.

— Alguém no hospital foi contaminado?

— Não que eu saiba.

— Já encontraram a namorada dele? — quis saber Rivers.

— Sim, senhor. Recebi a informação um pouco antes da notícia sobre o sargento Mahoe. O corpo dela foi encontrado junto com os dos avós na casinha de fazenda da família, perto da Rota 200.

— Na mesma condição que os outros?

Briggs fez que sim com a cabeça.

E ainda temos a contagem de mortos pela morte negra, além da erupção.

Apesar de tudo que tinham feito para proteger a ilha da lava, estavam descobrindo que era necessário muito mais.

Um novo plano de batalha.

Era isso que se fazia na guerra quando o planejamento original não funcionava.

Havia chegado a hora de pôr os aviões no ar e começar a detonação dos explosivos de Rebecca Cruz sem ela.

— Eu não posso mais esperar por notícias de MacGregor e da srta. Cruz — disse Rivers para Briggs. — Qual é a previsão para estarmos a salvo daquela maldita nuvem... como é o nome mesmo?

— Vog, senhor — informou ele. — Gases, vapor e até partículas de vidro. Ela se forma ao redor das aberturas do vulcão.

— Quando as condições estiverem seguras, vou mandar um EO-5C para procurar por eles — decidiu Rivers.

O reconhecimento aéreo, porém, poderia ficar para mais tarde. Por ora, o general Mark Rivers estava pensando em atacar. Ele *queria* atacar.

Ele pegou o telefone, ligou para seu coordenador de solo no Aeroporto Internacional de Hilo, tenente Carson, para liberar os três caças F-22 Raptor que estavam a postos. Quando as bombas começassem a cair, David Cruz — em uma sala mais adiante no corredor — daria início a uma detonação coordenada.

— É hora de decolar, filho — avisou Rivers ao tenente.

Ele observou em outro monitor a primeira aeronave taxiar pela pista. Enquanto isso, continuava pensando em John MacGregor e Rebecca Cruz, se perguntando se o vulcão havia acrescentado os dois à sua contagem de mortos.

Mas, se de algum modo conseguiram sobreviver, onde podem estar?

92

Nā'ālehu, Havaí

O QUE PARECIA SER uma avalanche incandescente estava vindo na direção deles menos de uma hora depois de as sirenes tocarem, e não havia nada que Sam Aukai ou qualquer outra pessoa em Nā'ālehu pudesse fazer para detê-la.

Sam havia estudado sobre vulcões quando assumiu seu cargo. Por isso sabia o que estava acontecendo: um fenômeno que se tornara famoso por causa do monte Santa Helena e era considerado impossível no Havaí. Seu nome era *nuée ardente*.

Essa nuvem incendiária, impulsionada por grandes blocos de rocha, poderia descer pelas encostas a mais de oitenta quilômetros por hora, às vezes até 150 quilômetros por hora.

A geologia desafiadora do Mauna Loa era o que ele estava testemunhando naquele momento. Rochas inflamadas rolavam sobre Nā'ālehu, e a cidade desaparecia sob uma nuvem escura de cinzas.

Desesperado, Sam Aukai tentara ir de porta em porta por todo o distrito de Kay, passando por todos os lugares que eram parte da geografia permanente de sua vida: a Kamaʻāina Kuts, o Café Kalae, o Restaurante Hana Hou, o Motel Patty's, o Teatro Nāʻālehu e, talvez o ponto turístico mais famoso da cidade, a Panificadora Punaluʻu, anunciada como a padaria mais ao sul dos Estados Unidos.

Mas ele sabia que era tarde demais, que a notícia sobre a avalanche de fogo que se dirigia para o sul não chegara a tempo. As pessoas que estavam nesses lugares morreriam lá dentro.

Sam ainda estava na frente da lava quando voltou para a viatura na saída da cidade. Antes de entrar, olhou ao redor e imediatamente se arrependeu, pois viu corpos boiando em sua direção sobre a lava que se seguia ao inferno provocado pelas pedras. Ele sabia que as pessoas atingidas pelas ondas de cinzas, rocha e lava já estavam mortas, incendiadas de dentro para fora, com os pulmões destruídos quase instantaneamente pelo calor que inalaram.

Ele ligou o motor, pensando que, se conseguisse se manter à frente dos detritos vulcânicos por tempo suficiente para chegar à estrada vicinal Nāʻālehu Spur e depois seguir para oeste pela HI-11, poderia se salvar — ou ao menos rezava para isso.

"Proteger e servir" sempre tinha sido seu lema. E agora estava tentando salvar a si mesmo.

Mas, quando chegou à HI-11, tudo o que viu foi o trânsito congestionado e tudo o que ouvia era o toque incessante das buzinas. As pessoas estavam usando ambas as pistas para ir a Hilo; não havia carros voltando para Nāʻālehu no sentido South Point.

Não importava.

O trânsito tinha parado, mas a lava continuava a chegar.

Sua viatura era o último carro da fila.

O último a sair da cidade.

Sam ouviu o celular tocando e atendeu. Um de seus homens, Mike Palakilu, estava ligando de um ponto mais adiante na estrada;

ele contou que um filamento desgarrado de lava tinha rasgado e bloqueado completamente a HI-11 na saída da cidade.

— Eu vou pular na água! — gritou Mike. — É a minha única chance de sair vivo, Sam!

Sam Aukai parou a viatura no acostamento. Ele não queria olhar para trás, mas fez isso, e viu o laranja e vermelho da lava rochosa *ʻaʻā* incendiando e afogando Nāʻālehu ao mesmo tempo.

O ar estava carregado de calor e gases, além do cheiro da cidade em chamas, dificultando sua respiração.

Mais dois corpos passaram boiando, com os rostos vermelhos e deformados já irreconhecíveis. Talvez Sam conhecesse aquelas pessoas. Não havia como dizer.

As pessoas mais à frente estavam abandonando os carros e correndo para a água, sem saber que o mar também não era seguro, mas parte da zona quente.

Sam correu para a praia com todas as forças mesmo assim. Sam Aukai, que fora uma estrela do futebol americano como corredor na época de ensino médio na Escola Secundária de Kaʻū, imaginou que corria para a luz do dia pela última vez.

Tarde demais.

Foi arrebatado pela lava e carregado pela avalanche, indefeso. Seus pulmões queimavam, e sua pele estava em chamas enquanto ele boiava sobre a lava.

Sam pensou em sua filha nesse momento.

93

Mauna Loa, Havaí

EM HAVAIANO, *MAUNA LOA* quer dizer "Montanha Longa", um fato que Mac não conseguia tirar da cabeça enquanto a lava continuava a persegui-los pela trilha.

Não estava perdendo velocidade; simplesmente continuava vindo.

Eles sabiam que corriam o risco de cair se corressem rápido demais, mas não havia escolha; era preciso ficar à frente daquela lava *pahoehoe* viscosa ou morrer. Uma parte tinha começado a se derramar da trilha para se juntar aos campos de lava das erupções anteriores.

Os dois aceleraram ainda mais o passo, tentando ignorar o ar rarefeito e os músculos queimando, impulsionados pela adrenalina e o medo.

Mac achou que era arriscado demais se locomover lateralmente na montanha e pelos campos de lava. Ele não tinha certeza da solidez dos espaços mais amplos, ciente de que havia partes de campos como aqueles que poderiam rachar como cascas de ovos e engoli-los, talvez para o magma que fluía abaixo da superfície.

O celular não tinha sinal, não havia como pedir ajuda. Ele diminuiu o passo por tempo suficiente para verificar o seu aparelho, e a bateria estava quase morrendo. As torres de telefonia deviam ficar lá embaixo na ilha.

O observatório enfim apareceu à vista, mas parecia impossivelmente distante. Mac arriscou uma olhada para trás.

Puta merda.

Com a trilha se tornando mais íngreme, a lava ficava mais veloz.

— Precisamos sair da trilha agora mesmo! — gritou ele para Rebecca. — Vamos ter que arriscar uma travessia do campo de lava.

— Isso é seguro? — perguntou ela.

— Se os tremores não tiverem enfraquecido muito a lava antiga, é, sim — respondeu ele. — Mas, a essa altura, é nossa única escolha. A lava não vai se cansar. Nós vamos.

Eles fizeram uma curva abrupta para fora da trilha. Os fluxos de lava mais próximos continuaram seguindo adiante, pelo menos por ora. Rebecca escorregou e caiu. Mac a levantou, depois tirou uma ferramenta do cinto, um termômetro infravermelho, e o estendeu na direção da massa rochosa diretamente à frente, que ainda estava livre da lava quente. Encontrou um galho comprido caído de uma koa e bateu na superfície em busca de tubos ocos onde poderia haver lava empoçada mais abaixo.

— Parece sólido — disse Mac —, mas a temperatura dentro da montanha está subindo. Está em pouco mais de trezentos graus agora. Nossas botas só vão derreter quando passar dos quatrocentos, então precisamos continuar descendo.

Rebecca, que a princípio parecia mais segura que Mac, assumiu a dianteira e começou a descer ziguezagueando pelo meio das rochas de lava.

O chão está frágil demais, pensou Mac. *Porra, e bem aqui.*

— Rebecca! Para!

Um buraco se abriu no chão, a poucos metros à frente dela.

O que havia acabado de aparecer sem aviso era uma claraboia. Quando sismos e tremores faziam trincas e rachaduras em um campo de lava, o chão podia se abrir como um alçapão sobre uma bolha de ar com a lava fluindo logo abaixo.

Mas Rebecca não viu porque, esse exato momento, se virou para dizer algo a ele. Mac gritou ainda mais alto:

— *Para!*

Rebecca não o ouviu — se virou para a frente de novo bem em cima da claraboia e tropeçou numa pedra grande.

Quando Mac estendeu a mão, ela estava começando a cair.

94

QUANDO TENTOU SEGURAR REBECCA, Mac tinha certeza de que era tarde demais.

Os braços dela se balançaram loucamente, procurando por algo a que se agarrar, e então seu corpo se projetou para a frente, na direção da lava a poucos metros adiante.

De alguma forma, Mac conseguiu segurá-la pelo braço esquerdo e afastá-la do buraco.

Mas não foi isso que a salvou.

Foi a lava.

A bota de Rebecca tinha ficado presa em uma fenda.

Mac a empurrou para a esquerda, mas sua bota e seu tornozelo esquerdo não se moveram.

Rebecca gritou de dor.

— Estou quase certa de que quebrei o tornozelo — disse ela.

Estava no chão, mas não caíra na claraboia. Conseguia ver com clareza o brilho da lava mais abaixo, e sentir o calor que se elevava de lá.

— *Puta merda* — murmurou, ofegante.

Mac foi até ela engatinhando e pediu que passasse um dos braços pelas suas costas. Lentamente, desamarrou o cadarço da bota e puxou o pé dela com cuidado, ouvindo-a inspirar bruscamente.

Mesmo com o calor que sentiam, ela estava pálida como gelo.

— Desculpa — falou ele.

Ela apontou com o queixo para a lava cada vez mais próxima.

— Não vejo por quê — respondeu Rebecca.

Ele a carregou montanha abaixo na direção do Observatório do Mauna Loa, sob um céu completamente escurecido pela nuvem de vog — cinzas vulcânicas misturadas com poeira.

Não havia outra maneira.

Às vezes Mac a carregava nos braços, às vezes sobre o ombro, como um soldado carregando um companheiro ferido no campo de batalha.

A cada cem metros, mais ou menos, parava para colocá-la um pouco no chão e descansar. Então a pegava de novo e continuava a descida. Fazia mais de uma hora que tinha visto os F-22 Raptors voando a leste e ouvido as primeiras bombas a distância.

A nuvem de cinzas e gases ficava cada vez mais escura e ameaçadora, transformando o dia em noite.

Em determinado momento, quando estavam descansando, Rebecca sugeriu que Mac a deixasse lá, fosse até a base e mandasse alguém ir socorrê-la.

— Não — disse ele.

— Você sabe que é o mais lógico a fazer.

Mac a encarou.

— Pra mim não é.

Ele a colocou de novo no ombro.

Eles ouviram um motor e viram um avião movido a turboélice aparecer de repente na escuridão, seguindo rumo ao sul. Mac o iden-tificou como o EO-5C, a aeronave de reconhecimento do exército.

No instante seguinte, foi como se o barulho tivesse sido desligado. Eles não ouviam mais o som do motor.

As hélices não estavam mais girando.

Horrorizados, Mac e Rebecca viram o EO-5C descendo rápido demais na direção do observatório.

95

Reserva Militar dos Estados Unidos, Havaí

O AVIÃO DE RECONHECIMENTO que Rivers tinha mandado à procura de Mac e Rebecca parecia estar vindo diretamente em sua direção.

Ele assistia às imagens geradas pela câmera de segurança do portão noroeste do observatório. A última comunicação dos pilotos foi um aviso de que a nuvem que estavam tentando evitar tinha bloqueado os motores, enquanto as cinzas e as partículas de vidro haviam inutilizado as hélices.

Não importava para Rivers como tinha acontecido. Apenas que aconteceu.

O avião desapareceu brevemente no nevoeiro vulcânico e então voltou à vista.

Rivers ouvia os dois pilotos pelo sistema de alto-falante de sua sala como se estivesse na cabine também.

— Quero tentar chegar ao heliponto do complexo! — disse o piloto. — Mas não estou conseguindo ver direito onde é!

Rivers olhou para a tela que mostrava a imagem da câmera norte e viu diferentes fluxos de lava se juntando em um maior, de um vermelho vivo nas bordas, que se movia cada vez mais rápido na direção do observatório.

— É muita lava, caramba! — gritou o copiloto. — Mas ainda não chegou...

— Espera, acho que estou vendo... — interrompeu o piloto.

— Eu posso tentar guiar vocês — disse a voz da torre de controle. — Você acha que consegue...

— Não dá tempo...

— Para a esquerda, Ron! — gritou o copiloto.

O alto-falante ficou em silêncio.

Rivers continuou a assistir às imagens, impotente.

O avião não se desviou da rota.

Faltavam cem metros.

Cinquenta.

O nariz estava apontado diretamente para a câmera, e então a tela ficou preta.

96

Observatório do Mauna Loa da NOAA, Havaí

JÁ ERA NOITE QUANDO Mac e Rebecca chegaram ao observatório.

Tinham visto o avião de reconhecimento cair a cerca de um quilômetro e meio mais acima na montanha. Enquanto desciam, viram uma série de pequenas explosões, que enfim começaram a parar quando se aproximaram do portão principal.

A única luz no local vinha dos restos incendiados do avião, espalhados pelo complexo.

Mac correu até a cabine, que tinha se desprendido do restante da aeronave. As chamas ainda ardiam ao redor da fuselagem, que se partira ao meio. Com a pequena lanterna de seu cinto de ferramentas, Mac viu os corpos sem vida dos dois pilotos, ainda presos aos assentos.

O cheiro forte de combustível indicava que ele precisava se afastar logo dali, antes que houvesse outra explosão.

Mac correu para o que tinha sobrado do centro de comunicações. O avião tinha mergulhado na estrutura, destruindo por completo a metade da frente.

No entanto, se o observatório já não tivesse sido evacuado depois da erupção, poderia haver gente lá dentro.

Ele fez uma prece enquanto entrava.

Era irônico, pensou, porque aquilo parecia o tipo de estrago catastrófico que a lava arremessada por uma fissura próxima causaria. Mas tinha sido provocado pelo impacto direto de um avião.

Havia corpos destroçados por toda parte em meio aos escombros: três cientistas dos Observatórios do Mauna Kea; dois militares em trajes camuflados.

Ele foi até os fundos do que restava da sala principal e se viu cercado pela morte por todos os lados. Foi lá que encontrou Katie Maurus e Rob Castillo — dois jovens do HVO que queriam monitorar dali os sensores perto do cume — junto de suas mesas; uma parte do telhado tinha caído em cima deles. O corpo de Rob estava sobre o de Katie, como se ele tivesse tentado protegê-la nos últimos segundos de vida.

Mac mal conseguia respirar, sufocado pela tragédia naquele local.

Para ter certeza, ele se ajoelhou e checou a pulsação dos dois. Estavam mortos, como todos os outros.

Do lado de fora, veio o grito de Rebecca.

97

Rota 200, Havaí

O SARGENTO MATTHEW IONA dirigia a última escavadeira Caterpillar 375 nas proximidades da estrada vicinal Cinder Cone, mais próxima do Mauna Loa do que do Mauna Kea, a sul da Rota 200.

Estavam escavando ali depois de ver a direção que a lava estava tomando. O fluxo tinha surpreendido até os cientistas, de acordo com o coronel Briggs, por emergir de forma repentina de fendas secundárias perto da base do Mauna Loa na face leste.

Um novo perímetro se fazia necessário. Briggs havia dito que o prazo era o mesmo de sempre quando se trabalhava com o general Rivers:

— Ele quer mais buracos no chão para cinco minutos atrás — disse Briggs para Iona.

Iona havia se tornado o homem de confiança de Briggs no trabalho de campo. Primeiro, foi designado para trabalhar em proximidade com o dr. MacGregor e Rebecca Cruz — não só trabalhar, mas também ficar de olho neles. O sargento fez isso de bom grado, apesar de às vezes se sentir como se estivesse espionando os dois. Afinal, sempre tentava encontrar formas de se tornar indispensável para o coronel. E um benefício adicional para Briggs era que Iona tinha trabalhado desde garoto na construção de estradas em Hilo. Não fazia um serviço de escavação como aquele havia tempo, mas garantiu ao coronel que ainda dava conta do recado.

Naquela noite, era o capataz de uma pequena equipe de militares, todos cientes de que a lava que saía das fissuras estava vindo em sua direção. Assim que terminassem, uma linha de explosivos instalada pela Cruz Demolições seria detonada, o que, se tudo desse certo, redirecionaria a lava para as novas trincheiras e para o único lago à margem da Cinder Cone, que, quase por milagre, tinham sido escavados poucas horas antes.

O maquinário das construtoras de Hilo não estava mais por lá. Eram apenas Iona, uma escavadeira e duas carregadeiras do exército, basicamente tentando abrir mais um entroncamento na estrada.

Tinham visto um fluxo de lava se aproximando do sul, mas felizmente parecia ter se desviado, desaparecendo na nuvem de cinzas e fumaça que tornava a respiração cada vez mais difícil por lá.

Estavam prestes a encerrar e ir embora quando o coronel Briggs ligou para Iona, já aos berros:

— Saia logo daí, Iona! A lava pegou mais velocidade nos últimos quinze minutos!

E em seguida:

— Eu não devia ter mandado você para aí!

— Pensei que a lava tivesse se dividido...

— Filho, não me interessa o que pensou! Dê meia-volta e se manda, caralho!

Iona olhou pelo retrovisor da escavadeira.

Lá estava.

A correnteza laranja-avermelhada, a única cor visível na escuridão, de repente tinha aparecido a poucos metros de distância.

E vinha na direção deles com a velocidade de um pavio aceso.

Ou uma bala.

O sargento Matthew Iona não hesitou: desceu com o megafone que vinha usando para instruir os homens e apontou para a lava que iluminava o céu mais acima. As duas carregadeiras já estavam se afastando, com a outra escavadeira em seu encalço.

Iona voltou para a cabine do seu veículo.

Ele sabia que não tinha muito tempo para sumir dali e tratou de ligar logo o motor. Estava em uma curva, e, quando virou o volante, o chão tremeu com força, o primeiro sismo significativo desde a erupção naquela manhã. Em seguida veio outro tremor, maior que o anterior.

A escavadeira se inclinou para o lado e começou a cair.

Os freios não ajudaram em nada quando o caminhão começou a deslizar de lado para dentro da trincheira de dois metros e meio que ele tinha ajudado a escavar. Iona foi arremessado com força contra o volante e sentiu suas costelas estalarem. A dor se irradiou pelo corpo todo, como se tivesse sido varado por estacas de meio metro de comprimento.

Então foi imprensado contra a porta.

A entrada do passageiro estava longe demais. Toda vez que movia o braço direito, as costelas quebradas provocavam uma dor abrasadora.

Não havia como saber se seus companheiros nos veículos à frente tinham visto o que acontecera.

De alguma forma ele conseguiu abrir a janela, recuperou o fôlego e sentiu que tinha uma chance. E pisou nos freios de novo. E de novo.

A última coisa que viu foi o rio de lava fluindo bem na sua direção.

Vindo depressa demais.

Fogo, fagulhas e cinzas em movimento, rugindo como um trovão.

98

Reserva Militar dos Estados Unidos, Havaí

— SAIA DO CAMINHÃO! *SARGENTO*, *saia agora!*

Rivers e Briggs assistiam impotentes pelo celular do coronel enquanto o caminhão de Matthew Iona lentamente desaparecia sob a onda laranja-avermelhada de lava.

Um garoto, era assim que o general Mark Rivers via o sargento Iona. Não como um militar, como um garoto. Um jovem com idade para ser um estudante universitário. E tinha morrido não só por seu país, mas pelo mundo todo. Só nunca saberia disso.

O soldado na escavadeira que estava a uns duzentos metros à frente de Iona começou a voltar. Percebeu tarde demais o acontecido, mas registrou a cena em seu celular antes de subir de novo na cabine e salvar sua vida.

Briggs guardou o celular em um bolso lateral. Era difícil assimilar aquilo. Era como a guerra, só que pior, pela quantidade de civis morrendo.

— Fui eu que o mandei para lá — disse Briggs. — Iona trabalhava para mim.

— E você trabalhava para mim — retrucou Rivers. — Estavam os dois cumprindo seu dever. Os homens que entraram na caverna, eles também estavam cumprindo seu dever.

Rivers e Briggs esperaram para ver se a lava se moveria na direção que queriam, para Waimea. Se isso acontecesse, serviria como algum consolo.

— O senhor acha que o pior já passou? — perguntou Briggs.

Porém, ambos sabiam que a contagem de mortos em Nā'ālehu, a cidadezinha do outro lado da ilha, continuaria subindo. Poderiam ser necessários dias ou semanas para contabilizar as vítimas por lá. Provavelmente a cidade toda tinha desaparecido, assim como incontáveis criaturas marinhas que viviam nos arredores de South Point.

Eles já tinham uma ideia aproximada do número de mortos no Observatório do Mauna Loa. O vog havia se dissipado o bastante para mandar um helicóptero, que tinha pousado dez minutos antes.

O piloto não encontrou nenhum sobrevivente.

Um dia e uma noite de mortes e sofrimentos inimagináveis.

— Não, Briggs — disse Rivers. — O pior ainda está por vir. Vá trabalhar.

Rivers estava sozinho no refeitório, com uma caneca de café fumegante diante do rosto, precisando ficar algum tempo longe dos monitores e não ver mais ninguém morrendo naquela noite. Ergueu os olhos e viu o dr. John MacGregor de pé à sua frente. O cientista parecia perturbado.

— Tem mais uma erupção vindo — avisou Mac. — E vai ser pior que a primeira.

99

Mauna Loa, Havaí

DURANTE A NOITE, HORA a hora, minuto a minuto, imagens da erupção iluminando o céu do Havaí rodaram o mundo. As histórias assustadoras que as acompanhavam registravam a maior erupção da história do quinquagésimo estado dos Estados Unidos.

Toneladas de rochas haviam sido arremessadas para o alto, com fragmentos que subiam dezenas de metros em linha reta. As nuvens erguiam-se a quilômetros de altura em questão de segundos. Os relâmpagos iluminavam um aglomerado imenso de nuvens pirocúmulos.

O mundo também tinha ficado sabendo do que vinha sendo descrito nas redes sociais como as mortes trágicas e heroicas de J. P. Brett e Oliver e Leah Cutler, que estavam na Grande Ilha voluntariamente para ajudar a proteger a população local.

O malfadado voo no helicóptero de J. P. Brett foi descrito unanimemente como uma "missão de reconhecimento", para se somar aos esforços do exército para impedir que o fluxo de lava chegasse a Hilo.

Um dos parceiros de negócios de Brett declarou ao *New York Times* que, antes de embarcar, tinha ouvido do sócio:

— Eu vou ajudar a salvar a ilha ou morrer tentando.

Briggs tinha dado ao general uma folha com essa matéria impressa; Rivers leu a reportagem e falou:

— Quem sabe? Talvez até seja verdade.

Rivers tinha passado a maior parte da noite ocupado em mobilizar uma missão para salvar a Rota 200 — que passou a chamar de Rota do Apocalipse —, tentando encontrar uma forma de deter o rio de lava antes que chegasse ao ponto sem retorno.

O Tubo de Gelo. Depois disso, seria o inferno na terra.

Ao raiar do dia, viu os canais e os pequenos lagos tomando forma. Era como se um novo bairro tivesse surgido no meio da ilha. As equipes de trabalho se desdobravam para aprofundar as trincheiras e os canais já escavados perto de onde os tonéis com o veneno mortal estavam armazenados na caverna.

— Quanto tempo temos para cavar? — perguntou Rivers para Mac.

— Nenhum — respondeu Mac.

Eles estavam combinando os equipamentos e a força de trabalho do exército com o maquinário e os empregados de vinte e tantas construtoras de Hilo. Mac estava coordenando o trabalho das equipes de civis.

Rebecca queria desesperadamente estar na linha de frente. Fez ligação direta em um jipe no HVO e voltou à Reserva Militar.

— Eu sou boa com fios — foi o que disse para Mac, dando de ombros.

Ela precisava começar a redesenhar seus mapas de explosivos, mas Rivers claramente não permitiria.

O general tinha visto o tornozelo fraturado de Rebecca, já em uma bota imobilizadora, e disse a ela que, se tentasse fizer ligação direta em outro jipe, seria colocada em prisão domiciliar até segunda ordem. *Até segunda ordem.*

No jipe de Rivers, Mac explicou ao general que o fluxo de lava estava seguindo o mesmo curso da erupção de 1843. Tinha percorrido a grande extensão dos campos de lava paralelos à estrada do Mauna Loa, seguido a norte da estrada não concluída para Kina, e então feito uma rápida descida na direção da Rota 200 e do Mauna Kea.

A última e melhor esperança que tinham era redirecionar o fluxo para noroeste, para os campos gramados ao sul de Waimea, e depois para o mar pela praia de Waikōloa. Se conseguissem, menos gente morreria. Mas o sucesso da operação era uma grande incógnita.

As escavações próximas do Mauna Loa tinham funcionado como esperado. A lava estava se acumulando nos lagos artificiais e sendo borrifada com água por uma esquadrilha de Chinooks, com cada helicóptero despejando quase uma tonelada e meia de água por sobrevoo. A matéria viscosa de um vermelho vivo foi escurecendo e enfim começava a esfriar e se solidificar.

Eles desceram do jipe e correram em direção ao número expressivo de militares e civis operando carregadeiras, escavadeiras e até britadeiras para cavar trincheiras. Rivers gritou acima do barulho:

— Estamos em um exercício anti-incêndio de imensas proporções! E só vai parar quando houver visibilidade suficiente para colocarmos os bombardeiros de volta no ar. Então sinalizem para mim onde precisamos acertar e quando.

Mac olhou para o cume. A nuvem de um tom de laranja e vermelho vivo estava crescendo lá no alto, e a escuridão do vog voltava a se mover na direção deles. A lava vinha cada vez mais depressa.

— Só uma coisa, general — disse Mac enquanto entregava a Rivers um dos megafones que haviam trazido.

— O quê?

— Isto não é só um exercício — disse Mac.

Toda vez que sentiam um novo tremor, os trabalhadores se viravam para o cume e em seguida retomavam o serviço. Não sabiam com que rapidez a lava chegaria ali, em quanto tempo poderiam estar mortos.

Mas a mensagem que Mac passou era a mesma que tinha passado para Rivers: *não havia tempo.*

— Esses homens, mulheres e até crianças tão corajosos pensam que estão salvando sua cidade — comentou Rivers.

— E podem estar salvando o mundo — disse Mac. — Que coisa impressionante. — Seu telefone via satélite tocou. — Preciso atender.

Era Rebecca, ligando da base militar.

— Más notícias — avisou ela.

— É a última coisa que eu preciso agora.

— Você não tem escolha.

— É tão ruim assim?

— Não sei ao certo — disse ela. — É melhor você ver. Vou mandar uma captura de tela.

Ela fez isso, e Mac viu a imagem. Os sensores na base do vulcão e no HVO estavam registrando a velocidade da lava e mostrando uma desastrosa mudança de direção.

Mac se desviou de uma escavadeira e correu o mais rápido que pôde até Rivers. Chegou ao general quando ele estava prestes a falar no megafone de novo. Mac o segurou pelo braço.

Rivers começou a rugir alguma coisa, mas parou quando viu a expressão de Mac.

— Diga — falou ele.

— Talvez tenhamos que sacrificar Hilo.

100

Reserva Militar dos Estados Unidos, Havaí

OS ANIMAIS SABIAM O suficiente para entender que precisavam fugir e encontrar abrigo. Os gansos-havaianos, as aves símbolo do Havaí, foram os primeiros. Então foi a vez de vários animais domésticos — cães, gatos, pássaros. Até as abelhas abandonaram as colmeias.

Mas pouca gente no Havaí sabia o quanto as coisas tinham piorado.

O coronel Briggs voltou para supervisionar a última e talvez inútil escavação enquanto Mac e Rivers corriam para a base.

— De acordo com as informações que vêm dos sensores — disse Rivers —, eu posso ter que mandar evacuar o complexo.

— Teria que ser na próxima hora, no máximo — respondeu Mac. — Talvez até antes.

— Eu posso mandar o pessoal para Hāwī, na extremidade norte da ilha, se acharmos que não dá para salvar a base — falou Rivers.

— General, salvar esta base é a nossa última preocupação no momento — retrucou Mac.

Eles encontraram Rebecca e o irmão na sala de reuniões, cercados de monitores.

— Como está o tornozelo? — perguntou Mac.

— Um horror — disse ela, com um sorriso rápido. — Mas obrigada por perguntar.

Mac observou o monitor mais próximo para revisar os dados dos sensores mais uma vez; não tinham mudado desde que Rebecca pedira que ele os interpretasse. A quantidade de lava se acumulando sob o cume mandaria fluxos volumosos do Mauna Loa para o Mauna Kea, que poderiam ser impossíveis de desviar, mesmo que as trincheiras se mantivessem firmes.

— Mac, essa merda não para de jorrar do centro da Terra — disse Rebecca.

— Precisamos ficar de olho — disse Rivers, e foi fazer um telefonema.

O vog tinha se dispersado o suficiente para mandar outro avião de reconhecimento.

Mac foi até um tripé encostado na parede frontal da sala. Desenhou um esboço de mapa: o Tubo de Gelo, Hilo, Waimea e a Rota 200.

— A lava da primeira erupção quase acabou aqui — disse ele, apontando. — É a região da Rota 200. Se os deuses dos vulcões permitirem, queremos mandá-la para *lá*.

Ele apontou primeiro para Waimea, depois mais para o oeste, para a praia de Waikōloa.

— E se ela não for para lá? — perguntou Rivers.

— Se ela não for, e os novos buracos no chão forem ultrapassados, vai ser o que eu expliquei antes — disse Mac. — Hilo vai ser atingida. Não vejo outra solução. E provavelmente é a melhor das hipóteses.

Mac soltou um palavrão quando o telefone via satélite tocou, dessa vez com uma ligação do HVO. Por um momento, pensou que fosse ouvir a voz de Jenny.

Mas era Kenny Wong, que tinha pedido demissão para ir trabalhar para Brett. Uma escolha profissional precipitada.

— Está perdido aí? — perguntou Mac.

— Mac, podemos discutir como eu fui um judas e um filho da puta em outra hora, ou talvez nunca — disse Kenny. — Mas eu voltei porque fiquei me sentindo um merda por causa do que fiz. E também porque não podia ficar sem fazer nada.

— Então, o que me diz?

— Tenho certeza que você já sabe que a lava ultrapassou faz tempo aquela estrada inacabada para Kona — disse Kenny.

— E tem ainda mais vindo por aí, certo? — perguntou Mac.

— O general Rivers precisa tirar as pessoas dessa base, Mac — avisou Kenny. — E, seja lá o que forem fazer, precisa ser agora. A lava está em curso de colisão com aquela maldita caverna.

— A nova escavação ainda pode funcionar — respondeu Mac. — Se não funcionar, estamos planejando uma segunda onda de ataques aéreos.

— *Mac, escute o que eu estou dizendo!* — gritou Kenny. — As imagens que tenho na minha frente não estão mudando! Esse pessoal precisa dar o fora da base e da montanha antes que seja tarde demais!

Mac desligou e contou ao general e a Rebecca o que Kenny havia dito. Rivers saiu para fazer a ligação.

— O que vamos fazer, Mac? — perguntou Rebecca.

— O máximo que pudermos para afundar essa merda com bombardeios aéreos, e de uma vez por todas — disse Mac. — Seus explosivos já ajudaram o quanto podiam. Mas, quando a lava passar pela Rota 200, as bombas vão ser nossa única alternativa.

Ele deu uma última olhada no mapa que tinha desenhado e se voltou para o monitor com as imagens mais recentes do avião de reconhecimento.

A lava ainda estava indo para o norte. Se continuasse, seria o fim. O fim do mundo. Que ideia inacreditável.

Rivers voltou para a sala.

— Estão evacuando a base — avisou.

— Tenho uma pergunta — disse Mac. — Se decidir usar os bombardeiros, tem mais algum além dos Raptors?

— Como assim, *se*? Tenho uma esquadrilha carregada com armas de ataque GBU-32 pronta para levantar voo.

— O que mais você tem disponível?

— Alguns F15EX Eagle II, e só — disse Rivers. — Caças de dois lugares. Estão no Aeroporto Internacional.

Mac conhecia esse avião, um modelo aprimorado do caça F-15 de quarta geração equipado com mísseis inteligentes AMBER StormBreaker, capaz de se localizar em meio ao fogo e, com sorte, também no vog. Sabia bastante sobre caças porque os estudava desde criança e via *Top Gun* no que às vezes parecia ser um loop eterno. No último ano de ensino médio, pensou em se candidatar a uma vaga na Academia da Força Aérea, mas o fascínio pelos vulcões falou mais alto.

Sorte a minha.

— Perfeito — disse ele para Rivers.

— Perfeito por quê?

— Vamos precisar de um lugar para mim se quisermos fazer isso direito — falou Mac.

— Defina *direito* — pediu Rivers.

— Não precisamos de uma esquadrilha de bombardeiros — falou ele. — Só precisamos de um avião comigo a bordo.

— Do que mais você precisa? — perguntou Rivers.

— De um ás indomável — disse Mac.

101

Aeroporto Internacional de Hilo, Havaí

O PILOTO QUE RIVERS escolheu para a missão era o melhor do Havaí, ou talvez de qualquer outro lugar: o coronel Chad Raley.

Ele havia servido sob o comando de Rivers durante a Segunda Guerra do Golfo, e cinco anos antes, quando o general se tornara chefe do Estado-Maior Conjunto das Forças Armadas, voltaram a trabalhar juntos. A missão, decolando do USS *Nimitz*, no Mar da Arábia, era "desencorajar", de acordo com Raley, uma ação mais agressiva por parte do Irã.

— E fizemos isso... desencorajamos — disse Raley, tirando os óculos escuros.

Ele realmente tinha o estilo *Top Gun*: alto, ombros largos, cabelo grisalho com corte militar, olhos tão azuis que eram quase tão claros quanto os cabelos.

Raley tinha se voluntariado para ir ao Havaí antes mesmo de Rivers explicar qual era a necessidade.

Um homem de poucas palavras, pensou Mac. *Não, um homem quase sem palavras.*

— Então você é meu copiloto hoje — disse Raley.

— Estou mais para bombardeiro novato — respondeu Mac.

— Já voou num desses?

— Só em sonho.

— O general não gostou muito da ideia de você voar comigo — comentou Raley. — Mas disse que você sabe melhor que ninguém nesta ilha onde as bombas precisam cair.

— *Se* for necessário — ressalvou Mac. — Não precisamos de muito volume hoje. É arriscado demais. O lema pra hoje é precisão milimétrica. — Mac sorriu para Raley. — Ele me disse que você é o cara certo pra isso.

— E sou mesmo — respondeu Raley.

Dez minutos depois, já estavam em pleno voo. Raley embicou o Eagle para o sul. O plano de voo os levaria para o meio da ilha, para que pudessem fazer uma rápida avaliação da situação em solo.

Quando a lava se tornou visível, Mac pensou: *Só um louco pra achar que isso daria certo. Eu devo estar louco mesmo.*

— Sei que o especialista é você — disse Raley através da máscara de aviação. — Mas, pelo que estou vendo, não falta muito para a lava chegar àquela caverna.

Antes que Mac pudesse responder, Raley acrescentou:

— Eu já sei dos tonéis, dr. MacGregor. O general Rivers me contou.

Mac olhou para o leste, para as casas do distrito residencial de Kaumana, entre a Rota 200 e Hilo. Devia haver gente ali que não tinha ido embora. Com certeza. Não dava para a cidade toda ir embora de barca.

Sua garganta ficou seca. Ele tentou não pensar que apenas um simples respirador o protegia do dióxido de enxofre que contaminava o sistema de ventilação do caça.

Havia recebido as mais recentes projeções do fluxo de lava de Rebecca na base militar e de Kenny no HVO. Havia muita lava seguindo na direção do Tubo de Gelo. Eles dividiriam o fluxo em dois ramais, leste e oeste. Se fosse possível.

Mas a leste estava a cidade; isso significava a destruição das casas abaixo deles e a morte de mais inocentes.

Mac olhou para Kaumana e pensou em seus filhos mais uma vez. Conforme o dia prosseguia, pensava cada vez mais neles, mas se forçava a parar e se concentrar no trabalho.

— Conheço uma pessoa que mora lá embaixo — disse ele a Raley.

O coronel não respondeu. Sua concentração era inabalável. Raley baixou de altitude o suficiente para Mac ver a famosa formação de lava conhecida como perfil de Charles de Gaulle. O novo fluxo havia ultrapassado a estrada inacabada para Kona, seguindo implacavelmente na direção da Rota 200 e do Tubo de Gelo.

Mac teve que se segurar para não fechar os olhos com força e evitar a cena mais abaixo, aquela realidade, aquela tragédia iminente. Mas era preciso encará-la, porque ele sabia exatamente o que estava prestes a acontecer, ou o que ele e o coronel Raley, se tudo desse certo, estavam prestes a fazer; não havia margem de erro, nem garantia de que aquilo que estavam tentando resolveria o problema.

— Se a lava chegar perto demais da caverna…

Raley complementou a frase para ele:

— É fim de jogo — falou o coronel. — Já entendi.

Mac deu uma rápida olhada em seu mapa, embora soubesse o local onde as bombas precisavam cair. Eles tinham que bifurcar o fluxo, mesmo que isso significasse um redirecionamento para Hilo.

Ele viu que a lava fazia um levíssimo desvio para o norte.

Não tem espaço suficiente.

Eles circularam a área alvo para uma segunda avaliação. Mac olhou de novo para Kaumana.

E rezou para que o garoto e sua mãe tivessem saído de lá.

— Podemos descer mais? — gritou Mac.

Sabia que só estava tentando ganhar mais um pouco de tempo antes de fazer sua escolha.

Raley levantou o polegar em um sinal de positivo.

— Eu preciso ter certeza! — justificou Mac. — Preciso ver!

E então eles não conseguiram ver mais nada, porque o vog que soprava do oeste os engoliu.

E ninguém conseguia vê-los.

102

Distrito de Kaumana, Hilo, Havaí

LONO ESTAVA NO QUINTAL, olhando para o céu. Tinha medo até de piscar. Ouviu o som do avião a jato e correu para fora. Ele logo viu como estava voando perto do chão.

Era um avião do exército.

Um caça bombardeiro.

Mac havia despertado seu interesse por aviões, assim como por várias outras coisas. Ele o tornara um leitor, um aluno nota dez e um surfista melhor.

Lono sentia como se estivesse voando às cegas. Estava sem internet. Não podia entrar no sistema do HVO e descobrir onde estava a lava depois da segunda erupção que tinha visto e ouvido naquele segundo dia infernal.

Sua mãe, Aramea, teimosamente se recusou a sair de casa, não quis entrar na fila do Porto de Hilo com as amigas, nem cogitou a hipótese de pegar uma barca para Maui, apesar de ter uma irmã lá.

— A deusa sempre cuidou de nós — foi o que disse a Lono. — Agora é a vontade de Pele que está se manifestando. Não a minha ou a sua. Nem a do seu amigo MacGregor.

— Está dizendo que a vontade dela é que a gente fique aqui e morra dentro de casa? — questionou Lono.

— Você precisa ter fé — disse ela. — Foi criado de acordo com os preceitos do mundo natural, mas também do mundo espiritual.

Só que estou vivendo no mundo da ciência, sentiu vontade de responder. *No mundo* real.

Mas preferiu ficar em silêncio. Não adiantaria nada. Ela não sairia de casa, a única que Lono já tinha conhecido. E Lono não a deixaria. Nem que isso significasse morrerem juntos.

Ele olhou para trás e viu o rosto bonito dela contra a janela da cozinha. Sabia que ela estava observando o cume a distância, as nuvens pesadas, as chamas lambendo o céu, olhando para o Mauna Loa como se fosse uma espécie de deidade.

Os olhos de Lono se voltaram de novo para o avião. Depois de uma longa curva para o leste, fez a volta e veio bem em sua direção.

Com a cabeça voltada para cima, observando, Lono se perguntou se a deusa dos vulcões poderia protegê-los de um bombardeio do exército.

Eu não quero morrer assim. Não quero que minha mãe morra assim.

Mas o bombardeiro estava muito, muito perto.

103

Reserva Militar dos Estados Unidos, Havaí

A RESERVA MILITAR ESTAVA vazia, a não ser por alguns poucos que precisavam continuar ali, como o general Rivers e Rebecca Cruz.

Eles ficaram para monitorar o voo do F-15. A comunicação da torre de controle do Aeroporto Internacional de Hilo continuava sendo transmitida nos alto-falantes. Rivers e Rebecca sabiam que Mac esperaria até o último instante possível para lançar os mísseis, e apenas se fosse imprescindível.

Rivers sentiu que o momento da decisão estava chegando na velocidade do som.

O homem do general na torre de controle era o tenente Isaiah Jefferson.

— Temos um problema, senhor — anunciou Jefferson.

— Que problema? — esbravejou Rivers.

— Nós os perdemos — informou Jefferson.

— Perderam a comunicação via rádio? — perguntou Rivers.

— Não só o rádio. É como se a nuvem preta que soprou do vulcão tivesse feito a aeronave desaparecer. — Jefferson fez uma pausa. — Senhor, ontem nós descobrimos do que essas nuvens são capazes. Quando você entra em uma, é como se estivesse sob fogo inimigo.

Depois de mais uma pausa, Jefferson complementou:

— Eles podem cair, assim como aconteceu com o avião de reconhecimento.

Do outro lado da sala, Kenny Wong estudava a imagem na tela de seu laptop.

— Nunca vi um vog tão espesso — comentou. — Na erupção de 2022, se espalhou por 240 quilômetros, mas impactou bem menos a visibilidade.

Ele foi até o general Rivers.

— Mais lava do que nunca, mais vog do que nunca — disse Kenny, sacudindo a cabeça. — É a tempestade perfeita.

Eles estavam voando às cegas; a janela da cabine sofria com o atrito da tempestade quente de minúsculas partículas de vidro e pedra pulverizada que vinham junto com as cinzas.

Chad Raley sabia que precisava sair dali. Só não sabia em qual direção, nem a qual altitude, nem a qual velocidade, por causa do comprometimento dos sensores da aeronave. Eles estavam em sérios apuros; as cinzas que erodiam as hélices do compressor do motor eram capazes de derrubar o Eagle com a mesma eficiência de um míssil inimigo.

O avião se sacudiu outra vez — tinha sido acertado em cheio novamente. Chad Raley já havia sido atingido no ar uma vez, no Mar da Arábia. Sobreviveu, mas por pura sorte.

E começou a pensar que sua sorte estava se esgotando.

Um piloto podia sobreviver a um impacto como aquele uma vez. Duas, não.

— Que raios foi aquilo? — perguntou Mac depois que o avião atravessou uma nuvem de cinzas, vidro e pedras.

— Aquilo — respondeu Raley — foi o som do nosso motor direito indo para o espaço.

O céu bonito da manhã em que voaram antes estava obscurecido por uma nuvem de tempestade vulcânica.

O caça começou a chacoalhar, como se tivesse sido pego por ventos com a força de um furacão.

Houve mais um estouro alto, dessa vez no lado esquerdo do avião. E então o som do que pareciam ser metralhadoras atingindo o F-15.

— Agora as cinzas e as pedras estão se concentrando no motor esquerdo — disse Chad Raley, olhando pela janela lateral da cabine. — E está superaquecido.

O avião despencou o que pareceram ser mil pés em poucos segundos.

— Por quanto tempo ainda conseguimos ficar no ar? — gritou Mac.

— Nós não devíamos nem *estar* no ar! — gritou Raley de volta.

Mesmo com a perda repentina de altitude, não era possível ver nada além da nuvem que os encobria em todas as direções.

— Uma perguntinha, dr. MacGregor — disse Raley. — Você está disposto a morrer para salvar o mundo?

Raley não esperou por uma resposta.

— Porque eu estou.

O avião despencou de novo e girou sobre seu eixo, dando a eles a sensação de que estavam voando de lado.

O Chinook que transportava Rivers e Rebecca pousou no heliponto do HVO. Enquanto estavam no ar, Rivers continuou em contato com o tenente Jefferson, que ainda não tinha conseguido restabelecer contato com Mac e o coronel Raley.

Rebecca conversava pelo telefone via satélite com seu irmão e Kenny Wong, que monitoravam o fluxo da lava quase metro a metro.

Disseram que já havia passado da Rota 200 a essa altura.

Continuava em rota de colisão com o Tubo de Gelo, com pouquíssimas variações.

Rivers gritava com Jefferson, dizendo que precisava falar com Mac e o coronel Raley imediatamente.

— Não me importa como. Só retomem o contato!

— Pode acreditar, senhor, está todo mundo tentando. Estamos trabalhando nisso.

— Eles precisam lançar os mísseis agora mesmo! — insistiu Rivers.

— Não se não estiverem vendo o chão, general — rebateu o tenente. Em seguida, fez uma pausa. — Isso se ainda estiverem em voo.

— Vocês receberam algum código squawk de emergência? — perguntou Rivers.

Squawk 7600 era a sinalização de que uma aeronave tinha perdido comunicação e precisava ser direcionada através de sinais de luzes de aviação.

— Não, senhor. Nada.

— Estou entrando — avisou Rivers para Jefferson. — Quero ser informado assim que eles forem localizados. No mesmo *instante*!

104

Em algum lugar no céu da Grande Ilha

ELES NÃO CONSEGUIAM SE livrar do smog vulcânico espesso, que continuava chegando em ondas desorientadoras e granulosas. O vento sacudia o caça, arremessando-o em todas as direções, ameaçando partir o avião ao meio ou derrubá-lo no chão. As cinzas bloqueavam o fluxo de ar para o motor, o que o faria parar.

Foi quando MacGregor sentiu o Eagle perder aceleração. Seu coração quase parou.

— O motor esquerdo está comprometido — avisou Raley antes que Mac tivesse a chance de perguntar. — Cinzas e partículas de vidro. Devem estar derretendo os componentes.

O F-15 despencou mais algumas centenas de pés.

— Precisamos de céu limpo — disse Raley — para eu poder ver onde caralho estamos.

O avião foi atingido mais uma vez por vidro e pedra, com ainda mais força do que antes.

— O que foi *isso*? — perguntou Mac, sentindo sua voz se elevar uma oitava.

— Nossa asa esquerda — informou Raley. — As partículas de rochas destruíram a superfície externa da fuselagem no lugar onde se conecta com a asa.

Mac olhou para as mãos. Estava apertando os joelhos com tanta força que as juntas dos dedos estavam pálidas como cal.

— Nós vamos cair? — perguntou.

— Não antes de fazer o que viemos fazer.

Houve um breve instante de azul, que desapareceu em seguida. Mas durou o bastante para eles verem outra erupção no cume e senti-la no F-15. Era como se um tremor de terra tivesse chegado ao céu.

De alguma forma, Chad Raley conseguiu controlar o avião danificado. Depois de nivelar suas asas no ar, falou:

— Essa merda está desmontando o avião peça por peça.

No momento seguinte, eles voltaram a ver o chão. Estava perto demais.

Fumaça e vapor se erguiam da lava, mas ficou claro o quanto o fluxo já tinha se deslocado enquanto eles eram atacados pela nuvem.

— Sabe aquela coisa que você falou antes da decolagem? — perguntou Raley.

— Sobre criar a nossa própria avalanche de fogo?

Raley assentiu.

— Precisamos mandá-la para Hilo enquanto ainda podemos. — Ele lançou um olhar firme para Mac e falou: — Você querendo ou não.

— Com um motor funcionando e só uma asa? — questionou Mac.

— Quem disse que o outro motor está funcionando?

Eles ouviram um chiado nos *headsets* e presumiram que tinham restabelecido o contato com o Aeroporto Internacional de Hilo.

Mas não era a torre.

A voz que ouviram pertencia ao general Rivers.

— Vocês estão ficando sem tempo — falou ele. — *Disparem!*

Sem perder a calma e falando baixo, o coronel Raley disse:

— Ainda não.

Pela última vez, apesar de Mac sentir que eles continuavam a perder altitude, o piloto de Rivers embicou o F-15 para o sul.

Só que não ficou em céu aberto por muito tempo.

Raley fez a volta e seguiu na direção da nuvem ainda maior que tinha acabado de aparecer entre eles e o Tubo de Gelo.

O coronel voou para o local onde o céu tinha ficado preto — e carregado de partículas de cinzas acesas.

Na sala de comunicações do HVO, Rebecca Cruz cravou os olhos na tela do radar à sua frente. Estava vendo as mesmas imagens que a torre de controle de tráfego.

— O que o piloto está fazendo? — perguntou ela para Rivers.

— Concluindo a missão.

Os olhos de Rebecca não se desviavam da tela.

— Eles vão morrer, né?

105

ELES ESTAVAM VOANDO ÀS cegas de novo. *Talvez pela última vez,* pensou Raley.

O coronel olhou para a asa danificada do Eagle e para as cinzas vulcânicas que giravam ao redor.

Depois de tantos anos no Oriente Médio, pensou. E agora um inimigo como esse, com mais poder de fogo do que qualquer outro que já tivesse encontrado, estava prestes a derrubá-lo, a terminar o serviço que aqueles desgraçados não conseguiram no Mar da Arábia.

Só mais um minuto.

Era só disso que ele precisava. Ele e Mac.

Eles saíram da nuvem, olharam para baixo e viram a lava ultrapassar as últimas trincheiras ao norte da Rota 200.

— Agora? — gritou Raley para Mac, no assento do copiloto.

Seus olhos claros estavam fixados no horizonte.

Mac não disse nada.

O avião começou a balançar violentamente. Aquele era o fim da linha, não?

— Eu fiz uma pergunta — insistiu Raley.

Mac continuou em silêncio.

— *Agora?* — perguntou mais uma vez o coronel Chad Raley.

O avião começou uma descida ainda mais acentuada.

Mac se lembrou da aeronave de reconhecimento batendo no observatório diante dos olhos dele e de Rebecca.

A lava estava próxima demais do Tubo de Gelo e dos tonéis armazenados lá dentro. Caso chegasse lá, o efeito seria equivalente à detonação de uma bomba atômica.

Eles precisavam redirecionar a lava para Hilo. Não havia escolha.

— Agora.

Um instante depois, Chad Bradley falou:

— O mecanismo de disparo está travado.

Os mísseis não foram lançados.

De alguma forma, Raley conseguiu interromper o mergulho da aeronave, dar uma guinada à direita e outra à esquerda e então voltar à direção do alvo.

— Não temos mais tempo! — berrou Raley.

— E agora? — gritou Mac.

— Só tem um jeito de criar aquela avalanche de fogo — disse Chad Raley.

— Como vamos fazer isso sem armas?

Raley olhou para Mac e disse sem gritar, com palavras comedidas e estranhamente calmas:

— Derrubando o avião.

— Vamos nessa — respondeu Mac.

106

Tubo de Gelo, Mauna Kea, Havaí

UMA CÂMERA INSTALADA NA entrada do Tubo de Gelo mostrava a aproximação do F-15.

— Eles vão bater — disse Rivers. — Não dá mais tempo de desviar.

Eles abriram o som da cabine de novo.

E ouviram a voz do coronel Chad Raley:

— Preparando para acertar o alvo.

Isso foi tudo o que ele disse.

De repente, o Eagle desapareceu em meio à nuvem. A sala toda ficou em silêncio.

O coronel Chad Raley interrompeu o mergulho do avião apenas alguns preciosos segundos antes de a operação virar uma missão suicida. Eles tinham estado dispostos a fazer o que fosse preciso para manter o fogo longe do Tubo de Gelo e do que havia lá dentro, mesmo que isso implicasse desviar a morte e a destruição para Hilo, além de perderem a própria vida.

Era um sacrifício que estavam em condições de fazer.

— Ah... meu... Deus — disse Mac quando foi capaz de falar.

— Ele existe, no fim das contas — falou Raley.

Eles podiam ver o chão claramente e estavam olhando para o que concluíram ser um milagre.

Graças ao Mauna Kea.

O outro vulcão.

O Mauna Kea não entrava em erupção havia mais de quatro mil anos. Mas o magma espesso que se resfriara e se solidificara perto de sua base tanto tempo antes estava servindo como uma barreira natural para desviar o fluxo de lava.

Um paredão natural e impenetrável, perfeitamente posicionado, melhor e mais forte que qualquer coisa que o exército e as construtoras de Hilo eram capazes de erguer.

Mac e Riley observaram maravilhados enquanto a lava derretida e incandescente recém-expelida pelo Mauna Loa atingia a topografia sólida e ancestral do Mauna Kea, e então dava uma guinada para oeste, fluindo para as planícies gramadas de Waimea, a caminho da praia de Waikōloa e do Oceano Pacífico.

Era um acontecimento inesperado e imprevisível, como se, no fim das contas, os vulcões tivessem tomado a única decisão de vida ou morte que importava.

E fizeram essa escolha no lugar de Raley e Mac.

Raley sacudiu a cabeça, com os olhos arregalados.

— Explica pra mim o que acabou de acontecer ali embaixo.

Mac esperou sua respiração enfim se normalizar.

Então o dr. MacGregor, um homem da ciência, sorriu para o piloto.

— O que aconteceu foi um fenômeno da natureza — disse ele. — Não é incrível? Não consigo acreditar no que acabei de ver.

Mac soltou um grito de triunfo. Raley também.

O Eagle estava voando apenas com um motor, mas isso bastava para Raley pousar o avião em segurança.

No fim, o que salvou o mundo foi a lava.

EPÍLOGO

Quatro semanas depois

107

O CORONEL JAMES BRIGGS estava certo em sua previsão de que, trabalhando em três turnos, seriam necessárias quatro semanas para embalar e remover os 642 tonéis da caverna.

Um a menos de quando a missão foi iniciada.

Ao longo do processo, ninguém havia dito as palavras *Agente Negro*. Ninguém ousou fazer isso.

Nem mesmo depois que aquela ameaça letal tinha sido retirada da ilha e estava mais uma vez contida.

Os militares que fizeram a primeira limpeza no Tubo de Gelo foram transferidos para o continente. Foi deixada apenas uma equipe de emergência com trajes de proteção nível A operando a grua de uma frota de caminhões táticos HEMTT do exército com compartimento de carga acolchoado.

A última carga de tonéis seria transportada da mesma forma que as demais, através de um porta-aviões da classe *Nimitz*, o USS *George Washington*, atracado no Porto de Hilo. O navio da Sétima Frota dos Estados Unidos havia deixado o Japão e tinha uma escala programada em Bremerton, no estado de Washington, o que proporcionaria ao exército o pretexto perfeito: o *George Washington* havia parado no estaleiro para reparos antes de continuar sua viagem para o continente.

Nem mesmo os marinheiros da divisão de material de risco do navio de guerra sabiam que tipo de produtos químicos estavam transportando pelo Pacífico.

Mac e o general Rivers observaram do pé da montanha a saída do último militar da caverna. Tinham acabado de fazer um último tratamento com lança-chamas. Cada centímetro daquele tubo de lava havia sido lavado e testado para radiação.

— Não vai me dizer mesmo onde esses tonéis vão ser armazenados? — perguntou Mac.

Rivers espremeu os olhos contra o céu da manhã e abriu um sorriso.

— Que tonéis? — perguntou.

Mac se virou e apertou a mão do general.

— Foi uma honra servi-lo, senhor — disse ele, surpreso com o quanto estava emocionado.

No fim, foi como se tivessem ido à guerra juntos.

Rivers continuava a sorrir.

— A honra foi toda minha, dr. MacGregor.

O general entrou no jipe e foi embora, seguindo o veículo de transporte. Mac entrou em seu jipe e deu mais uma olhada montanha acima. Então pegou a carteira e tirou dois pedaços de papel dobrados.

As anotações que o general Arthur Bennett tinha feito no quarto de hospital naquela noite em Honolulu estavam em posse de Mac, graças ao coronel Briggs.

Mac examinou o que Bennett tinha desenhado ali: um círculo torto cercado por uma série de linhas trêmulas e arqueadas.

Então observou o segundo. Algumas das letras ainda eram difíceis de ler: *T-U-B-O-G-E-L-L.*

108

MAC E LONO ESTAVAM na deslumbrante praia de Honoli'i, de costas para a água e para as ondas de até um metro e meio. Durante a segunda erupção, a praia tinha sido bloqueada mais ao norte. Em determinado ponto, o mar ficou liso como vidro por um longo momento, que ninguém na ilha jamais esqueceria.

Agora, em toda a Grande Ilha, estavam sendo feitos os esforços de reconstrução e recuperação; a administração local afirmou que algumas partes da restauração poderiam levar anos. Com o auxílio do exército, os funcionários do governo ainda procuravam por vítimas em Nā'ālehu e na praia de Waikōloa, para onde a lava que tinha sido desviada para impedir um desastre — cuja dimensão os moradores da ilha jamais saberiam — tinha causado ainda mais mortes em seu caminho para o Oceano Pacífico.

— Você ia mesmo jogar aquelas bombas perto da minha casa, não é? — questionou Lono.

— Que bombas? — rebateu Mac.

O garoto sorriu.

— É engraçado — comentou ele. — Durante toda a minha vida, minha mãe me disse que Pele cuidaria de nós. E, no fim, foi exatamente isso que aconteceu.

Mac tinha contado para Lono que a lava endurecida na base do Mauna Kea formou uma barreira que tinha salvado a ilha. Só não falou que tinha salvado o mundo também.

— As mães estão sempre certas — disse Mac, disposto a deixar a conversa por isso mesmo.

Eles olharam para o cume do Mauna Loa, majestoso como sempre, mas tranquilo de novo.

Até a erupção seguinte.

— Você vai sair mesmo do HVO? — perguntou Lono. — Vai embora daqui?

— Você sabe que eu já estava me preparando para ir antes de isso tudo acontecer.

— E depois vai fazer o quê? — questionou Lono. — Você sabe que, quando acontecer outra erupção, vai ficar todo *lōlō* querendo estar aqui.

— Acho que quero começar a ensinar outra coisa além de surfe — respondeu Mac.

Houve um breve silêncio.

— Eu sinto saudade da Jenny — disse Lono.

— Eu também, garoto — respondeu Mac. — Eu também.

Mac e Rebecca pegariam o mesmo voo à tarde, para Houston, com escala em Los Angeles. Mas ele não contou isso para Lono.

Em vez disso, foi até onde eles tinham deixado as pranchas e pegou a sua.

Enquanto caminhava para a água, pensou:

Mais um dia como outro qualquer no paraíso.

109

DESDE A SEGUNDA ERUPÇÃO do Mauna Loa, apenas militares autorizados podiam ir até a base no Mauna Kea para acompanhar a obra que vinha sendo feita por lá naquela semana.

Três dias antes, o USS *George Washington* tinha zarpado do Porto de Hilo de maneira discreta. E a discrição foi absoluta na construção daquele último muro, que cobria por completo a entrada da caverna antes conhecida como Tubo de Gelo.

Quando o último caminhão foi embora, a base do Mauna Kea continuava com a mesma aparência que tinha fazia séculos.

Mais ou menos a mesma coisa que aconteceu quando, anos antes, um incidente já esquecido no Jardim Botânico de Hilo fizera o parque ficar fechado por um breve período:

Era como se nada tivesse acontecido por lá.

AGRADECIMENTOS

Primeiramente e acima de tudo, gostaria de expressar meu amor e minha profunda gratidão por meu falecido marido Michael Crichton, que criou esse playground impressionante e fascinante em que brincamos, e por nosso filho incrível, John Michael, que me inspira em meus esforços diários para ajudá-lo a conhecer seu pai e entender que homem extraordinário ele foi.

Para o incrivelmente talentoso James Patterson: minha profunda gratidão por ter colaborado com este projeto. Soube desde nosso primeiro contato que podia confiar em você para dar vida a esta história excepcional e às ideias brilhantes de Michael. Foi uma alegria, um privilégio e uma honra me juntar a você nessa fantástica jornada. Fiquei impressionada com sua capacidade narrativa e sua habilidade para entrelaçar cada elemento com tanta maestria. Tanto você quanto Sue, sua esposa, foram extremamente generosos e gentis; eu agradeço muito, de verdade. Obrigada por honrar meu marido concluindo este livro.

Tenho uma dívida de gratidão com meu notável agente e amigo, Shane Salerno, da Story Factory: este projeto não teria acontecido sem sua paixão inesgotável pelo legado de Michael. Obrigada por sua visão, motivação e perseverança para honrar e compartilhar os mundos de Michael Crichton com novos públicos e gerações. Seu talento para fazer a magia acontecer é inegável, e fico impressionada com tudo o que você faz.

Também gostaria de agradecer a Richard Heller, Ryan C. Coleman e Steve Hamilton.

Organizar o extenso material de pesquisa deixado por Michael para este livro não teria sido possível sem o incansável trabalho de arquivo e o apoio de Laurent Bouzereau e de minha assistente, Megan Baley. Obrigada.

Minha imensa gratidão a todos os talentosos e dedicados membros da família editorial Crichton/Patterson na Little, Brown & Co. Obrigada por acreditar nesta incrível parceria desde o início.

Gostaria de deixar meu reconhecimento e agradecimento a Michael Pietsch, Bruce Nichols, Craig Young, Ned Rust e Mary Jordan por seu apoio e sua parceria criativa.

— Sherri Crichton

Um agradecimento especial a Denise Roy, minha paciente, incansável e talentosíssima editora. Denise é também minha mentora e às vezes terapeuta. *Erupção* não seria o romance que é sem sua supervisão e seu ponto de vista sempre perspicaz.

Agradeço também à dra. Elizabeth Nadin — professora associada do Departamento de Geociências do campus de Fairbanks da Universidade do Alasca —, a especialista que me apresentou com grande entusiasmo a geologia única da Grande Ilha havaiana.

— James Patterson

UM POUCO DOS BASTIDORES

Sherri Crichton

The Black Zone [A zona negra], o título provisório usado por Michael, era baseado em um tema que atraiu sua atenção durante muitos anos. Michael quase nunca falava sobre suas ideias ou seus projetos, nem mesmo com familiares e amigos próximos; no entanto, comentava com frequência o projeto do vulcão e, quando viajamos pela Itália, participou de uma excursão a Pompeia para pesquisar mais a respeito da história que ambientou no Havaí. Depois do falecimento de Michael, eu encontrei o manuscrito inacabado em seu arquivo e não acreditei quando vi a história que ele criou com seu estilo inimitável. Desenterrar esse tesouro me inspirou a começar um projeto intensivo de pesquisa que envolveu um mergulho em seus muitos discos rígidos e anotações para encontrar todo o material relacionado.

Embora Michael fosse meticuloso em sua pesquisa e organização, mapear as referências e atualizar para os novos formatos os diferentes arquivos localizados em diversos lugares não foi uma tarefa simples. Mas o que esse trabalho revelou era notável:

a história estava brilhantemente estruturada. Ele tinha diversos volumes de pesquisa científica, anotações e esboços — até mesmo um vídeo seu em campo, conduzindo entrevistas com um vulcanologista. Foi empolgante! O que Michael criou precisava de alguém com um brilhantismo à altura do seu para ser concluído. Durante anos, pensei em possíveis colaboradores, esperando pelo momento em que a parceria perfeita aparecesse. Decidi esperar pacientemente por alguém que pudesse honrar o trabalho do meu marido e continuar a história.

Então fui apresentada a James Patterson.

Jim, você tem sido o parceiro perfeito.

Sou eternamente grata.

Este livro foi impresso pela Vozes, em 2025, para a HarperCollins Brasil.
O papel do miolo é avena 70g/m^2, e o da capa é cartão 250g/m^2.